Une insolente passion

Chère lectrice,

Si, en ce début d'année, l'envie de voyager vous vient, vous allez être comblée puisque vos héros de ce mois vous entraîneront à leur suite dans cinq pays différents… D'abord, vous partirez en Espagne pour assister, en 1814, à une fastueuse réception au palais royal de Madrid. Un événement très officiel où va pourtant se jouer un drame intime… Découvrez vite *L'alliance scandaleuse*, dernière partie de la saga des Sinclair. Ensuite, vous embarquerez pour les îles Shetland à la rencontre d'Ulrika, *La fiancée viking*, et de George Grant, un chef de clan écossais. Deux êtres complètement opposés, dont la confrontation inattendue va produire des étincelles… Puis vous découvrirez l'Irlande tumultueuse de 1560, gouvernée à grand-peine par Sa Très Gracieuse Majesté Elizabeth Ire. Une tutelle qui déplaît fort à Rory, farouche rebelle irlandais qui déteste les Anglais depuis que ceux-ci ont assassiné sa fiancée. Selon lui, l'envahisseur anglais mérite le plus impitoyable des châtiments. Mais *Le sceptre du destin* va l'amener à reconsidérer sa position… Après l'Irlande, vous ferez un saut en Amérique où vous attend Jane qui, en 1874, vit *Une insolente passion* avec un homme dont elle ne sait s'il est son meilleur allié... ou son pire ennemi. Après quoi vous reviendrez dans notre douce France… pas si douce que cela si l'on en juge par les tourments qui agitent, en l'an de grâce 1114, la demoiselle Gabrielle de Péricault ! *Le glaive et le lys* vous emmènera en Bourgogne au temps des châteaux forts et de l'amour courtois…

Enfin, ne manquez pas, début mars, le prochain titre de votre collection Grands Romans Historiques : *L'enlèvement*, de Merline Lovelace.

Bonne lecture et rendez-vous en avril.

La Responsable de collection

Ce mois-ci, découvrez le dernier volet de la passionnante trilogie de Gayle Wilson

LA SAGA DES SINCLAIR

Les tribulations de trois séduisants frères en quête de l'épouse idéale...

Durant la guerre d'Espagne, lord Sebastian Sinclair est humilié et blessé par un officier ennemi malgré les supplications de la compagne de ce dernier, une mystérieuse créature dont le prénom reste gravé dans sa mémoire : Pilar. Des années plus tard, une réception au palais royal de Madrid le remet en présence de ce couple singulier qui hante ses souvenirs...

LA SAGA DES SINCLAIR

L'alliance scandaleuse (Les Historiques n°297)

LYNNA BANNING

Une insolente passion

LES HISTORIQUES

éditions Harlequin

Cet ouvrage a été publié en langue anglaise
sous le titre :
THE COURTSHIP

Traduction française de
ENID BURNS

HARLEQUIN®

est une marque déposée du Groupe Harlequin
et Les Historiques® est une marque déposée d'Harlequin S.A.

83-85, boulevard Vincent-Auriol, 75013 PARIS — Tél. : 01 42 16 63 63
Service Lectrices — Tél. : 01 45 82 47 47
ISBN 2-280-17539-8 — ISSN 1159-5981

À cette époque...

Ce roman se déroule en Oregon, dans l'Ouest américain, en 1874. A cette époque, la guerre de Sécession est terminée depuis vingt ans sans que pour autant les vieilles blessures aient complètement cicatrisé. Car, à l'ouest du Mississipi, la brutalité des combats a connu un point jamais atteint auparavant...
Dans ces grands espaces, la cavalerie manœuvre à son aise, si bien que la guerre se déroule sur une immense étendue, impliquant des Blancs, des Noirs et des Indiens. De vieilles rivalités, des rancunes tenaces, se dénouent sur le terrain avec la plus brutale sauvagerie, et l'on assiste à une sorte de « guerre dans la guerre » qui survivra assez longtemps à la cessation officielle des hostilités. En 1863, par exemple, un certain William Quantrill, un dangereux psychopathe, met à sac une ville du Kansas et massacre 150 civils au nom de la Confédération sudiste — qui ne lui a par ailleurs jamais confié le moindre commandement. Dans les derniers temps de la guerre, les combats se font plus âpres dans les plaines et la Prairie. Courtisés autant par les Nordistes que par les Sudistes, les Cherokees et autres tribus indiennes combattent souvent sous les deux uniformes. La signature de la paix, en 1865, laisse dans l'Ouest des haines inassouvies et un fond de violence qu'alimentent des hommes comme Jesse James qui refusent de déposer les armes et organisent des équipées sanglantes contre les banques et les trains.

1.

Dixonville, Oregon, 1874

— Jane Charlotte, tu devrais avoir honte de sortir avec ton chapeau aussi mal installé ! Regarde-moi ça ! On dirait un sac tombé sur ta tête ! Il est tout de travers !

Avec un gros soupir, Jane redressa, d'un doigt, le chapeau de paille qu'elle avait posé, il est vrai, avec beaucoup de négligence sur ses cheveux noirs.

— Maintenant, tu vas me faire le plaisir de rentrer ton chemisier dans ta jupe et de serrer un peu mieux ta ceinture. Tu ne peux pas aller traîner en ville en donnant l'impression que tu n'as pas de servante pour t'aider à t'habiller.

Jane se retourna face à sa mère, assise sur le canapé de damas vert bien usé, un livre ouvert — Tennyson, comme d'habitude — dans ses mains amaigries.

— Nous n'avons pas de servante, maman. Tu ne te rappelles pas ? Odélia, nous l'avons laissée à Montclair avec tante Carrie. Junon, elle est partie avec ce métayer dont j'ai oublié le nom : c'était juste après la guerre. Nous sommes toutes seules ici, maman. Nous n'avons plus personne pour nous servir.

Le front blanc de sa mère se rida sous l'effort de réflexion. Elle répondit :

— Pour te dire la vérité, ma petite fille, j'aime mieux ne pas me souvenir de tout cela, mais ce n'est pas une raison pour se laisser aller. Alors, tu vas me faire le plaisir de rentrer ton chemisier dans ta jupe, comme je viens de te le dire. Ensuite, tu diras à ton père où tu t'en vas si vite.

Le cœur de Jane se serra à l'évocation de son père. Papa était mort, on l'avait inhumé dans le verger. Son chagrin renaissait chaque fois qu'elle pensait à lui. Là encore, maman aimait mieux ne pas se rappeler. Pourtant, l'enterrement n'avait eu lieu que trois jours plus tôt.

Parfois, maman s'imaginait qu'elle habitait encore à Montclair, dans le comté de Marion, et que, comme aux jours heureux mais déjà lointains, elle se reposait sous le grand chêne, en buvant de la limonade fraîche.

Jane se pencha pour déposer un baiser sur la joue de sa mère. Elle lui prit la main.

— Je ne m'absente pas longtemps, maman. Pendant que je fais mes courses, tu nous trouveras un joli poème de M. Tennyson à nous lire ce soir, après le dîner.

— Jane Charlotte, il faut que tu salues ton père avant de partir. Mais je n'ose pas penser à ce qu'il dira quand il saura que tu vas te promener sans chaperon.

Jane se mordit la lèvre. Elle eut envie de hurler : « Papa est mort ! Mort ! Tu ne comprends pas ? Il est parti ! Nous ne le verrons plus ! » Mais il ne servirait à rien de se mettre en colère. Maman oublierait tout en moins d'une minute, et Jane aurait mal à la gorge pour s'être égosillée.

Sa mère refusait le malheur, elle faisait semblant de croire qu'il n'existait pas. Mais peut-être fallait-il remercier le Seigneur qu'elle eût choisi de se réfugier dans le passé. Cela lui évitait de s'effrayer du présent, affreux.

Jane s'effrayait pour elles deux.

Elle se redressa, arrangea les plis de sa tenue en satin bleu foncé qu'elle avait taillée dans une vieille robe de bal de sa mère, et se dirigea vers la porte de devant. Au passage elle nota que la peinture, autour de la serrure, s'écaillait. Cette porte avait besoin d'être repeinte.

Toute la maison avait besoin de réparations : elle menaçait de tomber en ruine.

Leurs vies aussi avaient besoin d'un bon coup de peinture, pour ainsi dire.

Plusieurs années s'étaient écoulées depuis la première fois que Jane avait mis le nez dans la malle renfermant les vieilles robes de sa mère. Combien de temps pourrait-elle encore s'habiller en retaillant des choses démodées ?

— Au revoir, maman ! Je serai de retour à temps pour te préparer le thé.

— Jane Charlotte, il faut parler à ton père…

La jeune fille n'entendit plus la voix frêle de sa mère quand elle referma la porte. Elle descendit, sauta plutôt, les trois marches du perron, sous le porche branlant.

Parler à ton père… Jane grinça des dents. Papa… S'il était encore de ce monde, il y avait deux ou trois vérités bien senties qu'elle aurait aimé lui jeter à la face : « Papa, tu nous as arrachées au monde que nous connaissions, que nous aimions, en nous promettant qu'ici, tout irait mieux. Mais tu es mort et nous sommes encore plus seules. Nous n'avons plus de fortune et s'il ne se produit pas de miracle, nous sommes sur le point de mourir de faim. »

Bon, alors maintenant, ça suffit ! Une jeune fille du Sud, quand elle est bien élevée, n'adresse pas de reproches à ses parents, quels que soient leurs torts réels ou supposés. Encore moins en public ; et surtout pas quand ce public est composé de Yankees.

Ces principes élémentaires rappelés, Jane se dirigea, d'un pas décidé, vers la porte qui donnait sur la rue. Au passage, elle accorda un regard désolé aux plates-bandes envahies par les herbes folles et aux rosiers échevelés, le long de la barrière, qui croulaient sous les fleurs fanées. Triste spectacle. Mais Jane ne pouvait pas faire la cuisine et le ménage, la vaisselle et la lessive, et s'occuper encore du jardin auquel sa mère avait consacré beaucoup de son temps, avant de tomber malade.

Oh, papa, que dois-je faire ?

Depuis des mois et des mois, et bien avant la mort de son père, elle avait l'impression d'être un pauvre moineau tombé sur le sol qui, malgré ses efforts, n'arrivait pas à retrouver le chemin du nid, parce qu'il était trop haut, trop loin.

Eh bien, il faut voler. Agite tes ailes, tu finiras bien par y arriver.

Avec force, elle referma derrière elle la porte de la barrière et grimaça parce que les gonds rouillés grinçaient de façon intolérable. Encore une réparation à entreprendre. D'un geste rageur, elle arracha sa robe aux épines des rosiers qui débordaient sur la rue. Puis elle s'arrêta pour respirer. Elle n'avait plus de souffle.

Elle se sentait dans la position du petit David s'apprêtant à affronter le géant Goliath.

Simplement, la partie serait plus terrible pour elle.

Elle ouvrit l'ombrelle empruntée à la garde-robe de sa mère, et, lentement, se mit en marche.

Au bas de la route poudreuse et brillante sous le soleil implacable, s'étendait la ville.

Dans cette ville attendait l'ennemi.

Goliath était un Yankee.

Jane enfonça son chapeau sur sa tête et marcha plus vite.

Désolée, papa, mais tu ne m'as pas laissé le choix.

*
* *

— Dell, elle arrive !

— Qui ?

— Miss Jane ! Tu devrais voir ça… Ce port de tête… Cette démarche ! Tu veux mon avis ? C'est vrai qu'elle est belle comme la reine d'Angleterre !

Rydell Wilder se redressa dans son fauteuil.

— Vous êtes sûr que c'est elle, Gaucher ?

— Dis, gamin, qu'est-ce que ça veut dire ? Ma vue est toujours aussi bonne ! Tu sais que tu m'énerves, par moments ? Tu ne veux jamais croire ce que je te raconte. Puisque je te dis que c'est *elle* !

Rydell se leva et s'approcha du vieil homme qu'il regarda droit dans les yeux. Gaucher Springer était le seul homme au monde en qui il eût une entière confiance. Sa vie en danger, c'est vers lui qu'il se serait tourné pour être sauvé.

Barton Springer — *Gaucher* depuis qu'il avait perdu son bras droit à la bataille de Shiloh — ne parlait pas pour ne rien dire. Il avait été le premier à ouvrir un compte dans la banque que Rydell avait fondée alors qu'il avait tout juste vingt-trois ans. A ce titre, il était le seul client autorisé à utiliser l'entrée sur le côté de la banque, celle qui donnait accès directement au bureau directorial.

Rydell, attentif, attendait les détails.

Gaucher lui décochant un regard interrogateur, il éclata de rire. Pas une seconde il n'avait cru que miss Jane Charlotte Davis pût se diriger vers sa banque. Ou alors, c'est que les dents commençaient à pousser aux poules.

Les yeux très bleus du vieil homme brillaient de malice.

— Tu ne penses plus à elle, n'est-ce pas ? demanda-t-il.

— Qu'est-ce que vous croyez ? Je ne pense plus à elle depuis belle lurette ! C'est du passé, tout ça… Je me donne encore dix ans pour respirer normalement.

— C'est bien ce que je pensais. Dell, je dois t'avertir. A mon avis, miss Jane a une idée derrière la tête et tu ne vas pas tarder à la connaître.

— Mais non ! Je crois que vous vous trompez. Qu'est-ce que cette petite aurait à faire avec moi ? Je vous le demande un peu.

— Je suis sûr de ce que je dis. Il n'y a qu'à voir sa démarche décidée, son regard flamboyant. Tu ne pourras pas dire que je ne t'aurai pas prévenu.

Rydell haussa les épaules, mais il lui semblait qu'une main de fer lui broyait le cœur depuis qu'il était question de Jane Charlotte. Il déclara :

— Jane Davis a reçu une éducation qui ne lui permet pas d'avoir une idée derrière la tête, quelle qu'elle soit. Ses parents l'ont bien dressée, permettez-moi de vous le dire. Comme ça, sans savoir, je dirais qu'elle est allée faire quelques courses au bazar et qu'elle se dépêche de rentrer à la maison parce qu'elle a peur d'être en retard.

— Puisque je te dis qu'elle vient par ici ! s'exclama Gaucher Springer, en relevant sa moustache qu'il avait broussailleuse. Et je vais te donner un bon conseil : prépare-toi à la recevoir comme il convient.

— Merci du conseil, Gaucher, dit Rydell en lui tapotant l'épaule. Je vous paierai une bière, à l'occasion.

— Au revoir, gamin.

De nouveau seul dans son bureau, il s'assit, mit son fauteuil en équilibre sur les pieds de derrière, posa ses pieds sur la table et ferma les yeux.

Jane...

Depuis des années il portait en lui le nom et le souvenir de la frêle et timide jeune fille qui l'avait remercié avec tant de gentillesse quand il avait houspillé la bande de petites brutes qui la terrorisaient dans une cour de récréation.

Elle était alors nouvellement arrivée en ville et à son accent il n'était pas difficile de comprendre qu'elle venait du Sud. Quel âge pouvait-elle avoir alors ? Quatorze, quinze ans ? Elle était... différente. Elle portait des robes trop chic pour une petite ville comme Dixonville et ses manières étaient celles d'une demoiselle ayant reçu une excellente éducation. Pour ces deux raisons elle était détestée. A l'aller comme au retour, les écoliers la poursuivaient sur le chemin de l'école, ils lui jetaient des cailloux et hurlaient :

La Jane la Jane la Jane,
Elle se prend pour la reine,
Mais elle n'a rien dans la cervelle,
Et en plus elle n'est pas belle.

Rydell ne supportait pas ces incessantes railleries. Lui aussi était en butte à l'hostilité des garnements, mais il pouvait se défendre, alors que Jane ne le pouvait pas. Un jour que les persécuteurs devenaient vraiment méchants, il avait pris la défense de Jane, il s'était battu pour elle. A la fin de ce combat dont il n'était pas sorti sans plaies et bosses, elle avait posé sa petite main sur lui et avait murmuré ce simple mot : « Merci. »

Elle n'était plus jamais revenue à l'école. Rydell avait entendu dire, plus tard, que les parents de la jeune fille lui prodiguaient leur enseignement à la maison.

Dès la fin de sa scolarité, Rydell était devenu l'homme de confiance de Gaucher Springer, puis il avait ouvert sa banque parce qu'il avait des ambitions. Pendant toutes ces années, il n'avait plus revu Jane qui grandissait dans la grande maison jaune, au sommet d'une colline, un peu à l'écart de la ville.

Il avait essayé de l'oublier.

La banque de Rydell Wilder se trouvait à l'autre extrémité de Dixonville. Ce bâtiment de deux étages, d'un blanc éclatant, se voyait de loin. C'était le seul qui parût en état de résister aux tempêtes de neige sans craindre de perdre son toit par envol ou par effondrement ; le seul, aussi, capable de supporter le soleil brûlant des mois d'été sans que s'écaillât sa peinture.

Jane hésita un moment. Puis elle traversa la rue et monta sur le trottoir de bois longeant la banque.

Sur sa manche, une tache lumineuse, de la taille d'une pièce de un dollar d'argent, attira son attention. Elle leva les yeux vers son ombrelle et poussa un soupir d'exaspération. Un gros trou était apparu dans la soie noire, décolorée et passablement usée. Que faire ? Elle avait la possibilité, bien sûr, de réparer avec un morceau de tissu prélevé sur une vieille robe de sa mère. Ou alors, elle pouvait oublier et se promener avec son ombrelle trouée. Devant l'hôtel Excelsior, sa tentation fut grande de fourrer l'ombrelle sous l'abreuvoir à chevaux. Mais elle savait très bien qu'elle n'aurait pas les moyens d'en acheter une autre.

Elle était pauvre, très pauvre.

C'était d'ailleurs pour cette raison qu'elle venait en ville.

Elle s'arrangerait de l'ombrelle abîmée ; et ce n'était pas si grave, en vérité. Mais le motif qui l'amenait dans cette banque était plus important, beaucoup plus important, si important qu'il en devenait effrayant. Rien que d'y penser, en entrant dans la banque, elle tremblait de tous ses membres. Pour la cent millième fois en trois jours, elle se demanda comment elle survivrait à l'humiliation qu'elle s'apprêtait à s'infliger.

A l'intérieur régnaient la sérénité et une relative fraîcheur. Les volets, rabattus, faisaient barrage contre la grande chaleur du milieu de la journée. Jane nota au passage que ce bâtiment était le seul, dans toute la ville, à être pourvu de volets. Puis, ses yeux s'étant accoutumés à la pénombre, elle marcha d'un pas résolu vers le comptoir. Dans l'air flottait une légère odeur de cigare, d'essence de citron aussi.

Derrière sa grille de fer, le jeune caissier aux cheveux roux cligna des paupières.

— Oui, madame ? dit-il avec un sourire commercial.

— Je souhaiterais parler à M. Wilder.

— Certainement. Je vais voir s'il peut vous recevoir.

Le caissier disparu, Jane imposa à ses doigts de rester sagement posés sur son réticule, ainsi qu'il convenait à une jeune fille bien élevée. Elle s'interrogea ou plutôt, elle se tourmenta. Et s'il était occupé ? Et s'il exigeait de voir tous ses papiers de famille, le testament de papa et les dispositions concernant la maison ?

Et s'il disait non ?

— Par ici, madame. M. Wilder est toujours ravi de recevoir une jolie dame.

Je veux bien le croire, songea Jane. M. Wilder avait un *passé*, s'il fallait en croire ce que maman avait beaucoup répété au cours des années. Papa s'était montré beaucoup plus brutal dans ses affirmations : « Pas de tradition familiale ; pas d'éducation, bien sûr ; un Yankee, quoi ! »

Pinçant les lèvres, Jane suivit le caissier dans un couloir très sombre, en écoutant le bruit de ses pas sur le plancher de bois bien ciré. Mais quand, devant elle, s'ouvrit la lourde porte de chêne donnant accès au saint des saints, elle sentit s'accélérer les battements de son cœur.

Elle ne pourrait pas.

Elle n'aurait pas dû venir.

Mais il le faut ! Tu ne peux pas faire autrement.

Elle aspira une grande bouffée d'air tiède et se força à franchir le seuil du cabinet directorial.

L'homme était assis derrière son bureau, un gros meuble en noyer trop gros, trop massif, trop brillant ; un meuble de nouveau riche.

— Jane…, dit-il en se levant.

Il se reprit aussitôt :

— Miss Davis…

— Monsieur Wilder…

— J'ai été navré d'apprendre le décès de votre père.

Jane s'avança jusqu'au bureau. Elle tendit la main pour prendre la main qui s'offrait à elle. Trop tard, elle s'aperçut que son gant blanc présentait une grande tache de rouille. Elle aurait dû le retirer pour ouvrir la grille de la maison.

M. Wilder sembla ne rien remarquer. D'une voix basse et bizarrement tendue, comme s'il était ému lui aussi, il poursuivit :

— Cela fait un certain temps que je ne vous ai vue. Comment allez-vous ? Comment va votre mère ?

— Ma mère va bien. Je vous remercie.

Avant de reprendre la parole, il hésita. Le regard de ses yeux gris ne semblait pas franc. Pas étonnant que papa ne l'ait jamais aimé et ne se soit jamais lassé de le répéter, songea Jane.

— Je vous en prie, asseyez-vous, dit-il en désignant une des deux chaises placées devant son bureau.

Jane s'aperçut qu'il avait roulé assez haut les manches de sa chemise et révélait des avant-bras bronzés. Elle eut l'impression de commettre une indiscrétion et se le reprocha. Mal à l'aise, elle vit alors la veste, assortie au pantalon, accrochée au dossier du fauteuil directorial.

Elle se demanda si M. Wilder accepterait de remettre sa veste, si elle le lui demandait. Elle eût préféré, parce qu'elle ne parvenait pas à s'empêcher de le regarder, et de l'admirer. Grand et mince, bien bâti, il était plutôt bien de sa personne ; yankee, mais beau garçon, il fallait le reconnaître. Sa bouche, surtout, était intéressante, même quand il ne souriait pas, comme en ce moment. Il avait les lèvres bien formées. Jane se rappela qu'à l'école, autrefois, le petit Rydell souriait rarement, très rarement ; et qu'il avait l'habitude de tant pincer les lèvres que parfois elle avait l'impression qu'il n'avait plus de bouche. Il faut dire qu'à cette époque il n'avait pas la vie facile. Souvent obligé de se battre pour se défendre, il était sans cesse sur le qui-vive. Voilà qui ne donne pas envie de rire.

Aujourd'hui, songea Jane avec tristesse, *c'est moi qui dois me battre. C'est moi qui n'ai plus envie de rire. C'est la vie… Il y a des hauts et des bas.*

M. Wilder s'était rassis dans son fauteuil. Il demanda :

— Que puis-je faire pour vous, miss Davis ?

— Je…

Jane ne put en dire plus. Sa gorge s'était rétrécie, les mots n'y pouvaient plus passer.

— Oui ?

— Vous savez… que mon père est mort.

Le préambule n'était pas bon. Mais c'était le seul qui lui fût venu à l'esprit. Elle avait du mal à respirer.

— Oui, je sais, dit M. Wilder. Comme je vous l'ai dit, j'en suis navré.

On n'attrape pas les mouches avec du vinaigre, pensa Jane. *Tâche d'être aimable, ma fille. Souris, voyons ! Sinon, tu vas tout rater.*

Elle essaya de sourire, puis se lança.

— Monsieur Wilder, mon père… n'a pas commis de faute, voyez-vous, mais il a laissé, à ma mère et à moi, quelques… embarras.

— Vous voulez dire : des dettes ?

Une vraie voix de banquier !

— Oui, je suppose qu'on peut dire cela.

Pas la peine de tergiverser, ma petite !

Papa avait des dettes dans toute la ville. A tous les commerçants il devait de l'argent, et à quelques particuliers en sus. Jane avait trouvé les notes dans la boîte aux papiers, cachée dans le tiroir le plus bas du chiffonnier. Même maman n'en connaissait pas l'existence. Quant à Jane, elle préférerait mourir plutôt que d'avouer ce vilain secret à un Yankee. Mais…

Oh, et puis, à quoi bon ?

— Oui, ce sont bel et bien des dettes, soupira-t-elle.

— De quel montant ?

— Plus de deux cents dollars.

— C'est une forte somme, dit le banquier dont les sourcils s'étaient haussés. Mais vous avez un actif, je suppose.

L'estomac serré, Jane exposa :

— La maison ; rien que la maison. Papa l'a construite quand il est venu s'installer dans cette région, juste après la guerre, afin de travailler pour l'oncle Junius, au journal. Mais l'oncle a cédé son affaire, voici un an, comme vous le savez sans doute, et papa a quitté le journal, si bien que la maison… Elle n'est pas en très bon état, il faut le reconnaître. Elle a besoin de réparations. Et c'est tout ce que nous possédons.

Les mains jointes, M. Wilder se pencha sur le bureau.

— Et ? dit-il.

Et. Jane regarda les mains posées sur le bureau. De très belles mains, qui avaient tenu des armes, beaucoup d'armes ; manipulé de l'or, beaucoup d'or ; et touché des femmes, beaucoup de femmes. Maman l'avait dit.

« Beaucoup de femmes. »

Jane détourna son regard et choisit de s'intéresser à une gravure fixée au mur, juste derrière la tête de M. Wilder. Elle reprit :

— Monsieur Wilder, j'ai pris une décision ; une décision difficile, voyez-vous, parce que…

De nouveau sa voix faiblit, puis s'éteignit.

— J'imagine, dit tranquillement le banquier. Cette démarche doit être… euh… très dure pour vous. Je compatis.

Jane aurait préféré qu'il ne dît pas cela. Elle ne voulait surtout pas de commisération, qui la rendait plus vulnérable, donc moins combative.

Elle était venue pour lutter, pour affronter le Goliath yankee.

— J'ai décidé d'ouvrir une boutique, ici, à Dixonville ; des vêtements. Je suis une couturière très capable, voyez-vous…

Jane essaya encore de sourire, mais les larmes lui montaient aux yeux, inexorablement. Depuis des années elle rêvait de retourner à Montclair. Elle se plaisait à imaginer ce que serait sa vie avec tante Carrie. Odélia l'aiderait à s'occuper de maman. Elles iraient en pique-nique, souvent. L'été, elles organiseraient un bal… Repenser à tout cela, alors qu'elle en était réduite à mendier, lui brisait le cœur.

Mon Dieu, est-il possible que je doive endurer cette infamie ? N'est-ce pas un cauchemar que je suis en train de vivre ? Je vais me réveiller et… Mais non ! Je suis bien assise ici, dans le bureau de M. Wilder et je lui demande de l'argent. J'en suis réduite à mendier !

— Quel âge avez-vous, Jane ?

Elle sursauta, se raidit.

— Quel âge ? Vous ne me demandez pas de combien j'ai besoin ou comment je compte procéder ? Vous voulez savoir mon âge ? Mais pourquoi ?

— Je sais de quelle somme d'argent vous avez besoin, dit le banquier dont la bouche s'étirait en une apparence de sourire. Je sais aussi comment vous procéderez : vous retrousserez vos manches et vous vous mettrez au travail. Ce que j'ai besoin d'évaluer, moi, c'est l'ampleur des risques que je prends.

— *Vos* risques ? Et *mes* risques ? Je suis prête à offrir notre maison en gage.

— Je ne veux pas de votre maison. Comme vous l'avez dit vous-même, elle est en mauvais état. En outre…

Les nerfs à vif, Jane n'y tenait plus. Elle cria :

— J'ai vingt-six ans. Et si vous ne voulez pas de la maison, qu'est-ce que vous voulez ?

M. Wilder eut alors un sourire, un vrai sourire qui donna à ses lèvres une courbure sensuelle, tandis que dans ses yeux gris et froids s'allumait une petite lueur de gaieté. Ayant bien observé Jane, il reprit :

— Je voudrais vous proposer un marché.

Méfiante, elle demanda :

— Quel genre de marché ?

M. Wilder attendit une bonne minute avant de répondre ; et une minute, dans ces conditions, c'est très long.

Elle ne saurait jamais qu'il espérait ce moment depuis longtemps. Depuis des années il attendait qu'elle eût, de nouveau, à lui demander son aide, et enfin elle venait à lui. Il en était tout ému. Son cœur battait vite et fort, cognait aux parois de sa poitrine.

Il éprouvait pour Jane un amour si grand qu'il souffrait en la voyant, et rien qu'en pensant à elle. Il souffrait aussi de ne pas la voir.

Il savait, bien sûr, les dettes léguées par le père. Il connaissait l'état de la maison pour être passé devant si souvent. Tant de fois il avait imaginé, rêvé d'entrer dans cette maison pour demander la main de Jane, malgré l'hostilité du père, qui ne lui était pas inconnue non plus.

— Je vous prêterai trois cents dollars, dit-il. Cette somme me semble suffisante pour régler les… embarras laissés par votre père, louer une boutique et acheter le matériel et la marchandise dont vous aurez besoin pour lancer votre activité.

Jane Davis sursauta. Toute droite sur sa chaise, elle demanda :

— Vous feriez cela ? Sans exiger de garanties ?

Rydell eut un sourire qu'il voulait rassurant.

— Un prêt, dit-il, est toujours assorti d'une garantie.

Ce désir d'indépendance, chez elle, l'étonnait un peu ; suscitait son admiration aussi, et un peu de désapprobation. Car enfin, pour vouloir se lancer dans les affaires, comme cela, sans expérience et, surtout, sans capitaux propres, il fallait beaucoup d'inconscience. C'était, pour tout dire, de la folie. Jane Charlotte Davis n'avait aucune chance de réussir.

La pauvre petite ! songea Rydell, *c'est comme si elle était déjà à moi.*

Pas tout à fait quand même.

Il s'apprêtait à jouer la partie la plus osée de sa carrière de banquier ; la plus excitante aussi.

— Si vous réussissez dans votre entreprise, dit-il en essayant de ne pas chevroter, vous n'aurez qu'à me rembourser le prêt, sans intérêt.

— Et si je ne peux pas ? demanda la jeune fille.

Rydell prit une longue inspiration. Cette fois, on y était. D'une traite il dit :

— Voici mon idée : ma garantie, ce serait vous.

— Moi ? s'écria Jane. Mais alors, si j'échoue ?

— Simple : si vous échouez, vous vous mariez avec moi.

2.

Pendant un court moment, Jane crut qu'elle allait tomber de sa chaise. Puis, d'une toute petite voix, elle murmura :

— Je vous demande pardon ? Il me semble n'avoir pas bien entendu.

— Vous avez très bien entendu, répondit M. Wilder, dont le regard avait une fixité gênante. Mais je répète : Si vous vous ruinez à coudre des robes pour les dames de cette ville, vous n'aurez plus d'autre solution que de vous marier avec moi.

Jane résista mal à l'envie de se pincer pour s'assurer qu'elle n'était pas en train de cauchemarder.

— Me marier avec vous ? bredouilla-t-elle.

Comme elle ne reconnaissait pas sa voix, elle essaya de nouveau.

— Me marier avec vous ? Pourquoi ferais-je cela ?

M. Wilder avait décidément le regard trop fixe. Il la mettait mal à l'aise.

— Peut-être parce que vous êtes au bord d'un précipice, proposa-t-il comme explication.

La fureur la prit. D'un bond, elle se remit sur ses pieds.

— Une minute, monsieur ! clama-t-elle. Je ne suis pas au bord d'un précipice, comme vous dites. J'admets que la mort de mon père me donne quelques tracas financiers, mais ce n'est pas la mer à boire. Les difficultés, ça se surmonte. Il suffit de lutter. Et pour cette fois comme pour toutes les autres avant, je me battrai, et je vaincrai.

M. Wilder opina gravement et répondit :

— Oh ! Vous vous battrez. J'en suis certain. L'ennui, c'est que la bataille qui s'annonce sera terrible. Voulez-vous que je vous dise ? Vous n'êtes pas armée pour vivre dans l'Ouest. C'est dur, la vie dans l'Ouest. Vous savez ? Ce sera particulièrement dur pour vous. La faute à vos parents : ils vous ont élevée comme une violette de serre ! Pour une jeune demoiselle distinguée comme vous, je ne vois que trois possibilités. Un : vous vous épuisez à la tâche, et on ne tarde pas à vous conduire à votre dernière demeure ; deux : vous trouvez un emploi dans un saloon, ou peut-être pire… pas la peine de vous faire un dessin ; trois…

Il s'interrompit, baissa la voix et reprit :

— Trois : vous vous mariez. Croyez-moi, je vous offre un moyen honorable de survivre ; le seul.

Jane se mordit l'intérieur de la joue, si fort qu'elle sentit le goût du sang sur sa langue. Elle se laissa retomber sur sa chaise.

— Mes parents ne m'ont pas trop protégée, assura-t-elle. Ils se sont très bien occupés de moi, ce qui est très différent. Ils m'ont donné un enseignement de qualité. C'est grâce à eux que je connais l'art, la musique… Maman m'a appris le piano jusqu'à ce qu'elle…

Sa voix se bloqua dans sa gorge. Elle ne put en dire davantage.

— Vous avez vingt-six ans, reprit M. Wilder. Votre père a découragé tous les prétendants possibles dans un rayon de cent miles autour de vous.

Révoltée par ces propos, Jane protesta avec véhémence.

— Qu'est-ce qui vous donne le droit de dire cela ? Voulez-vous que je vous dise ? Les Yankees parlent trop. Surtout, ils ont un peu trop tendance à se mêler de ce qui ne les regarde pas.

Le banquier se permit de rire.

— Veuillez croire que je ne suis pas curieux de nature. Mais l'avantage d'une petite ville comme Dixonville, c'est que si vous ne savez pas ce que vous faites, quelqu'un autour de vous le sait sûrement. Enfin, quand je dis avantage… On peut aussi considérer cela comme un inconvénient. Tout dépend du point de vue où l'on se place.

Tant de cynisme était plus que Jane en pouvait supporter. De nouveau elle se leva d'un bond, pour affirmer hautement :

— En tout cas, je ne vous épouserai jamais ! Votre proposition ne m'agrée pas.

— Ecoutez, miss Davis, soupira M. Wilder. Nous avons déjà une maîtresse d'école dans cette ville, et vous ne me semblez pas avoir la constitution physique qu'il faudrait pour ferrer les chevaux. Alors, qu'est-ce que vous voulez faire ? Donner des leçons de piano ? Cela n'intéresse pas grand monde, à Dixonville.

— Je…

L'esprit tout embrouillé, Jane s'interrompit. Elle ne savait plus où elle en était.

— Comment savez-vous que je joue du piano ? demanda-t-elle.

— Vous venez de me le dire ! En outre, je vous ai souvent écoutée. J'aime assez cela.

Plausible. Une autre question vint aux lèvres de Jane.

— Vous avez dit que mon père avait découragé mes éventuels prétendants. Qu'est-ce qui vous permet d'affirmer cela ?

— Chère mademoiselle, je le sais très bien parce que j'ai été l'un de ces prétendants, figurez-vous. Mais votre cher papa m'a opposé que je n'étais même pas digne de cirer ses bottes. Pour lui, je n'étais qu'un bon à rien parce que je n'étais pas issu d'une famille riche et considérée.

Papa avait tenu de tels propos ? Il avait osé ? Enfin… il fallait croire qu'il avait de bonnes raisons. Tiens ! celle-ci, par exemple :

— De fait, vous étiez un Yankee.

— J'en suis toujours un, miss Davis. Mais puis-je vous faire remarquer que la guerre est terminée depuis dix-neuf ans déjà ?

— Pour vous, peut-être. Mais pas pour nous autres, gens du Sud. Mes parents ont perdu leur plantation et tous leurs biens quand les armées nordistes ont envahi notre pays. Papa n'a jamais pardonné et il avait bien raison. Ensuite, si nous sommes venus dans l'Ouest, c'est uniquement parce que nous étions ruinés et que l'oncle Junius acceptait d'employer papa dans son affreux journal.

— D'après ce que je sais, votre père ne s'est jamais acclimaté à Dixonville. Oh ! il a vécu, c'est sûr. Ou plutôt, il a survécu. Il vivait dans le passé, *son* passé qui l'emprisonnait, et votre mère aussi était prisonnière, à cause de lui.

— Ce n'est pas vrai ! protesta Jane. Maman sortait aussi souvent qu'elle voulait.

En finissant, elle s'aperçut qu'elle venait de dire une sottise. M. Wilder poursuivit comme s'il n'avait rien entendu.

— Pardonnez-moi de vous dire cela, Jane, mais vous aussi avez été tenue prisonnière du passé, à cause de votre père. Il vous a enfermée dans sa maison au sommet de la colline, et là, vous avez passé votre temps à préparer des bouquets et à jouer du piano. Votre père vous a éduquée comme si vous étiez encore la jeune bourgeoise de jadis. Il vous a préparée à une existence dont il savait fort bien que vous ne la connaîtriez jamais.

Jane cilla. Ces paroles lui faisaient mal parce qu'elles étaient vraies. Les rares fois qu'elle avait été autorisée à quitter la maison pour se rendre à une petite fête, pour aller au bazar afin d'acheter un morceau de savon ou une pelote de fil, papa, toujours, l'avait accompagnée. Il ne l'avait pas autorisée à avoir des amies. Parfois elle s'était sentie si esseulée qu'elle avait cru en mourir.

En y réfléchissant, maintenant, elle se demanda pourquoi elle avait accepté la vie morne qui lui avait été ainsi imposée. Elle ne regrettait pas, bien sûr, de ne pas s'être rebellée. Un Etat pouvait faire sécession et il s'ensuivait une guerre longue et sanglante. Mais une jeune fille bien née ne se séparait pas de sa famille. Une telle hypothèse était impensable.

Elle ne se rendait pas vraiment compte, en ce temps-là.

Maintenant elle savait.

Mais il était trop tard.

Mieux valait changer de sujet.

— En ce qui concerne la garantie, je préférerais vous donner la maison ; pas moi.

M. Wilder tiqua et rétorqua :

— Ce n'est pas la maison que je veux, Jane.

Du tac au tac, elle répliqua :

— Et vous, cher monsieur, vous n'êtes certainement pas celui que je veux !

Elle avait réussi à proférer ce sarcasme d'un ton ferme et d'une voix froide, mais ses mains tremblaient comme feuilles au vent d'automne. Elle songea à les dissimuler sous elle, repoussa aussitôt cette idée inconvenante. Une jeune fille bien née ne devait pas s'asseoir sur ses mains. Même dans les circonstances les plus graves, les plus angoissantes, une jeune fille bien née gardait la pose, la tête droite, le menton haut et les mains jointes devant elle, bien en vue.

— Remarquez, je m'en doutais un peu, répondit M. Wilder, pas plus ému que cela. Cela étant, j'ai posé mes conditions et je n'en changerai pas.

Une fois encore l'adage revint à la mémoire de Jane : *On n'attrape pas les mouches avec du vinaigre.* Elle desserra les poings ; prit une longue, très longue inspiration ; gonfla sa poitrine au maximum, à s'en meurtrir les côtes contre les baleines de son corset.

Un bon moyen d'oublier ses soucis — elle l'avait souvent expérimenté — était de porter un corset très serré ; ou de mettre des souliers trop petits. L'inconvénient, c'était que le corps ainsi brimé, elle avait du mal à se concentrer.

Dès qu'elle eut la certitude que ses jambes, de nouveau, pouvaient la porter, elle se leva. Toisant l'individu assis en face d'elle, elle lui dit :

— Très bien, monsieur. Vous avez barre sur moi, puisque j'ai le plus extrême besoin de cet argent. Cependant, si je suis bien obligée d'accepter les termes du contrat léonin que vous me proposez, ne croyez surtout pas que vous gagnerez. N'espérez pas, monsieur ! Je suis une excellente couturière et j'ai l'intention de réussir dans cette carrière, la seule que m'offre la vie ; la seule, en tout cas, que je sois disposée à embrasser.

— Je comprends, répondit M. Wilder, les lèvres pincées.

— De plus, poursuivit Jane emportée par son élan, je vous promets que si je me marie un jour, ce sera de ma propre volonté et jamais, jamais parce que j'aurai perdu un pari. Parce que c'est un pari que vous me proposez, n'est-ce pas ? Eh bien, sachez qu'il n'est pas dans mes habitudes de jouer, monsieur !

— J'espère bien, murmura M. Wilder.

— Je ne me décourage pas facilement non plus. Je lutte contre l'adversité jusqu'à ce que je remporte la victoire. Dans cette affaire comme dans d'autres auparavant, je vaincrai, monsieur !

— Bien sûr, dit M. Wilder.

Il restait très calme, trop calme, et c'était énervant. Ouvrant un tiroir sur le côté de son bureau, il en tira trois beaux billets tout neufs, de cent dollars chacun. Il les rassembla, les plia en deux, les tendit à Jane en disant :

— Il y a un magasin vide à côté du bazar de Rafe Mercer. Vous voyez ? C'est à moi. Je vous le louerais pour trois dollars par moi. Cela vous conviendrait-il ?

Il tendit la main, paume en l'air.

Jane se donna le temps de la réflexion en rangeant soigneusement l'argent dans son réticule.

— Cela me convient, dit-elle. Je vous remercie de votre offre.

Elle posa sa petite main sur la grande main du banquier, qui se referma. Malgré son gant, elle perçut une chaleur qui se communiqua à ses doigts, toute sa main, son bras jusqu'au coude… D'un coup sec, elle retira sa main.

— Puisque nous avons épuisé l'ordre du jour, dit-elle, il me reste à vous souhaiter une bonne journée.

Ces paroles convenues n'étaient pas du tout celles qu'elle eût prononcées s'il lui avait été permis d'oublier sa bonne éducation. Elle regretta — et ce n'était pas la première fois — d'être née Davis, avec tout ce que cela supposait de contraintes, de réputation à maintenir. Ah ! une fois, juste une fois, clamer ce qu'elle avait sur le cœur ! Dire son fait à ce monsieur : beaucoup d'argent certes, mais pas d'éducation ; sa façon de se tenir, de parler… et cet accent yankee ! S'il n'y avait plus que des gens comme lui pour tenir les banques, le monde était mal parti.

En quittant la pièce, Jane résista à une grosse envie de claquer la porte avec toute la force dont elle était capable. Mais elle était bien élevée. On ne se refait pas. Elle ferma donc la porte avec douceur, avec délicatesse, et sa main gantée s'attarda un instant sur le bouton de cuivre après que le pêne eut cliqué dans la gâche.

La vision qu'elle emportait était celle de M. Wilder, très droit derrière son bureau en noyer. Il la regardait avec des yeux de merlan frit.

*
* *

Dès que la porte se fut refermée, Rydell serra les poings et s'en servit pour tambouriner sur le plateau de son bureau, en réfléchissant aux suites de la transaction qu'il venait de conclure. La petite Jane Charlotte Davis n'avait pas la moindre idée de ce qu'était la *vraie* vie et, selon toute vraisemblance, elle n'allait pas tarder à le savoir. Franchement, imaginer qu'elle pouvait gagner sa vie en cousant des robes pour quelques dames de Dixonville ? Pourquoi pas faire fortune, tant qu'elle y était ?

Mais si elle réussissait ?

Dans ce cas, il avait été fou, lui, de prêter l'argent grâce auquel elle lui échapperait pour de bon.

Oui, si elle réussissait au-delà de toute espérance ?

Mais non ! Elle n'avait pas une chance sur un millier.

La pauvre petite…

Rydell se leva et marcha vers la fenêtre qui ouvrait sur la rue. Apercevant une silhouette, toute de bleu vêtue, qui s'éloignait rapidement, il eut l'impression de recevoir un coup de poignard au cœur.

Douleur familière.

Bon ! Même si Jane Charlotte Davis était capable de coudre, en une nuit, de la dentelle tout autour d'une tente de cirque, elle n'avait aucune expérience des affaires. Elle ne savait pas ce qu'était la vie dans une obscure bourgade d'Oregon, habitée presque exclusivement par de rudes bûcherons et leurs tout aussi rudes compagnes. Qui avait besoin de dentelles, à Dixonville ? Qui avait besoin de fanfreluches ?

Le jeu serait cruel, mais assez bref. Dans peu de temps, Jane serait ruinée.

Fin de l'aventure.

Dans peu de temps, Rydell Wilder serait un homme marié.

Seigneur, pardonnez-moi, mais j'ai envie de Vous prier pour que Jane Charlotte échoue. Ce n'est pas bien, je le sais. J'ai honte de moi, Seigneur.

Rydell savait ce qu'il voulait et ne ménageait pas sa peine pour l'obtenir. Pendant dix ans il avait travaillé dur, sué sang et eau afin de devenir, pour Jane, un parti plus agréable que le camionneur qu'il était alors. Pendant dix ans il avait parcouru toutes les pistes de l'Oregon et des Etats environnants, se nourrissant de haricots et de biscuits. Ainsi avait-il pu épargner, dollar après dollar, presque tout l'argent des salaires versés par Gaucher. Quand celui-ci était devenu trop âgé et trop faible pour conduire l'énorme camion tiré par quatre chevaux, Rydell le lui avait racheté. Encore quelques années de dur labeur, et il avait eu devant lui assez d'argent pour se lancer dans l'activité qui lui paraissait faite pour lui : la banque ! Il avait vu juste. Devenu banquier, il s'était très vite trouvé à la tête de sommes colossales dont il avait tiré l'aisance bien sûr, mais surtout le respect de ses concitoyens. Maintenant il pouvait faire trois vrais repas chaque jour. Sa compagnie était très recherchée par les femmes de Dixonville, respectables ou non.

Tous ses désirs étaient satisfaits. Tous ? Non. Il n'avait pas encore conquis le cœur de la jeune fille timide aux yeux plus bleus que le ciel d'été et dont les longs cheveux brun foncé descendaient déjà jusqu'à la taille quand elle était écolière. Avec les années elle n'avait pas changé.

Lui, si. Tant de rude travail l'avait endurci. Il n'avait plus peur de rien. Et pourtant, il lui semblait que s'il avait, un jour, la permission de prendre la main de Jane Charlotte, son cœur risquerait de s'arrêter net.

Dis donc, mon vieux Dell, tu ne crois pas que tu ferais mieux de l'oublier, la Jane ?

Certainement pas !

Pendant dix ans, dix longues années, il avait attendu sa chance. Et maintenant, la chance était là.

Il se demanda si Jane se souvenait de lui… du garçon qu'il avait été, autrefois, quand il n'était pas encore banquier.

Il se demanda si elle avait la moindre idée de ce qu'un homme pouvait éprouver pour une femme.

— Me permettez-vous de vous raccompagner à la maison, mademoiselle ? Vous me remettez, j'espère ? Je m'appelle Barton Springer, transporteur mais retiré des affaires. Je connaissais bien votre papa.

Jane inclina son ombrelle afin de pouvoir croiser le regard de l'homme. Elle répondit :

— Bien sûr que je me souviens de vous, monsieur Springer. Vous avez beaucoup aidé mon père et mon oncle Junius, au journal.

Le vieil homme sourit. Emboîtant son pas à celui de Jane, il reprit :

— J'ai appris la mort de votre papa : cela m'a fait de la peine. Surtout qu'il est mort si peu de temps après M. Junius : le destin, des fois… Mais dites-moi, qu'est-ce que vous allez faire, maintenant que vous voilà, pour ainsi dire, seule au monde ?

— Ce que je vais faire pour commencer, monsieur Springer, c'est me rendre au bazar. Je me lance dans les affaires, figurez-vous.

Les sourcils blancs et broussailleux se rapprochèrent. Ebahi, Barton Springer s'exclama :

— Dans les affaires, miss Jane ? Vous ? Toute seule ?

— Moi toute seule. Il faut que je loue le magasin qui se trouve à côté du bazar. Ensuite, je devrai acheter quelques coupons de tissu : de la mousseline, du satin ; du fil à coudre aussi ; et sans doute une lampe, afin que je puisse travailler le soir.

— Il vous faudra de l'aide pour transporter tout ça, miss Jane. Considérez que je suis à votre service.

Jane risqua un coup d'œil discret en direction du vieil homme. Les années ne semblaient pas peser trop sur ses épaules, mais il y avait cette manche repliée et cousue par le poignet à l'épaule… Cela dit, elle n'avait pas le cœur de le blesser en refusant son offre.

— C'est très gentil à vous, monsieur Springer, déclara-t-elle d'un ton enjoué. Je vais vous donner mon programme. D'abord, je voudrais visiter ma future boutique. M. Wilder m'a dit qu'elle se trouvait juste à côté du bazar, mais je ne me rappelle pas avoir jamais vu, dans ce coin-là, quelque chose qui ressemble à un magasin autre que le bazar.

M. Springer fit une grimace avant de répondre :

— Cela ne m'étonne pas, figurez-vous. C'est que le magasin en question ressemble plutôt à un… Enfin ! J'aime mieux que vous vous rendiez compte par vous-même. D'ailleurs, nous approchons.

— Même si ce n'est pas reluisant, déclara Jane, je m'en moque. L'important, c'est d'avoir un lieu pour démarrer. Ensuite, on verra bien. Savez-vous que c'est une nouvelle vie qui commence pour moi ? Je suis très contente.

Dans le moment de silence qui suivit cette déclaration pleine d'enthousiasme, Jane se demanda pourquoi elle parlait tant d'elle-même. Elle s'était pourtant juré de ne jamais aborder, en société, que des sujets de tout repos comme le temps, bien sûr, et aussi les naissances, les mariages et les décès à Dixonville. Or, voilà qu'elle se mettait à bavarder à tort et à travers. Ses projets ! Son avenir ! En quoi tout cela intéressait-il ce brave M. Springer ? Il est vrai qu'il avait l'air très gentil, M. Springer ; il suffisait de regarder ses yeux bleus comme les myosotis. Et puis, on pouvait se dire qu'il était un peu seul et que, en quelque sorte, c'était bien de lui tenir compagnie un moment. En outre, il avait l'air de se passionner vraiment pour tout ce qu'elle lui racontait. Il était très aimable ; si aimable qu'on ne pouvait lui tenir rigueur d'être un Yankee.

— J'espère que vous ne le prendrez pas mal, dit-il en souriant, mais qu'est-ce que vous avez l'air sérieuse ! Encore plus que quand vous êtes venue à la banque. Je n'ai jamais vu quelqu'un d'aussi sérieux que vous. C'est rare, pour une jeune fille.

Jane s'arrêta et se tourna un peu pour lui faire face.

— Vous trouvez que j'ai l'air sérieuse ? répondit-elle. Franchement, ce n'est pas le mot que je prononcerais pour qualifier mon état d'esprit. Je suis plutôt… résolue… décidée… déterminée. Voilà ! C'est le mot : déterminée.

En veine de confidence, elle était prête à ajouter qu'elle avait intérêt à faire preuve de détermination parce que c'était pour elle le seul moyen de franchir la mauvaise passe où elle se trouvait, mais M. Springer, tendant la main pour montrer quelque chose derrière elle, déclara :

— Tenez, nous y sommes. La voilà, votre boutique.

Jane se retourna.

— Où donc ? Je ne vois rien… Oh… vous voulez dire… ce petit appentis… à côté du… Oh, mon Dieu !

Il lui sembla que son cœur s'arrêtait de battre.

Une petite cabane aux planches disjointes, et toute branlante, guère plus spacieuse que la plate-forme d'un chariot, s'accotait au bazar. Jane s'approcha davantage, pour jeter un coup d'œil à l'intérieur. La seule fenêtre du… bâtiment était si crasseuse qu'elle ne vit rien du tout. Après tout, se dit-elle, tant mieux. Tout bien considéré, elle n'avait pas envie de voir, parce que son moral risquait de prendre un coup sérieux. Au-dessus de la porte, une enseigne hors d'âge se balançait au bout de deux chaînes rouillées et grinçantes. Cette enseigne annonçait : *Chez Mercer, graines et fourrages. On paie comptant.*

— C'était autrefois un magasin de Rafe Mercer, confirma M. Springer derrière Jane. Il y entreposait ses réserves de fourrage. Je me demande si ce local est bien approprié à l'usage que vous voulez en faire.

Jane avait la bouche sèche, comme emplie de coton. Elle énonça avec difficulté :

— Cette baraque me rappelle un quartier miséreux que j'ai vu autrefois, dans le comté de Marion. Vous connaissez ? Mais là-bas, au moins, c'était propre.

— Miss Jane, répondit le vieillard, vous avez raison : ce galetas n'est pas convenable. Vous savez ce que je ferais, à votre place ? Je prendrais mes cliques et mes claques et je retournerais chez moi, dans mon Sud, avec ma mère.

— Hélas, je ne peux pas, soupira Jane. Maman n'est pas trop bien, en ce moment. Et puis…

Et puis elle n'avait pas l'argent nécessaire pour payer les billets de train : tout ce qu'elle avait dans sa bourse lui avait été prêté par M. Wilder. En plus, même si sa mère avait pu voyager, elles ne pouvaient quitter Dixonville sans avoir payé toutes les dettes de papa ; sinon, de quoi auraient-elles l'air ? Maintenant, pour couronner le tout, il y avait le prêt du banquier à rembourser.

Le vieil homme hocha la tête. Il comprenait. Il murmura :

— Je me doute bien que vous partiriez d'ici à toute vitesse, si vous le pouviez.

— Je me débrouillerai, dit Jane en tâchant de prendre un ton enjoué. Pour commencer, je vais enlever cette affreuse enseigne et nettoyer la fenêtre… Voilà, merci de m'avoir accompagnée jusqu'ici, monsieur Springer. Puisque je suis juste à côté du bazar, je vais y entrer pour acheter la lessive dont j'ai le plus urgent besoin.

— Et moi, dit M. Springer, je retourne en ville. J'ai bien envie d'aller faire un tour à la Chope d'Argent. Avec un peu de chance, j'y retrouverai un jeune ami, à qui j'ai quelques mots à dire.

*
* *

— Dell, tu mériterais une bonne correction pour la mauvaise farce que tu as faite à cette pauvre jeune fille ! Si tu étais mon fils, c'est à coups de fouet que je te ferais entrer ça dans la tête ! Et tu penses que c'est avec ces procédés indignes que tu toucheras son cœur ?

Rydell lampa son verre de whisky, le reposa bruyamment sur la table en chêne, puis leva le regard en direction du vieil homme assis en face de lui.

— La phase de séduction viendra plus tard, déclama-t-il avec emphase. Pour le moment, il s'agit de lui faire comprendre qu'elle n'est pas en mesure de gagner sa vie, celle de sa mère en sus. Couturière, pfft ! Elle rêve ou quoi ?

— Tu as l'intention, vraiment, de la laisser s'épuiser à la tâche afin de n'avoir plus qu'à te baisser pour ramasser les morceaux ? Dell, voyons ! Cette petite n'a jamais travaillé de ses mains. Tout ce qu'elle sait faire, c'est jouer du piano et broder des napperons.

Rydell regarda son mentor droit dans les yeux.

— Ce que je veux, déclara-t-il solennellement, c'est une épouse, une vraie ; et non une potiche.

— Alors, jette ton dévolu sur quelqu'un d'autre. Dieu sait que tu n'as que l'embarras du choix.

Rydell ignora la suggestion. Promenant son doigt sur le pourtour de son verre vide, il dit :

— Jane est plus intéressante qu'elle ne le croit ; beaucoup plus ! Moi, ça fait dix ans que je l'attends. Je suis disposé à attendre encore un peu.

Gaucher s'énerva. Il donna sur la table un coup de poing si violent que les verres tressautèrent et que la bière, dont le sien était encore plein, se répandit à profusion.

— Si tu as attendu dix ans, déclara-t-il avec force, c'est parce que son père t'a jeté dehors quand tu es allé lui demander la main de cette petite. Maintenant qu'il est mort, pourquoi est-ce que tu ne déclares pas ta flamme, au lieu d'échafauder tes manigances ? Il me semble que, quand tu veux une femme, tu n'es pas trop emprunté pour l'avoir, non ? Eh bien, tu n'as qu'à agir avec celle-ci comme avec toutes les autres auparavant. Simplement, cette fois, ce sera pour le bon motif.

— Gaucher, soupira Rydell, que savez-vous des hommes et des femmes ? Je veux dire : avez-vous réfléchi aux relations des hommes et des femmes ? Comment ils se choisissent, et tout ça…

— Je ne pense qu'à cela ! déclara le vieil homme en riant. Rien de bien compliqué. Un homme voit une femme, il la trouve à son goût, il lui tourne son compliment, lui donne quelques baisers et ensuite, fouette, cocher !

Rydell ne put retenir un grand éclat de rire.

— Gaucher, je vous tiens pour un homme intelligent. Mais pour ce qui est des femmes, vous êtes complètement nul.

— Mon garçon, j'ai quarante ans de plus que toi. Alors, permets-moi de te dire que je sais de quoi je parle. Les femmes, c'est les femmes ; point final.

— C'est bien ce que je dis : vous n'avez rien compris. Jane… est Jane. Elle n'est pas une femme comme les autres. Et moi, je sais qu'elle n'est pas prête à entendre ce que j'ai à lui dire.

Gaucher leva les yeux au plafond et haussa les épaules.

— Moi aussi, je te tiens pour un homme intelligent. Mais pour ce qui est de tes rapports avec miss Jane, c'est toi qui es nul.

Rydell se leva. Posant sa main sur l'épaule du vieil homme, il déclara avec gravité :

— Jane est une jeune fille solitaire ; très bien élevée ; *trop* bien élevée ; sans aucune expérience de la vie. Mais il se trouve que je l'aime, que je l'ai toujours aimée. Elle mérite d'apprendre qui elle est vraiment.

— Et c'est toi qui vas lui apporter cette révélation.

— Oui.

— Personne d'autre ne pourrait accomplir cette mission, naturellement.

— Non.

Rydell jeta une pièce d'argent sur la table. Avant de prendre la direction de la sortie, il déclara encore :

— En outre, cette épreuve que j'impose à Jane ne durera pas très longtemps. Jeune et inexpérimentée comme elle est, je ne lui donne pas une semaine avant d'abandonner ses rêves de couturière. Et elle tombera entre mes mains comme un beau fruit mûr.

— Je n'en jurerais pas, murmura Gaucher. Je suis même sûr que la leçon, c'est toi qui la recevras.

3.

— Voici ton thé, maman. Il est exactement comme tu l'aimes.

Jane posa le plateau d'argent sur la table basse placée juste à côté du fauteuil.

— Merci, ma chérie, murmura sa mère en souriant. Ah ! quelle charmante coutume que celle du thé ; et puis, elle me réussit tellement bien. Chaque fois que je me sens un peu fatiguée, il suffit que je boive une tasse de thé et tout de suite, je vais mieux.

Le regard de Jane se perdit dans les roses du papier peint, derrière sa mère. Celle-ci avait de plus en plus tendance à se réfugier dans le passé, surtout quand elle avait des soucis. Toutes ses journées se déroulaient désormais selon des rites qui dataient de sa lointaine jeunesse. Elle ne vivait plus que par les tasses de chocolat chaud qu'on lui apportait au lit le matin, les bouquets de roses disposés dans de grands vases de cristal, le thé qu'elle dégustait religieusement en fin d'après-midi. Elle ne savait plus, elle avait oublié que la guerre — *l'agression nordiste*, disait son mari — avait bouleversé leurs vies et que plus rien ne serait comme avant.

Se forçant à prendre le ton d'une gaieté qu'elle était très loin d'éprouver, Jane reprit :

— Je suis allée en ville, maman ; à la banque d'abord, au bazar ensuite.

— J'ose croire que tu avais un chaperon ?

La main sur l'anse de la théière en argent, Jane hésita. Puis elle avoua :

— Non, maman, je n'avais pas de chaperon.

Elle souleva une tasse en porcelaine, y versa le thé. Ses mains tremblaient.

— Ton père passe vraiment trop de temps à soigner ses pêchers. Est-ce qu'il se rend compte que nous avons déjà un cellier plein de confitures et de conserves ? Je frémis à l'idée que la prochaine récolte de pêches arrive bientôt. Que ferons-nous de tous ces fruits supplémentaires ? Il faudra que nous demandions à Jonas de nous prêter quelques esclaves, pour aider.

Des esclaves ! Le regard de Jane croisa celui de sa mère, qui était embrumé. Jonas était autrefois l'intendant de son père, au domaine de Montclair.

— Maman ? Nous n'avons plus revu Jonas et ses esclaves depuis dix ans. C'est fini, tout cela. Est-ce que tu te sens fatiguée ?

Jane posa sa tasse sur la table et prit la main de sa mère, qui était douce et froide. Elle avait la peau si fine, si transparente que toutes les veines s'y dessinaient avec netteté.

Le cœur de la jeune fille se serra. Sa mère s'affaiblissait de jour en jour. Bientôt il ne serait plus question pour elle de récurer le plancher de la cuisine et de laver les draps, ainsi qu'elles en avaient l'habitude, tous les samedis, depuis qu'elles étaient venues se réfugier dans l'Ouest. Bientôt, elle, Jane, devrait assumer toute seule les tâches du ménage.

— Maman, j'ai parlé aujourd'hui à M. Wilder. Tu sais ? Le banquier... Je... je crois que je vais me lancer dans les affaires.

— M. Wilder ? Je ne connais pas ce nom-là. Une famille honorablement connue, je suppose, mais je ne vois pas...

Jane se permit un imperceptible soupir. A ce qu'elle savait, Rydell Wilder n'avait pas de famille honorablement connue et peut-être même pas de famille du tout. Mais qu'importait ? Elle n'avait pas envie de penser à lui. A pas lents, elle retourna dans la cuisine, en disant :

— Termine ton thé tranquillement, maman, pendant que je m'occupe de notre dîner.

Elle prépara une sorte de sandwich en disposant des tranches de tomates et du fromage sur les biscuits restant du petit déjeuner. Elle n'avait pas faim du tout. Le sandwich était pour sa mère uniquement.

Le repas fut vite expédié.

Ayant lavé la vaisselle, Jane ouvrit toutes grandes les fenêtres, ainsi que la porte d'entrée, afin de faire circuler dans la pièce la brise plus fraîche du soir. Puis elle traîna vers le salon son imposante et belle boîte à couture de bois de merisier. Dès le lendemain elle devrait trouver une âme charitable pour charger cet objet sur le plateau d'un chariot afin de le convoyer vers sa boutique ; sa boutique qui nécessiterait un travail titanesque avant de pouvoir s'ouvrir au public : il faudrait la récurer et nettoyer sans ménager sa peine. Avant de tirer l'aiguille pour ses futures clientes, elle devrait jouer du balai et de la brosse à récurer.

Sa mère prit place sur le sofa. Pour soulager ses jambes fatiguées et ses chevilles gonflées, elle posa ses pieds sur le gros pouf recouvert de canevas. Sur ses genoux, son livre ouvert recevait la lumière d'une lampe à pétrole qui brûlait sur la table.

— Jane Charlotte, dit-elle, écoute ce qu'écrit M. Tennyson : « L'ordre ancien change. Il s'en va. L'ordre nouveau arrive. » Qu'est-ce que cela signifie, à ton avis ?

La gorge de Jane se serra. Elle eut soudain envie de pleurer et pour ne pas donner libre cours à ses larmes, elle serra les mâchoires. Elle songea à son père qui reposait dans une tombe creusée dans le verger, juste derrière la maison. Elle se rappela le domaine de Montclair, si beau avant l'arrivée des troupes nordistes. Elle revit les arbres illuminés par le soleil couchant, la dernière fois qu'il lui avait été donné de remonter la grande allée, dans sa petite voiture. C'était cela, l'ordre ancien.

— Cela signifie que tout change, murmura-t-elle ; que nous devons regarder vers l'avenir, non vers le passé.

Elle décida tout à coup qu'elle n'aimait pas M. Tennyson ; qu'elle le détestait. Qu'est-ce qu'il racontait ? Les choses n'avaient pas à changer, surtout quand elles étaient jolies, agréables. Pourquoi devraient disparaître les belles journées d'été, les soirées si tranquilles qu'on pouvait entendre les esclaves chanter au loin, dans leurs quartiers situés loin derrière les communs ? Pourquoi fallait-il que mourût un père bon et brave ? Pourquoi s'éteignait doucement une mère qui savait si bien chanter ; qui avait porté très haut l'art de recevoir les amis ; qui s'était parée de tant de belles robes, si larges qu'elle devait se tourner de côté pour passer les portes ? Pourquoi, oui, pourquoi le monde ancien, si agréable, avait-il été englouti dans la tourmente guerrière ?

Pourquoi elle-même était-elle maintenant obligée de mettre son sort entre les mains de ce M. Wilder qui avait plus d'argent que d'éducation ; ce M. Wilder qui la regardait déjà comme si elle lui appartenait ?

Jane fronça les sourcils tandis qu'un souvenir lui revenait. Rydell Wilder l'avait raccompagnée à la maison, le premier jour d'école à Dixonville. Ce qui l'avait frappée, c'était sa haute taille, ses cheveux toujours ébouriffés, qui sans doute devaient se montrer rebelles au peigne. Ah ! Et puis, il allait nu-pieds, ce garçon. Bien entendu, il avait des souliers ; du moins c'était ce qu'il lui avait raconté. Mais il aimait mieux ne pas les porter, afin de ne pas les user trop vite. Il ne les mettait qu'en hiver, quand vraiment il lui était impossible de s'en passer.

Il était gentil ; sa voix, apaisante. Il avait dit à Jane qu'il savait ce que c'était que d'arriver dans une ville où on ne connaissait personne, et qu'il promettait de veiller sur elle.

Elle se rappela encore qu'il avait des chemises toujours propres et bien repassées, mais aux manches bien trop courtes. Un jour qu'elle lui regardait les poignets, il s'était empressé de rouler ses manches en disant qu'il faisait déjà chaud pour la saison. Il avait, ce jour-là, les phalanges meurtries à cause d'une rixe. Jane avait eu envie de pleurer.

Pourquoi ces souvenirs lui revenaient-ils maintenant ? Tout cela était si vieux… Vieux, oui, et pourtant, leur évocation lui réchauffait le cœur.

— Jane Charlotte, je veux lire quelques-uns de ces vers magnifiques à ton père. Tu sais comme il aime la poésie. Wordsworth et Shelley sont ses auteurs préférés.

— Maman ? Maman… qu'est-ce que je t'ai déjà dit, à propos de papa ? Il…

Oh, et puis, quelle importance ? Maman avait toujours refusé d'accepter les événements déplaisants.

Jane se leva pour essayer d'oublier que son père n'était plus là. Les paupières lui brûlaient. Elle avait envie de pleurer. Elle ouvrit la bouche, la referma. A quoi bon parler ? Peut-être serait-il plus sage de…

— Miss Davis ?

Jane sursauta en entendant cette voix grave qui l'appelait. Elle franchit la porte du salon et dans le vestibule, elle aperçut la haute silhouette d'un homme sous le porche. A contre-jour, il était difficile d'y voir… Qui pouvait bien venir lui rendre visite à cette heure tardive et, surtout, l'interpeller de façon si cavalière ? Et heureusement qu'elle avait fermé au crochet la porte à tamis parce que l'individu, tant qu'il y était, eût aussi bien pu entrer comme s'il était chez lui.

— Qui est là ? demanda-t-elle d'une voix tremblante.

Dans le salon, sa mère referma à grand bruit le volume de poésie, puis proféra ce reproche :

— Jane Charlotte ! Quelles sont ces manières ? Est-ce ainsi que l'on accueille un visiteur ? Ce n'est pas comme cela que nous t'avons élevée, ton père et moi !

Le visiteur rit bruyamment, puis reprit la parole.

— Je vous remercie de prendre ma défense, madame Davis. C'est Rydell Wilder qui vient vous rendre visite. Puis-je entrer un moment ?

Jane se vit incapable de bouger. Elle était pétrifiée. Il voulait entrer ? Ils étaient peu nombreux les visiteurs, et encore moins nombreux les hommes autorisés à franchir le seuil de cette maison.

La voix de Mme Davis retentit de nouveau, une fois encore, pour admonester sa fille.

— Jane Charlotte ! Ne reste pas plantée ainsi ! Ne laisse pas notre hôte dehors, voyons !

Sans enthousiasme, Jane s'avança pour ouvrir la porte à tamis. Rydell Wilder entra sans y avoir été invité, s'avança jusqu'à la porte du salon et là, il déclara :

— Je vous suis très reconnaissant, madame Davis. Sans votre intercession, je me voyais condamné à passer toute la nuit devant votre porte, au risque de me geler les os.

Son regard, brillant de malice, croisa celui de Jane. Il s'amusait ?

— Il ne fait même pas froid ! répliqua Jane avec mauvaise humeur. Nous sommes en été, tout de même ! Je ne crois pas qu'on ait jamais vu quelqu'un mourir de froid en plein mois de juillet.

Sa mère reprit la parole.

— Monsieur Wilder... monsieur Wilder... Avons-nous déjà été présentés ?

— Il y a de cela quelques années, madame. C'était au temps où votre mari travaillait au journal.

— Oh, oui, je vois… Je suis heureuse de vous revoir, monsieur Wilder.

Pour couper court à ces mondanités hors de propos, Jane demanda, d'un ton hargneux :

— Qu'est-ce que vous voulez ?

— Jane Charlotte !

Sa mère n'avait pas haussé le ton. Pourtant, la réprimande était patente. Jane frissonna. Elle se sentait coupable.

— Je suppose que vous voulez voir mon mari, dit sa mère. Justement, nous allions prendre le thé. Sans doute serez-vous heureux de vous asseoir avec nous ? Jane ! Mets la bouilloire à chauffer et va appeler ton père.

Rydell Wilder la regarda pendant un long moment, puis, après un presque imperceptible signe de tête, il répondit :

— Je vous remercie, madame, mais c'est mademoiselle votre fille que je désirais voir.

Il se tourna vers Jane.

— Mademoiselle, vous avez oublié quelque chose dans mon bureau, cet après-midi.

— Quoi donc ? demanda-t-elle, cherchant à comprendre.

— Votre clé.

— Ma clé ?

— Oui, la clé de votre boutique.

Rydell Wilder sortit de sa poche une enveloppe blanche, qu'il tendit.

Avec réticence, Jane prit le mince paquet qui lui était offert et, malgré ses précautions, ses doigts effleurèrent la main du banquier qui s'amusa, de surcroît, à ne pas lâcher prise trop vite. Elle frissonna.

— Jane Charlotte, il faut penser à préparer ce thé. Et pour la dernière fois, appelle ton père !

Jane eut envie de hurler. Heureusement, Rydell Wilder reprit la parole.

— Je vous en prie, madame Davis. Il est inutile de déranger votre mari. Je suis certain qu'il a mieux à faire que de bavarder avec moi. D'ailleurs, je n'ai pas le temps de m'attarder.

Il s'inclina devant la mère de Jane, il recula de trois pas et fit demi-tour pour prendre la direction de la porte d'entrée. Tandis qu'il marchait devant elle, Jane nota qu'il avait des bottes soigneusement cirées, très brillantes.

— Gaucher Springer sera ici demain pour vous aider, si vous le voulez, dit-il en se retournant.

— Je vous remercie, mais je n'ai pas besoin d'aide, répondit Jane, aussi peu aimable que possible.

Elle continuait de ressentir sur sa main, et c'était très étrange, les effets du contact avec la main de cet homme ; comme des fourmis dans les doigts... Etonnée, mais surtout très agacée, elle se demanda ce qu'elle ressentirait si Rydell Wilder lui avait effleuré l'épaule... ou le menton... Ressentirait-elle pareillement cette sorte de picotements ?

Rydell Wilder reprit en souriant :

— Gaucher viendra demain, puisque je l'en ai prié. Libre à vous de le renvoyer avec perte et fracas si vous en avez envie. Cela dit, je crois nécessaire de vous avertir : il est aussi obstiné que son patron.

Il fallut à Jane quelques secondes pour comprendre la portée de ces paroles. Au moment où la lumière se faisait dans son esprit, Rydell Wilder franchissait le seuil. Sous l'action du ressort, la porte à tamis se referma avec bruit.

Derrière Jane, sa mère soupira de façon exagérée et dit :

— Quel charmant jeune homme !

— C'est un Yankee, maman !

— Vraiment ? Je n'aurais pas cru... Comment cela est-il possible ? Un Yankee dans le comté de Marion...

— Maman, nous ne sommes plus à…

Oh, et puis, à quoi bon ? Pourquoi s'obstiner ? C'était peut-être mieux ainsi. Perdue dans ses rêves, coupée de la dure réalité, sa mère ne souffrait pas.

L'esprit en alerte, Jane tourna sur elle-même en se demandant à quoi elle pourrait s'occuper pour ne plus assister, momentanément, à la lente mais inéluctable déchéance de sa mère. Elle avait, surtout, besoin d'activité pour oublier les étranges picotements qui se répandaient dans tout son corps et s'intensifiaient le long de sa colonne vertébrale. Elle avait l'impression qu'elle allait se couper en deux, de haut en bas ! Oui, elle devait, vraiment, trouver quelque chose à faire ; d'urgence.

Le cœur battant trop vite, elle s'engagea dans l'escalier menant au grenier. Dans la pénombre, elle chercha, sur les rayons en planches mal équarries, ses vieux livres de couture, qu'elle empila sur le plancher.

Elle avait hâte de se mettre au travail.

La clé tourna en grinçant atrocement dans la serrure rouillée. Jane poussa la porte, la plaqua contre la paroi, s'avança d'un pas à l'intérieur du local. L'air poussiéreux, qui sentait le moisi, lui donna envie de vomir.

Appuyée d'une main sur le balai qu'elle avait apporté avec elle, elle porta son autre main sur son estomac et ferma les yeux. Elle ne pourrait pas. Elle n'y arriverait jamais. La tâche était trop dure, trop immense. Jane avait déjà récuré le plancher de la cuisine, mais il était déjà propre ! Ici, c'était trop sale, trop dégoûtant. Et puis, il y avait des toiles d'araignées partout, épaisses comme des rideaux. Les bestioles devaient être énormes…

Où se trouvait-on ? Dans un poulailler, et encore… Les poules refuseraient sans doute de nicher dans un endroit pareil.

Une porcherie ! Voilà le terme approprié. Ce local était une véritable porcherie.

Quelle dérision ! Elle s'était endettée pour installer une boutique de mode dans une porcherie.

Cette odeur était vraiment incommodante.

Jane faillit succomber à la nausée. Serrant les dents, fermant les yeux, elle bloqua sa respiration. Après quelques secondes, elle constata avec satisfaction que son malaise disparaissait.

Fébrile, elle chercha, dans la poche de sa robe en toile de coton bleu, un mouchoir qu'elle plia en deux, pour former un triangle qu'elle s'appliqua sur le nez et la bouche, et qu'elle noua avec soin derrière sa tête. Le parfum de lavande, dont il était imprégné, sans masquer la puanteur ambiante, l'atténuait tout de même. Il suffisait de laisser la porte grande ouverte pour créer un courant d'air bénéfique, et de travailler d'arrache-pied pour en finir le plus vite possible.

Jane prit le seau qu'elle avait laissé sur le seuil, elle le porta jusqu'à la pompe devant l'hôtel, de l'autre côté de la rue, puis le transporta, avec beaucoup plus de difficultés, vers le bazar. Rafe Mercer avait proposé de lui faire bouillir de l'eau sur le gros fourneau qui trônait en plein milieu du magasin ; une offre pareille ne se refusait pas. Pendant que son eau commençait à chauffer, Jane retourna dans sa boutique, retroussa ses manches et, armée de son balai, elle attaqua la saleté qui recouvrait les murs et le plafond.

Les débris répugnants — paille et foin, échardes de bois, boue, insectes morts et même, semblait-il, déjections d'oiseaux, tombèrent en pluie drue. Jane s'empressa de tirer de nouveau ses manches jusqu'aux mains, afin de protéger sa peau de ces effleurements qui la dégoûtaient. Elle éternua d'abondance. Puis, le nuage de poussière s'épaississant, elle se mit à tousser. Les yeux lui piquaient. Elle avait grande envie de jeter là son balai et de renoncer, mais, serrant les dents, elle décida de s'obstiner.

Elle se démenait encore quand Rafe Mercer se montra à la porte.

— Voici votre eau, miss Davis, dit-il en posant le seau sur le sol. Faites bien attention, parce qu'elle bouillait presque quand je l'ai transvasée. C'est encore très, très chaud.

— Je vous remercie de votre gentillesse, dit Jane, appuyée sur son balai, avant de succomber à une nouvelle quinte de toux.

Rafe Mercer, après avoir jeté un regard effaré sur la boutique, hocha longuement la tête et murmura :

— Quel dommage... Quel dommage...

Tout en reconnaissant qu'il avait raison, Jane eut à cœur, cependant, de minimiser l'ampleur de la tâche qui l'attendait pour remettre les lieux en un état convenable.

— C'est vrai que ce n'est pas très beau à voir, dit-elle en affectant la gaieté. Je ne vous cacherai pas que j'ai été moi-même assez surprise quand j'ai poussé pour la première fois la porte. Mais vous verrez que je réussirai à rendre cette boutique très présentable. Il suffit de savoir jouer du balai et de la serpillière !

— Pardonnez-moi, mademoiselle, mais ce n'est pas ce que je voulais dire, reprit Rafe Mercer. Ce qui me paraît dommageable, c'est que vous dépensiez tant d'énergie en pure perte.

— Pardonnez-moi, mais je crains de ne pas bien comprendre.

— Ce que je veux dire, c'est qu'une boutique de mode n'a pas sa place à Dixonville.

Jane écarquilla les yeux. Elle comprenait de moins en moins.

— N'y a-t-il pas des dames à Dixonville ? demanda-t-elle ; des dames qui portent des robes ?

— Des femmes, pas des dames, corrigea l'homme, en riant. La seule dame, dans cette ville, c'est vous.

Sous son mouchoir qui lui cachait la moitié du visage, [illegible] sourit. Elle répondit :

— Mais ne sommes-nous pas toutes les mêmes ?

— Certainement pas, grommela l'homme en se détournant pour repartir ; certainement pas.

— Eh bien, moi, je le pense ! répliqua Jane, d'une voix forte. Les femmes se ressemblent toutes, quelle que soit leur position sociale. Toutes nous avons besoin de robes pour nous vêtir et toutes, nous avons envie de belles robes. C'est ces belles robes que j'ai l'intention de leur proposer. Et vous verrez que vos concitoyennes fréquenteront ma boutique !

Elle ne parlait plus désormais que pour les murs, le propriétaire du bazar s'en étant allé sans vouloir en entendre davantage. Le débat étant clos avant que d'avoir commencé, elle s'empara du pain de savon posé sur le plancher, le déballa et en coupa de minces copeaux qui tombèrent dans le seau d'eau chaude, où elle trempa ensuite son balai, pour remuer. Quand la mousse épaisse commença à déborder, elle se servit du balai pour projeter l'eau contre les murs et elle frotta avec ardeur.

Sous la pluie de gouttelettes savonneuses, sa robe ne tarda pas à s'alourdir et à lui coller au corps. Ses cheveux, si soigneusement domestiqués par les épingles comme chaque matin, reprenaient leur liberté ; elle s'agaçait des mèches qui lui barraient le visage et les rejetait en arrière avec mauvaise humeur. Soudain, la vision de ses mains rougies, de ses ongles en deuil lui arracha un cri d'horreur et d'avance, elle entendit les reproches que sa mère ne manquerait pas de lui adresser : « Jane Charlotte ! Tes mains sont affreuses ! Où les as-tu mises ? » Pauvre chère maman ! Elle réglait son existence et celle des siens selon des principes d'un autre âge, d'un autre monde : une jeune fille ou une dame ne pouvaient montrer que des mains soignées et parfaitement blanches… Mais à quoi servaient de belles mains quand on était exilée et ruinée ?

… pour les mains ! songea Jane en redoublant …, dans la vie, des choses plus importantes. Ce … payé toutes les dettes de son père. A la fin de … boutique serait à peu près prête pour accueillir ses p… clientes. Elle espérait le succès de son entreprise. Elle en avait le plus urgent besoin, afin de pouvoir rembourser à M. Wilder ce prêt qu'elle regrettait d'avoir accepté. Plus elle y réfléchissait, plus elle avait conscience d'avoir commis une erreur. Parce que si elle ne pouvait subvenir à ses obligations, elle serait obligée de se marier avec M. Wilder. Epouser un Yankee ! Quelle horreur !

Ayant vidé deux autres seaux d'eau chaude et consommé toute sa provision de savon, Jane jugea que les murs et le plancher de sa boutique se trouvaient dans un état satisfaisant. Elle pourrait ouvrir sa porte aux premières clientes sans rougir de honte. Mais à quel prix ! Elle avait mal partout. Le moindre mouvement lui arrachait une petite grimace de douleur. Elle avait l'impression d'avoir été piétinée par un troupeau de bisons.

Pourtant, elle n'avait pas terminé son travail. Il lui restait à lessiver la fenêtre mais elle tenait à peine debout. Elle tomba à genoux et c'est à gestes lents qu'elle nettoya les deux vitres du bas. Elle voulut se relever, mais n'en eut pas le courage. Prostrée, le front contre la paroi, elle se demanda si elle n'allait pas s'endormir là.

C'est dans cette position peu glorieuse que la trouva Rydell Wilder.

Ayant donné un petit coup à la porte ouverte, il entra sans attendre d'y avoir été invité, mais Jane, trouvant en elle des ressources d'énergie insoupçonnées, se redressa et apostropha durement l'intrus.

— Vous laissez une seule trace de boue sur mon plancher et je vous retourne le seau sur la tête.

Prudent, Rydell Wilder franchit le seuil à reculons, et c'est de là qu'il reprit :

— Je vous apportais vos fournitures.

Jane se leva péniblement. Les mains appuyées dans le bas du dos, elle s'avança, le regard soupçonneux.

— De quoi parlez-vous ? Je ne vous ai rien demandé…

Rydell en eut la respiration coupée. Quand elle était dans la pénombre de la boutique, il ne s'était pas rendu compte, mais maintenant elle lui apparaissait en pleine lumière, sale des pieds à la tête, la robe toute mouillée et pleine de taches, les cheveux défaits… Quel spectacle ! Il y avait aussi ce mouchoir plié en triangle, qui, tel un masque, lui cachait le bas du visage. Elle avait l'air d'un ange déchu ; un ange déchu et fatigué, pitoyable.

Rydell eut une inspiration : enlever cette jeune fille dans ses bras et la conduire vers son hôtel, vers sa chambre où il lui ferait donner le bon bain chaud dont elle avait le plus urgent besoin. Mais à cette inspiration il résista, sagement. Miss Davis avait, dans les yeux, une lueur qui donnait à penser qu'elle n'inclinait pas aux frivolités, ce que confirmèrent bientôt ses propos :

— Vous êtes venu pour prendre la mesure de mes difficultés et vous moquer de moi ?

— Bien loin de moi cette pensée, s'empressa de répondre Rydell. Jamais je ne me permettrais de me gausser de votre… de votre situation.

— Dans ce cas, qu'êtes-vous venu faire ?

— Gaucher Springer est tombé de cheval, ce matin. Je viens le remplacer.

— Mais pour quoi faire ? insista la jeune fille. Pour rire un peu ? Regardez-moi bien : il y a de quoi ! Ma robe est sale et toute mouillée, et je me sens tellement fatiguée que je pourrais bien…

Elle s'interrompit. Sa voix avait tremblé.

Rydell cessa de la regarder pour s'intéresser aux dessins du plancher que révélait le récurage récent. Jane Davis était prête à s'effondrer d'épuisement. Sans doute se rendait-elle compte de la folie où elle s'était engagée et elle se demandait s'il ne valait pas mieux renoncer tout de suite. N'était-ce pas ce qu'il avait prévu ? Ce qu'il avait souhaité ? Oui, mais maintenant qu'il en avait la preuve sous les yeux, il se sentait pris de délicatesse. Il n'avait pas envie de rire, non ; pas envie de froisser la fierté de cette jeune fille qui avait présumé de ses forces. Voilà pourquoi il étudiait avec attention les dessins du plancher. Il se sentait gêné.

— Je suis venu pour vous prêter main-forte, reprit-il, sans la regarder. Gaucher vous avait promis de vous aider, et comme il a mal à une jambe, c'est à moi de le remplacer, comme je l'ai toujours fait en cas de pépin. Donc, j'apporte votre machine à coudre et les boîtes contenant votre petit matériel. Tout est là, dans le chariot que vous pouvez voir devant la porte du bazar.

Jane lui accorda un long regard pensif, encore méfiant. Mais peu à peu, le regard bleu s'adoucissait.

— Je vous remercie, dit-elle après un moment de silence, d'une voix encore tremblante. Il me semble aussi que je vous dois des excuses. Mais je suis si fatiguée que je ne sais plus bien ce que je dis.

— M. Mercer a accepté de m'aider à décharger le chariot. De votre côté, êtes-vous prête à recevoir vos affaires ?

Jane Davis jeta dans le seau la serpillière qui dégoulinait sur sa robe depuis le début de l'entretien. Puis elle demanda :

— Comment avez-vous su ce que vous deviez m'apporter ?

— Pas difficile : j'ai demandé à votre maman. Elle m'a été d'un grand secours.

— Maman ? Vous plaisantez, sûrement ! Elle sait à peine où elle est. Alors, quant à comprendre mon projet et à en déduire de quoi j'ai besoin…

— Je pense qu'elle comprend plus et mieux que vous ne le croyez, dit Rydell, d'un ton grave. Et permettez-moi d'ajouter que vous comptez beaucoup pour elle. Je l'ai persuadée que je ne voulais que vous aider, et voilà…

La jeune fille secoua la tête. Elle n'était pas convaincue. Sa voix exprimait de nouveau la méfiance quand elle dit :

— Je ne comprends pas non plus pourquoi vous tenez tant à m'aider. Votre intérêt n'est-il pas que j'échoue, et le plus vite possible ? Pourquoi cette générosité, de votre part ? Tout cela n'a aucun sens.

Rydell s'avança d'un pas. Entre deux doigts, il saisit le masque qui couvrait le bas du visage de Jan, et le tira vers le bas.

— C'est une question que je ne cesse de me poser, depuis ce matin.

— Quelle réponse y apportez-vous ? demanda miss Davis, d'une voix plus ferme peut-être, mais plus faible aussi, réduite à un murmure, un soupir dû à l'épuisement.

— Pour tout vous dire, je n'ai pas de réponse, admit Rydell.

Depuis un moment, il percevait parmi les fortes odeurs de savon, un parfum de lavande qui lui donnait le vertige et suscitait une tentation de plus en plus forte.

Il ne fallait pas…

Sans presque s'en rendre compte, sa main se posa sur le bras de Jane Davis et se referma.

Elle ne bougea pas, n'essaya pas de se soustraire à son emprise. Mais elle le dévisagea. Dans ses yeux il lut la crainte et peut-être aussi quelque chose d'autre, un sentiment indéfinissable. Mais il n'avait plus le contrôle de lui-même. Lentement, il attira à lui la jeune fille, la prit à l'épaule avec son autre main, pencha la tête.

Quand ses lèvres effleurèrent celles de Jane, il perdit toute notion du temps et de l'espace.

Jane Davis avait les lèvres chaudes et curieusement, elles étaient salées. Mais qu'elles étaient douces ! Jamais Rydell n'avait connu de baiser aussi doux que celui-là. C'était émouvant et enthousiasmant à la fois ; si enthousiasmant que l'envie était grande de demander plus, d'exiger davantage ; avec le risque de ne pas pouvoir s'arrêter à temps.

— Vous avez raison, murmura-t-il à l'oreille de la jeune fille. Tout cela n'a aucun sens.

4.

— Non, murmura Jane, d'une voix qui lui parut lointaine, comme si ce n'était pas elle qui parlait. Cela n'a vraiment aucun sens.

Sa voix lui paraissait fausse aussi ; elle n'avait pas le ton qu'il fallait. Elle bredouillait alors qu'il eût fallu dire les choses avec calme, avec force. Les mots avaient peine à sortir de sa bouche, comme si elle venait de se réveiller et qu'elle ne savait pas où elle se trouvait. Elle eût dû, surtout, montrer de la fermeté, et même de la dureté à ce monsieur qui ne se conduisait pas avec toute la réserve qu'on attendait d'un monsieur bien élevé. L'ennui, c'est qu'elle ne parvenait pas à se révolter. Ce baiser scandaleux avait eu le pouvoir de lui faire oublier sa fatigue, ses soucis.

Le soleil brûlait en elle. Elle se sentait bien.

Elle était heureuse.

Mais elle ne devait pas ! Ce n'était pas bien ! Après tout, M. Wilder avait pris avec elle de grandes libertés ; des libertés inqualifiables. Elle était coupable de ne pas se révolter, alors qu'elle aurait dû se sentir outragée.

Hélas, elle ne se sentait pas le moins du monde outragée.

Alors, comment réagir ?

Faire comme si ?

Elle ouvrit les paupières. Son regard se planta dans celui du banquier. Elle lui dit :

— Si j'avais encore un peu de force dans les bras, je vous montrerais comment une dame doit répondre à un assaut d'incivilité tel que le vôtre.

M. Wilder ne répondit même pas. Toujours prisonnière, Jane s'impatienta.

— Vos bras..., murmura-t-elle.

Comme il ne paraissait pas comprendre, elle mit les points sur les i.

— Maintenant, vous allez me lâcher, monsieur Wilder. Ensuite, je ferai comme si rien ne s'était passé. Je tâcherai d'oublier. Mais dans le comté de Marion, d'où je viens comme vous ne l'ignorez pas, une action telle que la vôtre aurait pu vous coûter la vie.

Rydell Wilder lui rendit sa liberté. D'un ton mordant, il répliqua :

— L'ennui, c'est que vous n'êtes plus dans le comté de Marion, Jane. Ici, personne n'aurait l'idée de provoquer en duel un homme qui a perdu la tête au point de donner un baiser à une dame sans en avoir reçu la permission.

Jane esquissa une grimace censée exprimer son mépris. Avec un sourire très agaçant, le banquier ajouta :

— La prochaine fois, je penserai à demander votre permission.

Instinctivement, Jane recula d'un pas. Elle lança d'une voix sèche :

— Il n'y aura pas de prochaine fois. Vous ne recommencerez pas, monsieur Wilder. Je sais que nous sommes dans un pays peu civilisé, mais je compte sur vous pour ne pas...

Sans façons, décidément, Rydell Wilder coupa la parole à Jane.

— Pays peu civilisé, vous avez sans doute raison ; mais un peu plus civilisé chaque jour que Dieu fait, vous le reconnaîtrez si vous êtes de bonne foi. Tenez, nous avons une école, et ce n'est pas rien ; un hôtel aussi, et deux églises. Notre ville s'enorgueillit aussi d'avoir une société de dames charitables.

Jane ne voulait pas en entendre davantage. Elle n'était pas certaine que son interlocuteur ne se moquait pas d'elle en énumérant les titres de gloire de Dixonville. Elle fût volontiers sortie pour mettre un terme à cet entretien puisque *Monsieur* s'incrustait, mais le balai et le seau lui barraient le chemin. L'obstacle n'était certes pas insurmontable, mais Jane se sentait fatiguée, elle n'avait pas envie de le contourner. L'enjamber ? Elle avait peur de trébucher. En plus, la tête lui tournait. Si seulement l'importun décidait de s'en aller…

— Je vous fais toutes mes excuses, lui dit-il avec gravité. Je pense que j'ai été enivré par le parfum de votre mouchoir.

— Veillez à ce que cela ne se reproduise jamais, répondit-elle en le fusillant du regard. Jamais !

A sa grande surprise, il lui tourna le dos et déclara d'un ton tranquille :

— Je vous apporte votre machine à coudre.

Il s'arrêta pour retirer sa veste, qu'il accrocha à la poignée de la porte, puis il retroussa les manches de sa belle chemise blanche et amidonnée. Ses bras étaient… ils n'avaient rien de commun avec ceux de papa. Papa avait toujours eu des mains bien blanches et des bras moins gros, moins solides que ceux-ci.

Les yeux fixés sur les bras nus de M. Wilder, et toute à ses comparaisons, Jane sentit un picotement dans sa nuque. Spectacle étrange que celui-là… et tellement indécent. Dans le Sud, jamais un monsieur bien élevé n'aurait montré ses bras nus à une dame ou à une demoiselle. Jamais !

Rydell Wilder s'empara du seau et sortit.

— Jamais, murmura Jane en le regardant s'éloigner, et sans trop savoir pourquoi elle éprouvait le besoin de répéter ce *jamais*.

L'instant d'après, le banquier était déjà de retour. Il portait la machine à coudre sur son épaule.

En le voyant, Jane s'émut. Son cœur battit plus vite tout à coup, beaucoup plus vite. Ses jambes se mirent à trembler. Si seulement M. Wilder voulait bien en finir très vite avec ce déménagement et la laisser tranquille ! Il n'avait rien de mieux à faire ? A quoi les banquiers occupaient-ils leurs soirées ?

Jane Charlotte, tu es ridicule ! Qu'est-ce que tu essaies de te mettre dans le crâne ? Tu sais bien que tu viens de récurer cette salle du sol au plafond, et que par conséquent tu es épuisée. Alors, ne te raconte pas que si tu trembles comme une feuille, c'est à cause de la présence de cet homme, qui n'y est strictement pour rien.

— Jamais ! répéta Jane, à mi-voix.

— Où voulez-vous que je dépose ceci ?

Jane sursauta.

— Je vous demande pardon ? Oh… ici, près de la fenêtre. Ce sera très bien.

Rydell Wilder s'agenouilla sur le plancher, se pencha en avant, déposa en douceur la lourde machine à coudre sur les lattes encore humides. Puis il se redressa, repoussa l'engin contre le mur, en vérifia l'assise.

Un chiffon en main, Jane se précipita pour enlever la poussière. Elle passa, sans vouloir le regarder, devant Rydell Wilder qui, déjà, ressortait.

— Et voici votre boîte de modèles, dit-il en revenant.

Il courait.

Pourquoi ne s'arrêtait-il pas ? Pourquoi ne rentrait-il pas chez lui ? Il en faisait trop.

— Le fer à repasser et la boîte à boutons ! annonça-t-il triomphalement, au voyage suivant. Je ne savais pas qu'il fallait tant de fourbi rien que pour coudre des robes.

— Ah bon ? Vous n'avez donc jamais vu votre mère dans ses travaux de couture ?

La réponse avait fusé trop vite. Jane regretta ses paroles avant qu'elles n'eussent toutes franchi le passage de ses lèvres. D'après ce qu'elle croyait savoir, Rydell Wilder vivait seul depuis longtemps. Quand il était arrivé à Dixonville, tout jeune garçon, il n'avait déjà plus de père et de mère.

— Non, répondit-il d'une voix tranquille.

Misère ! Elle avait parlé trop vite et s'était montrée indiscrète, peut-être blessante. Elle avait eu, comme disait sa mère, « la langue trop bien pendue ».

Mais elle avait des circonstances atténuantes. La présence de M. Wilder la troublait à un point inimaginable. Pourquoi s'imposait-il ? Elle ne lui avait rien demandé ! Elle n'avait pas besoin de son aide ! Avec lui dans ce local trop étroit, elle perdait tous ses moyens, son esprit fonctionnait de façon chaotique, ses pensées tournoyaient comme les pièces du kaléidoscope de tante Carrie, avec quoi elle aimait tant jouer, autrefois, quand elle était petite.

M. Wilder l'avait effleurée ; plusieurs fois. Il lui avait donné un long baiser. Et maintenant, il se comportait comme si rien de sérieux ne s'était passé ou plutôt, comme si ce baiser était quelque chose de normal, ou banal.

Normal, ce baiser ? Banal ? Tel n'était pas du tout l'avis de Jane. Elle y pensait sans arrêt. Elle n'arrivait pas à le chasser de son esprit. La bouche de Rydell Wilder s'était posée sur ses lèvres, s'y était longuement attardée, ce qui avait eu pour conséquence de provoquer en Jane une chaleur étrange, et fort douce ma foi, qui s'était répandue dans tout son corps. Sur le moment, elle avait trouvé cela très agréable, plaisant.

Quelle folie ! Si elle habitait encore dans le comté de Marion, elle serait d'ores et déjà irrémédiablement compromise. En quelques secondes, elle serait passé du statut de jeune fille de bonne famille à celui de fille perdue. Il n'en allait pas de même ici, dans ce pays de sauvage qui s'appelait Oregon, où un baiser ne semblait pas avoir d'importance. Ici la civilisation n'avait pas encore droit de cité.

Ayant eu connaissance de l'ignominieux comportement de M. Wilder, papa aurait réagi avec vigueur. Qu'aurait-il fait ? Probablement, il aurait donné à M. Wilder une correction dont celui-ci se serait souvenu toute sa vie, et qui lui aurait ôté toute envie de recommencer. C'est avec un fouet que papa eût inculqué les bonnes manières au banquier qui se croyait tout permis.

Mais papa n'était plus là.

Tu es seule, ma petite Jane ; seule pour savoir ce que signifie — si, toutefois, il signifie quelque chose — ce baiser pour toi.

Elle n'en savait rien ; ne pouvait pas savoir, parce qu'elle n'était pas en état de penser quoi que ce fût. L'esprit trop embrouillé… à cause de la fatigue. Jane était si fatiguée qu'elle n'osait plus bouger. Elle avait peur de trébucher et de s'effondrer au premier pas qu'elle ferait, comme sa grand-mère Beaudry, qui avait près de quatre-vingts ans quand toute la famille avait dû quitter le comté de Marion.

En ce moment, Jane se sentait aussi vieille et aussi fragile que sa grand-mère. Elle avait travaillé trop longtemps ; avait abusé de ses forces qui n'étaient pas inépuisables. De toute la journée elle n'avait pris aucun repas autre que son léger petit déjeuner, composé de pain grillé et de thé.

Donc, Jane ne tenait déjà plus très bien sur ses jambes et le baiser de M. Wilder n'avait rien arrangé. Sa situation s'aggravait encore parce que M. Wilder s'incrustait. *Qu'il s'en aille, à la fin !* songeait Jane en s'impatientant. *Qu'il me laisse tranquille !*

— Je mettrai en place les chaises et le mannequin d'essayage plus tard, annonça-t-elle. Monsieur Wilder, il me reste à vous remercier de votre aide et à vous souhaiter une bonne fin de journée.

— Comme vous voulez, répondit Rydell Wilder. Gaucher passera demain pour voir si vous avez besoin de quelque chose. Il est très serviable, vous savez, et toujours très utile, bien qu'il n'ait qu'un bras. Mais il n'aime pas qu'on lui en parle, ce qui se comprend un peu.

— Tout compte fait, répondit Jane sans réfléchir, j'aime mieux que ce soit lui plutôt que... Enfin, je veux dire...

Le banquier éclata de rire et observa :

— On dirait que vous êtes fatiguée et que votre cerveau ne fonctionne plus comme il devrait !

— Je ne comprends pas ce que vous voulez dire, dit Jane, consciente qu'elle rougissait.

— Ce que je veux dire, c'est que votre langue s'agite, s'agite... un peu comme vous, je dirais.

— Je ne vois toujours pas...

— Mais si, vous voyez très bien, petite futée. A ce propos, pourquoi vous agitez-vous de la sorte ? Est-ce parce que ma présence vous indispose ? Ou alors, c'est que notre baiser vous fait de l'effet.

A ces deux suppositions il fallait deux réponses, qui vinrent en même temps à l'esprit de Jane.

Oui, sa présence l'indisposait, ô combien.

Oui, le baiser lui faisait de l'effet.

— La réponse est *non*, deux fois, dit-elle d'une voix qu'elle s'efforça de faire paraître aussi glaciale que possible. Je pense donc que vous êtes assez intelligent pour en tirer les conclusions qui s'imposent, en vous retirant afin de ne pas prolonger inutilement un entretien oiseux.

— Vous ne pourriez pas parler normalement, Jane ? demanda M. Wilder, sur un ton de gentil reproche. Nous sommes ici dans l'Ouest, pas dans un salon.

Elle s'énerva et cria.

— Hors d'ici, tout de suite !

Menaçante, elle agita son balai, en donna un coup dans les mollets du banquier qui encaissa en riant mais ne bougea pas d'un pouce.

— Dehors ! reprit-elle.

La fureur lui redonnait des forces. Elle assena deux autres coups de balai, avant que M. Wilder consentît enfin à franchir le seuil, à reculons, toujours en riant.

Il riait encore quand il monta sur le siège du chariot.

Elle l'entendit rire encore alors que le véhicule s'éloignait.

Epuisée de fatigue et de rage, elle s'adossa à la paroi de sa boutique pour reprendre ses forces et se calmer. Elle tremblait de tous ses membres.

Elle prit une résolution. Elle était bien élevée, mais malgré cela — ou peut-être à cause de cela, d'ailleurs —, si Rydell Wilder s'avisait de lui donner encore un baiser, ou s'il posait les mains sur elle, ou même si, simplement, il la regardait d'une façon pas convenable… elle le tuerait.

Non seulement Rydell Wilder ne la traitait pas avec les égards requis, mais il lui faisait perdre son temps. Elle avait du travail, beaucoup de travail. Elle devait coudre des robes, pour rembourser son prêt.

Jane jeta son balai dans un coin de la boutique. Elle passa un dernier coup de chiffon sur sa machine à coudre. Elle récapitula ses chances de réussir dans son entreprise avec les pauvres moyens dont elle disposait.

Elle était condamnée à réussir.

Sinon, elle préférerait mourir.

— Tu veux dire que tu l'as prise dans tes bras, sans crier gare, dans sa boutique, juste devant la fenêtre, pour lui donner un baiser ? Au risque de la compromettre gravement ? Tu ne manques pas d'air, mon gars ! La pauvre petite a dû se demander ce qu'il lui arrivait, non ?

Rydell suivit du regard son mentor qui se levait pour se diriger vers le fourneau ventru pour se resservir de café brûlant. Il répondit :

— Franchement, elle ne m'a pas semblé si effrayée que ça, Gaucher. Surprise, oui, mais pas effrayée. Et pour tout te dire, je me demande encore ce qui m'a pris. Je ne comprends pas.

— Ben voyons ! Tant que tu y es, dis que c'est toi qui es à plaindre ! Ce que je me demande, moi, c'est ce que tu as dans le ciboulot. A quoi as-tu pensé, bon sang, quand tu t'es jeté sur elle ?

Gêné, Rydell décroisa puis recroisa les jambes. Il occupait la seule chaise disponible dans la cabane en rondins que Gaucher appelait pompeusement « sa maison ». Gaucher, lui, avait préféré s'installer sur son lit étroit placé contre le mur, dans l'angle entre la porte et l'unique fenêtre.

— Je n'ai pensé à rien, dit Rydell, assez piteux.

— Je m'en serais douté, mon gars ! Comme je viens de te le dire, tout ce que tu as à faire, maintenant, c'est de ne plus bouger et d'attendre. Ne t'avise pas de la brusquer encore une fois. La miss Jane, elle a peut-être l'air douce comme ça, mais elle pourrait bien se montrer aussi têtue qu'une mule si tu l'importunais encore ; et deux fois plus capricieuse.

Rydell but en silence l'eau chaude et brunâtre que son vieil ami appelait « café ». Et il opina en silence.

— Qu'est-ce qui te tracasse ? lui demanda Gaucher.

— Rien…

— Si ! Je le vois bien.

Pensif, Rydell hocha la tête. En mémoire il revit son parcours, qui n'avait pas été facile. Il n'avait pas ménagé ses efforts pour se faire accepter par les citoyens sourcilleux de la petite ville, puis pour gagner leur estime. Pour cela, il avait dû faire oublier qui il était, d'où il venait ; mais qui, en vérité, pouvait oublier vraiment qu'il avait, pendant longtemps, porté des pantalons rapiécés et trop courts pour ses longues jambes ? Qui, à Dixonville, ne se souvenait qu'il avait ânonné l'alphabet et appris ses chiffres avec des enfants de plusieurs années plus jeunes que lui ? Qui ne l'avait vu, le nez collé à la vitrine du restaurant pour essayer de comprendre comment les gens bien élevés se tenaient à table ?

Il ne pouvait pas regretter de ne pas avoir réussi dans la vie, puisqu'il avait réussi, et au-delà de toute espérance. Pendant dix ans — dix longues années ! — il avait vécu dans une masure au bord de la rivière. Pendant dix ans il avait travaillé comme une bête de somme, se nourrissant de biscuits et de haricots secs, économisant chaque dollar, chaque cent qui tombait dans sa poche.

Maintenant, il était propriétaire de la banque. Maintenant, il portait des costumes taillés à ses mesures. Maintenant, il entrait chaque jour pour dîner dans le restaurant devant lequel il avait tant rêvé autrefois.

Les citoyens de Dixonville lui manifestaient du respect, de la considération ; ils n'avaient sans doute pas oublié ses débuts, mais ils faisaient comme si. Ils entraient volontiers dans sa banque et certains commençaient même à mentionner incidemment, au cours de la conversation, qu'ils avaient une grande fille à marier.

Rydell avait tout.

Tout ?

Pas tout à fait.

Il ne lui manquait que Jane.

— Tu rêves, mon gars ? demanda Gaucher en faisant cliqueter ses ongles sur le gobelet qui reposait sur son genou.

Rydell leva la tête, croisa le regard bleu, toujours aussi vif, du vieil homme. Pas la peine de lui raconter des histoires, il avait déjà tout compris. Donc, Rydell soupira :

— Pour dire les choses comme elles sont, il y a un aspect de ma vie dont je ne suis pas très content.

— Ah, oui ? Quoi donc ? demanda Gaucher, dont les sourcils broussailleux s'étaient levés.

— J'ai peur d'avoir travaillé comme une bête, mais d'avoir travaillé en vain.

— Tu plaisantes, j'espère ! s'exclama le vieil homme. Enfin, sois un peu sérieux ! La moitié de la ville t'emprunte de l'argent pour payer l'autre moitié. Ceux qui reçoivent cet argent le replacent chez toi presque aussitôt, en grande partie, et ceux qui ont emprunté te remboursent par la suite, en te servant des intérêts substantiels. Franchement, je ne comprends pas pourquoi tu te plains. Mais rappelle-toi, je te l'avais dit dès le début : cette banque, c'était une bonne idée, une très bonne idée. On peut même dire : une idée en or. Ton seul souci, maintenant, c'est de choisir le bon endroit pour construire la maison que tu habiteras avec miss Jane, quand tu l'auras épousée.

A cette longue diatribe, Rydell ne répondit pas immédiatement. Les yeux baissés, il observait la course de son index sur le pourtour de son gobelet. Au bout d'un moment, il soupira :

— Justement, c'est ça qui me tracasse. J'ai beau être riche maintenant, je continue d'avoir le sentiment que je n'appartiens pas à la société de cette ville ; que les gens respectables refuseront toujours de me considérer comme l'un des leurs.

— A cause de ton père, n'est-ce pas ? Parce qu'il a refusé de te donner son nom ?

— C'est un peu ça, oui. Mais ce n'est pas tout.

— S'il y a autre chose, tu serais aimable de cracher le morceau, et vite. Parce que moi, j'ai l'estomac dans les talons et j'ai hâte d'aller me mettre les pieds sous la table. Tu m'invites ? On y va ? On pourrait discuter en marchant.

Rydell ne put s'empêcher de sourire. Gaucher avait toujours eu la bougeotte et son infirmité n'avait en rien atténué son besoin de mouvement perpétuel.

— Je ne sais même pas qui était mon père, répondit-il en se levant. Etait-il un homme honorable ou une canaille ? Mystère…

— Si je comprends bien, dit le vieil homme en se levant, ce qui te chagrine, c'est de ne pas savoir vraiment qui tu es, *toi* ?

— C'est un peu ça, oui.

— C'est un peu ça, oui… Bon Dieu, Dell, tu aurais fait un bon avocat, parce que tu as l'art de tourner autour du pot. Bon… Tu veux vraiment te casser le nez sur la porte du restaurant ? Parce que l'heure tourne et que nous ferions bien d'y aller.

Rydell se leva à son tour et posa son gobelet dans l'évier. A Gaucher, qui avait déjà franchi le seuil, il jeta :

— L'homme qui épouserait Jane Davis, il aurait la considération de tous ses concitoyens. Tu ne crois pas ?

Gaucher se retourna.

— Sûrement. Et alors ?

— Même si cet homme était issu d'une longue lignée de voleurs de chevaux, son mariage avec Jane Davis le protégerait, en quelque sorte.

— Sans doute. Quel est le problème ?

— Le problème, c'est que la réciproque n'est pas forcément vraie. Elle n'est *sûrement* pas vraie.

— C'est-à-dire ?

— C'est-à-dire que Jane Davis, en épousant un homme à la réputation douteuse, ruinerait la sienne par la même occasion.

Gaucher rentra, revint vers Rydell, lui mit la main sur l'épaule.

— Fils, lui dit-il avec gravité, tu es quelqu'un de bien. Je t'ai connu quand tu avais seize ans. Tu n'avais alors que la peau sur les os, et il faut bien le dire, tu ressemblais plus à une souris malade qu'à un enfant. Quand je t'ai vu tomber amoureux de miss Jane, j'ai pensé que ça ne durerait pas, mais ça a duré. Pendant dix ans tu as travaillé pour conquérir une position intéressante dans cette ville, tout le monde croit que tu ne penses qu'à réussir matériellement, mais moi, je le sais bien, tu es toujours amoureux de ta miss Jane.

— C'est donc si évident pour vous ? dit Rydell en souriant.

— Evident ? Ça se voit comme le nez au milieu de la figure, que tu es amoureux ! Mais rassure-toi, il n'y a que moi à le savoir. Il faut dire que tu sais bien cacher ton jeu.

Rydell jeta un coup d'œil rapide en direction du vieil homme, en se demandant ce qu'il savait vraiment. Celui-ci reprenait :

— Maintenant, tu as grandi, Dell. Tu es riche et, ce qui ne gâte rien, tu es beau gosse. Je suis sûr que la moitié des filles du comté de Douglas rêvent de t'épouser. Alors, encore une fois, que veux-tu de plus ? Miss Jane ? Si c'est le cas, tu n'as qu'à l'épouser et tu ne me feras plus cette mine d'enterrement.

— Vous aussi vous feriez un bon avocat, dit Rydell en riant. Vous parlez comme si vous aviez la réponse à toutes les questions.

— Ce ne sont pas les réponses qui sont importantes, mais les questions, répondit sentencieusement le vieillard. Et la question, pour le moment, est celle-ci : Pourquoi est-ce que tu te tracasses ? Qu'importe ton père si tu veux épouser miss Jane, puisque tu as tout pour la séduire ? Mais assez discuté, il est temps d'aller manger.

Si pressé qu'il fût de se restaurer, Gaucher n'allait quand même pas trop vite à cause de son genou blessé. Rydell ralentit le pas pour rester à son niveau. La fin du trajet vers l'hôtel Excelsior se passa en silence. Rydell méditait ce qui venait de se dire.

Il désirait Jane ; là-dessus, pas de doute. Il l'avait toujours désirée, d'aussi loin qu'il se souvenait, en vérité depuis ce premier jour, à l'école. La nuit tombée, il gravissait la colline vers la maison qu'elle habitait et, caché dans les buissons, il l'écoutait jouer du piano. Les petites notes flottaient dans l'air chaud comme de petites perles et ruisselaient sur lui comme une pluie bienfaisante. Il restait là, des heures durant, à recueillir quelques bienfaits d'un monde qu'il ne connaissait pas, d'un monde auquel il n'appartenait pas et n'appartiendrait sans doute jamais.

Jane et lui n'étaient pas du même monde.

Il le savait.

Cela ne l'empêchait pas de la désirer.

Soudain il accéléra le pas et c'est presque en courant qu'il fila vers l'hôtel Excelsior. Mais il s'arrêta tout à coup au milieu de la rue, comme pétrifié.

— Qu'est-ce qui ne va pas ? lui demanda Gaucher qui peinait pour rattraper son retard.

— Rien... Tout...

Jamais son rêve n'avait été aussi près de se réaliser. Mais il savait aussi qu'il pouvait le voir s'évanouir sans lui laisser d'espoir.

Même dans ce cas, il n'abandonnerait pas.

Rien ni personne ne pourrait jamais lui faire entendre raison.

Alors que le soleil, grosse orange, s'insérait entre les sommets de deux montagnes, Jane avait gravi, péniblement, le raidillon menant à sa maison. Elle avait franchi la porte de l'enclos et marchait dans l'allée principale du jardin quand elle vit un grand homme noir sortir de la maison et s'arrêter sous le porche.

Saisie de surprise, elle s'arrêta. Puis elle se dit qu'elle l'avait déjà vu quelque part.

— Miss Jane ? dit-il.

Elle le regardait en se demandant quel était son nom. Pas moyen de se le rappeler.

— Je m'appelle Moïse, reprit-il ; Moïse Freeman. Le maréchal-ferrant, vous savez ?

— Oh, oui... Mais que puis-je pour vous ?

— Je passais devant chez vous, mademoiselle, quand j'ai reniflé une odeur bizarre, très forte, comme celle du métal chauffé. Vous pensez que c'est un parfum que je connais bien, avec mon métier... Dans ma forge c'est normal de sentir ça, mais par ici... Moïse, je me suis dit, il y a sûrement le feu dans cette maison.

— Le feu ? s'écria Jane alarmée. Est-ce que maman...

— Votre maman, mademoiselle, elle avait mis à chauffer de l'eau pour le thé, mais elle a oublié sa bouilloire sur le feu, toute l'eau s'est évaporée, et la bouilloire a continué à chauffer, à chauffer... Quand je suis arrivé, elle était toute rouge, la bouilloire. Alors je l'ai attrapée pour la plonger dans une grande bassine d'eau froide. Enfin voilà... plus de peur que de mal, si on peut dire.

— Merci, oh, merci ! dit Jane. Sans vous...

L'homme sourit et, gentiment, coupa court aux effusions.

— Sans vous commander, mademoiselle, vous devriez rentrer, parce que votre maman, elle veut son thé.

— Oui, bien sûr, murmura Jane, qui avait la gorge sèche et les jambes flageolantes. J'y vais tout de suite... Je vous suis très reconnaissante de la peine que vous avez prise.

D'un geste de la main, Moïse Freeman signifia qu'il ne méritait pas tant d'éloges. Puis il s'éloigna, sortit du jardin, referma la porte de l'enclos et partit sur la route sans se retourner.

Jane entra dans la maison.

— Jane Charlotte, est-ce toi ? demanda sa mère qui était dans le salon.

— Oui, c'est moi, répondit-elle.

Elle s'arrêta dans le vestibule. L'odeur âcre du métal trop chauffé stagnait dans l'air.

Dans le salon, sa mère reprit :

— Abner est venu pour préparer le thé, mais je doute qu'il soit déjà prêt.

— Ce n'était pas Abner, maman, soupira Jane en se dirigeant vers le salon.

Sur le seuil elle s'arrêta, accorda un long regard à sa mère assise dignement sur le sofa près de la fenêtre, puis, en s'avançant vers elle, elle expliqua :

— Tu n'as plus revu Abner depuis que nous avons quitté la maison. C'est comme Odélia ou tante Carrie : elles sont loin de nous maintenant et nous ne les reverrons sans doute jamais. L'homme qui est venu, maman, s'appelle Moïse Freeman. Il est maréchal-ferrant.

— Maréchal-fer… Mais qu'est-ce que tu as fait, Jane Charlotte ? Tes cheveux sont tout ébouriffés… et ta robe ! Ma parole, tu es toute sale !

— C'est à cause de la boutique, maman.

— La boutique ? Quelle boutique ?

— Tu sais bien… Je t'en ai parlé plusieurs fois. J'ouvre un atelier de couturière. Tu te rappelles ?

Le regard éteint de la mère croisa celui de la fille.

— Non, murmura-t-elle après un intense effort de réflexion. Je ne me rappelle pas. Tu as sans doute oublié de m'en parler. Mais tu vas réparer cet oubli pendant que nous boirons le thé. Abner ? Ab…

— Maman ! dit Jane, le cœur serré.

Je t'en prie, maman, fais un effort…

Elle préféra détourner la tête parce qu'elle avait les larmes aux yeux. S'efforçant de prendre un ton léger, elle reprit :

— Je vais m'occuper du thé, maman. Ensuite, je préparerai le dîner. Je tâcherai de nous faire quelque chose de bon.

Et puis j'irai me coucher et je pleurerai à m'en faire tomber les yeux.

— Jane, il faut appeler ton père. Il est dehors depuis ce matin. Il doit être très fatigué.

Essaie de te souvenir, maman. Je t'en supplie, garde un peu de ta mémoire.

La bouilloire était hors d'usage. Jane mit l'eau à chauffer dans une casserole, et dans une autre casserole elle versa le lait qu'elle présenterait au dîner, avec du pain. Pauvre dîner en vérité, mais elle était si fatiguée qu'elle n'avait pas le courage de réfléchir à un repas plus élaboré. En outre, il n'y avait plus grand-chose dans la réserve.

Le dîner se passa dans un morne silence. Jane écoutait le bruit mou des insectes de nuit qui venaient s'écraser contre la fenêtre, le tintement de la cuiller de sa mère sur le bord de l'assiette en porcelaine. Il faisait chaud encore, mais l'air humide pesait lourdement sur les épaules. Epuisée, Jane ferma les yeux et se mit à réfléchir.

Je n'en peux plus. Toute seule, je n'y arriverai jamais. Il me faut de l'aide.

S'occuper de sa mère.

Ouvrir la boutique. Réussir à vendre au moins une robe, faute de quoi il n'y aurait vraiment plus rien dans la réserve : plus de sucre, plus de farine, plus de thé…

Préparer le pain.

S'occuper du ménage, de la lessive, du repassage.

Récurer le plancher une fois par semaine.

— Jane Charlotte, ma chérie, j'ai l'impression que tu tombes de sommeil.

Arrachée à sa triste rêverie, Jane sursauta et se ressaisit.

— Tout va bien, maman. Je t'assure ; un moment de fatigue, c'est tout.

Sa mère avança la main au-dessus de la table, pour lui effleurer les doigts.

— Ne t'en fais pas, lui dit-elle d'une voix étrangement paisible. C'est vrai que notre situation n'est pas agréable pour le moment, mais nous ne tarderons pas à nous sortir de ce mauvais pas. Il suffit de ne pas se décourager dans l'adversité. Les Beaudry ont toujours été réputés pour leur ténacité ; surtout les femmes.

— Je ne suis Beaudry qu'à demi, soupira Jane, d'une voix rendue pâteuse par l'épuisement.

Les doigts de sa mère exercèrent une douce pression sur sa main. Ses yeux bleus s'éclairèrent dans la pénombre.

— A demi ? dit-elle. C'est suffisant.

5.

— Quelque chose d'autre ce matin, miss Davis ?

Jane inspira longuement en haussant un peu les épaules. Son indécision était grande. Elle avait regardé tout ce que Rafe Mercer avait à lui offrir en matière d'étoffes : la percaline jaune vif, la cretonne à damier rose et vert pâle, une cotonnade blanc cassé... Rien n'était vraiment à son goût, rien ne lui convenait tout à fait. Elle désirait un tissu sortant de l'ordinaire et lui permettant de bâtir une robe qui attirerait invinciblement les regards quand elle l'installerait derrière la fenêtre de sa boutique ; une robe qui émerveillerait les dames de Dixonville et les inciterait à entrer.

— Miss Davis ? murmura le tenancier du bazar, un peu étonné de la voir sans réaction.

Par acquit de conscience, Jane inspecta les rayonnages pour la dernière fois.

— Et là-haut ? dit-elle. Quel est ce tissu rouge ?

Rafe Mercer mit une échelle en place, gravit quatre échelons, tendit les bras et tira vers lui le coupon qui glissa jusque sur son épaule.

— C'est de la mousseline, expliqua-t-il ; commandée par erreur, je dois dire.

Il redescendit, se débarrassa du coupon en le jetant sur le comptoir et énonça :

— Dix *cents* le *yard*.

La tête de Jane se mit à lui tourner un peu, comme chaque fois qu'elle commençait à imaginer un nouveau dessin pour une robe ou un chapeau. Elle voyait même très bien ce qu'elle ferait de cette mousseline rouge cerise. Elle en voyait surtout le résultat ! Les dames de Dixonville s'agglutineraient devant sa vitrine, et, les yeux exorbités, dévoreraient du regard la composition qu'elle allait pouvoir proposer à leur convoitise.

— Et ce tissu bleu ? demanda-t-elle.

En soupirant, le commerçant maigrichon escalada de nouveau son échelle, avec lenteur.

— C'est de la batiste, dit-il en se retournant. Je l'ai achetée cette année même pour la grande fête de l'école, le 4 juillet, mais les dames du comité n'ont pas tout utilisé, loin de là. Pour vous ce serait… disons… huit *cents* le *yard*. Vous en voulez ?

— Je vous prends le tout pour un dollar, proposa Jane. Et je vous donnerai aussi un dollar pour la mousseline rouge.

Papa devait se retourner dans sa tombe s'il la voyait marchander ainsi !

Mais, papa, je n'ai d'autre argent que celui que j'ai emprunté. Je n'ai pas les moyens de le jeter par les fenêtres !

Toujours perché sur son échelle, Rafe Mercer avait blêmi. D'une voix sèche, il objecta :

— Mademoiselle, c'est trente *yards* de mousseline, pour le moins…

— Que vous avez commandée par erreur, si je me souviens bien.

L'index de Jane se promena sur le coupon de mousseline. Puis elle le montra au boutiquier et ajouta en souriant :

— Ce coupon dort sur votre rayon depuis bien longtemps. Voyez la poussière qu'il a ramassée. Un dollar.

— D'accord, soupira le boutiquier en redescendant avec la batiste. Un dollar pour la mousseline et un autre dollar pour la batiste, ce qui nous fait deux dollars. Il vous faut autre chose ? Du fil par exemple ?

L'imagination de Jane galopait. Elle dessinait le patron, coupait le tissu, cousait… Quelles belles couleurs ! Rouge et bleu, ce serait parfait pour le prochain 4 Juillet. Les dames de Dixonville auraient à cœur d'en arborer une pour assister aux festivités.

— Mademoiselle ?

Jane eut un petit sursaut, reporta son regard sur le marchand étonné.

— Que dites-vous ? Oh oui, du fil, bien sûr ; et deux écheveaux de coton Brook.

Pendant que Rafe Mercer emballait les fournitures, elle sortit l'argent de son réticule, compta la somme qu'il fallait pour régler ses achats.

— Le garçon de chez Harrelson vous livrera tout ça, lui dit-il. Et pour ce qui est de la farine et du thé, c'est moi-même qui les porterai chez vous cet… Bonjour, mesdames.

Tout sourire, il s'inclina pour les deux clientes qui venaient de pénétrer dans le bazar.

— Mme Tanner… Miss Price…

Jane referma son réticule. Il était temps de quitter le bazar, le travail l'attendait. La tête toute bourdonnante de son projet, elle avait l'impression de flotter légèrement au-dessus du plancher, et si elle ne s'était pas retenue, elle eût éclaté de rire, parce qu'elle était heureuse et qu'à cet instant elle avait la certitude qu'elle réussirait dans son entreprise.

Jane Charlotte, si tu cessais de divaguer pour penser un peu à ce que ton père dirait ?

D'un seul coup elle se désenchanta. Bien sûr, papa désapprouverait. Elle n'en doutait pas. Comment pourrait-il ne pas désapprouver, lui qui descendait d'une longue lignée de gentilshommes planteurs ? Pour lui, travailler avec ses mains, c'était déchoir.

Sois lucide, Jane Charlotte. Regarde les choses en face. Tu es devenue toi-même une femme qui travaille, qui se met au service des autres.

Boutiquière…

Et maman… Jane n'osait même pas penser à la réaction de sa mère quand elle prendrait conscience de l'aventure dans laquelle elle se jetait… si elle en prenait conscience.

Mais quelle était l'utilité de ces considérations ? Ne devait-elle pas travailler ? N'y était-elle pas obligée, vu les circonstances ? C'était cela ou bien se marier, et le seul parti en vue pour elle était M. Wilder, un homme qui n'avait pas toutes les qualités requises pour faire un bon mari.

Loin de là !

Le programme était simple. Jane devrait continuer à s'occuper de sa mère et travailler, travailler pour gagner l'argent nécessaire à leur subsistance en attendant le jour heureux, mais sans doute encore lointain, où elles pourraient toutes les deux retourner à Montclair. La partie serait difficile, Jane ne se le cachait pas. Mais elle était sûre de trouver en elle les ressources nécessaires pour mener à bien la mission que lui imposait le destin.

A la fin, elle connaîtrait le succès.

Elle n'en doutait pas.

Les deux dames passèrent devant elle pour se rendre au comptoir du bazar.

— Bonjour, mesdames, leur dit-elle.

Elle n'en obtint pas de réponse ou plutôt, si réponse il y eut, ce fut une moue de mépris.

Selon l'usage, elle aurait dû les appeler chacune par leur nom, mais, l'esprit embrumé par ses rêveries, elle ne savait plus qui était qui. La cliente en robe gris souris, aux cheveux noirs, s'appelait-elle Mme Tanner ou miss Price ? Celle qui avait de si belles boucles blondes paraissait trop jeune pour être mariée déjà… Toutes les deux paraissaient si jeunes. Elles semblaient n'avoir pas plus de vingt ans.

Jane connut la morsure de la jalousie. Elle avait vingt-six ans ! Par comparaison, elle semblait déjà vieille. Et son air guindé — inutile de se le cacher, elle avait un air guindé — lui donnait facilement quelques années de plus.

Elle percevait le murmure des deux jeunes femmes puis, soudain, un bref gloussement, un rire pas assez promptement retenu. Pas difficile à comprendre : c'est elle qui faisait les frais de cette conversation trop divertissante pour être charitable.

Le cœur gros, Jane s'éloigna en baissant la tête.

Quand elle était arrivée à Dixonville, elle avait quinze ans. Onze années avaient passé, et elle avait toujours l'impression d'être une étrangère dans cette ville. Oh, ses concitoyens se montraient courtois à son égard ; les seuls dont elle avait vraiment eu à se plaindre étaient les petites brutes qui l'avaient tourmentée à l'école. Mais les gens de Dixonville restaient distants, réservés, comme s'ils ne la connaissaient pas vraiment ; comme s'ils se méfiaient d'elle ; comme si elle n'était pas des leurs.

Jane referma la porte du bazar, au moment où Rafe Mercer disait aux visiteuses :

— Madame, mademoiselle, qu'y a-t-il pour votre service ?

Il semblait tellement plus aimable avec elles !

A pas lents, Jane longea le bazar pour regagner sa boutique. Jamais elle ne s'était sentie si malheureuse. Jamais, comme à ce moment, son existence ne lui avait paru aussi morne et vide.

Je me sens si seule.

Elle s'arrêta, se redressa.

Jane Charlotte, cesse ces jérémiades ! Qu'est-ce que c'est que ces façons de se plaindre ? Ce n'est pas parce que papa est mort, que maman décline et que tu es obligée de travailler que ta vie devient moins digne d'intérêt ou toi-même moins estimable. Vrai ou faux ?

Vrai. Elle avait, au cours de son enfance choyée, reçu une excellente éducation qui devait, théoriquement, lui permettre d'affronter avec philosophie les aléas de la vie. C'est avec des préceptrices qu'elle avait appris l'histoire, le latin et le grec, tandis que maman, excellente musicienne, s'était chargée de lui enseigner la musique. Les agréments de la vie sociale n'avaient pas été oubliés : Jane savait servir le thé et organiser un plan de table. Elle avait à la mémoire tout ce qu'une jeune fille accomplie devait connaître.

Elle était parée, dans les deux sens du terme.

Mais parée pour qui ? Pour quoi ?

Elle vivait, depuis des années, dans la plus extrême des solitudes, dans un isolement total. Elle n'avait le droit de voir personne, et surtout pas les autres jeunes gens ou jeunes filles de la ville qui n'étaient pas « fréquentables », selon le mot de son père, qui se faisait un devoir de l'accompagner chaque fois qu'elle devait aller en ville, quand une sortie était indispensable, parce qu'il préférait la voir rester à la maison. Les visites lui étaient interdites et les rares personnes qui s'étaient aventurées à lui rendre visite avaient été très vite découragées de recommencer.

Ainsi avait grandi Jane Charlotte Davis. Ainsi avait-elle *vieilli*. Presque sans transition, elle était passée du statut de jeune fille à celui de vieille fille. Elle voyait le terme de sa vie avant que de l'avoir commencé. Elle mourrait sans avoir vécu.

Fatiguée d'une existence à quoi elle ne trouvait aucun intérêt, Jane ouvrit la porte de sa boutique. Du seuil, elle jeta un coup d'œil circulaire sur l'intérieur, bien sombre en ce milieu de journée ; il y faudrait travailler sans cesse, à la lumière d'une lampe à pétrole. Qu'y manquait-il encore ? un fourneau, pour tiédir l'atmosphère et tenir au chaud les fers à repasser. Quand il serait en place, il n'y aurait plus beaucoup de place pour circuler.

La boutique était certes minuscule, mais propre. L'air embaumait le savon, odeur plus agréable que celle de la poussière. Dès qu'elle le pourrait, Jane y amènerait encore le grand miroir de la chambre d'en haut, ainsi que le mannequin donné par tante Carrie. Faisant preuve d'un étonnant don de prescience, celle-ci avait insisté pour donner cet objet encombrant dont Jane avait eu par la suite un usage constant, parce que très vite elle s'était mise à retailler les vieilles robes de sa mère, pour l'usage de celle-ci ou le sien propre. Mais, puisant son inspiration dans des magazines de mode anciens, elle n'était pas vraiment au goût du jour. Ses confections restaient trop ornées, trop imposantes, trop formelles, surtout pour une petite ville de l'Oregon. Par ses robes aussi, Jane était différente, à part. On l'avait surnommée « la reine d'Angleterre ».

Mais bientôt cette situation changerait. Jane montrerait aux habitants de Dixonville ce qu'elle savait faire. Dès qu'elle aurait gagné quelques dollars, elle commanderait les journaux de mode les plus récents, et, armée de ses ciseaux, elle taillerait dans ses coupons de pures merveilles que les dames s'arracheraient.

— A ce propos, déclara-t-elle à haute voix dans le silence de sa boutique, il me faudra aussi une table à couper ; une grande. Enfin ! au début, je me contenterai d'une planche.

Mais sur quoi poser cette planche ? Des tonneaux ? Des caisses ?

— Des chevalets ! s'exclama-t-elle.

Mais où les trouver ?

— Excusez-moi, mademoiselle, dit une voix derrière elle.

Jane sursauta. Toute rouge d'avoir été surprise à soliloquer, elle se retourna.

— Oh, monsieur Springer…

— Gaucher, mademoiselle. Appelez-moi donc Gaucher, comme tout le monde. Vous savez que Moïse Freeman, le maréchal-ferrant, est bon charpentier aussi ? Il vous fabriquera des chevalets qui tiennent le coup, et pour pas cher encore.

— Excellente idée, dit Jane, oubliant sa gêne. Merci du conseil, monsieur… Gaucher. Je vais de ce pas commander mes chevalets.

Prête à courir chez Moïse Freeman, elle s'arrêta avant de franchir le seuil de sa boutique. Elle ne pouvait pas circuler en ville toute seule, surtout pour entrer chez le maréchal-ferrant ! Que penseraient les gens ? Et sa mère, si elle savait ?

— Monsieur… Gaucher, dit-elle timidement, je suis bien contente que vous soyez là. Figurez-vous que j'ai besoin de votre aide.

— Tout ce que vous voulez, dit le vieil homme radieux.

Mme Evangéline Tanner et miss Laetitia Price, qui sortaient du bazar, s'arrêtèrent sur le trottoir, bouche bée.

— Je n'en crois pas mes yeux, dit la première, après quelques secondes.

— La reine d'Angleterre avec le vieux Gaucher, marmonna la seconde.

— Vous avez remarqué, ma chère ? Il lui donne le bras !

— Et voyez comme il sourit ! Ah ! il est fier de lui !

Rydell recompta les dix dollars et les tendit à la cliente aux cheveux gris qui se tenait de l'autre côté de la grille.

— Voici, madame Manning.

La dame reçut les billets, les plia et les fourra dans son sac. Puis elle répondit en souriant :

— Merci beaucoup, monsieur Wilder. Vous vous rappelez ce que je vous ai dit ? Il faut que vous veniez me rendre visite, afin de rencontrer ma petite-fille, qui me vient de Kansas City. Elle a l'intention de passer tout l'été avec moi.

— Certainement, madame Manning.

— Alors, au revoir, monsieur Wilder ; et à très bientôt. Je compte sur vous, n'est-ce pas ?

Morose, Rydell suivit du regard sa cliente qui s'éloignait et sortait de la banque, en même temps qu'il essayait de préciser ses souvenirs. Il n'y avait pas si longtemps, lui semblait-il, que la fille de Mme Manning, Eula, s'était mariée et avait suivi son mari originaire du Kansas. Et voilà que, déjà, Eula avait une fille bonne à marier.

Rydell se sentit vieux.

Il se sentait seul aussi. Et seul, il l'était précisément ce jour-là, parce qu'il avait donné congé à Josiah, son caissier dont la femme était sur le point d'accoucher. Le pauvre garçon, très nerveux à la perspective d'être père pour la première fois, n'était pas bon à grand-chose ces derniers temps. Mais lui, Rydell, n'était guère plus efficace. Incapable de travailler, il passait, ce matin-là, le plus clair de son temps à penser à Jane Davis.

Il écarquilla les yeux : sur le comptoir venait de se poser un petit poing, qui s'ouvrit lentement pour révéler une pièce d'un *cent*, tandis qu'une voix d'enfant disait :

— Monsieur le banquier, voulez-vous garder cet argent pour moi ?

Rydell se pencha pour voir qui était ce client. Il découvrit un visage tout rond, couvert de taches de son, et deux grands yeux bleus.

— Tu veux ouvrir un compte avec ce *cent* ? demanda-t-il.

— Oui, monsieur. Si je ne le mets pas à la banque, mon grand frère me le piquera. C'est possible ?

— Bien sûr, mon garçon, dit Rydell en riant.

Il plaça la pièce dans une enveloppe, puis entreprit de remplir le formulaire correspondant.

Il n'était guère plus vieux que ce gamin quand il avait commencé à amasser ses premières petites économies. Seulement à cette époque, il n'avait pas de banque à sa disposition. C'est donc dans un petit pot en terre, dissimulé sous son lit, qu'il avait placé l'embryon de sa fortune.

— Comment t'appelles-tu ? s'enquit-il.

— Tommy. J'ai aidé la reine d'Angleterre à transporter des chevalets, et en paiement, elle m'a donné ce *cent.*

La reine d'Angleterre ? Le garçon faisait sans doute allusion à Jane Davis, songea Rydell en trempant la plume dans l'encrier. Il termina de remplir le formulaire, y appliqua un buvard et le tendit au garçon en disant :

— Voici ton reçu, mon garçon. Tu n'auras qu'à le montrer au caissier le jour où tu voudras récupérer ton argent.

Son jeune client hocha la tête et repartit en courant.

Des chevalets ? se dit Rydell ; pourquoi des chevalets ? Voilà ce qu'il aurait bien aimé savoir, mais il ne pouvait abandonner la banque pour aller aux nouvelles. Il devrait attendre midi, l'heure normale de fermeture.

Dans l'heure qui suivit, plusieurs clients se présentèrent au guichet. Rydell répondit à leur attente, mais sans vraiment savoir ce qu'il faisait. La curiosité le taraudait, une idée l'obsédait : pourquoi, diable, Jane Davis avait-elle besoin de chevalets ?

Les aiguilles de l'horloge tournaient avec une lenteur exaspérante mais enfin Rydell vit avec bonheur arriver le moment où elles s'uniraient l'une à l'autre pour marquer midi. Plus que cinq minutes… quatre…

A midi moins trois minutes, Rydell décida qu'il fermerait son établissement, mais à ce moment la porte s'ouvrit. Tommy réapparut.

— Encore un dépôt ?

— Oui, monsieur le banquier.

— Combien ?

Tommy avait une nouvelle pièce d'un *cent*. Rydell l'enregistra consciencieusement.

— J'ai ça aussi, dit le garçonnet. Est-ce que vous pouvez me le garder ?

— Un chaton ? dit Rydell en découvrant le minuscule animal roux que Tommy posait sur le comptoir, à côté de la pièce d'un *cent*.

— Il est perdu, c'est sûr, expliqua le gamin. Je l'ai trouvé sur le chemin derrière l'écurie de louage.

— Tu ne crois pas que tu devrais plutôt le ramener chez toi, pour t'en occuper ?

— Non ! Mon frère va me le piquer.

— D'accord, Tommy, dit Rydell. Je garde ton chaton.

Il prit l'animal, le fourra dans la poche de sa redingote.

— Merci, monsieur ! claironna Tommy tout content.

Midi sonnait à l'horloge. Rydell ferma le coffre puis sortit de la banque et se dirigea à grands pas vers la boutique de Jane Davis.

Il avait hâte de savoir où elle en était de ses préparatifs.

— Voilà, c'est presque cela. Encore un peu à gauche ; pas trop, Gaucher. Oui, oui… N'y touchez plus, c'est parfait.

La tête penchée, les yeux mi-clos, Jane se confirma que sa table à couper était effectivement placée au mieux. Il s'agissait d'une grande et large planche bien rabotée que Moïse Freeman était allé chercher dans sa réserve de bois quand il avait appris de quoi Jane avait besoin. Gaucher l'avait apportée à la boutique, le jeune Tommy se chargeant des chevalets fabriqués par le maréchal-ferrant.

Le mobilier s'était enrichi aussi d'un fourneau que Gaucher disait avoir « dégoté » par hasard. Mais l'objet paraissait si neuf que Jane soupçonnait le vieil homme de le lui avoir acheté chez Rafe Mercer.

L'intérêt que Gaucher Springer prenait à son installation touchait beaucoup le cœur de la jeune fille. Il s'était même porté volontaire pour monter la garde dans la boutique pendant qu'elle allait passer quelques instants avec sa mère et lui préparer un rapide repas.

Ce devoir accompli, et sa mère s'étant assoupie sur le sofa du salon, Jane s'empressait de retourner à sa boutique. Si tout allait bien, elle n'aurait à remonter chez elle que le soir, pour la préparation du dîner.

Depuis l'incident de la bouilloire oubliée sur le fourneau, elle ne quittait plus la maison sans crainte. Si sa mère tombait sans pouvoir se relever ? se demandait-elle. Ou si elle sortait dans le verger pour retrouver son mari et si, s'éloignant trop de la maison, elle se trouvait ensuite incapable de retrouver son chemin ? Tout en travaillant à l'installation de sa boutique, Jane se torturait ainsi l'esprit. Elle avait scrupule à abandonner sa mère. Mais elle ne pouvait faire autrement.

Et puis, elle avait bien d'autres soucis.

A cause de l'existence solitaire qu'elle avait été obligée de mener, elle ne connaissait réellement aucune dame de la ville, elle ne pouvait se dire l'amie de personne. Comment, dans ces conditions, se lancer dans le commerce avec quelques chances de succès ? Cette question l'angoissait. Elle savait qu'on l'avait surnommée « la reine d'Angleterre » parce qu'on la prenait pour une prétentieuse. Toutes ces femmes, qui la jugeaient mal parce qu'elles ne la connaissaient pas, seraient-elles enclines à franchir le seuil de sa boutique ? Elle était bonne couturière, mais aurait-elle le loisir de leur montrer ses talents ?

La boutique, la maison… Les clientes, sa mère… Jane devrait être en deux lieux à la fois. Inutile de se le cacher : c'était une partie difficile qu'elle s'apprêtait à jouer. Elle craignait de n'avoir pas les forces nécessaires. Elle avait peur de manquer de courage.

Jane s'épongea le front, ferma les yeux et se força à réfléchir calmement pour évacuer son angoisse. Tout n'allait pas si mal : l'installation de sa boutique était en bonne voie et elle avait un aide précieux en la personne de Gaucher qui, à genoux, s'occupait à enfoncer des clous dans le plancher.

— Vous devriez vous asseoir un moment, miss Jane, lui dit-il. Vous m'avez l'air fatiguée.

— C'est que je ne peux pas, répondit-elle. Il faut que je me mette sans tarder à l'élaboration de la robe que je veux présenter pour notre fête nationale, et vous savez que c'est dans deux jours seulement. Vous comprenez, c'est une occasion unique de montrer mon savoir-faire, et je n'ai pas le droit de la laisser passer.

Gaucher se releva, promena sa semelle sur les clous qu'il venait de planter pour vérifier qu'ils n'accrochaient pas. Puis il objecta :

— C'est bien beau, mais vous tenez à peine debout. Vous croyez que vous serez capable de couper et de coudre, dans ces conditions ?

— Vous savez, une couturière est assise, la plupart du temps. Au fond, ce travail n'est pas très fatigant. D'ailleurs…

Jane s'apprêtait à énumérer, autant pour elle-même que pour Gaucher, les excellentes raisons qu'elle avait de ne pas désespérer, quand une haute silhouette se profila sur le seuil de la porte restée ouverte. Son cœur tressauta dans sa poitrine parce que Rydell Wilder était là.

— Hé ! comment ça va, Dell ? questionna joyeusement Gaucher. Tu viens vérifier que ton investissement rapporte ? C'est encore un peu tôt !

Jane n'avait pas le cœur à rire. L'irruption du banquier l'agaçait et elle se demanda s'il avait l'intention de lui imposer sa présence chaque fois qu'il aurait un moment de liberté. Pour se donner une contenance, pour masquer son trouble, elle déroula quelques empans de mousseline dont elle drapa le mannequin. Elle s'appliqua à ce travail, qui lui permettait de tourner le dos au visiteur.

Heureusement que Gaucher était là.

Avec lui, Jane se sentait plus en sécurité.

Elle craignait Rydell Wilder.

Elle avait peur qu'il ne lui donnât un nouveau baiser.

Elle avait peur d'aimer ce baiser.

— Miss Davis…

Elle se retourna et apostropha l'importun.

— Vous croyez que c'est élégant de venir me surveiller ?

— Je vous assure…

— N'ayez crainte, on ne manquera pas de vous faire savoir quand mon affaire aura périclité. Il sera bien temps, alors, de…

A ce moment, Jane s'aperçut que le banquier avait une poche anormalement gonflée, puis que cette poche s'agitait. Accaparée par ce mystère, elle oublia ses griefs et se demanda ce qu'il transportait là.

6.

La curiosité ne tarda pas à l'emporter sur le savoir-vivre. Désignant la poche de la redingote, Jane demanda :

— Qu'est-ce que vous avez là-dedans ?

Rydell Wilder sourit. Sans se faire prier, il plongea la main dans sa poche et fit apparaître un minuscule chaton roux.

— Qu'il est mignon ! s'écria Jane, enchantée. Où l'avez-vous trouvé ?

— Un jeune client me l'a confié, déclara Rydell Wilder.

Instinctivement, Jane avait avancé la main pour caresser la petite boule de fourrure, mais elle s'arrêta, parce qu'elle risquait, dans l'opération, d'entrer en contact avec le banquier. Elle mit ses mains derrière son dos, entrelaça ses doigts.

Mais il lui en coûtait.

— Jane…

Voici que s'approchait d'elle la main tenant le petit chat.

— Vous le voulez ?

« Oui ! » eut envie de crier Jane. Depuis sa plus tendre enfance elle avait envie d'avoir un animal domestique bien à elle, un confident, un compagnon de solitude. Son père avait toujours refusé, en prétendant qu'un animal à la maison, c'était trop de travail.

— Non, je n'aurais pas le temps de m'en occuper, s'entendit-elle répondre. Et puis, ce chaton appartient à votre jeune client.

Mais le banquier avança encore la main. Le petit chat était tout près de Jane, qui succomba à la tentation. D'un doigt, elle effleura le petit museau et reçut en retour un coup de langue. Surprise, elle sursauta. C'est alors que sa main entra en contact avec celle de Rydell Wilder.

Un grand frisson la parcourut et son cœur se mit à battre si fort qu'elle n'entendit plus que lui. Elle se demanda si Rydell Wilder l'entendait aussi ; certainement que oui.

S'il entendait, il n'en laissait rien paraître. L'air sérieux, il gardait son regard fixé sur Jane. Elle se demanda à quoi il pensait, ne trouva pas de réponse plausible. De façon incompréhensible, elle se mit à trembler.

Du coin de l'œil, elle vit que Gaucher, du seuil de la boutique, la regardait en souriant. Pourquoi n'intervenait-il pas ? Leurs regards se croisèrent. Alors Gaucher parut s'intéresser aux clous qu'il avait dans la main et il se mit à fredonner un air populaire.

Le temps ralentissait. Il semblait à Jane que ses idées avaient un mal fou à se former, et que ses gestes s'étiraient indéfiniment. Elle se demanda si un sort ne lui avait pas été jeté, puis rejeta cette idée ridicule. Mais elle l'avait eue, cette idée ridicule : n'était-ce pas la preuve que son esprit ne fonctionnait plus normalement ?

Il fallait réagir. A grand-peine, Jane se pencha, fléchit un genou afin de pouvoir poser le chaton sur le plancher. Livré à lui-même, le petit animal regarda autour de lui, ne tarda pas à repérer la corbeille à ouvrage vers laquelle il se dirigea. Il s'y installa, s'y pelotonna et commença à ronronner sous le regard intéressé des trois humains immobiles.

La scène était charmante, mais il n'en demeurait pas moins qu'il régnait dans la boutique une tension que Jane avait du mal à supporter. Ses nerfs étaient mis à rude épreuve. C'est pour mettre fin à cette situation difficile que Jane posa les deux poings sur ses hanches et qu'elle déclara, d'une voix un peu trop forte, et très saccadée :

— Messieurs, j'ai du travail. Si vous voulez bien m'excuser…

Gaucher, le premier, comprit. Il rangea les clous qu'il tenait en main, posa le marteau sur la boîte à outils et déclara :

— Je m'en vais voir chez Mercer s'il n'aurait pas quelque chose à manger pour le petit chat. Et puis, il faut aussi lui trouver un panier ou quelque chose comme ça, parce qu'il ne peut pas occuper indéfiniment votre corbeille à ouvrage.

Il sortit d'un pas alerte.

Au moment où il franchissait le seuil de la boutique, Jane comprit qu'elle allait se trouver seule avec Rydell Wilder.

Elle n'avait pas voulu cela.

Elle changea de place. La corbeille à ouvrage était désormais entre eux, mince rempart.

— Ce n'est pas un petit chat, dit le banquier ; mais une petite femelle.

Sans penser à ce qu'elle disait, Jane répondit, du tac au tac :

— Comment pouvez-vous en être si sûr ?

Rydell Wilder éclata de rire. Et c'est avec un air assez égrillard qu'il expliqua :

— Comment j'en suis sûr ? C'est très simple, chère mademoiselle. J'ai vérifié, pardi !

J'ai encore perdu une bonne occasion de me taire…

C'était sa faute, à lui : il la rendait si nerveuse qu'elle n'arrivait plus à réfléchir. Alors forcément, elle disait n'importe quoi, pour meubler le silence, pour ne pas avoir l'air d'une idiote… et voilà le résultat : elle avait *vraiment* l'air d'une idiote, et *Monsieur* souriait d'une façon qui donnait envie de lui donner des claques.

Jane se sentit rougir jusqu'à la racine des cheveux. Voyant s'élargir encore le sourire du banquier, elle chercha quelque chose à dire pour rompre le silence, et de préférence quelque chose d'intelligent, de sensé… Pour cela, il fallait un cerveau en état de marche et…

— Pardonnez-moi, Jane, mais les mots ont dépassé ma pensée. Ce n'est pas ce que je voulais dire.

— Mais vous l'avez dit ! clama Jane bien contente de pouvoir se mettre en colère. Vous êtes entré chez moi dans le seul but de me déranger dans mon travail.

— Mais…, dit Rydell Wilder, décontenancé.

Jane croisa les bras et, le regard sévère, elle dévida ses remontrances.

— Ne le niez pas ! Vous croyez que je ne lis pas dans votre jeu, monsieur Wilder ? Alors maintenant, filez d'ici et cessez de venir fourrer votre nez dans mes affaires. Ouste !

Le jeune homme recula jusqu'à la porte restée ouverte, mais là, jugeant sans doute qu'il battait un peu trop vite en retraite, il revint de deux pas en disant, d'un air conciliant :

— En ce qui concerne votre petit protégé…

— Ne vous souciez pas du petit chat, répliqua Jane, et ne venez pas traîner par ici à tout moment sous le prétexte de savoir ce qu'il devient.

— C'est une petite chatte, rappela Rydell Wilder, sur un ton doctoral, et avec un sourire supérieur.

S'il voulait ainsi énerver Jane, il avait gagné. Prête à exploser de colère, elle s'écria :

— Oh ! Si je n'étais pas une demoiselle, je vous… je vous…

Le banquier s'enfuit à toutes jambes, en prenant un air effrayé.

Ainsi Jane n'eut-elle pas à décrire le traitement qu'elle avait envie de lui infliger. D'ailleurs, elle n'avait pas d'idée.

*
* *

Plus tard, au cours de la soirée, Rydell et Gaucher, qui prenaient leur dîner à l'hôtel Excelsior, la virent passer dans la rue. Elle allait d'un pas si martial que Gaucher posa sa fourchette pour la suivre des yeux un bon moment, avant de soupirer :

— Regarde-la ! On dirait un général sudiste. Dis, Dell, tu es certain que c'est elle que tu veux ?

— Sûr et certain. Cela fait même dix ans que j'y pense.

Sceptique, Gaucher secoua la tête.

— Mon gars, tu n'as encore jamais rien raté de ce que tu entreprenais. Mais il faut une première fois, n'est-ce pas ?

Les coudes posés sur la nappe à carreaux bleus et blancs, Rydell répondit :

— Je n'échouerai pas, Gaucher.

Il planta sa fourchette dans son steak et en découpa un gros morceau qu'il porta à sa bouche. Juteuse et parfumée, jamais la viande ne lui avait paru aussi délectable.

A 6 heures, le lendemain matin, Jane posa sur la table de nuit, près du lit de sa mère, le plateau du petit déjeuner. Puis elle mit ses gants et son chapeau et descendit la colline pour se rendre en ville.

Pas un souffle de vent ne troublait l'air déjà chaud. Tout était immobile, comme si, pendant la nuit, la vie s'était arrêtée à Dixonville ; comme si le temps avait suspendu son cours. Il arriva à Jane de se demander si elle ne rêvait pas.

Elle ne rêvait pas. La petite ville s'éveillait. Rafe Mercer, affublé d'un curieux petit tablier blanc, et armé d'un balai hors d'âge, chassait la poussière accumulée sur son trottoir. Il la salua au passage. Elle répondit à son salut. Il cessa de travailler et, appuyé sur le manche de son balai, il la suivit du regard jusqu'à la porte de sa boutique.

Avant d'entrer, elle s'arrêta pour écouter. La ville s'éveillait effectivement, le silence n'était pas absolu. Ce bruit criard, par exemple, devait être produit par le marteau de Moïse Freeman sur quelque pièce de métal, dans son atelier situé de l'autre côté de l'écurie de louage. Pour la première fois de sa vie, Jane comprit que la plupart des habitants de Dixonville se levaient tôt pour se mettre au travail. Eh bien, ce régime serait le sien, désormais.

Une agréable odeur de café lui chatouillant les narines, Jane se demanda si elle ne répondrait pas à cet appel, si elle ne passerait pas par l'hôtel Excelsior pour boire une tasse ou deux avant de se mettre à l'ouvrage. Mais elle résista à la tentation. Avec un soupir, elle introduisit sa clé dans la serrure, ouvrit la porte de sa boutique, entra.

La tête de la petite chatte parut parmi les chiffons qui encombraient la corbeille à ouvrage, et c'est d'un air très intéressé que l'animal suivit les allées et venues de sa maîtresse. Celle-ci se débarrassa de son long châle de laine grise, le plia et le posa sur un des deux tonnelets qui lui serviraient de chaises. Elle se défit aussi de son chapeau et de ses gants. Puis elle reporta son regard sur la petite chatte, qui sortit de la corbeille à ouvrage, bâilla en formant un arc avec son dos, avant de regagner dignement le bac empli de sable fourni par Gaucher la veille au soir.

Jane n'était pas venue là pour s'amuser des occupations de sa protégée, si attachante fût-elle. Elle reporta son regard sur la mousseline rouge répandue sur sa table à couper. Il était temps de se mettre au travail.

Alors que Jane s'emparait de ses grands ciseaux, la petite chatte ressortit de sa caisse et vint se frotter contre ses jambes avec insistance. Elle se déplaça de quelques pas. La petite chatte la suivit et continua de se frotter à elle.

— Non ! lui dit-elle en tâchant de prendre un air sévère.

Elle avait mille tâches à entreprendre, et donc pas le temps de s'amuser.

— Minou, sors de là ! ordonna-t-elle en soulevant ses jupons.

La petite chatte regarda vers le haut et essaya d'attraper les dentelles qui dansaient autour des chevilles de Jane.

— Non ! répéta-t-elle. C'est ici une boutique de couturière, une maison sérieuse ; pas un cirque. On ne vient pas ici pour se distraire !

Elle se pencha, prit l'animal par la peau du cou et lui montra le lait qu'elle versait pour lui, dans une soucoupe. Pendant que la petite chatte se mettait à laper avec entrain, Jane impatiente reporta son attention sur la mousseline. Elle avait apporté les gabarits de papiers préparés la veille au soir. Elle avait hâte de se mettre au travail.

Elle se mit au travail. Pendant toute la matinée elle coupa, planta les épingles, assembla les morceaux de tissu, bâtit et faufila avec entrain, sans se soucier de la chaleur de plus en plus suffocante malgré la porte et la fenêtre grandes ouvertes. La transpiration mouillait son front et sa nuque, ses doigts aussi, entre lesquels l'aiguille glissait et se dérobait à ses efforts.

Vers midi, la petite chatte abandonna la pelote de fil avec laquelle elle avait joué pendant presque toute la matinée, et se coucha, visiblement épuisée, dans la corbeille à ouvrage. Jane l'envia. Elle-même eût volontiers pris un instant de repos et c'est avec une certaine angoisse qu'elle se demandait si elle aurait le courage de gravir la colline pour rentrer à la maison afin de préparer le repas de sa mère.

Mais elle n'avait pas le choix. Au douzième coup de midi, elle remit son chapeau sur sa tête, y planta la grande épingle, couvrit de ses gants ses mains luisantes de sueur et se mit en route sans trop penser à sa fatigue et à ses préoccupations. Une heure plus tard, elle était de retour dans sa boutique. Elle versa dans la soucoupe du chat la soupe qu'elle avait apportée pour lui, puis elle se remit au travail.

Les gens de la ville passaient devant la porte ouverte, de plus en plus nombreux. Ils ralentissaient pour regarder. Certaines dames s'arrêtaient même quelques secondes pour jeter un coup d'œil furtif, à l'intérieur, sur le mannequin autour duquel Jane s'affairait. Il sembla à celle-ci que les commentaires échangés n'étaient pas forcément encourageants pour elle.

Vers 4 heures de l'après-midi, elle tira un tonnelet devant sa machine à coudre et elle commença d'assembler pour de bon les pièces de mousseline, qu'elle agrémenta ensuite des bandeaux de dentelle, selon le projet qu'elle avait conçu.

Quand elle eut terminé, elle se leva et tint le tablier devant elle pour une première inspection d'ensemble : exactement ce qu'elle avait voulu, rêvé ! La petite chose parfaite à porter pour la fête nationale. Jamais on n'avait vu quelque chose de semblable en Oregon ! C'est avec les doigts tremblants d'excitation que Jane plaça sa création autour de sa propre taille pour se regarder dans le miroir.

Au cours de l'heure suivante, elle fabriqua un tablier encore plus pimpant, bleu cette fois et avec une double rangée de dentelles. Elle était si contente d'elle-même qu'elle esquissa un petit pas de danse devant son miroir en l'essayant. Quelle bonne idée elle avait eue là ! et si pratique aussi. Ces tabliers étaient… des tabliers. Toutes les femmes en portaient un pendant la plus grande partie de la journée ; bien obligées. Mais quand elles verraient ceux qu'avait créés Jane, tellement plus gais, plus féminins que les tristes choses qu'elles mettaient d'habitude, faute de mieux, elles se les arracheraient. Ensuite, c'est en chantant et en dansant qu'elles accompliraient leurs tâches quotidiennes.

A l'heure du thé, le mannequin portait cinq jolis tabliers, tous semblables en leur construction mais différents par l'assemblage des trois couleurs bleu, blanc et rouge. Et Jane travaillait toujours.

En fin de journée, elle était si fatiguée qu'elle n'avait plus qu'une idée en tête : se fourrer dans son lit et dormir, dormir pendant une semaine au moins. Elle était épuisée, mais heureuse : elle avait mis son projet à exécution et elle avait réussi. Elle s'était lancée dans les affaires. Il n'y avait plus qu'à attendre les clientes.

Elle ferma sa boutique et rentra chez elle, d'un pas vif malgré sa fatigue, et non sans chanter parce qu'elle avait le cœur gai.

Quand elle arriva en haut de la colline, elle vit de la fumée qui sortait par la cheminée de la cuisine, puis découvrit sa mère assise sous l'érable dans le jardin de devant. Elle se dépêcha de couvrir la courte distance qui la séparait de la maison.

— Maman ! questionna-t-elle de loin. Que fais-tu dehors ?

Sa mère tourna vers elle le regard perdu de ses yeux bleus et répondit, sur le ton de l'évidence :

— Ce que je fais ? Mais j'attends ton père, Jane Charlotte. Il ne devrait plus tarder à arriver et j'espère qu'il nous amènera son frère Junius. Nous prendrons le thé ensemble.

Jane franchit le portail et s'agenouilla près de sa mère, qu'elle entoura de son bras.

— Maman, maman, soupira-t-elle, il ne faut pas te faire de souci pour papa. Il… Il reviendra, mais je crois que ce ne sera pas tout de suite. Alors, pourquoi ne rentres-tu pas dans la maison, pour l'attendre ? Il commence à faire un peu frais. Je préparerai notre dîner et tu me feras la conversation. Tu veux bien ? Allez, viens.

Elle aida sa mère à se lever, puis lui passa un bras autour de la taille pour la soutenir. A petits pas elles marchèrent vers la maison, avec lenteur elles gravirent les marches du porche.

Dans la cuisine, la plaque du fourneau était chauffée au rouge mais ne supportait aucun ustensile. Jane en éprouva un profond soulagement. Maman avait poussé le feu, comme la dernière fois, puis avait oublié pourquoi. Une fois encore, l'incident aurait pu tourner à la catastrophe. Jane songea qu'elle n'avait plus le droit de laisser seule sa mère pendant de longues heures.

Mais comment résoudre ce dilemme ? Elle avait un travail qui l'obligeait à s'absenter pendant presque toute la journée pour tenir sa boutique, mais n'avait plus, moralement, le droit d'abandonner sa mère à l'esprit de plus en plus confus.

Pouvait-elle l'emmener avec elle en ville, dans sa boutique ? Non, c'était hors de question. Le local était étroit, inconfortable, si chaud que Jane avait le cœur au bord des lèvres avant la fin de la journée. Elle n'avait pas le droit d'imposer cette torture à sa mère. En outre, comment organiser les repas ? Dans la boutique ? Impensable ; et sa mère préférerait se laisser mourir de faim plutôt que de s'exposer à la vue de tous, dans la salle à manger de l'hôtel Excelsior.

Pouvait-elle, alors, rester à la maison et y travailler ? Certainement. Mais la fabrication des vêtements n'était que la première étape. Ces vêtements, il fallait ensuite les vendre. Or, comment vendre si elle ne montrait pas ses créations, dans une vitrine, en ville ? Comment espérer tenter les dames de la ville si elle n'était pas là pour les assister lors des essayages ?

— Jane, je crois que je vais m'étendre pendant un petit moment. Peux-tu demander à Abner qu'il me prépare un peu de thé ?

Abner, de nouveau ! Et papa, et l'oncle Junius !

Qu'est-ce que je vais faire, Seigneur ? Qu'est-ce que je vais faire ?

Jane installa sa mère sur le sofa tendu de soie verte, lui glissa deux coussins derrière la tête et conseilla :

— Reste tranquille, maman. Il ne faut pas que…

Elle pressa contre ses lèvres les phalanges diaphanes de la vieille dame et se détourna, les larmes aux yeux.

Seigneur, si Tu ne me viens pas en aide…

Elle perçut à ce moment le bruit d'un lourd chariot qui grimpait la colline. Pensant qu'il s'agissait probablement de Rafe Mercer effectuant la livraison de la farine, du sucre et des quelques autres denrées dont elle lui avait passé commande, elle ne se hâta pas d'aller ouvrir parce qu'elle avait besoin de recomposer son visage avant de rencontrer cet homme.

Elle écouta avec attention le bruit des pas dans l'allée gravillonnée et ne put s'empêcher de sursauter au coup donné à la porte. Rageuse, elle essuya d'un revers de main les larmes qui avaient perlé à ses cils. Il ne fallait pas montrer qu'elle avait envie de pleurer. Les dents serrées, elle s'accorda encore quelques secondes de répit avant la confrontation.

— Posez les fournitures sous le porche, cria-t-elle à la cantonade. Je m'en occuperai plus tard.

Pour toute réponse, elle entendit un nouveau coup frappé à la porte. « Et si ce n'était pas M. Mercer ? » se demanda-t-elle, soudain inquiète.

— Et si c'était de nouveau le Yankee, Rydell Wilder ? murmura-t-elle.

Dans ce cas, fallait-il ouvrir ? Elle jugea que non.

— Allez-vous-en ! cria-t-elle, le plus fort possible, malgré sa voix qui tremblait, hélas.

Pas de réponse.

— Je vous remercie de me laisser tranquille, reprit-elle.

Et l'autre frappa encore une fois, avec plus de violence, comme s'il n'était pas content de se faire lanterner.

Puis Jane entendit :

— Jamais je ne t'abandonnerai, mon enfant. Comme si tu ne le savais pas.

Odélia !

— Odélia ! s'écria Jane, non sans se demander si elle ne rêvait pas. Est-ce bien toi, Odélia ?

— C'est comme ça que je m'appelais, la dernière fois que je me suis regardée dans une glace ! Bon, alors, tu m'ouvres, oui ou non ?

Jane se hâta d'obtempérer, et c'est avec un bonheur indicible qu'elle se jeta dans les bras de la vieille femme, murmurant, extatique :

— Odélia ! Odélia ! Je n'arrive pas à en croire mes yeux.

— Bon, ça va, ça va, bougonna la bonne Odélia. Tu m'étouffes, ma fille. Je risque de ne pas durer très longtemps si tu me maltraites ainsi et, si ça continue, je vais regretter d'être venue.

Jane lui rendit sa liberté. Passant le dos de sa main sur ses yeux pour chasser ses larmes — des larmes de bonheur —, elle demanda :

— Quel bon vent t'amène ? Je ne m'y attendais pas du tout.

La servante noire soupira :

— Je n'ai pas que de bonnes nouvelles à t'apporter. D'abord, miss Carrie, elle est morte.

— Oh, non ! s'écria Jane. Pas tante Carrie !

— C'est la pneumonie qui l'a emportée, hélas. Mais elle n'a pas souffert du tout. Et après son enterrement, je me suis dit comme ça : « Délia, qu'est-ce que tu vas faire, maintenant ? » La réponse était vite trouvée. J'ai pris tout l'argent que miss Carrie m'avait laissé et j'ai suivi tes traces, pour te retrouver. Maintenant que ta tante est morte, je n'ai plus que toi et ta maman. C'est vous deux que je dois servir désormais.

— Odélia, tu sais bien que tu es libre. Papa a fait remplir les papiers avant notre départ de Montclair.

— Bien sûr que je sais cela, ma petite fille. Mais si je suis venue, ce n'est pas par sens du devoir. Je suis venue parce que j'en avais envie. Toi et ta maman, vous êtes toute la famille qui me reste.

— Tu veux dire que tu vas rester ? demanda Jane, le cœur gonflé de bonheur. Tu viens vraiment avec l'intention de rester avec nous ? Oh, ma vieille Odélia !

Elle enlaça le corps rebondi de l'ancienne esclave et serra de toutes ses forces.

— Vieille, moi ? demanda celle-ci, d'un ton rogue pour cacher son émotion. Où est ta maman ?

— Dans le salon. Elle sommeille, je pense. Elle sera folle de joie quand elle saura que tu es là, mais…

Le regard d'Odélia s'assombrit, dévisagea Jane.

— *Mais* ? dit-elle. Pourquoi *mais* ? Il faut tout dire à Odélia, mon enfant.

Jane lui prit les mains pour répondre, d'une voix étouffée :

— Maman est… Il faut que tu saches qu'elle est très fatiguée depuis la mort de papa. Il me semble qu'elle sombre… dans la confusion ; pas tout le temps, mais…

Odélia hocha longuement la tête.

— Une part de ta maman s'en est allée avec ton papa, finit-elle par dire. Peut-être que cette part d'elle-même ne reviendra pas.

De nouveau les larmes, plus acides que jamais, piquèrent les paupières de Jane.

— Allons, allons, lui dit Odélia, avec cette brusquerie qui lui servait à brider les sentiments. Tu ne vas pas pleurer ? Une grande fille comme toi ! Si tu me montrais plutôt mon lit, que je puisse m'installer ?

— Odélia ! s'écria Jane, laissant éclater ses sanglots.

— Ensuite, tu me diras ce que tu as prévu pour le dîner et je…

— Merci, Odélia ! Merci d'être venue.

— Mon petit, je savais bien que tu n'as plus besoin de moi, mais je suis venue quand même. Tu verras, les choses vont s'arranger. Sois patiente. Crois-en ma vieille expérience : les choses finissent toujours par s'arranger.

7.

Au soir du lendemain, Jane avait créé sept autres nouveaux tabliers et il n'y en avait pas deux semblables. Chacun était la combinaison unique des trois couleurs nationales, bleu avec des ornements de dentelle rouge et des bretelles blanches, blanc avec des galons bleus (prélevés sur une vieille robe du grenier) et des bretelles rouges… Il y en avait même un qui était réversible, rouge d'un côté et bleu de l'autre, avec des poches en forme de cœur.

Sachant qu'Odélia s'occupait désormais de sa mère, Jane avait l'esprit plus tranquille et pouvait se consacrer toute à son entreprise. Elle travailla ce jour-là du matin au soir, sans même s'accorder le moindre moment de répit vers midi pour absorber un peu de nourriture. D'ailleurs, elle n'avait rien apporté avec elle.

La petite chatte avait reçu le nom définitif de Générale Lee, en l'honneur du généralissime confédéré qui, par deux fois, avait vaincu les troupes nordistes. Elle passait le plus clair de son temps à jouer avec les pelotes de fil ou les chutes de tissu, et quand elle était fatiguée, elle se pelotonnait dans la corbeille à ouvrage et s'endormait aussitôt. Elle ronflait comme une locomotive.

Derrière la fenêtre le mannequin, habillé peu à peu de tous les tabliers multicolores, ressemblait à un sapin de Noël. Jane lui avait accroché autour du cou un carton sur lequel elle avait écrit en grosses lettres : *Tabliers, 50 cents la pièce.*

Quelques dames de la ville s'étaient déjà arrêtées devant la fenêtre. La porte étant restée ouverte à cause du beau temps, Jane entendait leurs réflexions, qui, dans l'ensemble, n'étaient pas encourageantes.

— Ce sont des tabliers…

— Mais ils ne ressemblent pas à des tabliers.

— Je n'ai jamais rien vu de pareil…

— Qui oserait porter cela ?

— Ces couleurs, tout de même…

— Bizarre, non ?

Pas une ne se hasarda jamais à franchir le seuil de la boutique. Jane décida donc, vers midi, de baisser son prix de dix *cents*, ce qui ne lui amena pas plus de clientes. A 15 heures, elle se trouvait dans un état de grande détresse. Elle avait faim, elle était fatiguée, elle avait envie de pleurer.

Affalée sur le tonnelet qui lui servait de siège, le menton dans les mains, elle examinait d'un œil torve les tabliers sur lesquels elle avait fondé tant d'espoir. Pourquoi ceux-ci ne connaissaient-ils pas le succès escompté ? Les dames de Dixonville les trouvaient-elles encore trop chers ? pas assez élégants ?

Vers 17 heures, Jane voyait venir le moment où elle devrait fermer sa boutique sans avoir reçu une seule visite, sans avoir vendu un seul tablier, quand elle entendit un bruit de pas sur le trottoir, mais un pas beaucoup trop lourd pour être celui d'une éventuelle cliente. Elle craignit le pire, qui ne tarda pas à se confirmer, puisqu'une voix, qu'elle ne connaissait que trop bien, l'interpella en ces termes :

— Est-ce que tout se passe bien ?

Jane se retourna, les dents serrées. Ce M. Wilder avait-il décidé de venir la persécuter encore ? Ce n'était pas le moment !

— Tout va très bien et je vous remercie, répondit-elle, d'une voix sèche.

En même temps, son estomac délivra un bruit puissant, ridicule et très gênant, qu'elle essaya, en vain, d'arrêter ou au moins de diminuer en contractant les muscles de son ventre.

— On dirait que vous avez faim, nota Rydell Wilder.

Il ne connaissait sans doute pas la définition de mots comme *discrétion* ou *savoir-vivre.*

— Est-ce que vous avez déjeuné, au moins ? demanda-t-il.

— Oui… enfin, non… pas encore. J'allais y aller. Mais avant, je voulais nettoyer un peu, ramasser toutes ces chutes de tissu et ces morceaux de fil qui traînent partout.

L'estomac de Jane se remit à gargouiller.

— Je crois que vous devriez commencer par vous restaurer, dit Rydell Wilder. Allons, venez avec moi.

A l'idée de manger, Jane saliva. Mais elle émit une objection.

— Je ne peux pas laisser ma boutique sans surveillance. Imaginez qu'une cliente se présente en mon absence.

— Vous en avez déjà eu, des clientes ?

— Heu… non. Beaucoup de dames sont passées devant la boutique et la plupart se sont arrêtées un petit moment, mais… personne n'est entré.

Jane s'aperçut qu'elle avait un début de migraine, depuis un moment sans doute, mais elle n'y avait pas encore pris garde ; la faim, sans doute…

Rydell Wilder regardait le mannequin avec attention. Il émit un petit sifflement et demanda :

— C'est vous qui avez fabriqué tout cela ?

— Mais oui ! dit Jane en affectant la simplicité, alors qu'elle était très fière d'elle-même. J'y ai passé presque deux jours entiers et je ne compte plus la longueur de tissu qu'il m'a fallu pour cela.

Il faut maintenant que j'en vende, ne serait-ce que quelques-uns, et c'est pourquoi je ne peux pas quitter ma boutique.

— C'est de la folie ! dit Rydell Wilder, avec force. Vous mourez de faim. Vous tenez à peine sur vos jambes. Allez, venez manger un morceau. Vous n'avez qu'à mettre un écriteau sur la porte pour dire que vous revenez dans un moment.

Jane le regarda avec suspicion.

— Vous aimeriez bien que je déserte pour vous suivre, n'est-ce pas ? demanda-t-elle.

— C'est bien possible, admit-il avec un petit sourire.

— Si je quitte ma boutique, je risque de manquer des ventes. Et si je ne vends rien, je ne tarderai pas à me retrouver raide, comme vous dites par ici.

— C'est possible aussi.

— Et dans ce cas, vous me représenterez que je ne peux pas rembourser votre prêt et que je n'ai plus qu'à vous épouser, selon les termes du contrat que vous m'avez imposé.

Cynique, le banquier répondit :

— C'est exactement cela. Vous comprendrez aisément que je n'ai pas intérêt à vous laisser mourir de faim avant notre mariage.

— Je vois, soupira Jane. Mais vous comprendrez peut-être, vous, que je préfère me laisser mourir de faim plutôt que de vous épouser.

A cela, Rydell Wilder ne trouva rien à répondre. Très contente de lui avoir cloué le bec, Jane ajouta :

— Si vous voulez bien m'excuser... Il faut que je finisse de balayer.

— Donnez-moi ça, répliqua Rydell Wilder en s'emparant du balai.

— Rendez-moi mon balai !

— Certainement pas. La dernière fois que je vous ai vue avec cet instrument en mains, j'en ai reçu de bons coups dans les jambes et j'ai encore des bleus. Si, si ! Je vous les montrerai, si vous voulez. Mais aujourd'hui, c'est à mon tour.

Il réussit à prendre possession du balai et commença à s'en servir pour repousser Jane qui fut obligée de lever les pieds pour se soustraire à cette attaque en règle. Mais très vite elle dut battre en retraite. Elle n'était pas de taille à lutter.

— Allez, dehors ! disait Rydell Wilder. Ouste ! Du balai !

Non sans habileté, il réussit, avec le manche, à décrocher le chapeau accroché à un clou au mur, et c'est ainsi qu'il le tendit à Jane.

— Mettez ça tout de suite, lui ordonna-t-il.

Elle obtempéra. Ayant satisfait à cette injonction, elle subit un nouvel assaut et franchit le seuil, à reculons.

Rydell Wilder posa le balai contre le mur et dit :

— Maintenant, fermez votre porte. Nous allons voir ce que l'Excelsior peut nous proposer à cette heure.

— Je ne peux pas aller là-bas ! protesta Jane, effarée. C'est un endroit public !

— Evidemment que c'est un endroit public ; votre boutique aussi.

— Je ne vois pas le rapport…

— Moi, si : puisque vous pouvez vous afficher dans votre boutique, pourquoi rechigner à entrer dans un restaurant ?

Jane fronça les sourcils et ne répondit pas. Et en son for intérieur, elle était obligée de reconnaître que le banquier n'avait pas tort et que cette fois, c'était lui qui lui avait rivé son clou.

Mais si elle n'avait pas d'arguments à lui opposer, décida-t-elle, c'était parce qu'elle avait trop faim et que donc elle était trop faible pour raisonner.

— Si je me permets d'insister, dit-il en lui prenant le coude pour la conduire vers l'Excelsior, c'est que j'aimerais vous parler d'un sujet important… d'un sujet qui me tient à cœur.

Alors là, le comble ! Dans la salle à manger de l'Excelsior ? Au vu et au su de toute la ville ? Maman se trouverait mal si elle avait vent de cette affaire, elle ne s'en remettrait pas et…

Le cœur de Jane se serra. Pauvre maman… Elle ne comprendrait peut-être même pas de quoi il retournait si une âme charitable s'avisait de lui narrer par le menu à quelles sollicitations troubles sa fille s'adonnait en ville et, de surcroît, elle ne s'en souviendrait plus cinq minutes plus tard.

Etrange comme leurs rôles s'étaient inversés. C'était maintenant sa mère qui avait besoin d'être surveillée, c'était elle, Jane, qui avait la responsabilité de la famille… enfin, de ce qu'il restait de la famille. Même Odélia, qui la connaissait depuis sa plus tendre enfance puisqu'elle avait assisté à sa naissance, Odélia qui persistait à l'appeler « ma fille » ou « mon enfant », se reposait désormais sur elle dès que se présentait la moindre décision à prendre.

Jane sentit son corps s'affaisser. Toute la fatigue du monde pesait sur ses épaules. Dans le fond, M. Tennyson avait raison : l'ordre ancien était en train de changer. *Elle* changeait.

Elle n'était pas sûre d'apprécier ces changements, et encore moins de pouvoir les supporter, mais pour lors elle était obligée de se sustenter un peu, faute de quoi elle risquait de capituler plus tôt que prévu. Ce repas que lui proposait Rydell Wilder, elle était pratiquement obligée de l'accepter.

Elle posa son chapeau sur sa tête, y piqua l'épingle, arrangea la voilette. Voilà, elle était prête pour aller dîner…

En public…

Avec un homme…

Avec *cet* homme…

Pardonne-moi, papa, mais c'est une question de survie.

— Prête ? demanda le banquier en lui offrant son bras.

— Attendez, j'ai oublié quelque chose.

Quelle que fût la cruauté du destin acharné contre elle, elle restait une demoiselle d'excellente éducation qui, comme telle, ne se conduisait pas n'importe comment. Elle rentra dans la boutique, fourragea dans l'amoncellement de matériaux accumulés sur la table à couper.

— Une femme du monde ne se montre jamais en public sans ses gants.

Sur le chemin de l'Excelsior, Jane sentait, à chaque pas, s'accroître sa confusion, pour ne pas dire son désarroi. Elle avait faim, certes, mais ce frémissement de tout son être n'était sans doute pas dû à la perspective du steak saignant et du grand verre de limonade fraîche qu'elle espérait pouvoir commander. Et elle s'interrogeait.

Comment les jeunes filles, quand elles étaient courtisées, parvenaient-elles à concentrer leur esprit sur autre chose que leurs émotions, leurs impressions physiques ? Son coude reposant entre les doigts de Rydell Wilder, elle n'arrivait plus à former la moindre petite pensée cohérente. Elle comprenait, maintenant, pourquoi les jeunes filles se montraient si souvent niaises dans les soirées auxquelles elles étaient invitées. Jane connaissait des cas. Elle s'était toujours promis de se montrer plus sensée en de semblables circonstances. Elle commençait à douter de ses capacités, alors que les doigts de Rydell Wilder, enserrant son coude, lui procuraient déjà d'insensées délices.

Quelle pitié ! Va encore pour une toute jeune fille, mais elle, qui avait vingt-six ans ! Elle avait passé depuis longtemps le stade de ces enfantillages, même si elle n'avait pas eu le temps de s'y adonner, et devait donc veiller à s'interdire les battements de paupières, les petits rires de gorge et toutes autres manifestations qui n'étaient plus de son âge. La compagnie de M. Wilder ne signifiait rien de spécial pour elle, et si elle avait la respiration courte, c'était parce qu'il l'obligeait à marcher un peu trop vite et qu'elle était fatiguée après cette longue journée de travail.

Sur le perron de l'hôtel, Rydell Wilder lâcha le coude de Jane pour lui ouvrir toute grande la haute porte vitrée. C'est à ce moment que, pour la première fois, elle se demanda si elle n'avait pas commis une grave erreur. Elle hésita à entrer, se retourna pour jeter un coup d'œil vers la rue. Si quelqu'un la voyait entrer dans cet hôtel avec le banquier ? Alors sa réputation serait définitivement compromise.

Une servante affairée qui passait par là, les bras chargés de nappes à carreaux bleus et blancs, s'arrêta. Son visage s'éclaira et elle s'écria :

— Rydell Wilder ! Quelle surprise !

— Bonjour, Maggie, répondit-il.

— Vous arrivez un peu tard pour le déjeuner, mais trop tôt si vous voulez dîner.

Jane sentit sa gorge se serrer. Pas moyen de se restaurer, alors qu'elle avait accepté de risquer son honneur ? Marché de dupe ! Elle lorgna vers la porte. Inutile de séjourner davantage en ce lieu.

— Attendez ! recommanda Rydell Wilder. Maggie va vous préparer un en-cas. Vous pouvez bien faire cela pour nous, n'est-ce pas, Maggie ?

La servante eut un petit rire de gorge. Le regard brillant, elle répondit :

— Bien sûr, Dell. Vous savez bien que vous pouvez me demander tout ce que vous voulez.

Rydell reprit possession du coude de Jane, pour la conduire vers la salle à manger. Elle ne lui résista pas et se demanda pourquoi elle n'avait plus de volonté alors que la sagesse lui recommandait de ne pas séjourner une minute de plus dans cet établissement.

— Là-bas, près de la vitrine, lui dit-il. C'est une très bonne place. Ainsi, vous pourrez garder l'œil sur votre boutique pendant que vous vous restaurez.

Par chance, la salle à manger était déserte. Personne ne saurait donc que Jane avait pris un repas en public ; avec un homme. Si Maggie savait tenir sa langue… De toute façon, Jane avait si grand faim qu'elle pensait ne pas pouvoir tenir une minute de plus sans absorber quelque nourriture. Elle se serait jetée sur la moindre croûte de pain qu'on lui eût proposée.

— Alors, reprenait Rydell Wilder, d'une voix enjôleuse, à l'adresse de la servante, vous préparez un sandwich pour la demoiselle ?

— Certainement. Et pour vous ?

— Du café.

Il tira la chaise pour Jane et tandis qu'elle s'y installait, elle sentit qu'il lui effleurait l'épaule. Un grand frisson la parcourut des pieds à la tête. La faim, décidément, lui causait des hallucinations inusitées.

Le banquier s'installa en face d'elle, croisa les mains. Jane, qui avait les yeux baissés, ne voyait que ces mains. Un moment se passa en silence.

— Miss Davis…

Elle leva les yeux vers lui et retint sa respiration. Il la regardait d'une si drôle de façon. Des yeux de merlan frit, songea-t-elle, et elle eut envie de rire.

— Jane…, reprit-il.

Le cœur de Jane eut un soubresaut.

Une tasse de café parut dans son champ de vision, puis un grand verre embué qui se posa doucement devant elle. De la limonade ! Alors qu'elle n'avait rien demandé ! Etonnée, elle se tourna vers la servante, pour la remercier, et celle-ci lui dit, une lueur amusée dans les yeux :

— Normalement, les dames boivent du thé froid en été, mais il m'a semblé que vous aviez plus besoin de limonade. Bien ! Maintenant, je vais m'occuper de la suite.

Elle revint quelques instants plus tard, avec un plateau sur lequel se trouvait un énorme sandwich. Jane retira ses gants, qu'elle posa sur ses genoux. Elle prit le sandwich en mains.

— Jane, lui dit Rydell Wilder, vous savez que c'est demain le 4 Juillet ?

— Bien sûr.

— Vous savez aussi qu'il y a une fête en ville ?

— Certainement. Je n'ai jamais eu la permission d'y… Je veux dire : je n'y ai jamais participé.

Jane planta sa fourchette dans son sandwich, sans ignorer qu'il n'était pas très poli de se désintéresser de la conversation. Mais la faim la tenaillait. Elle détacha une belle bouchée de pain et de viande, qu'elle porta à ses lèvres.

— Ce que je voulais dire, reprenait Rydell Wilder, c'est que le 4 Juillet, par chez nous, c'est quelque chose ! Il y a les discours, comme de juste, les jeux pour les enfants et les adultes, un bal… et un grand pique-nique.

Jane hocha la tête, but de la limonade.

— Vous voudrez peut-être…, dit le banquier.

Il s'arrêta, parut hésiter. Il réfléchit quelques secondes, avant de reprendre, à mots comptés :

— Il faut que vous sachiez… que tout cela peut devenir… disons… un peu spécial.

Jane sursauta.

— Spécial ? Que voulez-vous dire ?

— Vous savez comment sont les gens, par ici. Ils sont gentils, mais s'échauffent parfois un peu trop. Je ne voudrais pas que vous soyez choquée à la vue de certaines scènes.

— Ah, je comprends, murmura Jane. Je comprends pourquoi papa ne voulait pas me laisser assister à ces fêtes.

Elle murmurait, parlait plus pour elle-même que pour son interlocuteur lequel, ayant lu sur ses lèvres, approuva d'un hochement de tête.

— Ce que je comprends moins, poursuivit-elle, c'est pourquoi vous me délivrez cet avertissement. Vous désirez me dissuader d'assister à ces festivités, n'est-ce pas ?

— Pas exactement.

Rydell Wilder gardait un visage parfaitement impassible mais sur la table, ses doigts battaient un roulement assez vif.

— De quoi s'agit-il exactement ? interrogea Jane.

— Je... euh... Comment dire ? Voici : j'ai pensé que vous aimeriez faire une apparition à cette occasion. En quelque sorte, ce serait votre présentation à la société de cette ville, parce qu'il faut bien le dire, on ne vous a jamais beaucoup vue. Bien des citoyens ne vous connaissent pas.

— Paraître à cette fête, oui, c'est une possibilité que j'ai envisagée, dit Jane avant de se pencher de nouveau sur son sandwich pour y découper, avec le plus grand soin, une nouvelle bouchée, carrée, régulière.

Pourquoi Rydell Wilder, tout à coup, semblait-il si hésitant, si peu sûr de lui-même, ce qui ne lui ressemblait pas ? Quel message voulait-il lui délivrer ? Pourquoi ne se montrait-il pas plus clair ? Y avait-il, vraiment, danger à participer à la fête nationale ?

— Il faut que j'en parle à maman...

Rydell toussota, puis se lança.

— Je veux que vous le sachiez, Jane : si vous passez quelques instants dans cette fête, je serai heureux de vous offrir ma protection.

— Je vous remercie, mais je ne crois pas que j'aurai besoin d'être protégée, comme vous dites. Notre servante, Odélia, qui est arrivée hier, se fera un plaisir de m'accompagner en ville si je décide de m'y promener.

Rydell Wilder ne répondit pas tout de suite. Il se pencha en arrière et, sa chaise ne reposant plus que sur les pieds de derrière, regarda Jane longuement, si longuement et de nouveau avec un regard tellement bizarre qu'elle dut reposer son verre de limonade parce que sa main s'était mise à trembler. Puis il reprit :

— Ce que je voulais dire, Jane, c'est que je serais honoré de vous escorter.

— Je vous remercie, mais je viens de vous dire… Pourquoi cette insistance ?

Rydell Wilder pinça les lèvres, puis énonça :

— C'est que je voudrais avoir le bonheur de passer quelques instants avec vous. Si nous devons nous marier, il faut que nous apprenions à nous connaître un peu mieux.

— Nous marier ? s'exclama Jane.

Son couteau et sa fourchette retombèrent sur l'assiette de faïence bleue et blanche, tintèrent bruyamment dans le silence de la salle à manger.

— Nous marier, répéta-t-elle à mi-voix, comme pour bien pénétrer le sens de ces mots. Qu'est-ce qui peut bien vous donner à penser que… Oh ! bien sûr, notre… *votre* contrat !

Plutôt que de laisser les mots dépasser sa pensée, elle s'obligea à posément se tamponner les lèvres, en comptant jusqu'à dix. Puis, ayant rassemblé ses idées, elle reprit :

— Je pense que ce mariage ne sera pas nécessaire. Je pense qu'il n'est pas utile que vous rêviez à ce sujet. Parce que ma boutique de mode connaîtra un franc succès et que j'ai l'intention de vous rembourser, très vite, et jusqu'au moindre *cent*, la somme d'argent que je vous dois.

Rydell Wilder se permit un de ses petits sourires si exaspérants.

— Ensuite, poursuivit Jane, la voix un peu plus sèche, si jamais je dois me marier — je veux dire : si je choisis de me marier — ce sera avec un homme du Sud, c'est-à-dire un monsieur, non avec un de ces Yankees qui peuplent les contrées sauvages de l'Oregon.

Le sourire de Rydell Wilder s'agrandit. Il montra ses dents, qu'il avait fort belles et bien blanches, si blanches que Jane se demanda s'il ne les frottait pas avec du sable.

— Tout cela est bel et bon, dit-il, mais cela ne change rien à ma proposition. Si vous avez l'intention de vous montrer à la fête de demain, je serai ravi de vous pro… de vous escorter.

D'un mouvement vif, il s'empara de la main de Jane. Pas assez rapide pour se soustraire à lui, elle forma le poing, qu'il emprisonna et tint fermement.

— Je crois que vous avez une cliente, dit-il alors, en donnant un petit coup de menton en direction de la vitrine.

En effet. De l'autre côté de la rue, une haute silhouette se penchait pour essayer de voir à l'intérieur de la boutique.

Jane se leva. D'un coup sec, elle retira sa main à l'emprise du banquier et dit :

— Ma première cliente ! Il faut que j'y aille !

Elle s'éloigna en hâte.

Elle était partie si vite que Rydell avait eu à peine le temps de se lever ainsi que le voulait le savoir-vivre. Elle était partie si vite qu'elle ne s'était pas aperçue que ses gants, posés sur ses genoux, étaient tombés sur le plancher. Rydell se pencha pour les ramasser, juste comme Maggie revenait.

— Encore un peu de café ? proposa-t-elle.

Il remercia d'un hochement de tête.

Ayant jeté un coup d'œil au sandwich à peine entamé, la servante reprit :

— Elle a un appétit d'oiseau, la demoiselle. Elle picore ! A son âge ! Je sais bien ce qui lui manque.

— Moi aussi, dit Rydell.

— Mais j'ai dans l'idée que ce n'est pas toi qui le lui donneras, Dell. Elle t'a planté là sans que tu aies eu le temps de dire *ouf*, non ? C'est la première fois que je te vois essuyer un échec de ce genre. Tu ne sais plus y faire, ou quoi ?

Rydell approuva d'un hochement de tête et soupira :

— Maggie, tu es une femme avisée. Rien ne t'échappe.

— Sans doute, répondit-elle avec humeur ; et ça me fait une belle jambe !

Elle repartit vers la cuisine, emportant l'assiette et le verre de limonade.

En se balançant sur sa chaise, Rydell observa Jane qui traversait la rue, la tête haute, en soulevant ses jupes juste assez pour ne pas balayer la poussière, mais sans rien montrer de ses chevilles.

Maggie avait mille fois raison : il ne savait plus y faire… ou plutôt, il ne savait pas *faire avec Jane.*

Il ne servirait à rien d'attendre la banqueroute de Jane pour, alors, faire valoir la clause ultime du contrat. Parce qu'en cas d'échec, Jane repartirait pour le Sud. Elle le planterait là, avec ses rêves.

La chaise retomba sur le plancher avec un bruit mat.

N'avait-il pas présumé de son succès ?

Un brin de cour ne serait-il pas nécessaire, tout de même ?

Peut-être que si.

Et pour commencer, le plus tôt serait le mieux.

Dès demain.

4 Juillet.

8.

Le cœur battant aux tempes, Jane s'approcha de la dame qui s'intéressait à la vitrine.

Serait-elle sa première cliente ?

— Peut-être voudriez-vous entrer pour voir de plus près ? proposa-t-elle.

La dame, lentement, se redressa. Lentement, elle se tourna vers Jane qui, pour croiser son regard, dut lever les yeux vers elle. Elle était grande, plus grande que le banquier !

Elle se signalait par un visage très brun, avec des pommettes hautes et surtout par une tenue vestimentaire qui n'avait rien de banal : longue jupe de calicot jaune vif, chemise d'homme serrée à la taille par une ceinture à franges, mocassins…

Jane réprima difficilement une exclamation de surprise : une Indienne !

Des yeux noirs comme le charbon la fixaient avec assurance.

— J'achète, dit la femme, d'une voix lente, très grave, presque masculine, pleine d'autorité.

— Oui, bien sûr, balbutia Jane, décontenancée. Quel tablier préférez-vous, mademoiselle… ou madame… Euh…

— Nom à moi : Marie Deux-Chapeaux. Je choisis.

Jane fit entrer dans sa boutique cette cliente si inattendue, qui parcourut des yeux l'espace étroit avant de se diriger vers le mannequin vêtu de tabliers. Elle en détacha trois rouges et deux bleus. Les tenant dans une main, elle montra les cinq doigts de l'autre main et demanda :

— Combien ?

Cinq ? Elle voulait cinq tabliers ?

— Cela ferait deux dollars et demi, murmura Jane, indécise.

L'Indienne fourragea dans le sac en peau qu'elle portait en bandoulière, elle en tira deux dollars d'argent et deux quarts de dollar, qu'elle montra à Jane.

— Très joli, dit-elle de sa voix étrange, en montrant les tabliers.

— Merci, murmura Jane.

Elle était bien consciente qu'elle dévisageait sa cliente et que sans doute cette attitude n'était pas très polie, mais elle ne pouvait s'en empêcher. Une Indienne dans sa boutique de mode ! Si maman apprenait cela, elle risquait de défaillir.

Marie Deux-Chapeaux prit la main de Jane pour y poser les pièces. Et elle dit :

— Il en faut encore ; des jaunes.

Elle enroula ses tabliers, et, sur un hochement de tête, elle quitta la boutique, silencieuse sur ses pieds chaussés de semelles souples.

Jane regarda longtemps l'argent rassemblé dans sa main. Elle venait de réaliser sa première vente. Deux dollars et demi ! Elle possédait là de quoi acheter un nouveau coupon de satin ou même de l'œillet brodé. Elle avait de quoi fabriquer une jolie robe d'été qui lui rapporterait… encore plus.

Elle avait vendu un objet de sa fabrication, des tabliers qu'elle avait conçus, coupés et cousus de ses propres mains. Elle était contente d'elle. Elle était fière. Elle était heureuse.

*
* *

Les poings sur les hanches, Odélia lui accorda un long regard inquisiteur, ce soir-là, quand elle rentra à la maison pour le dîner, puis elle lui demanda :

— Comment se fait-il que tu aies les yeux si brillants et les joues si rouges ? Aurais-tu pris une mauvaise fièvre, par hasard ?

Jane vida le contenu de son réticule sur la table et répondit simplement :

— Regarde.

L'ancienne esclave se pencha pour mieux voir. Quand elle se redressa, elle avait le regard sévère.

— Où as-tu pris tout cet argent ? Tu l'as volé à M. Wilder, le banquier ?

— Ne sois pas ridicule, Odélia, dit Jane en riant. Il se trouve que j'ai vendu cinq de mes tabliers ; cinq ! Et d'abord, comment sais-tu que le banquier de Dixonville s'appelle Wilder ?

— C'est mon petit doigt qui me l'a dit. Tu sais bien qu'il me dit tout, mon petit doigt. En plus ce n'était pas bien difficile à apprendre, parce que, franchement... Je suppose que tu vois ce que je veux dire...

— Pas du tout.

— C'est sans importance. J'ai préparé du poulet et des boulettes pour le dîner. Alors, ma fille, assieds-toi et sers-toi avant que tout cela ne refroidisse.

— Je ne peux pas, soupira Jane. Je dois un dollar au maréchal-ferrant pour une table qu'il m'a fabriquée, mais j'étais si heureuse quand j'ai quitté ma boutique que j'ai oublié d'aller régler cette dette. Il faut que je m'en acquitte sans plus tarder.

La grosse main d'Odélia s'abattit sur l'épaule de la jeune fille.

— D'abord, tu manges, commanda-t-elle. Tu ne peux pas continuer à courir comme cela toute la sainte journée, en te nourrissant de miettes. Et moi, j'irai trouver ce maréchal-ferrant pour lui régler son dû.

Elle se pencha sur la table, choisit une des deux pièces d'un dollar et reprit :

— Ta mère est dans sa chambre, je crois qu'elle dort. Alors, tu vas prendre ce dîner que je t'ai préparé et te reposer aussi parce que tu en as bien besoin. Maintenant, dis-moi : où vais-je le trouver, ton maréchal-ferrant ?

Quand Moïse Freeman cessa de battre le fer sur son enclume et qu'il leva la tête, il n'en crut pas ses yeux. Une femme, belle femme, dont la peau avait la couleur du lait teinté de chocolat, s'approchait de lui à pas comptés. Elle semblait irradier les rayons du soleil rougeoyant qui se couchait derrière elle. Il parut à Moïse qu'elle descendait du paradis, telle une sainte vêtue de la lumière pourpre qui ne se voyait que dans l'au-delà.

Quelle soirée, Seigneur, songea-t-il, certain d'avoir une vision. Mais quelle vision !

— C'est vous le maréchal-ferrant ? lui demanda l'apparition.

Seigneur, Vous entendez cette voix ? Douce comme celle de Vos anges ; une voix bien faite pour chanter Vos louanges.

— Oui, c'est moi le maréchal-ferrant. Je m'appelle Moïse Freeman.

— Comment se fait-il que vous marteliez encore le fer, à cette heure tardive ? Vous n'êtes donc pas un homme libre ?

— Bien sûr que si, je suis un homme libre. N'ai-je pas l'air de l'être ? Si je travaille tard ce soir, c'est pour préparer la fête de demain, parce que demain, c'est le 4 Juillet.

— Mais vous avez l'air claqué ! Vous feriez mieux d'aller vous coucher.

— Claqué, moi ? dit Moïse Freeman.

— Exactement ! C'est dommage, parce que j'ai l'impression que quand vous êtes en forme, vous devez être plutôt bel homme.

Moïse sourit d'un air avantageux.

— Je ne suis pas claqué, comme vous dites. Vous voulez que je prenne ma guitare pour vous montrer comment je danse et je chante ?

— Mmm…

— Quoi ? Vous ne croyez pas que je sache chanter et danser ?

Moïse Freeman posa son marteau sur l'enclume. Il recula et esquissa quelques pas de polka, en fredonnant.

La visiteuse eut une petite moue admirative qui plut beaucoup au maréchal-ferrant. Ensuite elle dit :

— C'est vrai que vous ne dansez pas mal. Il faut reconnaître.

Moïse Freeman eut l'impression que son cœur allait exploser, tant il était content. Et la tête déjà lui tournait. Hélas, la visiteuse changea de sujet.

— J'ai quelque chose pour vous, de la part de miss Jane Davis. Elle m'a dit que vous aviez honnêtement gagné cet argent, mais je me demande comment. Si vous passez vos journées à danser et à chanter dans votre forge…

Elle ouvrit la main. Il vit le dollar d'argent. Il vit plus encore le sourire de la visiteuse, qui eut pour effet de lui mettre les genoux en compote. Il dut s'asseoir sur le bout de son enclume.

— Vous remercierez miss Jane pour moi, dit-il en prenant le dollar d'argent.

— Vous la remercierez vous-même, lui fut-il répondu. Vous allez bien à la fête, demain.

Ce n'était pas une question.

— Comment savez-vous cela, ma bonne femme ? demanda-t-il.

La femme haussa les épaules et prit un air mystérieux.

— Je le sais, c'est tout. Alors, faites comme je vous le dis.

— A propos de miss Jane, murmura Moïse Freeman, d'une voix hésitante. On ne l'a jamais vue dans aucune réunion de société, à Dixonville. Si elle vient, cette fois, vous feriez bien de garder l'œil sur elle.

— Ne vous en faites pas pour elle, répondit la visiteuse. Odélia saura veiller sur sa jeune maîtresse, comme toujours. Et s'il faut la défendre, je n'aurai pas peur de distribuer les coups de poing.

— Il faudra aussi prendre garde à vous, Odélia, reprit le maréchal-ferrant heureux d'avoir appris le nom de sa visiteuse. Il arrive souvent que les fêtes du 4 Juillet soient... disons... animées, par chez nous. Alors, je vous propose ça comme ça — mais vous faites comme vous l'entendez, n'est-ce pas ? — je connais un homme bien de sa personne, et pas manchot, qui serait heureux de vous escorter, si vous avez vraiment l'intention de...

Odélia émit un petit sifflement.

— Dites donc, monsieur bien de sa personne, vous pourriez jouer de la guitare, danser, et encore me faire un rempart de votre corps en cas de besoin ?

Elle se moquait, gentiment. Elle ironisait. Mais à voir son œil brillant, son radieux sourire, Moïse Freeman comprit qu'elle l'avait à la bonne.

Seigneur, quelle soirée, en vérité ! Quelle belle soirée ! Soyez-en remercié, Seigneur. Alléluia !

Moïse Freeman suivit du regard la belle Odélia qui s'éloignait. Puis, sur le fer qui n'était plus très chaud il tapa comme un sourd, en chantant à tue-tête.

*
* *

Le 4 Juillet, à l'aube, l'air immobile était déjà très chaud. Le ciel, d'un bleu éclatant, semblait avoir été peinturluré par un artiste à la palette criarde.

Jane se leva tôt. En s'habillant, elle retrouva la gaieté et l'impatience qu'elle avait connues autrefois, à Montclair, lors des fêtes de Noël. Elle ne tenait pas en place. La peau lui picotait de partout.

A midi, quand sa mère eut terminé son frugal repas avant de prendre place sur le sofa du salon où elle ne tarda pas à s'assoupir, Odélia s'empara d'un grand panier recouvert d'une serviette, qui était prêt depuis le matin, et elle poussa sa jeune maîtresse vers la porte en déclarant :

— Madame est partie pour deux ou trois heures de sommeil. Nous pouvons aller au pique-nique.

La descente de la colline, en direction de l'école que la communauté avait bâtie au milieu d'une grande prairie, donna à Jane le temps de se calmer. Jamais elle n'avait été autorisée à s'agréger au moindre rassemblement de population à Dixonville. Sa mère refusait qu'elle parût en public sans chaperon et son père n'avait que mépris pour les jeunes gens qu'elle aurait eu l'occasion de rencontrer.

Mais aujourd'hui, la décision lui appartenait.

Elle portait une robe à volants, vert menthe, en toile légère, et un chapeau à large bord maintenu sur sa tête par un ruban noué sous le menton. Pour une raison qu'elle ne parvenait pas à définir, elle se sentait jeune et jolie, joyeuse et insouciante. Elle avait cette conviction irraisonnée : un événement heureux, aujourd'hui, lui arriverait. Elle en était sûre, aussi sûre que le soleil brillait au-dessus de sa tête.

Le 4 Juillet, à Dixonville, donnait lieu à des célébrations rigoureusement identiques d'une année à l'autre. A 10 heures du matin, les tables montées sur tréteaux étaient recouvertes d'immenses nappes, par les soins des dames appartenant au Comité du Pique-Nique. Ces nappes blanches, bleues et rouges donnaient la vague impression que le repas était servi sur le drapeau, emblème de la nation américaine.

A mesure que la matinée avançait, les plats faisaient leur apparition sur les tables, sans ordre ni méthode : salades, viandes froides, gâteaux, beaucoup de gâteaux. On apportait des tonnelets de bière pour les messieurs, des pichets de limonade et de thé froid pour les dames. Les enfants ne pouvaient s'empêcher de chiper des biscuits et s'enfuyaient à toutes jambes pour échapper aux représailles des citoyennes outrées par tant de sans-gêne.

Telle est la scène que Jane découvrit en arrivant sur l'esplanade où régnaient l'animation et la bonne humeur. Elle observa un instant, non sans émotion, des petites filles qui sautaient à la corde. Qu'elle avait envie de se joindre à elles ! Les pieds lui démangeaient. C'est qu'elle n'avait jamais sauté à la corde. Pour sauter à la corde, il fallait trois participantes : deux qui tournaient, une qui sautait. Durant la brève période qu'elle avait fréquenté l'école de Dixonville, Jane n'avait jamais été invitée à participer aux jeux qui se pratiquaient pendant les récréations.

Chassant ses pensées moroses, elle se dirigea vers les bancs sortis de l'école et rangés devant le perron d'où les édiles prononceraient les discours patriotiques. Elle s'assit au bout d'un banc déjà presque entièrement occupé et Odélia prit à côté d'elle ce qu'il restait de place. Elle ferma son ombrelle et déploya un modeste éventail en papier.

Les fermières continuaient à descendre des chariots, les bras chargés d'offrandes alimentaires qu'elles s'empressaient de déposer sur la table, non sans examiner avec attention les victuailles déjà présentes. Ensuite elles se rassemblaient dans la prairie, par petits groupes, pour des discussions animées ; certaines sortaient de leur sac qui un travail d'aiguille, qui un tricot et se mettaient au travail, ce qui ne les empêchait nullement de papoter avec ardeur.

Sans en avoir l'air, Jane examinait avec attention la façon dont toutes ces dames étaient mises. Les robes bleu foncé, grises, marron ou noires dominaient, et si quelques chemisiers blancs se faisaient voir ici ou là, ils étaient des plus simples, sans aucun ornement ; à croire que la dentelle était frappée d'interdit dans cette ville. Tout cela était d'une platitude et d'une tristesse infinies.

Le maire prononça le premier discours. En dépit de l'ombre projetée sur l'assistance par les grands érables, les éventails des dames s'agitaient de plus en plus vite. Odélia, qui n'avait pas d'éventail, utilisait son tablier pour se procurer un peu de brise privée. La chaleur extrême était peut-être rendue plus insupportable encore par la monotonie du discours.

Après le maire vint le shérif qui proclama de sa voix éraillée :

— Amusez-vous, mes chers concitoyens, mais je vous préviens : je ne veux pas entendre tirer un seul coup de feu. Un accident est vite arrivé, vous le savez aussi bien que moi. C'est pourquoi je vous engage fermement, si vous avez des armes sur vous, à les déposer dans la salle d'école où elles seront sous bonne garde. Vous vous sentirez plus légers et vous ne vous en porterez pas plus mal.

Les écoliers montèrent ensuite sur le perron, et récitèrent la déclaration d'indépendance, avant d'entonner quelques chants patriotiques. En les écoutant, Jane s'émut et regretta de n'avoir pu, depuis qu'elle habitait à Dixonville, s'intégrer à un chœur comme autrefois, à l'église méthodiste, chez elle, dans le Sud.

Elle se pencha vers Odélia.

— Tu crois qu'ils vont chanter *Drapeau Sudiste* ?

La servante roula des yeux effarés.

— Tu as perdu la tête ou quoi ? On ne chante pas ça chez les Yankees, voyons !

Jane soupira. Elle avait le mal du pays. Ce n'était pas Montclair, à proprement parler, qui lui manquait, mais un lieu où elle pût se sentir bien ; un lieu où elle se sentirait acceptée, pour ne pas dire aimée.

Elle jeta un regard, autour d'elle, sur ses concitoyens rassemblés sur les bancs de bois ou assis dans l'herbe. Jane ne connaissait personne, ne pouvait citer aucun nom. Même les deux jeunes femmes rencontrées l'autre jour au bazar, miss Laetitia Price et Mme Evangéline Tanner, étaient pour elle des étrangères. Elle ne pouvait dire qui était qui. Elle supposa que la blonde avec des anglaises et une robe un peu plus gaie que la moyenne — rayures jaunes et blanches — était la demoiselle, parce qu'elle observait avec attention les jeunes gens qui passaient à sa portée, puis se penchait vers son amie pour émettre un commentaire qui suscitait leur hilarité.

Ce petit manège donna à Jane l'idée de s'intéresser un peu aux messieurs, elle aussi. Elle aperçut Gaucher Springer, au visage buriné par la vie au grand air, qui parlait avec M. Wilder et quelques autres hommes, dans une zone d'ombre le long de l'école, un peu à l'écart. Le banquier, coiffé d'un chapeau gris à très larges bords, semblait plus grand que tout le monde. Appuyé d'une épaule contre la paroi de l'école, dans une posture abandonnée, il faisait face à Jane qui, de loin, ne pouvait décider s'il avait les yeux fixés sur Rafe Mercer, le propriétaire du bazar… ou sur elle. Avait-il vu qu'elle le regardait ?

Le cœur battant un peu plus vite, Jane essaya de dénombrer les messieurs qu'elle connaissait dans ce groupe : Rydell Wilder, bien sûr ; Rafe Mercer, tenancier du bazar ; et puis aussi Moïse Freeman, le maréchal-ferrant. C'était tout. Les autres étaient pour elle de parfaits inconnus.

Elle ne connaissait vraiment pas grand monde à Dixonville. Certes elle ne l'ignorait pas, mais jamais comme à ce moment elle n'en avait pris conscience avec une telle acuité. Elle était ici comme une étrangère et pourtant, elle vivait dans cette ville depuis onze ans ; onze ans, certes, mais dans l'isolement le plus complet, comme une princesse dans sa tour d'ivoire. L'ennui, c'est qu'elle n'était pas une princesse, mais une jeune fille très ordinaire, éprouvant les frayeurs et les rêves de tout le monde.

Sa solitude, Jane la ressentit comme une souffrance. Accablée par le chagrin, les larmes aux yeux, elle prit la main d'Odélia qu'elle serra convulsivement. Et Odélia murmura :

— Je sais, mon enfant. Je sais.

Les larmes brûlèrent les paupières de Jane. A la conscience de son malheur se mêla la gratitude. Elle n'était pas si seule qu'elle le croyait, puisqu'elle avait Odélia. Elle aimait cette femme dévouée. Et sa mère aussi, elle l'aimait. Non, elle n'était pas perdue à Dixonville. Elle n'était pas seule au monde.

Mais pourquoi se sentait-elle perdue, abandonnée ?

Reportant son attention sur le groupe des hommes qui discutaient dans l'ombre de l'école, elle acquit la conviction que Rydell Wilder la dévorait des yeux. Elle eut l'impression d'être transpercée par le regard gris, regard pénétrant, regard… elle eut envie de dire : affamé.

Il vit qu'elle le voyait, et savait qu'il la regardait. Il toucha le bord de son chapeau, puis regarda ailleurs.

Jane sentit monter en elle une vague de chaleur qui ne devait rien au soleil. Elle redéploya son éventail et l'agita avec frénésie.

— Une petite boisson fraîche ? proposa Odélia.

Jane accepta d'un hochement de tête. Elle était lasse déjà des discours, qui sans doute dureraient encore longtemps. Un grand verre de limonade, en plus d'étancher sa soif, l'aiderait à supporter l'ennui.

Odélia se leva et reprit :

— Allons voir plus loin, petite. Ces palabres patriotiques sont mortels.

Il n'échappa point à Rydell que Jane se levait et que, suivie de son imposante servante, elle se dirigeait vers les tables. Il la suivit du regard, admira sa démarche altière, son port de tête, sa dignité. Ils n'avaient pas tort, ceux qui la surnommaient « la reine d'Angleterre ». Mais c'était une reine d'une grande fragilité ; une reine qu'on avait envie de protéger. Rydell revendiquait ce rôle.

— Une fille comme celle-ci n'est pas à sa place dans une ville comme celle-là, remarqua sentencieusement Gaucher. Tu ne crois pas ? Elle est comme un cygne dans une mare boueuse.

Rydell ne répondit pas tout de suite. Il était trop absorbé par sa contemplation de Jane dont les pieds, lui semblait-il, ne devaient pas toucher le sol tant elle lui paraissait légère, gracieuse, aérienne. En même temps il sentait naître en lui, et grandir une tension familière. D'une voix saccadée, il marmonna :

— Gaucher, pourquoi est-ce que j'ai mal rien qu'à la regarder ?

— Oh ! Mais c'est que tu n'es pas le seul, répondit en riant le vieil homme. Regarde celui-là, là-bas.

Non loin de la table aux victuailles, quelques hommes essayaient de lancer des fers à cheval autour d'un piquet. Celui à qui c'était le tour de jouer restait immobile, le fer à la main, et dévorait Jane du regard. Puis il dit quelques mots à ses compères, qui éclatèrent d'un rire bruyant.

— Qui est ce type, Gaucher ? s'informa Rydell. Vous le connaissez ? Il me semble que je le vois pour la première fois.

Gaucher exerça consciencieusement sa mémoire, avant de reconnaître qu'il ne pouvait fournir l'information demandée.

— Inconnu au bataillon…

Après quelques secondes d'observation supplémentaire, il ajouta :

— Un gars qui a les moyens, pour sûr. Suffit de voir ses belles bottes. Je parierais que sa chemise a coûté gros aussi… du lin… et empesée, s'il vous plaît… Il me semble même qu'elle est brodée, et ça ne se voit pas tous les jours.

— On se fiche de la chemise, maugréa Rydell. Intéressez-vous plutôt au visage de cet homme, Gaucher. Vous êtes certain que vous ne le connaissez pas ?

— Je maintiens. Mais pourquoi cette question ?

— Il ne m'a pas l'air franc du collier.

Gaucher s'esclaffa.

— Je m'y attendais ! Dell, tu crois que cet individu a son portrait chez les shérifs, avec le montant de la somme offerte pour sa capture ? Depuis que je te connais, tu vois des hors-la-loi partout. Qu'est-ce que c'est que cette manie ?

— Rigolez tant que vous voudrez, mais je maintiens que cet homme a quelque chose de louche.

Gaucher sourit d'un air entendu avant d'insinuer :

— Ce ne serait pas la façon dont il regarde miss Jane, qui te déplaît, dis, Dell ?

— C'est fort possible.

— Il a un beau cheval, le citoyen, reprit Gaucher, sur le ton de l'insinuation.

Rydell garda le silence.

— Tu as l'intention de participer à la course, Dell ?

Avant de répondre, Rydell examina la monture de l'étranger. Puis il dit brièvement :

— Pas envie. Je pensais que, cette année, j'abandonnerais le prix à quelqu'un d'autre.

Les sourcils hauts, Gaucher se tourna vers lui.

— Alors ça, ça ne te ressemble pas, mon gars ! J'avais pensé, au contraire… Puisque miss Jane…

Malgré tout le respect qu'il avait pour lui, Rydell lui coupa la parole sans ménagement.

— Miss Jane n'a rien à voir là-dedans !

Mais Gaucher ne se laissa pas impressionner par cette démonstration de mauvaise humeur.

— Miss Jane a tout à voir là-dedans, au contraire.

D'un mouvement de menton, il désigna l'étranger dont les yeux brillants ne parvenaient plus à se détacher de la jeune fille. Il murmura :

— Avec le cheval qu'il monte, il a de bonnes chances de gagner la course. Il sera alors le héros du jour…

Rydell soupira :

— Vous avez raison. Je ferais peut-être bien d'aller préparer Coquine.

9.

— Dépêche-toi, dit Gaucher en souriant. Les parlottes sont pratiquement terminées, et tu sais que la course a toujours lieu avant les ripailles.

Rydell posa sa main sur l'épaule de son mentor.

— Veillez sur Jane, lui recommanda-t-il avec gravité.

Il s'éloigna rapidement alors que des applaudissements nourris s'élevaient des bancs pour saluer une péroraison.

Une voix formidable s'éleva pour couvrir le brouhaha ambiant.

— Mesdames, messieurs, nous avons patienté toute une année et c'était long, mais ça y est : le grand moment est de nouveau arrivé !

La population de Dixonville se dirigeait vers l'extrémité de la prairie, là où traditionnellement se donnait le départ de la course. D'ailleurs, quelques cavaliers attendaient déjà et les chevaux piaffaient.

Rydell marcha plus vite puis se mit à courir.

D'autorité, Odélia remplit de nouveau le verre de Jane en lui disant :

— Bois encore un coup, ça ne te fera pas de mal. Moi, je vais voir où en est ta mère.

Jane hocha la tête distraitement, tout en écoutant les instructions que donnait l'homme à la voix de stentor.

— Cette année, le prix offert au vainqueur se monte à cent dollars-or. Qu'est-ce que vous dites de ça, hein ?

Odélia, qui s'était éloignée de quelques pas, revint précipitamment. Elle dit :

— Est-ce que j'ai bien entendu ? Il a dit : cent dollars ?

— Cent dollars-or, précisa Jane, rêveuse.

— Cent dollars ! répéta la servante, abasourdie. Cent dollars ! Tu sais quoi, mon enfant ? J'irai voir ta maman après la course. Il faut que je voie qui va gagner. Cent dollars ! C'est une somme !

Jane se retint mal de rire. Odélia avait toujours aimé les jeux, et encore plus quand il y avait une récompense à la clé. Celle-ci se faisait d'ailleurs pressante et disait, en la tirant par la manche :

— Rapprochons-nous, pour voir mieux. Je ne veux pas perdre une miette du spectacle.

Gardant en main son verre de limonade plein, tenant de l'autre son ombrelle, Jane suivit Odélia qui, à coups d'épaules, lui ouvrait un passage dans la foule.

— Pour ce qui est des règles, disait l'aboyeur, elles sont toujours les mêmes. Vous devez les connaître, mais je vous rafraîchis la mémoire. Pas le droit de tirer. Pas le droit de frapper la monture d'un concurrent. Pas le droit de s'approprier la dame d'un concurrent. Tout le reste est permis.

Jane fronça les sourcils. Avait-elle bien entendu ? *Pas le droit de s'approprier la dame d'un concurrent…* Qu'est-ce que cela signifiait ? Elle tourna son regard à droite et à gauche : les autres spectateurs n'avaient pas l'air étonnés. Et l'homme qui, juché sur son tonneau, venait d'énoncer de si étranges propos n'avait pas la mine de quelqu'un qui vient de commettre une bourde. De la même voix forte, il poursuivit :

— Rappelez-vous encore qu'il faut aller jusqu'au grand cyprès que vous voyez là-bas, le contourner, puis revenir pour attraper celle que vous voulez. Ensuite vous filez vers la ligne de départ, vous effectuez encore le même parcours et l'équipage qui revient le premier à la ligne de départ a gagné. Encore un conseil : pas d'imprudences, pas de brutalité. Sinon, celle que vous aurez conquise refusera de vous donner le baiser de la victoire.

Un baiser. Cet homme délirait. Il n'était pas possible qu'un jeu aussi… inqualifiable… eût lieu…

Une pensée horrible naquit dans l'esprit de Jane. Mais si, c'était possible. Tout était possible dans une contrée que la civilisation n'avait pas encore seulement effleurée. Pétrifiée, elle reporta une nouvelle fois son regard sur la foule qui l'environnait, en cherchant celles qui devaient être l'enjeu d'une chasse aussi scandaleuse. Qui, parmi les citoyennes de Dixonville, pouvait bien consentir à pareille ignominie ?

Cinq cavaliers s'alignaient au départ : un adolescent boutonneux sur un rouan presque rouge ; Moïse Freeman le maréchal-ferrant, sur une jument blanche très nerveuse ; Rafe Mercer sur un bai énorme, visiblement trop bien nourri et pas très nerveux, au contraire du précédent.

Le quatrième concurrent n'était pas de Dixonville. Bel homme, mais plus tout jeune — ses cheveux noirs grisonnaient aux tempes —, il chevauchait fièrement un étalon magnifique.

Le cinquième, c'était Rydell Wilder, le banquier, monté sur une jument, noire comme l'enfer, dont la beauté ne le cédait en rien à celle de l'étalon ; mais, au contraire du quatrième cavalier, Rydell Wilder manquait un peu de tenue : il avait tombé la veste, perdu sa cravate et retroussé ses manches de chemise jusqu'au-dessus des coudes.

Derrière elle, Jane entendit Odélia qui murmurait, avec conviction :

— Qu'est-ce qu'ils sont beaux, tous ces hommes…

— Odélia ! souffla Jane. Tu n'as pas honte ?

La servante prit un air contrit, mais son regard restait allumé. Elle répondit :

— Tu as sans doute raison, ma petite. Mais reconnais qu'ils sont beaux…

— Je te l'accorde, mais ce n'est pas une raison pour te pâmer en public.

— C'est surtout le maréchal-ferrant que j'aime bien. Quelle allure ! Vois comme il fait corps avec sa monture.

Jane hocha la tête, agacée ; agacée contre elle-même, parce qu'ellc se rendait bien compte qu'elle avait pour Rydell Wilder les yeux de sa servante pour le maréchal-ferrant. Pour ne pas trop se donner en spectacle, elle porta à ses lèvres son verre de limonade et but à petits coups, tête basse, mais non sans continuer à observer le banquier, par en dessous.

Lui aussi faisait corps avec sa monture. Lui aussi était beau, bien découplé… Quelle silhouette ! Tellement troublante à cause du négligé auquel il avait consenti. La chemise bien échancrée permettait d'entrevoir jusqu'à…

Jane Charlotte Davis, tu perds la tête et ce n'est pas la première fois. Tu ne dois pas t'extasier devant cet homme ; ni devant aucun autre, d'ailleurs. C'est très inconvenant et… et… Bref, ça ne se fait pas.

En outre, Rydell Wilder était un Yankee.

Jane but sa limonade, presque d'un trait.

Je n'ai pas le droit de me mettre dans des états pareils, surtout pour un Yankee.

Mais le coup de feu du départ venait de retentir. Les cavaliers s'étaient élancés, projetant derrière eux un nuage de terre et d'herbe. Rydell Wilder et l'étranger galopaient côte à côte, mais c'était Moïse Freeman, sur sa jument blanche, qui menait la course. Très vite les deux autres concurrents s'étaient laissé distancer.

Ayant contourné le cyprès, les cavaliers fondirent sur la foule, dans un bruit de tonnerre. Inquiète, Jane regardait autour d'elle en se demandant où elle pourrait trouver refuge, quand elle vit Odélia qui sautait en l'air, levait les bras et criait :

— Youhou ! Je suis là !

Le maréchal-ferrant arrivait droit sur elle, qui courut à sa rencontre. Tout juste ralentissant, Moïse Freeman se pencha, la crocheta d'un bras sous l'épaule et la jeta sur la croupe de sa jument.

Odélia avait perdu la tête !

Sans voix, Jane suivit sa servante qui s'éloignait, radieuse, enlaçant son ravisseur.

Un cri, plusieurs cris attirèrent son attention. Elle tourna la tête et découvrit avec effroi que le banquier et l'étranger arrivaient sur elle. Elle n'eut pas vraiment conscience de ce qui lui arrivait. Saisie à la taille, elle perdit son verre de limonade mais se cramponna à son ombrelle. Comme Odélia, elle s'éleva et retomba, lourdement, non pas sur la croupe d'un cheval, mais sur l'encolure du cheval, devant le cavalier qui l'agrippa et la serra contre lui pour l'empêcher de tomber. C'est alors qu'elle perdit son ombrelle.

Son chapeau avait glissé dans l'engagement, elle n'y voyait plus grand-chose. Mais dans son champ de vision réduit, elle aperçut Rydell Wilder qui galopait non loin d'elle.

Elle en déduisit qu'elle avait été conquise par l'étranger.

— Jane ! lui cria le banquier. Faites attention de ne pas tomber !

Une autre voix, plus proche, lui susurra à l'oreille :

— N'aie pas peur, chérie. Détends-toi et profite. Ce n'est pas encore fini.

Jane eut peur de comprendre, mais la vérité s'imposa à elle. Ce jeu de sauvages n'était pas terminé quand la malheureuse victime avait été capturée. Encore fallait-il aller jusqu'à la ligne d'arrivée, et Dieu seul savait à quelles péripéties il fallait encore s'attendre !

Son ravisseur poussa un cri de victoire et piqua des deux. Le cheval fit un bond en avant. Projetée en arrière, Jane se dit que tout cela allait finir mal, très mal. Elle cherchait à évaluer la distance qui restait à parcourir jusqu'à la ligne d'arrivée, quand elle aperçut que Rydell Wilder continuait de galoper à côté.

— Jane, cria-t-il. Cramponnez-vous !

Conseil superflu : elle se cramponnait ; au bras de son ravisseur car c'était le seul point d'ancrage dont elle disposât. Elle se crispait sur lui à s'en éclater les jointures. Et heureusement qu'il la tenait avec fermeté, un bras passé autour de sa taille.

— Wilder ! cria-t-il, passe ton chemin. Celle-ci n'est pas pour toi.

Le banquier, méconnaissant cette injonction, persistait à galoper du même train que l'étranger, un train d'enfer. Ils rattrapèrent presque la jument blanche de Moïse Freeman, sur la croupe de laquelle Jane aperçut Odélia serrée contre son cavalier, la joue pressée contre la chemise à gros carreaux.

Le maréchal-ferrant jeta un rapide coup d'œil en arrière. Comprenant qu'il risquait d'être dépassé, il dit quelques mots à Odélia et agita les rênes. La jument blanche parut s'envoler et augmenta la distance avec ses deux poursuivants. Bientôt elle franchissait la ligne d'arrivée, sous les acclamations de l'assistance.

Comme s'il n'attendait que ce moment, l'étranger tira sur les rênes de sa monture, qui se mit au trot puis s'arrêta. Et il déclara pour Jane :

— Qu'importe l'argent, n'est-ce pas ? Moi, ce qui m'intéresse, c'est le baiser de la jolie demoiselle.

Elle frémit parce qu'il lui soufflait dans le cou. Mais le pire était à venir. Une main s'empara sans ménagement de sa poitrine, pendant que l'autre, lui prenant le menton, l'obligeait à se retourner pour faire face à l'individu. De toutes ses forces, elle lui planta son coude dans le ventre.

— Hé ! protesta-t-il. Pas de ça avec moi. Vous allez être bien gentille avec moi, sinon…

— Laisse-la, ordonna Rydell Wilder.

— Tiens donc ! Et pourquoi ça ?

Sans répondre, le banquier descendit de cheval. Il s'empara des rênes de l'étalon et leva les yeux vers Jane.

— Tout va bien ?

Elle était si choquée qu'elle ne put répondre.

Odélia arriva en renfort. Brandissant l'ombrelle noire de Jane, elle vociféra à l'adresse de l'étranger :

— Vous, vous allez laisser ma petite fille tranquille. Non, mais, qu'est-ce que c'est que ces manières ?

L'homme ignorant ses exhortations, elle lui donna de furieux coups d'ombrelle. Essayant d'attraper cette arme improvisée, il desserra son emprise sur Jane, qui s'abandonna aux mains de Rydell Wilder la tirant vers lui. Elle toucha le sol avec un bonheur indicible. Mais sa frayeur restant extrême, elle claquait des dents et tenait à peine debout. Elle dut se raccrocher aux épaules de son sauveur pour ne pas tomber.

— Jane, est-ce que tout va bien ? lui demanda-t-il, alarmé.

Incapable de parler, elle ne put que secouer la tête. Odélia prit la parole pour elle, avec véhémence.

— Non, elle ne va pas bien ! Vous êtes aveugle ou quoi ? Vous ne voyez pas comme elle tremble ?

Reportant sa fureur sur l'homme resté à cheval, elle lui décocha de nouveaux coups d'ombrelle.

— Comment ça va ? implora Rydell Wilder. Dites-moi quelque chose, Jane.

— Je… je vais bien, réussit-elle à bégayer. Mais… mais qu'est-ce que j'ai eu peur…

Un grand frisson la parcourut. Elle avait la chair de poule.

Rydell Wilder ouvrit les bras, mais les referma aussitôt en constatant qu'elle avait failli s'écrouler. Les bras autour de sa taille, il la serra contre lui. Elle ferma les yeux pour ne plus voir son ravisseur qui continuait de la dévisager avec un sourire narquois, très déplaisant. Aussi longtemps qu'elle vivrait, elle n'oublierait jamais cet homme qui semblait rassembler en sa personne tous les pires défauts de l'espèce masculine.

C'est pour celui-ci que Rydell Wilder déclara :

— Si tu t'avises de remettre la main sur elle, je te tue.

— Mais bien sûr, répliqua l'autre. Pour qui tu te prends, fils de…

Odélia lui coupa la parole.

— Si tu oses seulement porter le regard sur elle, espèce de malotru, je te tords le cou, comme une dinde de Noël. Maintenant, fiche le camp.

L'étranger eut un petit ricanement, mais il mit néanmoins son cheval au trot. Et il s'éloigna en maugréant :

— Qu'est-ce que les gens sont aimables, dans ce trou !

Odélia dit alors à Jane :

— Je ferais mieux d'aller voir où en est ta mère.

— Je vais avec toi, murmura Jane, d'une voix faible.

— Pas question ! Il ne faut pas que ta maman te voie, dans l'état où tu es. Le mieux, c'est que M Wilder s'occupe encore un peu de toi.

Jane ne protesta pas. Dans les bras du banquier, elle se laissa conduire vers l'école. Les yeux clos, n'osant pas regarder autour d'elle, elle demanda, au moment de franchir le seuil :

— Est-ce qu'il est parti ?

— Il est parti et je ne crois pas que nous le reverrons de sitôt.

La salle de classe fleurait bon la craie et la rumeur de la foule n'y entrait pas.

Rydell Wilder avait l'air soucieux. Il demanda :

— Est-ce qu'il vous a…

— Il a essayé de m'embrasser, souffla Jane. Je n'ai pas voulu mais il m'a… touchée… d'une façon honteuse.

Elle se mordit la lèvre pour ne pas céder à la crise de larmes qui s'annonçait et tâcha de se montrer courageuse.

— Je crois que ça va, maintenant. Vous pourriez me reposer par terre.

— Tous les bancs sont dehors, observa-t-il. Il n'y a plus rien pour vous asseoir. Aurez-vous la force de rester debout ?

Honnêtement, elle se sentait bien dans les bras de son sauveur, elle avait l'impression d'être en sécurité et eût volontiers prolongé ce moment si délicieux après l'épreuve affreuse qui lui avait été infligée. Mais il ne fallait pas abuser et elle savait que, seule avec ce jeune homme dans la salle de classe dont il avait refermé la porte, elle se trouvait de nouveau dans une position délicate.

— Je crois que ça va aller, dit-elle.

Rydell Wilder la remit sur ses pieds. Les jambes molles, elle vacilla et dut s'adosser à la paroi. Ses mains tremblaient encore.

— Je n'ai plus besoin de votre aide, je vous remercie, dit-elle à Rydell Wilder qui avait posé les deux mains sur sa taille pour la soutenir.

Elle parlait par devoir plus que par conviction. Si elle s'était écoutée, elle se fût pelotonnée dans les bras de son sauveur, en le priant de lui murmurer à l'oreille des paroles rassurantes. Elle venait de s'apercevoir qu'il avait, entre autres qualités, une voix grave et mélodieuse, des plus agréables à écouter. Et puis, et puis il y avait cette chemise ouverte qui ne laissait de la fasciner. Son regard accroché à l'échancrure triangulaire essayait d'en voir plus…

Seigneur Dieu, elle perdait la raison ! Cette course folle lui avait mis la tête sens dessus dessous.

Rydell Wilder avait reculé de deux pas. Les mains dans le dos, il continuait à l'observer, et souriait maintenant. Sourire un peu narquois peut-être, mais beaucoup moins déplaisant que celui de *l'autre*, et même pas déplaisant du tout.

Sans vraiment s'en rendre compte, comme dans un rêve, Jane fit un pas vers lui. Il posa les mains sur elle, sur ses bras, ce qui lui causa une sorte de choc. Elle s'immobilisa, ferma les yeux à demi.

— Jane, murmura-t-il. Jane, embrassez-moi.

Son haleine sentait la menthe.

Les yeux clos, elle leva la tête vers lui. Il l'enlaça. Leurs lèvres se rencontrèrent, s'unirent.

Et voilà comment on ruine sa réputation, songea-t-elle. A Montclair, quand une jeune fille s'adonnait à ce genre d'aventure, elle était frappée d'ostracisme pour le reste de ses jours.

Mais tu n'es plus à Montclair, ma fille. Tu vis maintenant en Oregon, où un baiser ne prête sans doute pas à conséquence.

Le cœur de Jane battait si fort qu'il sonnait à ses oreilles comme une cloche. Prise d'une fièvre délicieuse, certaine que ses seins avaient gonflé et devenaient plus sensibles, attentive aux changements qui affectaient son corps et son esprit, elle restait consciente que sa conduite n'était pas celle d'une jeune fille ; même en Oregon.

— Il faut me dire d'arrêter, murmura Rydell Wilder. Il faut me le dire parce que je ne sais pas si… Oh, Jane, vous êtes si…

Il n'acheva pas et reprit les lèvres de Jane pour un nouveau baiser plus sensuel, plus passionné, auquel il mit fin avec un long soupir. Jane remarqua qu'il tremblait ; les mains, surtout.

— Est-ce que vous avez faim ? demanda-t-il, d'une voix rauque.

— Non… Je veux dire : oui.

Il sourit et reprit :

— Je crois que le pique-nique va commencer. C'est pourquoi je pense que nous devrions…

— Bien sûr, dit Jane ; le pique-nique. Cependant, je me demande si je ne devrais pas plutôt aller m'occuper de maman.

— Pas la peine. Odélia et Moïse Freeman sont allés voir ce qu'elle devenait.

— Le maréchal-ferrant ? s'étonna Jane. Qu'est-ce qui vous donne à penser que…

— Mon petit doigt ! dit le banquier en riant.

Il prit Jane par le bras et la conduisit vers la sortie.

— Vous savez, reprit-il, que Moïse Freeman a gagné les cent dollars-or de la course ? Cette jolie somme va lui donner des idées.

— Vous croyez ?

— J'en suis sûr. En tout cas, si c'était moi, j'en aurais, des idées.

10.

Gaucher Springer s'inclina d'abord puis, avec un geste très théâtral, rendit à Jane son chapeau qu'elle avait perdu... Elle l'avait donc perdu ? Elle ne s'en était pas aperçue. Elle le remercia d'un sourire timide et lui pressa la main. Il rougit jusqu'à la racine de ses cheveux blancs.

Jane remit son chapeau, noua les rubans sous son menton et s'accorda encore une minute de répit, le temps que sa respiration eût retrouvé un rythme normal, pour se diriger vers les tables du pique-nique. Elle prit l'assiette que lui tendait en souriant une dame aux cheveux gris, y mit un peu de salade de pommes de terre et un tout petit morceau de jambon fumé.

Rydell Wilder avait disparu, mais Gaucher Springer montait la garde à côté d'elle.

— Vous pourrez vous asseoir sur ma veste, miss Jane, lui dit-il alors qu'ils s'éloignaient des tables pour choisir une place dans la prairie. L'herbe, ça fait des taches, comme vous le savez, et des taches difficiles à enlever. Alors, sur votre jolie robe...

— Mais où se trouve...

— Dell ? Il s'assure que le malotru a décampé. Il ne faudrait pas... Tenez ! Voici Odélia qui revient de chez vous.

Ayant trouvé une place à sa convenance, Jane s'assit sur la veste galamment offerte. Elle regarda son assiette. Elle n'avait pas faim.

Elle regarda un peu autour d'elle, aperçut Evangéline Tanner et Laetitia Price installées non loin derrière elle, plusieurs autres jeunes dames autour d'elles. Pour les saluer, elle leur adressa un sourire et ces deux mijaurées, délibérément, détournèrent le regard, avec des mines…

Jane s'empourpra. Qu'avaient-elles à lui reprocher ? de ne pas avoir crié « A l'aide ! » quand l'étranger l'avait saisie pour l'emporter sur son cheval ? Ou, peut-être, d'avoir passé un peu trop de temps en tête à tête avec le banquier ?

Baissant la tête, elle s'absorba de nouveau dans la morne contemplation de son assiette. Elle avait maintenant la désagréable impression que toutes les dames la regardaient, commentaient à mi-voix les événements de la matinée et la condamnaient, sans appel. Pour se donner une contenance, elle s'obligea à piquer une petite rondelle de pomme de terre, qui lui resta dans la bouche comme une boule de coton. Découragée, elle reposa sa fourchette et aperçut avec bonheur Odélia qui arrivait.

La servante se laissa tomber assise à côté d'elle et déclara :

— Ta maman est en train de lire *son* Tennyson ; tranquille comme tout ! Elle n'aura pas besoin de nous avant ce soir et c'est bien, parce que nous allons pouvoir profiter un peu de la fête…

Son regard, soudain inquisiteur, se porta sur Gaucher, et revint sur Jane à qui elle demanda dans un murmure :

— Tout va bien ?

— Tout va bien !

Après ses aventures hippiques, participer à un pique-nique, sous la protection d'un vieil homme charmant, était ce que Jane pouvait rêver de mieux. Tout ce qu'elle désirait, c'était se rendre aussi discrète que possible et pouvoir rentrer chez elle, invisible, la nuit tombée.

— Je n'aurai pas besoin de toi, reprit-elle en souriant. Tu peux aller t'amuser, si le cœur t'en dit.

La servante ne se le fit pas dire deux fois. D'un bond elle se leva et répondit :

— Vous pensez bien que je vais m'amuser ! C'est quelque chose que je sais faire.

De loin, Jane observa sa servante noire qui surchargeait deux assiettes et se dirigeait ensuite vers un cyprès d'où un homme, noir lui aussi, partait pour aller à sa rencontre.

Jane ferma les yeux. Sa solitude, à cet instant, lui parut insupportable. Elle retint sa respiration pour étouffer le sanglot qui montait du plus profond d'elle-même. Son cœur serré lui faisait mal. Elle vacilla, posa son assiette…

A côté d'elle, Gaucher Springer toussota et demanda :

— Quelque chose qui ne va pas, miss Jane ?

Un peu de temps passa ; peut-être une minute.

— Miss Jane ?

— Monsieur Springer, dit-elle, je mentirais si je disais que je vais bien. Je me sens si seule. J'ai l'impression d'être une étrangère à Dixonville, où pourtant j'habite depuis onze ans. Vous voyez, les gens, ils sont polis, mais… mais je ne les connais pas vraiment et je pense qu'ils ne veulent pas me connaître. Je n'ai pas d'amis, à part vous.

— A mon avis, répondit le vieil homme après un temps de réflexion, les gens vous tiennent à l'écart parce qu'ils pensent que vous les méprisez.

Jane sursauta.

— Que voulez-vous dire ?

— Il faut voir les choses en face. On n'a jamais vu vos parents à Dixonville, et vous non plus, par la force des choses. On en tire la conclusion que vous êtes des orgueilleux.

— Maman était une Beaudry, de Charleston, dit Jane comme si cela suffisait à expliquer tout. Elle a eu beaucoup de difficultés à s'adapter à la vie qu'on mène dans l'Ouest. D'ailleurs, elle ne s'y est toujours pas adaptée.

— Et votre papa vous a toujours interdit de participer aux fêtes comme celle-ci.

— C'est malheureusement vrai, soupira Jane.

Elle se souvenait… Un jour, elle avait épié — avec quelle envie dans le regard ! — un groupe de jeunes filles de son âge, qui s'en allaient pique-niquer au bord de la rivière. Elle avait supplié son père de la laisser les rejoindre. Mais il avait répondu qu'elle perdrait moins son temps en jouant du piano et il lui avait, ce jour-là, infligé deux heures supplémentaires d'exercices.

— Ce que je comprends, reprenait Gaucher, c'est que vos parents vous ont gardée pour eux-mêmes. Et maintenant vous êtes comme une orpheline, bien seule.

— C'est vrai, souffla-t-elle. Vous avez raison. N'ayant pratiquement jamais eu le droit de franchir la barrière que papa avait édifiée autour de la maison, je ne connais pratiquement personne et on me regarde de travers. J'ai l'impression d'être un mouton noir dans la bergerie.

Accablée, elle baissa la tête. Les larmes lui brûlaient les paupières. Elle les laissa couler, en espérant qu'elles passeraient inaperçues.

— Vous n'êtes pas un mouton noir, miss Jane, murmura Gaucher.

Elle n'eut pas la force de lui répondre. Gaucher respecta son silence.

Elle plia les jambes, les entoura de ses bras et posa le front sur ses genoux. Rentrée en elle-même, les yeux clos, elle écouta les bruits de la fête, qui se fondirent peu à peu en un brouhaha indistinct d'où émergeait, parfois, le cri d'un enfant, le rire strident d'une femme…

Gaucher lui toucha le bras.

— Vous devriez regarder là-bas…

Jane leva la tête, tourna les yeux dans la direction qu'il lui indiquait. Elle murmura :

— Oh, mon Dieu…

L'Indienne, Marie Deux-Chapeaux, contournait les tables. Très droite, la tête haute, elle ignorait les regards curieux ou moqueurs qui s'attachaient à elle. Elle portait, en guise de chapeau, le tablier en mousseline rouge. Un autre tablier, bleu celui-là, était fixé à sa taille et deux autres encore sur chaque épaule, noués sous les aisselles.

— Comment se fait-il qu'elle porte vos tabliers ? demanda Gaucher ébahi.

— Elle m'en acheté cinq.

— Marie Deux-Chapeaux est la meilleure sage-femme de la région, lui apprit le vieil homme. Elle vit à l'écart de la ville. Elle est un peu bizarre, mais les femmes en couches ne veulent personne d'autre pour les délivrer… C'est vrai que c'est un numéro ! Regardez le spectacle.

La foule se rassemblait autour de l'Indienne. Les commentaires fusaient. On ne se retenait plus de rire. Marie Deux-Chapeaux, indifférente, une assiette en main, marchait le long des tables. Quand elle se retourna pour se servir, Jane vit le cinquième tablier, bleu avec deux poches rouges, dont les volants s'agitaient à chaque pas.

Embarrassée, Jane avait rougi. Le visage lui brûlait. Tout le monde, désormais, riait de l'Indienne, tout le monde détaillait les tabliers avec goguenardise. Les commentaires n'étaient pas difficiles à deviner. C'est vrai qu'ils faisaient un drôle d'effet, ces tabliers, à la façon dont ils étaient portés. Il n'en restait pas moins qu'ils étaient joliment imaginés, très bien coupés, cousus à la perfection. Mais comment expliquer tout cela aux moqueurs ?

Derrière Jane, une dame — Evangéline Tanner ou Laetitia Price ? — poussa une petite exclamation sans équivoque. Quelques rires l'accompagnèrent. Puis on échangea quelques considérations sans charité, où revinrent plusieurs fois ces mots : « la reine d'Angleterre ».

La reine d'Angleterre. Jane tressaillit douloureusement. Après onze ans, on persistait à l'affubler de ce sobriquet ridicule et cruel ? Les poings serrés, elle prit une longue inspiration, puis lentement se leva. Dieu merci, ses jambes la soutenaient, malgré son émotion. D'un pas ferme, elle s'avança vers les moqueuses qui, déjà, ouvraient des yeux ronds.

— Pardonnez-moi, leur dit-elle, mais j'aimerais faire votre connaissance.

Sa voix avait tremblé, hélas. Elle prit sur elle pour en affermir le ton et poursuivit :

— Jane Charlotte Davis. Je présume que vous êtes miss Price ?

Elle tendit la main à la plus jeune des deux dames, puis se tourna vers l'autre.

— Mme Tanner ? C'est un plaisir que de vous rencontrer toutes les deux.

Rouges comme des pivoines, les deux moqueuses se trouvèrent dans l'impossibilité de répondre. Evangéline Tanner ouvrit plusieurs fois la bouche — effort louable — mais aucun mot n'en sortit.

— Je ne voudrais pas vous paraître indiscrète et encore moins discourtoise, reprit Jane avec force, mais pourquoi vous moquez-vous d'une femme qui a choisi de porter des vêtements d'une manière inusitée ? Imaginez : si nos ancêtres n'avaient pas eu l'idée de s'affubler d'un morceau de tissu, nous en serions encore à nous promener vêtues de peaux de bêtes ou de feuilles. Et si nous n'expérimentions pas de nouvelles parures, nous serions habillées toutes pareil. Vous ne croyez pas ?

Evangéline et Laetitia se regardèrent. Aucune ne prit l'initiative de répondre.

Enhardie par ce premier succès, Jane poursuivit :

— J'admire beaucoup votre robe, miss Price. Elle est parfaitement coupée et sa couleur s'accorde au mieux avec votre complexion. Mais je suis sûre que vous en avez d'autres que celle-là, deux, peut-être trois, et toutes différentes. Est-ce que je me trompe ?

Sans attendre de réponse, elle enchaîna, les mains jointes dans le dos pour en dissimuler le léger tremblement :

— Les tabliers que porte Marie Deux-Chapeaux sont mon œuvre. Je suis couturière. C'est moi qui les ai imaginés, coupés, cousus. Vous ne trouverez les mêmes nulle part ailleurs que dans ma boutique, où je serai ravie de vous accueillir à l'occasion.

Sur un dernier sourire, elle tourna les talons et se trouva nez à nez avec un petit groupe qui s'était approché, pour ne rien perdre de l'intéressant échange.

— Nous n'avons pas besoin de fanfreluches, dit une femme au visage revêche.

— C'est vrai, quoi ! ajouta une autre. Nous sommes des paysannes. Nous passons nos journées à l'étable ou aux champs.

— Ce qu'il nous faut, ce sont des vêtements solides et pratiques.

Un homme intervint dans le chœur des femmes.

— Je les aime bien, moi, ces tabliers. Ils me rappellent ceux que portaient les danseuses du…

— Josh ! Veux-tu bien te taire ? On parle sérieusement.

En son for intérieur, Jane reconnut que ses interlocutrices n'avaient pas tort. Bien sûr qu'une fermière n'avait pas besoin de jolis tabliers ! Pourquoi ne s'en était-elle pas avisée ? La belle robe était pour le jour du mariage, et ensuite, on ne la ressortait plus que pour les grandes occasions, qui n'étaient pas si nombreuses.

Une fois encore, Jane examina, d'un œil critique, la foule autour d'elle. Une fois encore elle ne vit que du noir, du gris, du bleu foncé, du marron… Seules Laetitia Price et Evangéline

Tanner, une ou deux autres encore, osaient un peu de fantaisie, des couleurs plus vives.

On était ici en Oregon, pas à Montclair. Ici on ne lisait pas les magazines de mode et peut-être ignorait-on même ce qu'était la mode. Conclusion : si elle voulait réussir en tant que couturière à Dixonville, elle devait apprendre à en connaître les usages vestimentaires, les respecter et ne pas chercher à les révolutionner… du moins, pas trop vite.

Surtout, elle devait d'abord se faire connaître et adopter par la population qui risquait, autrement, de passer devant sa boutique sans jamais y entrer.

Ayant formulé ces principes essentiels, Jane retrouva Gaucher qui lui dit :

— On ne dirait pas, à vous voir… Tout le monde croit que vous êtes du genre à vous laisser manger la laine sur le dos, mais vous avez la langue bien pendue, quand il faut.

La confrontation avec Laetitia et Evangéline avait mis du baume au cœur de Jane. Elle se sentait ragaillardie. C'est en souriant qu'elle prit le bras que lui offrait le vieil homme, et elle lui répondit :

— Gaucher, il n'y a rien de tel que de se mettre en rogne pour vous ouvrir l'appétit. Je meurs de faim.

Ils se dirigèrent vers les tables. Jane avait envie de rire et de chanter.

— Je prendrai un peu de tout, dit-elle en lorgnant sur les plats offerts à sa convoitise… Mais surtout, j'ai envie de goûter tous les gâteaux. Vous croyez que c'est permis ?

11.

Dans la salle de classe, les habitants, sur la demande expresse du shérif, avaient déposé leurs armes.

Du seuil, les bras croisés, Rydell observa l'homme qui reprenait son ceinturon, le bouclait bas sur ses hanches, puis sortait le revolver de l'étui et entreprenait de charger le barillet. Il lui jeta cet avertissement :

— Je ne ferais pas cela, si j'étais toi.

L'homme se retourna, l'air mauvais.

— Tu as l'intention de m'en empêcher ? grommela-t-il. Tu m'as déjà piqué la fille que je convoitais. Qu'est-ce que tu veux de plus ?

— Ce que je veux, gronda Rydell, c'est que tu fiches le camp et que tu ne remettes plus jamais les pieds à Dixonville. Et avant de sortir de cette salle, vide donc ton revolver. Personne ne saura qu'il n'est pas chargé.

— Et pourquoi je ferais ça ? demanda l'homme dont le visage se rembrunissait peu à peu.

Rydell s'avança dans la salle de classe.

— Il y a un proverbe indien qui circule par ici. Si tu ne peux pas nager dans la rivière, tu as le choix entre deux solutions : ou tu essaies quand même et tu te noies, ou tu cherches un gué.

— Ce qui signifie ?

— Ce qui signifie que la mort est inéluctable, mais qu'il n'est pas utile de se suicider. Les Indiens ont compris cela, eux.

— Comment se fait-il que tu connaisses si bien les Indiens, monsieur le beau parleur ?

— J'ai une part de sang indien dans mes veines, répliqua Rydell en cherchant calmement, dans les armes amoncelées, son revolver qu'il garda en main.

Son regard se ficha dans celui de l'étranger, et c'est d'une voix métallique qu'il reprit :

— Je suppose que tu ne tiens pas à te suicider ?

— Pas plus que n'importe qui…

— Alors, vide ton barillet et décampe.

— Et si je refuse ? Tu vas me flinguer ? Et d'abord, ton revolver, il est chargé ou vide ?

— Mystère, dit Rydell en souriant.

Un long moment se passa dans un silence tendu. Le regard de l'étranger allait lentement du revolver de Rydell à la porte ouverte ; la distance à parcourir pour se mettre à l'abri n'était pas négligeable.

— Tu n'y arriveras pas vivant, dit Rydell.

L'homme eut un mince sourire. Les yeux luisants de haine, il répondit :

— Tu as l'avantage, pour cette fois… Mais la chance tourne, comme chacun sait. Les Indiens ont sûrement un proverbe pour l'exprimer.

Il vida le barillet dans sa paume, fourra les cartouches dans une poche de sa veste.

Rydell plaça son arme dans l'étui, mais garda la main sur la crosse. Il répondit :

— Il vaudrait mieux pour toi qu'il n'y ait pas de *prochaine fois.* Maintenant, si le cœur t'en dit, je suis à ta disposition.

Touchant du doigt le bord de son chapeau, il sortit de la salle de classe.

— Il y aura une prochaine fois, lui jeta l'homme rageur. Et peut-être plus vite que tu ne le crois. Maintenant, si tu n'y vois pas d'inconvénient, je vais aller dénicher une jolie jeune fille. J'ai quelqu'un en tête, figure-toi.

Rydell se retourna. Sa main s'était crispée sur la crosse de son revolver.

— Ce n'est même pas la peine d'y songer. File et que je ne te revoie plus.

L'homme sortit, d'une démarche ample, en roulant les épaules. Du perron de l'école, Rydell le regarda se diriger vers son cheval, qu'il enfourcha et mit au trot. Il ne tarda pas à disparaître.

Satisfait, Rydell partit à la recherche de Jane.

En le voyant arriver, Gaucher abandonna Jane et se porta à sa rencontre.

— Tu l'as laissé partir ? demanda-t-il.

— Oui, grommela Rydell, les yeux fixés sur Jane.

Il lui sembla qu'elle avait les yeux rouges et gonflés. L'ayant aperçu, elle baissa la tête et regarda obstinément le bout de ses bottines.

Bouleversée. De cette journée elle ne se rappellerait que les mauvais moments, sa frayeur sur le cheval de l'étranger lancé au galop… et non les quelques précieuses minutes qu'elle avait passées, ensuite, dans la salle de classe, avec lui, Rydell…

Il reporta son attention sur Gaucher et lui donna de plus amples explications.

— Il a déguerpi, mais à son corps défendant.

— Impossible de savoir qui il est. Mais maintenant que j'y repense, il me semble l'avoir déjà aperçu une fois ou deux. Il vient en ville de temps en temps, fréquente un peu le saloon. On m'a dit qu'il jouait beaucoup, au poker principalement. Surtout, il est méfiant, toujours sur ses gardes. A mon avis, ce gars-là n'a pas la conscience tranquille.

— Ah ! vous voyez que j'avais raison, dit Rydell.

— Je reconnais. Qu'est-ce que tu vas faire, maintenant ?

— Reconduire miss Jane chez elle.

— Déjà ?

— Oui. Avec cet incident, il ne serait pas prudent de la laisser s'attarder. Pendant que je la raccompagne, allez donc rôder du côté des tables. J'y vois des tartes aux pêches qui devraient faire votre bonheur.

— Je les avais déjà repérées, dit Gaucher en riant. Merci tout de même, Dell.

Il se retourna vers Jane, lui tendit sa main gauche pour un au revoir :

— Je m'efface, miss Jane, et je vous confie à mon jeune ami. Avec lui, vous êtes en de bonnes mains, croyez-moi.

Elle le remercia d'un sourire et se mit en marche, sans voir le jeune homme qui lui offrait son bras.

Elle marchait vite, délibérément, frappant le sol du bout de son ombrelle.

— Jane.

Elle ne daigna pas répondre.

— Jane, attendez un peu !

Il marcha à ses côtés pendant une douzaine de pas, puis reprit :

— Vous êtes bouleversée. Je peux le comprendre.

— Qu'est-ce qui vous fait penser cela, monsieur Wilder ? demanda-t-elle, d'une voix qui lui parut étrange.

— Vos yeux. Ils sont rouges. Vous avez pleuré.

— Un peu seulement. Mais c'est à cause... des événements.

— Jane, je suis désolé. Je ne voulais pas qu'une telle épreuve vous fût infligée. Si j'avais su…

Elle s'arrêta, se tourna sur le côté pour lui faire face.

— Si vous aviez su, vous m'auriez évité cette épreuve ?

— Oui…

— Vous voulez dire que vous ne m'auriez pas embrassée ?

— Vous embr… Mais enfin, Jane, de quoi parlez-vous ?

Il savait très bien de quoi elle parlait et c'était comme s'il venait de recevoir un violent coup de poing dans le ventre. Il savait, mais n'arrivait pas à y croire.

Le baiser qu'ils avaient échangé était, pour Jane, une épreuve aussi intolérable que l'épisode de la course… plus intolérable peut-être ?

Sans voix, il raccompagna Jane jusqu'à sa maison en haut de la colline.

Elle ouvrit la porte de la barrière, entra dans le jardin, referma.

— Jane, murmura-t-il d'une voix rauque et presque inaudible, tant sa gorge se serrait.

— Au revoir, monsieur Wilder.

Elle le planta là, et s'éloigna. Il attendit, en espérant qu'elle se retournerait, pour un dernier regard, même bref… Mince espoir, espoir déçu.

Elle ouvrit la porte, entra, referma.

Rydell s'attarda longtemps à la barrière. Il y resta jusqu'à la tombée de la nuit et même après. Les mains sur le bois dont la peinture s'écaillait, il observa, fasciné, les ombres se mouvant derrière les fenêtres, après qu'on eut allumé les lampes. Plus tard dans la soirée, il écouta le piano. Combien de fois, en onze ans, s'était-il déjà posté là, fasciné par cette maison dont l'entrée lui était interdite ? Des centaines, peut-être des milliers de fois.

Chaque fois qu'il entendait le piano, les larmes lui montaient aux yeux. Cette fois encore, il succomba et pleura tout son soûl.

Jane rabattit avec douceur le couvercle du piano, y posa les coudes, mit son menton dans les mains, ferma les yeux.

Je commençais à m'habituer à hier, et voilà que c'est déjà aujourd'hui.

Mon Dieu, quelle vie était la sienne ! toujours triste, toujours éprouvante… Quelle journée, Seigneur, quelle journée ! Les gens de Dixonville avaient ri de ses jolis tabliers. Elle avait indisposé les deux seules femmes susceptibles de devenir ses clientes. Et pour couronner le tout, deux hommes — deux ! — avaient pris avec elle des libertés coupables. Pour ce qui était de l'épisode avec l'étranger, elle n'avait rien à se reprocher car elle avait été sa victime. Plus ennuyeux était le baiser du banquier, parce qu'elle y avait pris un plaisir certain. Rien que d'y penser, elle en avait encore des tremblements.

Une main se posa sur l'épaule de la jeune fille, interrompant ses réflexions.

— Jane Charlotte, es-tu souffrante ?

— Non, maman, seulement fatiguée.

Elle se redressa, fit pivoter le tabouret pour se trouver face à sa mère, à qui elle demanda :

— Est-ce que tu as dîné ?

— Bien sûr, oui. Odélia m'avait préparé une tarte aux pêches, figure-toi. Il en reste et si tu en veux, je… Mais que se passe-t-il, Jane Charlotte ? Tu as pleuré ?

Jane cligna des paupières dans le vain espoir d'en chasser l'humidité qui la trahissait. Elle murmura :

— Non, je… Oh, maman, j'ai l'impression d'avoir la cervelle en bouillie. Je ne sais plus où j'en suis. Il m'arrive tant de choses en même temps ! La vie est si difficile, parfois… J'ai peur, maman, j'ai peur.

La main de sa mère lui caressa les cheveux.

— Il ne faut pas avoir peur, Jane Charlotte. C'est vrai que la vie nous réserve parfois de mauvaises surprises, mais je suis certaine que tu sauras faire ton chemin. Moi aussi j'ai connu bien des épreuves, les premières alors que j'étais plus jeune que toi. Or tu vois, je suis là.

— Mais comment as-tu surmonté ces épreuves, maman ? Comment ?

— Ton père est arrivé sur une belle jument noire et au premier regard que nous avons échangé, il m'avait pris mon cœur. Je n'ai même pas compris tout de suite ce qui m'arrivait. Nous nous sommes mariés et très vite tu es arrivée. J'ai eu peur de cette maternité. J'étais si jeune. Mais ensuite, je n'ai jamais cessé de m'émerveiller de ma chance.

— La chance que vous avez eue, dit alors Odélia qui s'était approchée sans bruit, c'est de m'avoir à votre service pour m'occuper de la petite.

— C'est vrai, admit la vieille dame, en souriant. Nous avons eu beaucoup de chance.

Odélia approuva d'un vigoureux hochement de tête et demanda à Jane :

— De quoi parliez-vous, toutes les deux ? Tu as peur ? mais de quoi ?

Jane prit la main de sa mère avant de répondre.

— Ce qui m'effraie, c'est de vivre dans une ville où je me sens comme étrangère. Je prétends m'établir comme couturière, mais personne n'entrera dans ma boutique, parce qu'on ne me connaît pas.

— Mais, Jane, tu couds merveilleusement. Ton père ne cesse de le répéter.

Jane tressaillit à l'évocation de son père. Maman en parlait comme s'il était toujours de ce monde, comme s'il était occupé quelque part dans la maison et qu'il allait surgir d'un moment à l'autre pour se mêler à la conversation. Maman avait perdu la mémoire. Elle ne voulait pas se rappeler.

Jane répondit avec tristesse :

— Je sais couper et coudre, c'est sûr, mais je ne sais pas quoi faire de mon talent. Je ne sais pas quels produits proposer à ma clientèle. Les dames de Dixonville portent-elles des robes du matin ? Des sous-vêtements ornés de dentelle ? Que portent les femmes d'ici pour dormir ? Les corsets sont-ils d'un usage courant ? Je ne sais rien, rien, rien… Il faut que j'apprenne, mais je ne sais pas comment.

Odélia objecta :

— Le monde ne s'est pas fait en un jour, ma petite.

Jane ne répondit pas sur ce point.

— S'il n'y avait que cela, soupira-t-elle.

— Quoi encore ?

— Je n'ai jamais reçu les attentions d'un homme et…

— Et ?

— Et je ne sais pas quoi faire.

— Un homme ? s'exclama sa mère, les sourcils aussitôt froncés. Vous avez été présentés dans les formes, j'espère ? Est-il de bonne famille ? C'est le plus important.

Odélia répondit à la question que se posait Jane.

— Tu n'as rien à faire, ma petite. Tu attends et tu laisses venir.

— Laisser venir qui ou quoi ? s'écria Jane avec angoisse. Je n'attends rien ni personne ! Tout ce que je veux, c'est gagner assez d'argent pour pouvoir rentrer à Montclair. Je veux retourner à la maison, chez moi !

Odélia lui passa un bras autour des épaules pour la réconforter.

— Ma petite chérie, c'est ici ta maison. Ta maman habite ici, ta vieille Odélia aussi. Il n'y a plus rien à Montclair, plus rien qu'un chèvrefeuille qui dévore une vieille maison, plus rien que des souvenirs.

Refusant d'entendre la voix de la raison, Jane implora sa mère.

— Tu ne voudrais pas, toi, rentrer à Montclair ?

— Parfois, oui, soupira sa mère. J'espère que ton père se décidera un jour à nous y emmener, ne serait-ce que pour une simple visite… au printemps. Montclair est si joli au printemps, quand les azalées fleurissent. Tout le monde est heureux au printemps ; les esclaves chantent dans les champs de coton…

Jane et Odélia échangèrent un long regard. Puis la servante prit la vieille dame sous les épaules pour l'aider à se lever, en lui disant :

— Il y a belle lurette que les esclaves ne chantent plus, pour la bonne raison qu'il n'y a plus d'esclaves. Mais pour le reste, vous avez raison : le printemps est la plus belle saison, à Montclair.

Elle conduisit sa maîtresse vers la cuisine.

— Vous vous rappelez le grand plaqueminier qui poussait près de la cuisine d'été ?

Elle se retourna pour interpeller Jane.

— Sans te commander, apporte donc le châle de ta maman. Elle a froid, elle frissonne. Moi, je vais lui préparer un thé bien chaud. Ensuite, si tu le veux bien, nous parlerons de tout ce qui t'inquiète, à propos des hommes.

12.

Pleine d'une détermination renouvelée, Jane ouvrit la porte de sa boutique et entra. La Générale Lee l'accueillit avec un miaulement de joie et accourut pour s'accrocher à sa robe de percale bleue.

Après un moment de caresses et de ronronnements, Jane prit le petit animal pour le reposer par terre en lui disant :

— Je ne suis pas venue pour m'amuser. C'est que j'ai du travail, moi !

Comme si elle avait compris, la petite chatte fila vers la corbeille à ouvrage et s'y installa, ne tarda pas à disparaître presque entièrement sous les morceaux de tissu.

Tirant de sa poche un carnet à croquis et un crayon, Jane ajouta, pour elle-même autant que pour la Générale Lee :

— Je vais commencer mon enquête.

Elle sortit de la boutique pour gagner le bazar de Rafe Mercer. Elle entra et se dirigea vers les bocaux de confiserie, situés dans un recoin, sur une table à proximité de la vitrine.

— Puis-je faire quelque chose pour vous ? lui demanda le propriétaire des lieux, en s'essuyant les mains dans son tablier.

— Euh… non… Je veux dire : si ! Quelques sucreries, je pense… mais je ne sais pas lesquelles.

— Faites votre choix, répondit Rafe Mercer. Et prenez votre temps, je ne suis pas pressé. C'est que, voyez-vous, je suis en plein inventaire, dans l'arrière-boutique. Alors, le plus simple, c'est que vous vous serviez et, si je ne suis pas ici, vous laisserez l'argent sur le comptoir. Je vous fais confiance.

Ravie, Jane sortit son carnet et son crayon, choisit un bonbon acidulé qu'elle se mit en bouche et marqua d'une petite croix la première page de son carnet.

Le poste d'observation idéal, songea-t-elle. Elle pourrait y passer tout le temps qu'elle voudrait, les passants ou les clients qui la verraient là penseraient qu'elle était en train de procéder à un achat gourmand.

Le carnet dans une main, le crayon dans l'autre et le bonbon dans la bouche, elle attendit.

Un homme en salopette usée acheta un pantalon et deux bobines de fil. Puis un autre homme — bûcheron à coup sûr — fit l'acquisition de quatre boîtes de haricots et d'une bouteille de whisky.

Jane prit un autre bonbon. Une deuxième croix s'inscrivit sur son carnet.

Pendant l'heure suivante, aucun client n'entra dans le bazar, si ce n'est un garçon aux cheveux roux qui montra à Jane la pièce qu'il avait en main, puis désigna les bonbons qu'il convoitait. Elle le servit puis alla poser la pièce sur le comptoir.

Une heure encore passa. De toute la matinée, aucune femme n'était entrée dans le bazar. Jane s'autorisa un nouveau bonbon, traça la croix correspondante sur son carnet. Puis elle s'assit sur un tonnelet et se mit à dessiner ce qu'elle voyait par la vitrine, en réfléchissant.

Peut-être les femmes de Dixonville étaient-elles trop occupées le lundi matin pour fréquenter le bazar ? Retenues dans leurs maisons par les travaux du ménage, peut-être ? Ou alors, il n'était pas d'usage de faire des emplettes en début de semaine ?

Jane réprima un mouvement d'impatience. Tant pis ! Si elle devait patienter à son poste d'observation jusqu'au samedi pour mener à bien son enquête, elle tiendrait bon ! Elle n'avait pas le droit de fléchir maintenant. Elle devait répondre à cette importante question : que portaient les dames de Dixonville ?

La veille au soir, après une longue discussion avec Odélia, elle avait pris sa décision.

— Comme je te l'ai expliqué, lui avait dit celle-ci, avec les hommes, il suffit d'attendre et de laisser venir. Mais ça n'empêche pas d'y mettre du sien et de forcer un peu le destin… Tu vois ce que je veux dire ? Donc, les hommes, il ne faut pas avoir peur de les examiner, comme les fruits au marché. On croit qu'ils se ressemblent tous, mais un jour, on en découvre un qui n'est pas pareil que les autres. Et alors…

— Je ne veux pas observer les hommes ! avait protesté Jane. Cela ne se fait pas ! Maman ne veut…

— Mais si tu refuses de les voir, comment connaîtras-tu celui qui est fait pour toi ? Comment connaîtras-tu le désir ? Il y en a qui disent « l'amour », mais moi, je trouve que le mot désir est plus juste.

— Le désir ? avait interrogé Jane en fronçant le nez.

— Oh oui, le désir, le désir pour un homme ! avait soupiré la servante, avec l'air de s'y connaître. Le désir, on l'a ici, dans le ventre. Alors on se sent malheureuse, toute malade. On ne peut plus dormir et on passe la nuit à se tourner et se retourner dans son lit. On devient folle.

— Mais c'est terrible ce que tu me dis là, Odélia !

— C'est terrible, oui, mais on ne peut pas y échapper. On pleure, on croit qu'on va mourir… Mais il ne faut pas oublier le bon côté des choses : parce que le désir peut nous rendre très heureuses aussi. Alors on rit et on chante, c'est le paradis sur terre.

— Le paradis sur terre, avait murmuré Jane, ce ne sera sans doute pas pour moi.

— Ne dis pas de bêtises, mon enfant. Le désir, cela ne se commande pas. Toi aussi, tu le ressentiras, un jour.

— Quand ?

— Quand tu auras vu l'homme qui est fait pour toi.

— Et alors ?

— Alors, tu auras envie de te donner à l'homme qui t'aura inspiré ce désir. C'est pour cela qu'il ne faut pas avoir peur de les regarder, afin de trouver celui qui est fait pour toi, comme tu es faite pour lui. Les hommes et les femmes, vois-tu, sont comme des moitiés de coquilles de noix qui seraient dispersées dans le monde. Chaque moitié doit retrouver celle pour qui elle est faite.

Jane avait ri.

— Des coquilles de noix ? Odélia, tu dis n'importe quoi !

Gravement, la servante lui avait mis la main sur l'épaule.

— Jane, mon petit, t'ai-je jamais menti ? Non ? Alors... Ris autant que tu veux, mais un jour, tu connaîtras le désir, ou l'amour, appelle ça comme tu veux. Un jour tu désireras un homme. Il sera ta moitié de coquille. Allez, n'aie pas peur, tu connaîtras, toi aussi, cette délicieuse douleur dans le ventre. Et alors tu te diras : la vieille Odélia avait raison.

Jane s'était dit que la vieille Odélia avait sans doute bu trop de cidre au pique-nique. Elle s'en était allée au lit en se disant qu'elle n'était guère plus avancée, en ce qui concernait les hommes.

Des coquilles de noix. Franchement...

*
* *

La dette s'élevait à douze bonbons. Jane admit que son plan avait échoué et qu'elle n'avait plus qu'à régler M. Mercer, retourner dans sa boutique et trouver une nouvelle idée, de préférence meilleure.

Au moment où elle rangeait son carnet et son crayon, la sonnette de la porte tinta. Sans sortir de son recoin, Jane risqua un œil et vit deux dames élégantes, avec des chapeaux et des gants.

— Vous êtes jalouse, c'est ça. Après tout, l'année dernière…

Fébrilement, Jane dessina le chapeau, puis la robe de la première dame, en tissu assez léger, de la mousseline ou alors du linon.

— Ensuite, vous ne savez pas ce qu'il a fait ? Vous ne devinerez jamais. Moi, j'avais pensé que…

Si vous pouviez vous retourner, madame, songea-t-elle. *J'aimerais pouvoir dessiner le devant de votre robe.*

— Mais c'est qu'elle me l'a pris ! presque sous mon nez ! Et elle…

— Mais non, elle ne te l'a pas pris, Letty. Elle n'est pas habile à ce point-là, la reine…

La suite du dialogue se perdit dans un murmure inaudible pour Jane, dont le crayon s'était immobilisé.

Etait-ce bien *elle* le sujet de la conversation ? A Dixonville il n'y avait qu'une reine, et c'était elle, hélas… Mais cela n'avait pas de sens, parce qu'elle n'avait jamais rien volé de sa vie. Allons, elle avait mal compris…

Les deux dames voulaient acheter des bas, et elles en examinèrent beaucoup, tandis que Jane, dans son recoin, rongeait son frein.

Vous allez vous retourner, oui ? pensa-t-elle, ulcérée. *Montrez-moi comment vous êtes par-devant. Il faut que je voie…*

Enfin son vœu fut exaucé mais Jane eut alors le souffle coupé.

Laetitia Price !

Mais elle se reprit bien vite et dessina à toute vitesse le devant de la robe. Le décolleté lui parut excessif. Aucune dame n'aurait osé se montrer ainsi dans les rues de Montclair et dans le comté de Marion. Evangéline Tanner avait moins d'audace ; parce qu'elle était mariée ?

— Tiens, tiens ! la petite Jane Davis ! Qu'est-ce que vous faites, cachée dans votre petit coin ?

Jane sortit de l'ombre. Elle avait la gorge sèche.

— Je ne me cache pas. J'enquête.

— Vous enquêtez ? Vous voulez dire que vous espionnez, n'est-ce pas ?

— Oh non !

Pour preuve, Jane montra son carnet de croquis.

— Vous voyez, je dessinais vos robes et vos chapeaux. Je suis à la recherche de modèles, pour ma boutique.

— Je n'en crois rien ! déclara Laetitia en venant droit sur elle. Vous n'êtes qu'une petite espionne et je vais…

Evangéline Tanner s'approcha à son tour, mais c'était pour retenir son amie par la manche.

— Letty, pour l'amour du ciel, calmez-vous ! Miss Davis n'espionne pas.

— Non, murmura Jane.

Espionner, c'était bon pour les Yankees.

Elle se mordit la lèvre pour ne pas dire le fond de sa pensée. De nouveau, elle montra son carnet de croquis.

— Vous voyez, reprit-elle, j'admire la façon dont vous êtes habillées et je comptais vous prendre comme modèles… si toutefois vous n'y voyez pas d'inconvénient.

Evangéline Tanner regardait les croquis d'un œil très intéressé. Elle demanda :

— Vous sauriez reproduire nos robes… à partir de vos dessins ?

— Oui, bien sûr. C'est ma façon de procéder habituelle. La plupart du temps, je pars des croquis que je trouve dans les magazines de mode.

Laetitia haussa les épaules. A son tour elle tira son amie par la manche, pour l'entraîner vers la sortie.

— Venez donc, Evie. A quoi bon ? Vous voudriez d'une robe en tout point semblable à celle que vous avez déjà, vous ?

Avec un soupir de regret, Evangéline Tanner suivit son amie qui reprenait la conversation là où elles l'avaient laissée.

— Impensable, tout simplement impensable ! Qu'est-ce qu'elle croit ? Rydell…

En entendant ce nom, Jane sursauta.

Laetitia Price et Rydell Wilder !

Voilà donc pourquoi la jeune demoiselle était si remontée contre elle…

Laetitia et Rydell…

Petite douleur dans le ventre.

Jane se demanda si Odélia n'avait pas raison.

Rydell…

Odélia avait raison !

Jane prit la direction de la sortie, revint sur ses pas pour poser sur le comptoir les cinq *cents* que lui avaient coûté les bonbons. Puis elle affermit son chapeau sur sa tête, tira sur ses gants et prit la direction de la banque.

Rydell froissa la grande feuille de papier et la jeta en direction de la corbeille qui débordait déjà.

Dans le silence du bureau désert, la pendule rythmait le temps. Rydell jeta un coup d'œil au cadran et se donna encore une heure. Il se creusait la cervelle depuis le matin, mais de nombreuses interrogations subsistaient.

Porche à colonnes ou véranda tout autour de la maison ?

Salle de musique ou second salon ?

Combien de chambres ?

En haut ou en bas, les chambres ?

Il déchira sa feuille de papier, en prit une autre et se prépara à y porter le crayon. A ce moment, la porte s'entrouvrit.

— Qu'est-ce que c'est, Josiah ? demanda-t-il sans lever la tête, tout occupé qu'il était à placer sa règle pour tracer le premier trait.

— Il y a un homme au guichet, qui dit comme ça qu'il veut vous parler personnellement.

— Dis-lui que je suis occupé, fit Rydell sans quitter sa feuille du regard. Tu n'as qu'à t'occuper de lui, tu es assez grand pour ça.

— Je lui ai proposé, mais il insiste pour traiter avec vous. Il dit qu'il doit vous voir absolument. Je suis vraiment désolé de vous déranger dans votre travail, monsieur, mais vous comprenez…

En soupirant, Rydell reposa règle et crayon, puis se leva.

— Ce n'est pas ta faute, Josiah. Tiens, puisque tu es là, taille mes crayons, veux-tu ?

— Certainement, monsieur. Vous dessinez quoi, si ce n'est pas indiscret ?

Rydell accorda à son clerc un long regard avant de se décider à lui répondre.

— J'essaie de mettre mon rêve entre quatre murs, avec un toit par-dessus.

— Oh, je vois, monsieur…, fit le jeune clerc, sans conviction.

— Vraiment ? fit Rydell, ironique, par-dessus son épaule, en se dirigeant vers la porte. Tu vois ?

Josiah rougit, mais persista.

— Oui, monsieur, je vois.

— Alors, conclut Rydell en riant, tu es plus malin que moi.

C'est avec gaieté qu'il ferma la porte du bureau pour se rendre vers le guichet de la banque où l'attendait un client inconnu qui insistait pour le voir.

De l'autre côté de la grille, l'attendait un étranger pas si inconnu que cela, puisque c'était celui du pique-nique.

— Tu t'appelles Wilder ? dit celui-ci en le voyant arriver. Rydell Wilder ?

— Exact, dit Rydell, sur ses gardes. On me dit que tu souhaites me voir ?

— Je m'appelle Lucas. Tu es le propriétaire de cette banque ?

Avant de répondre, Rydell étudia son interlocuteur, qu'il jugea toujours aussi antipathique : cheveux noirs un peu trop longs avec beaucoup de traînées grises, peau olivâtre, yeux gris qui se dérobaient… Cet homme avait plus de cinquante ans. Il gardait une main dans sa poche, l'autre tenant une petite sacoche en cuir.

Plus il l'examinait, plus Rydell se convainquait de l'avoir déjà vu quelque part ; mais où ? Peut-être au saloon, puisque, s'il fallait en croire Gaucher, il en était un habitué, et acharné aux cartes par-dessus le marché. Un joueur… ou un hors-la-loi, toujours prêt à se défendre en cas de besoin, d'où la main dans la poche, qui devait tenir une arme…

Rydell se félicita d'avoir ordonné à Josiah de rester dans son bureau. Ce jeune homme récemment marié, avec un bébé de quelques semaines, n'avait rien à faire dans une confrontation avec un pilleur de banque.

C'est qu'il en avait vu, Rydell, des bandits de tout poil, pendant les années qu'il avait parcouru les routes et les pistes pour le compte de Gaucher Springer ! Il avait même dû tuer ceux qui s'intéressaient de trop près aux chargements qu'il transportait. Ainsi avait-il appris à se faire respecter, et ces messieurs de la cambriole cherchaient la fortune ailleurs que sur son chemin…

Celui-ci devait être nouvellement arrivé dans les parages. Il ne le connaissait pas encore et avait peut-être envie de tenter sa chance.

Rydell était sur ses gardes.

— Eh bien, Lucas ! Que puis-je faire pour toi ?

— Je suis à la recherche d'une bonne banque, indiqua l'étranger, de sa voix rocailleuse.

— Qu'entends-tu par *bonne* ? Sérieuse ou facile à cambrioler ? Je te signale, à toutes fins utiles, que ma banque est la seule dans toute la région de Dixonville, et que dans l'un comme dans l'autre cas, tu n'as donc pas trop le choix.

— Je vois…

D'un geste brusque, l'étranger retourna la sacoche sur le comptoir. Cinq liasses de billets s'en échappèrent. Il les empila et annonça :

— Cinq mille dollars. Je souhaite les mettre en sécurité. C'est possible ?

— C'est possible à condition qu'il s'agisse d'argent honnêtement gagné, dit Rydell en le regardant droit dans les yeux. Peux-tu m'indiquer d'où vient cette petite fortune ?

— Pas question.

— Dans ce cas, nous ne ferons pas affaire. Reprends tes dollars et va tenter ta chance ailleurs. Et, s'il te plaît, retire la main de ta poche.

Lucas avait pris l'immobilité d'une statue. Il ne bougea ni un muscle ni un cil quand l'horloge sonna la demie.

Rydell attendait.

— D'accord, dit l'étranger après un long moment de silence tendu. Je t'explique. Cet argent, je l'ai gagné aux cartes ; le poker, tu connais ?

— Tu es joueur.

Ce n'était pas une question.

L'homme hocha la tête et ajouta :

— C'est de l'argent propre. Tu peux me faire confiance. Vois avec le shérif, si tu as des doutes. En tout cas, je veux que tu mettes ça dans ton coffre. Comme tu l'as si bien dit, ta banque est la seule à cinquante miles à la ronde ; et à ce que j'entends, elle a bonne réputation.

Rydell ne marqua pas qu'il était sensible à ce compliment.

Lucas toussota et reprit :

— Je n'irai pas bien loin si je promène tout ce pécule avec moi.

— J'ai convoyé des sommes bien plus importantes, et tu vois, je suis toujours là, rétorqua Rydell. Pourquoi serais-tu plus menacé que moi ?

— On me file le train, dit l'étranger soudain rembruni.

— La loi ?

— Non, pas la loi.

— Qui, alors ?

— Sais pas exactement. Des détectives privés peut-être, mais je me demande pourquoi.

— Tu as quelque chose à te reprocher ?

— Nooon ! Bon, alors, tu la prends, mon oseille ?

Juste à cet instant, la porte s'ouvrit et une tornade bleu pervenche entra dans la banque.

Rydell s'empressa de griffonner un reçu, qu'il tendit à l'étranger en disant :

— Ton argent est en sécurité. Tu peux filer.

Ce nouveau client sourit et tourna les talons, prit la direction de la sortie, le regard évidemment attaché à Jane qu'il salua au passage en touchant le bord de son chapeau. Il franchit le seuil, se retourna sur elle, et disparut.

Jane s'avança vers le guichet derrière lequel Rydell rassemblait les cinq mille dollars de l'étranger. Elle avait le visage fermé, le regard dur, les mâchoires serrées. Parvenue à la grille, elle lança :

— Vous êtes un homme méprisable !

13.

— Je sais tout ! Alors, monsieur Wilder, ce n'est plus la peine de faire semblant.

— Que savez-vous, Jane ? demanda Rydell, éberlué. Et de quoi parlez-vous ?

— Vous le savez très bien ! Dans le comté de Marion, un monsieur bien ne s'autoriserait jamais une action aussi basse.

— Je ne suis pas un monsieur bien, soupira Rydell. Et vous n'ignorez pas que je ne suis pas originaire du comté de Marion.

— Quelles que soient vos origines, cela ne se fait pas !

— Même quand on est né…

Rydell referma la bouche si violemment que ses dents s'entrechoquèrent.

Il ne savait pas où il était né.

Aussi loin que remontaient ses souvenirs, il se rappelait qu'il était livré à lui-même. Arrivé à Dixonville dès sa plus tendre enfance, il supposait qu'il était de quelque part dans les environs, à tout le moins de l'Oregon, mais il n'en avait pas la certitude. En plus, il se moquait un peu de ce détail. Il avait le portrait de sa mère et son nom, Etta Wilder. C'était tout. Il avait appris à s'en contenter.

Il sortit de derrière le guichet et dit :

— Jane, venez avec moi.

D'autorité, il prit le coude de la jeune femme et l'entraîna vers son bureau. Consciencieusement occupé à tailler les crayons, Josiah sursauta en les voyant entrer tous les deux.

— Il y a cinq mille dollars au guichet, lui dit Rydell. Mets-les dans le coffre.

Puis il prit place dans son fauteuil et demanda :

— Maintenant, Jane, dites-moi quel est le problème.

— Vous m'avez embrassée !

— C'est vrai, admit-il en souriant. Et pas qu'une fois. Mais… vous aussi, vous m'avez embrassé.

— Ce n'est pas vrai !

— Oh, mais si ! Que signifie cette scène ? Et d'abord, pourquoi attendre vingt-quatre heures avant de décider que vous êtes furieuse ?

— Je ne suis pas furieuse, dit la demoiselle au menton levé.

— Troublée, peut-être ?

— Pas troublée.

— Quel est votre sentiment, alors ? Vous ne me direz tout de même pas que vous êtes calme et sereine, je ne vous croirais pas. Allez, dites-moi.

En son for intérieur, Rydell se disait : « Qu'est-ce qu'elle vient me chanter là ? » Il se consumait de désir pour elle, il la voulait maintenant, sur-le-champ. Il n'avait pas envie d'attendre six mois ou un an, le temps pour la boutique de péricliter…

Et elle venait lui reprocher un simple baiser, un tout petit baiser ? Eh bien, oui, il l'avait embrassée ! Pas assez.

— Rydell Wilder, vous me devez des excuses.

— Mais bien sûr, des excuses ! Enfin, Jane, vous les avez aimés, nos petits baisers. Je suis désolé de vous voir si gênée maintenant, mais permettez-moi de vous dire que sur le moment, ce n'était pas le cas du tout. Puis-je vous demander ce qui a déclenché cette réaction… tardive ?

— Un seul mot suffira : Laetitia.

— Laetitia ? Laetitia Price ? Qu'est-ce qu'elle vient faire dans cette histoire ?

— Vous l'avez embrassée, elle aussi. Laetitia, oui ! l'année dernière.

Rydell, perplexe depuis un moment, se mit à sourire tandis qu'il dévisageait Jane. Il commençait à comprendre. Mais c'est qu'elle était jalouse, la petite Sudiste !

Elle avait dû entendre parler de la course du 4 Juillet, celle de l'an dernier, au cours de laquelle Laetitia Price, conquise par Rydell — elle s'était pratiquement jetée sous son cheval ! — n'avait pas fait de difficultés pour lui donner le baiser auquel avait droit tout vainqueur.

Jane, qu'il aimait depuis le premier instant qu'il l'avait vue, s'intéressait donc à lui... Bien sûr parce que, autrement, elle se serait bien moquée de savoir qui il embrassait ou n'embrassait pas.

A cette révélation, Rydell sentit que la tête lui tournait.

Il n'avait plus envie de sourire.

Le désir se rappelait à lui, douloureusement.

— Jane, il n'y a rien entre Laetitia et moi. Je l'ai embrassée une fois, oui ; peut-être deux. Je ne me souviens pas. Mais cela n'a rien à voir avec ce qui s'est passé entre vous et moi.

La réponse claqua comme un coup de fouet.

— Je ne vous crois pas.

Puis Jane regarda autour d'elle, et quand ses yeux revinrent sur Rydell, ce fut pour ajouter :

— Et je me demande ce que je fais ici. Je ne devais pas avoir toute ma tête.

Elle leva le menton, son regard devint plus dur, presque métallique. Elle assena une sorte de coup de grâce.

— Quant à ce baiser, il ne signifie rien pour moi.

Rydell se fit un plaisir de rétorquer, comme elle :

— Je ne vous crois pas.

Puis il se mit à rire parce qu'il se trouvait beaucoup d'esprit. Soudain plus en train, il se leva, s'approcha de la jeune fille, la prit aux épaules et l'attira contre lui, avec force mais sans brutalité. Il avait envie de respirer son parfum. Il avait envie de se donner l'illusion qu'elle était à lui.

Curieusement, elle ne protesta pas, ne se défendit pas.

— Vous devriez partir, lui dit-il, la voix cassée par l'émotion. Si vous restez une minute de plus, vous risquez de vous compromettre dangereusement.

Ensuite il eut une sorte de blanc, ou d'absence, et quand il reprit conscience, il échangeait un baiser avec Jane. Tout ce qu'il se rappelait, c'est qu'il s'était interdit toute audace de ce genre.

Et voilà le résultat…

Dans son bureau ! Ce n'était pas très intelligent.

Mais le mal était fait, autant en profiter. Rydell prit le parti de prolonger aussi longtemps que possible ce délicieux moment parce qu'ensuite, il n'en doutait pas, il risquait de passer un mauvais quart d'heure.

Rendu fou de désir, il pressa Jane contre lui et approfondit le baiser. La tête renversée, elle émit un curieux gémissement, comme celui d'un petit animal perdu. Il s'en trouva tout ému. Aucune des femmes qu'il avait tenues dans ses bras n'avait suscité en lui ces impressions délicates, au-delà de la sensualité. Aucune ne lui avait donné à connaître ce bonheur irréel, intemporel.

Hélas, le temps s'écoulait cependant. Il fallait mettre un terme à cette expérience exaltante, et revenir sur terre. A regret, Rydell ouvrit les bras, rendit à Jane sa liberté. Juste à temps, car il ne se connaissait plus, il était sur le point de commettre des folies qu'il eût regrettées, ensuite.

— Jane, balbutia-t-il alors que leurs lèvres ne s'étaient pas encore déprises ; je suis désolé. Je ne voulais pas…

— Bien sûr que si, vous vouliez, répondit-elle, les yeux clos.

Il esquissa un mouvement de protestation. Elle reprit avec douceur :

— Ne me mentez pas, monsieur Wilder. Vous avez voulu chaque seconde de ce qui vient de se passer.

Puis elle leva la tête, ouvrit les yeux et prononça ce mot surprenant :

— Encore.

Il eut ce cri du cœur :

— Jane ! Vous n'êtes pas sérieuse ?

— Non, dit-elle d'une voix mal assurée ; bien sûr que non… Mais quelle importance, puisque ce n'est pas vraiment moi. Je rêve. Dans un moment je me réveillerai et il me restera le souvenir de mon rêve… Embrassez-moi encore avant que je ne me réveille.

Rydell secoua la tête pour tenter de se remettre les idées en place. Comme il ne comprenait pas bien, il se demanda si ce n'était pas lui qui était en train de rêver. Avait-il bu plus que de raison ? Non ; un samedi soir à la rigueur, mais pas un lundi matin…

Rêvait-il ?

Jane était là, bien réelle. Elle se tenait devant lui, debout, les yeux fermés. Elle attendait le baiser qu'elle lui avait demandé.

Non, il ne rêvait pas.

Il serait fou de ne pas profiter de l'occasion.

Mais plus fou encore d'en profiter ! Il n'était pas en compagnie de Maggie, ou de Laetitia, ou encore de l'une ou l'autre des douze ou quinze femmes qu'il avait reçues dans son lit pour tenter d'oublier Jane. Devant lui se tenait Jane elle-même, Jane à la peau soyeuse comme des pétales de rose, Jane au parfum si enivrant qu'il en avait la tête à l'envers et la bouche sèche.

Il ne devait pas.

Il avait l'envie, mais pas le droit.

— Jane, regardez-moi.

Elle ouvrit ses beaux yeux, dont le bleu s'était adouci.

— Oui ? fit-elle, avec la voix enrouée d'une petite fille tirée du sommeil.

— Savez-vous que vous êtes dangereuse ?

— Oui. Odélia me le disait toujours, quand j'étais petite.

— Mais c'est de maintenant que je parle. Vous êtes un danger… pour vous-même.

— Ne croyez pas cela. Je suis très bien élevée. Si vous connaissiez l'éducation que j'ai reçue, vous n'en douteriez pas.

Déconcerté, Rydell dévisagea cette jeune fille qu'il croyait connaître. Ou elle avait perdu le sens commun et ne savait plus ce qu'elle disait ; ou alors, elle restait, au contraire, parfaitement logique et parlait avec une franchise qui avait quelque chose d'effarant.

— Une jeune fille bien élevée ne se laisse pas embrasser par des hommes, dans une banque.

— Nous ne sommes pas dans une banque, mais dans votre bureau ; votre bureau privé.

— Jane…

— Et vous n'êtes pas *des hommes*, mais un homme bien particulier. Il n'y a pas d'objection à recevoir des baisers d'un homme particulier.

— C'est une opinion téméraire.

— Je ne pense pas, dit Jane avec un sourire rêveur. Après tout, j'ai l'intention de retourner dans le comté de Marion dès que j'aurai pu tirer de ma boutique un revenu convenable. Et je veux être prête. Je veux savoir… des choses.

*
* *

En caressant distraitement la petite tête de la Générale Lee, Jane regardait par la fenêtre de sa boutique. Elle réfléchissait.

« Je n'irai jamais nulle part, se dit-elle, je ne rentrerai jamais dans le comté de Marion si je ne vends pas au moins deux douzaines de robes, avec les chapeaux assortis. »

Pour le moment, elle était coincée à Dixonville. Les affaires ne marchaient pas fort. Elles ne marchaient même pas du tout.

Le problème de Jane, c'est qu'elle n'avait pas élaboré un modèle de robe qui pût plaire à la fois aux fermières et aux dames de la ville qui avaient envie de se parer, au moins le dimanche ; quelque chose qui ne fût ni trop simple ni trop apprêté ; pratique, mais joli.

« Avec une jupe, par exemple… une jupe qui permettrait de monter à cheval… Il suffirait de l'ouvrir par le milieu… Donc, il faudrait des boutons… »

Jane posa la petite chatte dans sa corbeille à ouvrage et se pencha pour s'emparer du carnet à croquis qui gisait à ses pieds.

— Quelque chose comme ça, murmura-t-elle.

Son crayon courait sur la page.

— Oui…

Et puis une veste ajustée, avec un col haut mais des manches bouffantes, pour le contraste. Les femmes de l'Ouest savaient apprécier un brin de fantaisie, tout de même !

Elle tourna la page, s'apprêta à rendre, par un nouveau croquis, d'autres idées qui lui venaient. Dans l'enthousiasme, elle parlait toute seule.

— Et qu'est-ce que tu dis de celle-ci ? Un corsage plutôt sobre, mais de couleur vive, avec une jupe ample, sans tournure, très moderne… Oui !

« Mais en quoi le bâtir, ce modèle si original ? En basin de fil et de coton ? Non, trop rigide… Il y aurait bien le seersucker… Et pourquoi pas la batiste ? »

Il lui en restait une longueur invraisemblable, la confection des tabliers n'en ayant pas consommé de grandes quantités. De plus, après avoir payé à Moïse Freeman le dollar qu'elle lui devait pour la fabrication de la table à couper et placé un autre dollar dans la cagnotte destinée à financer son retour au pays, elle ne disposait plus que de cinquante *cents* qui lui permettraient tout juste d'acquérir un peu de dentelle.

Jane maniait son crayon de plus en plus vite. Elle s'exaltait.

— Et je couds un entre-deux ici, et encore là… La jupe, je la verrais bien avec des plis…

En quelques traits décisifs, elle traduisit ses idées sur le papier, ajouta des boutons, puis entreprit de dessiner un chapeau.

Soudain, sa main s'immobilisa sur le papier.

Elle désirait rentrer à Montclair, oui ou non ?

Oui.

En dépit de ce qu'Odélia lui avait rapporté, Jane ne pouvait croire que la vieille plantation, là-bas, ne serait plus accueillante pour elle et sa mère. La propriété n'avait pas été rayée de la carte : Odélia avait admis que la maison tenait toujours debout…

Sa mère serait si heureuse de revoir le comté de Marion…

« Revenons à nos moutons ! » se gourmanda-t-elle.

Elle dessina une nouvelle robe comportant une jupe à panneaux et un bustier à longues manches, très simple avec juste de la dentelle blanche pour en souligner les différents éléments ; quelque chose de chic et de pratique à la fois ; et différent de tout ce qu'on avait l'habitude de voir. Jane jugea qu'elle tenait là sa meilleure idée du moment. Très contente d'elle-même, elle se prit même à imaginer la tête de Laetitia Price quand elle découvrirait cette création si originale ; Laetitia Price qui la supplierait de la lui vendre…

Non sans satisfaction, elle songea que la coquette Laetitia Price contribuerait sans doute pour une bonne part à la constitution des fonds qui lui permettraient de regagner le canton de Marion, en Caroline. Ensuite, Laetitia Price pourrait avoir M. Wilder pour elle toute seule.

Grand bien lui fasse !

Quelque part dans son esprit se forma alors une drôle de petite pensée, contrariante mais difficile à saisir. Au prix d'un gros effort de concentration, elle réussit à la matérialiser.

J'espère quand même que les messieurs, dans le comté de Marion, embrassent aussi bien que Rydell Wilder.

Les yeux ronds, elle se leva d'un bond et réveilla la petite chatte.

— Debout, Générale Lee ! Nous avons du travail !

— Gaucher, pourquoi une femme…

— Je n'en sais rien, Dell. En ce bas monde, les femmes sont les créatures les plus déconcertantes.

— Jane est un mystère. Elle est raisonnable, sérieuse, mais par moments, elle devient complètement excentrique.

— Tu as réessayé le coup du baiser ?

— Vous savez bien que je ne répondrai pas à ce genre de question.

— Et tu lui as parlé de cette maison que tu es en train de construire ?

— Pas encore. Ce n'est pas le moment.

Gaucher se mit de biais sur sa selle pour regarder Rydell dans les yeux.

— Il paraît que tu as déjà engagé les frères Traft ?

— C'est exact.

— Tu ne perds pas de temps... Mais avant d'avancer trop dans les travaux, tu ne crois pas que tu devrais voir avec elle, afin de vérifier que vous avez les mêmes idées sur la question ? Avoue que ce serait bête de lui bâtir un palais si tout ce qu'elle désire, c'est une barrière neuve autour de la maison qu'elle a déjà.

— Moi, je sais qu'elle veut plus qu'une simple barrière.

— Et qu'est-ce qu'elle veut, selon toi ?

— Une nouvelle vie.

A trois mille miles d'ici...

Après un moment de silence, Rydell ajouta, plus pour lui-même que pour Gaucher :

— Je persiste à penser qu'elle se décidera quand elle aura fait faillite. Si je peux...

Par superstition, il préféra ne pas terminer sa phrase.

Les deux amis mirent leurs chevaux au pas pour gravir la colline, au sommet de laquelle ils s'arrêtèrent pour contempler le paysage, principalement un vaste champ de seigle ensemencé par Rydell. La brise vespérale donnait aux épis un doux mouvement de houle que la lumière du soleil couchant colorait d'or rouge. Le spectacle était si beau, si paisible, que Rydell en eut la gorge serrée et presque les larmes aux yeux. Il ne se savait pas si émotif.

En bordure du champ, les frères Traft jouaient de la pelle et de la pioche, ils creusaient une tranchée de fondation.

— Comment penses-tu l'orienter, ta maison ? demanda Gaucher.

Rêveur, Rydell répondit sobrement :

— La cuisine à l'est pour recevoir les rayons du soleil levant, le porche et les belles pièces face au couchant...

— Quelle superficie as-tu achetée, Dell ?

— Deux mille arpents.

Gaucher émit un petit sifflement.

— Deux mille arpents ? Toi, tu n'as pas envie de voir tes voisins de trop près !

— Exact.

— Mais dis-moi, comment vas-tu payer tout ça, le terrain, la construction de la maison ?

— En travaillant dur et en économisant *cent* après *cent*. L'acquisition du terrain est réalisée, j'y ai mis toutes mes économies. Mais j'ai encore de la ressource : la banque marche bien, les bénéfices sont à la hauteur de ce que j'espérais. Je n'ai rien à craindre tant que la population de Dixonville et des environs achète des fermes et construit des granges. On ne peut plus se passer de banque, de nos jours, et tant que je n'ai pas de concurrence…

— Dell…

— Oui, je sais. Il faut que je parle à Jane de cette maison. L'ennui, Gaucher, c'est que je ne suis pas certain qu'elle soit disposée à entendre ce que j'ai à lui dire.

Le regard allumé par l'ironie, le vieil homme rétorqua :

— Le véritable ennui, Dell, c'est que si tu ne te déclares pas très vite, tu risques de voir s'évanouir ton rêve. Est-ce que tu te rends compte ? La petite Jane, elle sort enfin de la prison où elle a été enfermée pendant si longtemps, elle a enfin le droit de se promener en ville, de faire tout ce qu'elle a envie. Alors, tu attends quoi ? qu'elle vienne te chercher, te supplier de l'épouser ? Tu crois qu'elle va rappliquer à cause de ta maison ? Compte là-dessus et bois de l'eau ! Il y a en ville des types qui ne se demandent pas sans arrêt s'ils ont l'éducation requise pour faire des avances à la demoiselle. Un de ces quatre, elle va se laisser embarquer par le plus entreprenant et…

— Non ! dit Rydell. Ils n'oseront pas.

— Dell, il faut voir les choses en face. On ne parle que d'elle, en ville. La moitié des gens — les femmes — disent qu'elle est toujours aussi collet monté. L'autre moitié — les hommes

— disent qu'elle est à croquer. Les volontaires pour la croquer ne vont pas manquer.

— Ah, oui ?

— Oui. Et si j'étais toi, j'aurais l'œil sur elle.

— A quoi ça me servira si elle ne veut pas de moi ? soupira Rydell.

— Ne sois pas timide ! Fonce ! Déclare-toi !

— Vous croyez ?

— Mais bien sûr que je le crois, bougonna Gaucher. Les femmes, c'est comme les chevaux. Il faut qu'elles connaissent bien ceux qui veulent leur mettre la selle sur le dos.

— C'est sans doute un excellent principe, répondit Dell, mais il se trouve que je ne veux pas mettre une selle sur le dos de Jane. Ce que je veux… c'est qu'elle me veuille.

Gaucher haussa les épaules.

— Tu n'iras pas loin avec des idées pareilles. Enfin, tu fais comme tu veux… Ne lui montre pas ta maison tout de suite si tu penses que c'est mieux, mais essaie au moins de la distraire, de l'amuser pour l'intéresser à toi. Tiens ! De mon temps, on jouait de la guitare sous les fenêtres des filles et…

— Il y a bal samedi prochain, chez Olaf Jensen. J'ai l'intention d'y aller avec Jane.

— Tu l'as invitée ?

— Je *vais* l'inviter.

— Quand ?

Pour ne pas avoir à subir un véritable interrogatoire, Rydell changea de sujet :

— Il fait soif. Vous ne trouvez pas ?

Il ôta son chapeau et en frappa la croupe de sa monture qui se lança au galop et dévala la colline en direction de la ville. Pris au dépourvu, Gaucher ne tarda pourtant pas à le rattraper, puis à le dépasser en lui criant au passage :

— Le dernier à la Chope d'Argent paie la tournée !

14.

Jane travaillait sur sa machine à coudre quand Rydell Wilder entra dans la boutique. En dépit du petit coup au cœur que lui donna cette arrivée inattendue, elle réussit à garder un ton de voix neutre, comme détaché, vaguement ennuyé. Odélia lui avait conseillé d'être « simplement honnête avec cet homme », mais l'honnêteté n'impliquait pas qu'elle dût lui révéler le trouble qui la saisissait en sa présence, n'est-ce pas ?

— Oh, dit-elle donc avec un calme très étudié. C'est vous.

Elle pencha la tête pour se remettre à sa couture. Mais comme elle avait soudain les mains moites et tremblantes, il lui était devenu plus difficile de conduire le tissu sous l'aiguille. En plus il régnait une chaleur étouffante et, circonstance aggravante, elle n'avait pas cessé son travail vers midi pour se restaurer. Elle se sentait donc un peu faible, la tête lui tournait.

Ayant porté son regard dans toutes les directions, sans doute pour trouver un siège qui n'existait pas, Rydell dit :

— Vous êtes occupée ?

— Bien sûr que je suis occupée ! Une grande fête se prépare et je dois finir de coudre cette robe aussi vite que je peux.

— Pour vous ?

— Non, pas pour moi, dit Jane en haussant brièvement les épaules. Pour une cliente. Comment pourrais-je rentabiliser ma boutique si je m'amusais à faire des robes pour mon usage ?

— Donc, vous avez une cliente ?

Elle se mordit la lèvre et répondit, avec réticence :

— Oui… enfin, non… pas encore. Mais j'en aurai une dès que j'aurai exposé cette robe.

D'un geste, elle désigna, devant la fenêtre, le mannequin encore vêtu de quelques tabliers et ajouta :

— Comme vous pouvez le constater, monsieur Wilder, je n'ai pas de temps à perdre. Mais vous avez peut-être quelque chose à me demander ?

— Eh bien, oui…

Le banquier fit porter son poids d'une jambe sur l'autre, plusieurs fois, ce qui lui donna l'air d'exécuter une danse pataude. Puis il s'appuya d'une épaule contre le chambranle de la porte, croisa les bras, toussota et reprit :

— J'ai une question à vous poser.

Jane se pencha davantage sur le morceau de batiste qu'elle offrait aux piqûres de l'aiguille.

— Je vous écoute…

— Il fait chaud, cet après-midi, n'est-ce pas ?

— Oui.

— Vous avez soif ?

— Oui.

— Accepteriez-vous de m'accompagner chez Jensen, samedi soir ?

Jane ne put s'empêcher de sourire. Quel stratagème indigent ! Rydell Wilder avait-il escompté, sérieusement, qu'elle lui donnerait un troisième « oui » machinal, qui l'engagerait ?

— Non, se fit-elle un plaisir de répondre. Depuis que je suis dans le commerce, je n'ai plus de temps à perdre dans les mondanités. J'ai l'intention de travailler samedi toute la journée, afin de terminer une autre robe que j'ai en projet.

— Le bal, c'est le soir.

— Le soir, je serai fatiguée. Je me coucherai tôt.

— Vous savez qu'Olaf Jensen joue très bien du violon ? Chaque fois qu'il donne un bal, on vient des quatre coins du comté pour l'entendre.

— Je suis contente pour lui, mais il ne faudra pas me compter au nombre des admirateurs de ce monsieur.

— Tout le monde apporte des gâteaux, des tartes… Tout le monde danse, bien sûr. Ceux qui savent apprennent aux jeunes qui viennent pour la première fois. Les petits s'amusent, et quand ils n'en peuvent plus, ils dorment dans le foin.

— Cela m'a l'air très sympathique. Pourtant, je n'irai pas.

— Les dames mettent leur plus belle robe et…

— Encore une fois, merci de m'inviter, mais…

Des robes ?

Des robes…

Des robes !

— Jane ?

— Mmm…

— Me ferez-vous l'honneur de m'accompagner ?

Jane accorda un long regard au jeune homme qui se tenait devant elle, attendant sa réponse avec anxiété.

Elle l'accompagnerait.

Il ne trouverait pas à redire si elle prenait avec elle son carnet de croquis ?

Enfin elle était terminée, la robe en batiste bleue. L'ayant repassée avec soin pour bien faire gonfler les volants, Jane en revêtit le mannequin. Puis elle recula de quelques pas pour juger sa création. Sans modestie, elle la trouva remarquable, parfaite ! Elle n'avait pas lésiné sur la dentelle de Valenciennes, qui, ruisselant sur le corsage et sur les manches, donnait à l'ensemble une légèreté exceptionnelle.

Et voilà que, déjà, s'approchaient deux dames ; deux clientes potentielles ! Dissimulée derrière sa porte ouverte, le cœur battant, Jane attendit leurs commentaires.

— Evie, regardez ! Cette robe n'est-elle pas adorable ?

Celle qui était apostrophée ainsi répondit à voix si basse que Jane ne put en saisir un traître mot. Puis elle entendit ensuite :

— C'est peut-être vrai, ce que vous dites, mais je m'en moque ! Tout ce que je vois, moi, c'est que…

Le regard de Jane fut attiré par un mouvement de l'autre côté de la rue, et elle vit que Marie Deux-Chapeaux approchait à vive allure, les yeux fixés sur la robe en batiste bleue ; et parvenue à la vitrine, elle énonça d'une voix forte :

— Joli.

— Ah, permettez ! protesta Laetitia Price. Je l'ai vue la première.

L'Indienne l'ignora et demanda à la cantonade :

— Combien ?

Jane jugea qu'elle ne pouvait pas se soustraire plus longtemps à ses obligations de commerçante. Sortant de sa cachette, elle parut sur le seuil pour répondre :

— Quatre dollars.

D'un mouvement vif, Laetitia Price entra dans la boutique. Elle ouvrit son réticule, en tira quatre billets verts qu'elle plaça dans la main de Jane, et, sans un mot, montra la robe bleue qu'elle venait de souffler à sa concurrente. Puis, attendant son paquet, elle se tourna vers son amie restée dehors et lui annonça triomphalement :

— Je serai la plus belle pour aller danser.

— Venez donc, Letty, soupira Evangéline. Vous vous donnez en spectacle.

Laetitia reçut son paquet. Les deux amies s'éloignèrent en soutenant une conversation animée.

Jane se tourna vers Marie Deux-Chapeaux. D'une petite grimace et d'un léger haussement d'épaules, elle lui manifesta ses regrets. Avec un large sourire, celle-ci répondit :

— Robe pas faire femme jolie si femme pas jolie de l'intérieur.

Elle bomba la poitrine qu'elle se frappa du poing et ajouta, l'air avantageux :

— Moi jolie de l'intérieur.

Jane approuva d'un hochement de tête. Odélia avait une formule à peu près semblable. Comment disait-elle, déjà ? Ah oui : « La véritable beauté est celle de l'âme. »

Bordé de multicolores lampions, le chemin donnait l'impression de conduire à un château de contes de fées plutôt qu'à la ferme d'Olaf Jensen. Il suffisait d'un tout petit peu d'imagination, que stimulaient encore le ciel constellé et le parfum entêtant du chèvrefeuille.

Quelle splendeur ! Il était impossible de ne pas évoquer Montclair.

Seule différence, et notable : l'odeur de foin, de plus en plus forte à mesure qu'on approchait, ruinait peu à peu l'enchantement.

Jane entra dans la grange dont la double porte était grande ouverte. L'âcre fumée de tabac lui arracha une petite grimace de déplaisir et la remit dans la réalité. Le souvenir de Montclair s'évanouit.

Elle regarda autour d'elle, vit qu'il y avait là beaucoup d'hommes, rassemblés le long des parois, les mains dans les poches. D'autres, un verre à la main, s'agglutinaient autour d'une barrique en perce qui ne contenait sûrement pas de l'eau. Les hommes étaient tranquilles.

Les femmes s'agitaient. Elles s'occupaient de la longue table préparée au fond de la grange, sur laquelle elles disposaient les plats de cochonnailles, les gâteaux et les tartes, les fruits, bref toutes les nourritures qu'elles avaient apportées afin que les danseurs ne mourussent pas d'inanition au bout de la nuit. Elles couraient aussi derrière les gamins trop turbulents, pour les calmer. Avec leurs robes amples voletant autour d'elles, elles ressemblaient, aux yeux de Jane, à de gros insectes affairés.

A tant se démener, elles devaient être dévorées par la soif. Que buvaient-elles ? se demanda Jane qui chercha des yeux, sans les trouver, les pots de limonade et de thé froid où elle eût volontiers puisé pour son propre usage.

Rydell Wilder lui prit le coude. Elle sursauta, ce qui le fit rire. Il lui murmura à l'oreille :

— Vous n'avez pas peur de moi, n'est-ce pas ?

— Certainement pas ! répondit-elle très vite, trop vite.

Les mains croisées devant elle, elle se mit en mouvement pour se promener un peu. Jamais, lui semblait-il, elle n'avait eu l'occasion de voir autant de monde rassemblé en un lieu ; même pas à Montclair ; même pas à la gare de Saint-Louis, pourtant étourdissante de presse et de bruit.

Odélia et Moïse Freeman, qui lui servaient de chaperons, la suivaient pas à pas comme ils le devaient, ce qui ne les empêchait pas de roucouler. Des bribes de leur conversation parvenaient à Jane : « … tout ira bien… pas de souci à se faire… M. Rydell… » Ils prenaient leur rôle très à cœur.

Contrairement à ce qu'elle venait d'affirmer si hautement, Jane était… apeurée, non, mais intimidée, très intimidée, à cause de tous ces gens qu'elle ne connaissait pas et dont beaucoup la dévisageaient avec une insistance gênante mais lointaine ; par dédain ou à cause d'une réserve aussi paralysante que la sienne. Elle avait les mains moites et la sueur perlait à ses tempes.

Les grincements d'un violon qu'on accordait déchirèrent soudain le brouhaha. Les rires fusèrent, les lazzis aussi. Mais à ce signal les couples déjà se formaient sur le plancher installé au centre de la grange, ils prenaient position pour la danse inaugurale.

Jane n'avait pas souvenir d'avoir jamais constaté une telle bonne humeur dans les quelques rassemblements auxquels il lui avait été donné d'assister dans le comté de Marion. Ici les gens étaient plus… directs, moins… formalistes. En bref, ils ne faisaient pas de manières. Déficit de civilisation, comme l'avait longtemps pensé Jane ? Certainement pas. Il fallait amender ce jugement sévère et injuste, parler plutôt de simplicité de bon aloi.

Le violoneux, qu'accompagnait un guitariste, avait choisi de commencer par un quadrille. C'était donc lui, Olaf Jensen, ce géant à la crinière blonde qui dodelinait de la tête au rythme de sa musique. Doué d'un incontestable talent, il agrémentait de fioritures très élaborées une mélodie si entraînante que les auditeurs ne tardèrent pas à frapper dans leurs mains pour marquer le tempo. Bientôt un homme monta sur une caisse et, d'une voix de stentor, se mit à scander les indications des mouvements que devaient exécuter les danseurs.

— Faites tourner votre cavalière, promenade, promenade ! Faites tourner votre cavalière, maintenant saluez !

Rydell Wilder chuchota à l'oreille de Jane :

— Des fourmis dans les jambes ?

Pas tellement : c'était si compliqué ! Les couples se formaient et se désunissaient, les messieurs et les dames formaient deux cercles concentriques ou deux lignes parallèles qui éclataient bientôt, les danseurs se retrouvaient alors par quatre pour exécuter des figures complexes, toujours renouvelées au gré du maître de cérémonie dont l'imagination semblait inépuisable. C'était très différent du quadrille écossais tel qu'on le pratiquait dans le comté de Marion, chorégraphie certes très élaborée, mais codifiée, avec un ordonnancement que chacun connaissait. Il n'y avait donc pas de surprises. Ici, il fallait obéir, sur-le-champ, à des injonctions formulées dans un langage énigmatique, pour ne pas dire ésotérique.

— Jane ? insista Rydell Wilder, en lui passant le bras autour de la taille.

— Je ne saurais pas, murmura Jane. Je n'ai jamais rien vu de semblable. Je n'y comprends rien.

— C'est normal : personne ne comprend, au début. Mais pour les dames, il suffit d'avoir un partenaire et de se laisser conduire. Vous verrez, c'est plus facile qu'il n'y paraît.

— Oh, non, franchement, je n'ose pas me lancer.

Odélia, elle, avait osé. Cornaquée par Moïse Freeman, à qui elle obéissait au doigt et à l'œil, elle évoluait sur la musique avec une facilité déconcertante. Elle marchait, gambadait, sautillait, elle virevoltait si vite que sa robe, se soulevant en cloche, révélait une bonne partie de son jupon blanc ; tout cela sans cesser de sourire à son cavalier, qui la couvait d'un regard ému.

Est-ce qu'il l'aimait ?

Sûrement ! Un homme n'avait pas ces yeux-là pour une femme s'il n'éprouvait pas pour elle des sentiments très forts…

Pourtant, Odélia n'est arrivée à Dixonville que depuis une dizaine de jours !

Quel événement avait-il pu, en si peu de temps, rapprocher ces deux êtres ?

Troublée, Jane détourna le regard.

Elle aperçut un monsieur aux cheveux tout blancs, mais dont la forte carrure disait assez qu'il avait travaillé durement toute sa vie et qu'il avait encore des forces malgré son grand âge. Il entraînait, dans une valse étourdissante, une dame rondelette qui fermait les yeux ; à coup sûr son épouse légitime… Ce n'était pas une valse que jouait le violoneux mais ces deux-là avaient décidé de valser et ils valsaient, le sourire aux lèvres. Sans doute n'écoutaient-ils même pas la musique. La femme avait glissé une main sous la veste de son compagnon et lui, il tenait l'autre main et l'appliquait sur son cœur.

Emue aux larmes, Jane baissa les yeux. Elle soupira :

— Monsieur Wilder, allez donc danser sans moi. Je préfère regarder. J'ai apporté mon carnet de croquis et…

— Votre carnet de croquis ? Vous avez l'intention de faire tapisserie jusqu'au matin, en faisant vos petits dessins ?

— Pas toute la nuit, non.

— C'est la première fois que vous venez à une fête de Dixonville. Vous avez bien l'intention de participer, tout de même ?

— Oui, mais pas pour le moment.

— *Pas pour le moment*, répéta Rydell Wilder, frustré. Qu'est-ce que cela signifie, « pas pour le moment » ? « Plus tard ce soir » ou « La prochaine fois peut-être » ? Jane, pardonnez ma franchise, mais il faut que je vous le dise : vous êtes très en beauté ce soir, vous me plaisez et j'ai envie de danser avec vous. Voilà !

Cette déclaration enflammée affola le cœur de Jane mais suscita quelque doute. Elle portait une robe jaune paille, en basin de fil et de coton, taillée dans une ancienne robe de sa mère, une robe du matin, quelque chose de très simple donc… Rydell Wilder la trouvait jolie, cette robe. Alors peut-être qu'elle aussi, par voie de conséquence ?

— Cela signifie : « Plus tard peut-être », murmura-t-elle, le cœur battant si fort qu'elle n'entendait plus que lui.

Elle temporisait et s'en rendait fort bien compte. Lui, n'était sans doute pas dupe. Ce qu'il ne savait pas, c'est que son compliment l'avait tourneboulée et qu'elle avait besoin d'un peu de temps pour se remettre.

En outre, elle appréhendait de danser avec lui. Trop de sentiments forts et divers l'envahissaient quand il la prenait dans ses bras.

Sans un mot, Rydell Wilder l'accompagna vers un coin de la grange où une longue planche, posée sur quelques balles de foin, constituait un banc de fortune. Il sortit son mouchoir pour en épousseter une portion qu'il offrit à Jane.

Sans un mot, elle s'assit.

Il partit, se fondit dans la foule, mais revint quelques instants plus tard avec un verre de cidre.

Jane le remercia d'un hochement de tête. Elle trempa ses lèvres dans le cidre, posa le verre à côté d'elle, sortit son carnet de croquis.

Sur la piste de danse, un homme cria en agitant le bras :

— Eh ! Dell ! Je suis tout seul avec mes deux femmes. Tu viens faire le quatrième ?

Jane joignit sa voix à cette requête.

— Allez-y. Je vous en prie. Cela ne me dérange pas de rester seule un moment.

Il se pencha vers elle.

— D'accord, mais vous m'attendez. La prochaine valse, vous la danserez avec moi.

Elle regarda s'éloigner sa haute silhouette élégante, que la foule des danseurs absorba. Elle vit encore sa tête parce qu'il était d'une taille supérieure à la moyenne, mais bientôt il disparut tout à fait. Elle était seule.

Pour se donner une contenance, elle reprit son verre de cidre dont elle but quelques gorgées. Puis elle observa les robes autour d'elle et dessina plusieurs détails intéressants. Elle but encore, vida son verre. Elle se remit à son travail et remplit très vite six pages de carnet.

Puis Odélia arriva près d'elle. La respiration courte, elle se laissa tomber sur le banc à côté de Jane.

— Moïse est allé voir comment se porte ta maman. J'en profite pour me reposer un peu et, crois-moi, j'en ai bien besoin.

Jane attendit que sa servante eût retrouvé une respiration à peu près normale.

— Odélia ?

— Oui, mon enfant ?

Jane se mordit la langue. Pouvait-elle poser une question pareille ? Elle avait envie de savoir mais répugnait à prononcer les mots nécessaires.

Après un moment de silence, Odélia reprit :

— Toi, ma petite, tu as une idée derrière la tête.

— Non…

— Ne me raconte pas d'histoires. Je te connais comme si je t'avais faite et je sais quand tu as des soucis.

Jane ne répondit pas. Sur une page blanche de son carnet, elle dessinait des carrés et des ronds.

— Laisse-moi deviner, proposa Odélia. Tu veux savoir ce que cela fait de danser avec un homme, n'est-ce pas ? Tu attends que M. Wilder t'invite et tu te demandes…

— Je ne veux pas danser avec lui !

La grande main noire d'Odélia se posa sur l'épaule de Jane.

— Bien sûr que tu ne veux pas danser avec lui ! dit-elle en riant. De la même façon, tu ne voudrais pas monter un cheval dont tu ne serais pas sûre. Tu as peur d'avoir le cœur brisé. Rencontrer l'amour, c'est quelquefois aussi effrayant que d'apercevoir un fantôme dans un vieux cimetière.

— L'amour ! s'exclama Jane. Tu n'as que ce mot-là à la bouche. Il ne s'agit que de danser, Odélia ! Et danser, c'est comme jouer au whist, ou faire une partie de croquet… On a besoin d'un partenaire, mais n'importe lequel convient et cela n'engage à rien. Tu ne crois pas ?

Odélia haussa les épaules et leva les yeux au ciel.

— Qu'est-ce qu'il ne faut pas entendre ! *Jouer au whist ou au croquet* ! Tu veux que je te dise, ma petite ? Danser avec un homme… particulier, un homme… intéressant — tu vois ce que je veux dire ? — c'est comme faire l'amour avec lui.

— Odélia !

— Ne prends pas cet air effarouché, ma petite ! Comment crois-tu que tu es venue au monde ? Ton papa et ta maman, ils se sont rencontrés, peut-être à un bal comme celui-ci. Ils se sont plu, ils se sont aimés et peu de temps après, tu poussais ton premier cri. Moi, je me demande des fois si la danse n'a pas été inventée par Dieu pour rappeler à ses créatures qu'elles sont sur terre afin de se multiplier.

Passant sur ces conceptions théologiques audacieuses, Jane soupira :

— J'ai peur de danser avec Rydell Wilder.

Voilà, elle l'avait dit. Ce secret, elle avait voulu le garder pour elle, mais les mots s'étaient, pour ainsi dire, échappés de sa bouche. Au fond, elle n'en était pas fâchée, parce qu'un poids énorme tombait de ses épaules.

Odélia se balança d'avant en arrière. Elle sourit. Puis elle répondit :

— C'est parce que M. Wilder, il n'est pas comme les autres.

D'un ample geste du bras, elle désigna la foule des danseurs et des spectateurs, puis reprit :

— M. Wilder, c'est le seul qui compte pour toi, ici. Tu ne vois que lui.

Jane sursauta comme sous un coup d'aiguillon. Elle protesta avec véhémence.

— Odélia, tu dis n'importe quoi ! Il ne me fait ni chaud ni froid. En plus, je te rappelle que c'est un Yankee.

Odélia se pencha pour ramasser le verre tombé par terre.

— Un Yankee ? La belle affaire ! Si tu l'aimes, qu'est-ce que ça peut te faire qu'il ait porté une tunique bleue ?

— Pour la dernière fois, Odélia, je ne l'aime pas. Je ne l'ai jamais aimé et je ne l'aimerai jamais.

Sur le carnet, les carrés et les ronds devenaient de plus en plus noirs.

— Donc, tu ne l'aimes pas, murmura Odélia.

— Ah ! tu l'as enfin compris.

— Et tu as pris soin de choisir une jolie robe pour bien montrer à tout le monde à quel point tu n'aimes pas ce monsieur.

Les lèvres serrées, Jane compta jusqu'à cinquante.

— Odélia ?

— Oui.

— D'où vient que tu saches tout sur tout ?

— Parce que je suis une femme.

— Moi aussi.

— Non, mais bientôt tu le seras.

15.

Jamais Rydell n'avait trouvé le temps aussi long en dansant le quadrille. Il avait hâte d'entendre plaquer l'accord final. Dansant comme un automate, souriant de façon mécanique aux dames qu'il croisait dans l'exécution des figures, il avait l'esprit ailleurs.

Il n'avait jamais manqué de femmes disposées à entrer dans son lit. Sans se vanter, il avait même plutôt l'embarras du choix. Courtiser, c'était très différent et plus difficile.

Jane s'était laissé embrasser dans la salle de classe, le 4 Juillet, mais depuis, elle préférait rentrer chez elle au bras de Gaucher Springer. Elle avait accepté de venir passer la soirée chez Olaf Jensen, mais elle ne voulait pas danser.

Avec les femmes, toutes les autres femmes, les difficultés n'existaient pas ou alors, elles s'aplanissaient très vite.

Avec Jane, c'était un pas en avant, deux pas en arrière.

Qu'est-ce qui ne va pas ? Qu'est-ce que je fais mal ?

Le violon s'éteignit, le maître de cérémonie annonça une pause permettant à chacun de se restaurer ou de boire un bon coup de cidre. Rydell prit congé de ses compagnons de quadrille et sortit dans la nuit. Il éprouvait le besoin de se rafraîchir l'esprit comme le corps, afin de se remettre — si possible — les idées en place. Cependant, il ne s'éloigna pas de la porte, afin de pouvoir rentrer très vite à la première valse. Marchant de long en large dans l'herbe déjà humide de rosée, il s'appliqua à réfléchir.

Olaf Jensen reprit du service et donna vingt quadrilles d'affilée, peut-être trente. Les cordes de son violon n'étaient pas moins tendues que les nerfs de Rydell.

Jane posa son crayon et agita ses doigts engourdis en scrutant la foule. Laetitia Price paraîtrait-elle ? Elle commençait à en douter sérieusement. Voilà maintenant plus d'une heure qu'elle attendait la jolie demoiselle blonde, en espérant qu'elle porterait la robe en batiste bleue ; en l'espérant, mais en le redoutant aussi.

Que penseraient de sa création les dames de Dixonville ?

Le style n'en était-il pas trop simple ? N'y avait-il pas trop de dentelle autour du col et sur les manches ? C'était peut-être un peu chargé… Jane avait mis, dans cet achat de dentelle, les cinquante *cents* qui lui restaient, et pour cette somme elle avait même obtenu de Rafe Mercer le double de la longueur prévue, à cause d'une légère imperfection qui en amoindrissait la qualité. Eh bien, elle avait tout cousu sur la robe en batiste bleue ; tout !

Un quart d'heure, encore, passa. Odélia caressa l'épaule de Jane et se leva pour aller rejoindre Moïse Freeman qui, tout juste revenu de la maison au sommet de la colline, lui faisait signe de le rejoindre pour une dégustation de tartelettes aux cerises.

— A voir son air, dit-elle avant de s'éloigner, je suppose que ta maman va bien. Tu veux que je te rapporte une tartelette ?

Jane secoua la tête. Trop de nœuds dans l'estomac. Elle n'avait pas faim.

Pour tromper son anxiété, elle focalisa son attention sur ce qui se passait autour d'elle. Quatre petites filles en tablier blanc amidonné chipaient des biscuits puis se glissaient sous la table où les attendaient trois chenapans guère plus âgés qu'elles… La gentille dame aux cheveux gris, celle qui lui avait tendu une assiette au pique-nique du 4 Juillet, lui adressait de loin un signe amical… Par petits groupes, les hommes sortaient de la grange quand ils voulaient fumer, puis ils rentraient pour se réapprovisionner en cidre…

Quelques adolescentes, assemblées en un petit cercle, échangeaient des confidences, partaient d'un rire strident puis reprenaient leur conciliabule, que quelques hommes — pères et grands-pères — interrompirent pour leur faire danser un quadrille. Jane fit la moue : où étaient les jeunes gens de leur âge ? Ils ne savaient donc pas danser ? Dans le comté de Marion, les garçons arrivant à l'âge d'assister aux bals avaient derrière eux quelques années de leçons à l'académie de miss Poppy. Les différentes sortes de quadrille n'avaient aucun secret pour eux et ils savaient inviter les jeunes filles dans les formes…

Jane soupira. Qui n'avait pas connu le Sud avant la guerre de Sécession ne savait pas ce qu'était le bonheur de vivre… Puis elle se redressa et serra les dents. Elle n'allait pas se lamenter, une fois de plus ; pas ce soir. Elle avait du travail, une réputation de couturière à établir.

Elle aperçut Rydell Wilder qui dansait. Sans y penser vraiment, elle le suivit du regard tandis qu'il faisait passer une dame sous son bras et l'abandonnait, prenait les deux mains de la suivante et avec elle exécutait un tour complet de la piste de danse. Non seulement il ne commettait pas de faux pas, mais il se déplaçait avec grâce, toujours dans le rythme de la musique. Il suffisait de voir le visage ravi de sa cavalière pour comprendre que danser avec lui était un véritable plaisir.

Il expédia celle-ci dans les bras d'un autre danseur, tendit les mains à la suivante. Il sourit et Jane nota les petites rides que ce sourire lui mettait au coin des yeux. Elle eut un léger pincement au cœur. Sa gorge se serra. Alors elle jugea préférable de regarder ailleurs parce que si elle continuait ainsi, elle risquait de se mettre à pleurer sans vraiment savoir pourquoi. Heureusement, la musique cessa, le quadrille était terminé.

Si Rydell Wilder venait lui demander une danse, elle la lui accorderait ; même si ce n'était pas une valse ; parce qu'il était excellent danseur et qu'avec lui elle se sentait tout à coup capable des évolutions les plus subtiles ; parce qu'il lui semblait qu'avec lui, elle ne devait avoir peur de rien.

En outre, elle éprouvait soudain une furieuse envie de se jeter dans ses bras.

Jane Charlotte, c'est une idée assez choquante que tu as là ! Comment se fait-il ?

A cause de la chaleur, sans doute ; l'atmosphère était étouffante dans cette grange immense, malgré la grande porte ouverte sur la nuit. Ou à cause de la faim ; la tête lui tournait un peu et si elle n'y remédiait pas, elle risquait de divaguer plus gravement. Elle avait eu tort de refuser la tartelette aux cerises proposée par Odélia. Où était-elle, celle-ci ?

Un mouvement de foule attira l'attention de Jane, qui se redressa pour mieux voir. Mon Dieu, c'était Laetitia Price qui faisait une entrée remarquée, éblouissante dans la robe en batiste bleue, et finalement il n'y avait pas trop de dentelle.

C'est debout que Jane suivit la progression de la demoiselle blonde. Echangeant de menus propos et riant avec le groupe compact de ses admirateurs, celle-ci parvint au centre de la piste de danse et là, elle pirouetta pour faire gonfler sa robe. Les « Oh ! » et les « Ah ! » fusèrent de toutes parts.

Miss Laetitia Price était sans conteste la plus jolie femme de la soirée ; grâce, en grande partie, à la robe en batiste bleue, ornée de dentelle.

Le cœur gonflé de fierté, Jane chercha le regard de Rydell Wilder. Il avait disparu. Dépitée, elle se mordit la lèvre. Il fallait qu'il vît sa création ; qu'il comprît qu'elle était en passe de réussir dans son métier de couturière parce qu'elle avait le talent nécessaire et que, partant, elle serait bientôt en mesure de lui rembourser ses trois cents dollars.

Laetitia aussi portait le regard de tous côtés. Elle aussi semblait chercher quelqu'un. Contrariée, elle en perdit un moment son sourire. Puis elle se tourna vers Evangéline Tanner qui arrivait derrière elle et bras dessus, bras dessous, les deux amies s'en allèrent vers la table, en quête d'un rafraîchissement.

Fascinée, Jane observa comment la jolie blonde se plaçait à un endroit stratégique, légèrement surélevé. Ainsi pouvait-on l'apercevoir de partout. Elle prit un verre de cidre parmi tous ceux qui lui étaient offerts et y trempa ses lèvres. Son regard restait très mobile. Elle attendait.

Ayant raccordé qui son violon, qui sa guitare, Olaf Jensen et son acolyte se remirent à jouer avec un entrain renouvelé. Les quadrilles écossais ou non et les pas de deux s'enchaînèrent. Les musiciens ne transpiraient pas moins que les danseurs. Accaparée par ses soupirants, Laetitia Price n'avait pas un instant de répit.

Jane observait, essayait de mémoriser les pas, les évolutions.

Enfin vint le moment de la valse, une mélodie si langoureuse, si lancinante que Jane sentit son cœur fondre et les larmes lui monter aux yeux, comme si elle était l'héroïne de ce morceau dont elle connaissait les paroles : « Je peux dormir car mon amoureux veille sur moi… »

Son émotion ne lui interdit pas de voir Rydell Wilder, qui revenait de dehors et se dirigeait droit vers elle.

Il arrivait près de Jane quand Laetitia, qui semblait surgie de nulle part, lui glissa sa main sous le bras. Il tourna la tête vers elle, sourit, prononça quelques paroles dont Jane saisit des bribes : «… plus tard… très belle robe… » Laetitia traduisit son ravissement par un rire de gorge.

Par-dessus sa tête, le regard de Rydell s'accrocha à celui de Jane.

Jane se leva.

Rydell se défit des doigts accrochés à sa manche et s'avança.

Comprenant qu'elle était délaissée au profit d'une autre, Laetitia blêmit. Son sourire se changea en un vilain rictus. Les poings sur les hanches, dans une attitude assez vulgaire, elle interpella l'homme qui la quittait.

— Quoi ? Cette nippe, tu la trouves belle ? C'est une petite chose sans intérêt.

Jane eut l'impression qu'une lance lui perçait le cœur. La nausée la prit. Elle vacilla.

Rydell ouvrit les bras, elle s'y laissa tomber. Il l'enlaça. Elle lui plaça sa main gauche sur l'épaule.

— Elle a tort, dit-elle d'une voix saccadée. C'est une malapprise et en plus, elle a tort. Sa robe est très belle. C'est moi qui l'ai faite.

Tandis qu'il l'entraînait, à petits pas, vers la piste de danse, Rydell murmura, rêveur :

— Il y a une chose que je n'ai jamais comprise chez certaines femmes : comment peuvent-elles paraître si douces alors qu'elles sont venimeuses comme des serpents ?

Jane serrait les dents. Non, elle ne pleurerait pas ; pas ici, alors que tout le monde la regardait. Elle leva la tête, s'obligea à soutenir le regard de Rydell.

Quand elle se crut en état de parler, elle répondit.

— Elle est déçue, je crois.

— C'est possible.

— C'est de vous qu'elle parlait, l'autre jour, au bazar. L'an passé, vous et elle…

— C'est sans importance, vraiment.

Il y eut un silence, que Rydell rompit.

— C'est une très belle robe, Jane.

— J'étais si contente de pouvoir montrer à tout le monde ce que je sais faire, soupira-t-elle. Je pensais qu'ensuite j'aurais beaucoup de commandes. Il faut que je réussisse dans mon métier de couturière.

— Ce n'est pas nécessaire, Jane. Vous le savez, n'est-ce pas ?

— Je veux réussir. Il le faut. Au début, il s'agissait pour moi de trouver un moyen de subsistance, mais maintenant… maintenant, je suis fière de constater que je peux créer de jolies choses, avec mes mains. Cela me rend heureuse.

Les bras de Rydell se resserrèrent sur elle.

— C'est bien ce que je craignais, dit-il. J'espérais que votre entreprise connaîtrait de graves difficultés et que, lassée, vous abandonneriez vite. Mais il y a certaines réalités qu'un homme ne peut pas combattre.

— Quelles réalités ? De quoi parlez-vous ?

Rydell prit son temps avant de répondre.

— Je parle de cette réalité qui vous rend si différente ; cette réalité que vous êtes en train de découvrir en vous-même.

— Pardonnez-moi, mais je ne comprends toujours pas.

De nouveau, il fallut à Rydell une bonne minute de réflexion avant de pouvoir répondre. Il avait la voix plus grave, un peu rauque.

— Certaines femmes sont comme un lac d'eau claire, un beau jour d'été. L'homme assoiffé peut s'y désaltérer sans difficulté. D'autres femmes…

Il hésita, chercha l'inspiration en levant les yeux vers la charpente, raccrocha son regard à celui de Jane…

— Je ne sais pas exactement comment dire ce que je sais, ce que je crois savoir. Je vais essayer… D'autres femmes sont comme une rivière au plus fort de l'hiver. Cette rivière est couverte d'une épaisse couche de glace. L'homme qui s'en approche pour se désaltérer, il sait que l'eau est là, sous cette glace, mais il ne peut l'atteindre. Il doit patienter. Il doit attendre.

— Attendre quoi ?

— Attendre le printemps ; attendre que la glace, en fondant, libère les eaux vives.

— Ce que vous dites n'a pas de sens et, en plus, ce sont des propos très choquants que vous tenez là !

— Oh, non ! Ce que j'exprime là, c'est un bon sens vieux comme le monde.

Jane se cambra et leva la tête pour mieux regarder Rydell dans les yeux. Sous ses doigts elle sentait jouer des muscles qu'elle devinait puissants.

— Je ne veux pas me marier, dit-elle.

— Je sais.

— Papa était le meilleur parti de tout le comté de Marion, ce qui n'a pas empêché maman d'être malheureuse avec lui ; surtout après que nous avons quitté le Sud pour venir nous établir ici. Je l'entendais pleurer, presque toutes les nuits… Parfois, je me demande si elle ne perd pas la mémoire parce qu'elle préfère abandonner des souvenirs désagréables. Et moi, je n'ai pas envie de finir ma vie dans les mêmes conditions qu'elle.

— Oui, murmura Rydell. Je sais cela aussi.

— Avez-vous tout compris à propos de la robe portée par Laetitia Price ? Ma robe ? Savez-vous à quel point elle est importante pour moi ? Elle est la clé de ma liberté… La plupart des hommes sont des hommes bons ; on ne peut pas dire le contraire. Mais trop souvent, les femmes qui vivent en leur compagnie sont malheureuses.

Rydell se pencha et, de ses lèvres, effleura la tempe de Jane.

— Jane, il ne faut pas être si pessimiste. Un homme et une femme peuvent être amis. Vous ne le croyez pas ?

— Si… Enfin, je suppose.

— Ils peuvent être, l'un pour l'autre, des amis qui ont beaucoup d'importance… une importance particulière.

A ces propos, Jane rougit et se troubla. Elle ne comprenait pas exactement de quoi il s'agissait, mais une petite voix intérieure, enflammée, lui souffla : « Demande-lui de t'expliquer… Dis-lui de te montrer… » Etonnée de ce qui se passait en elle, elle balbutia :

— Monsieur Wilder, je ne me sens pas trop bien, tout à coup. Pourrions-nous nous asseoir ?

— Certainement…

— Merci. Je…

— Ou alors, nous pourrions… — comment dire ? — nous pourrions pêcher un peu sous la glace. Pour cela, il faudrait trouver un coin un peu plus tranquille.

— Pêcher sous la glace ?

Rydell partit d'un petit rire nerveux.

— Comment se fait-il qu'avec vous, j'ai du mal à trouver mes mots ? Avec les femmes, en général, c'est simple, mais avec vous, il me semble toujours que je prononce les mauvaises paroles au mauvais moment. J'ai toujours peur de vous importuner, voire de vous effrayer.

— M'effrayer ? s'exclama Jane. Cela ne risque pas ! Je n'ai plus peur des Yankees depuis la fin de la guerre. Pourquoi devrais-je me méfier de vous ?

En guise de réponse, Rydell lui prit le bras et l'entraîna vers la sortie en disant :

— Venez. Il faut vraiment que nous sortions d'ici.

Sans parler, il la conduisit sur le chemin bordé de lampions.

Elle apprécia ce moment de silence, moment de répit qui lui était donné. L'air de la nuit rafraîchissait sa peau, apaisait quelque peu ce bouillonnement intérieur dont elle s'expliquait mal les causes. Fermant les yeux à demi, elle inspirait à pleins poumons la brise au fort parfum de chèvrefeuille, en écoutant la musique dont l'intensité baissait peu à peu. Bientôt elle ne capta plus que le rythme marqué par les pas des danseurs.

Rydell l'invita à sortir du chemin pour marcher dans le pré.

— Il y a un saule pleureur là-bas, au sommet de cette colline. Voulez-vous y aller avec moi ?

Jane ne répondit pas. Elle s'interrogeait. Que faisait-elle là, dans la nuit, en compagnie d'un homme ? Elle se compromettait gravement. La sagesse aurait consisté à briser là, à retourner en courant dans la grange pour se jeter dans les bras protecteurs d'Odélia… et pourtant Jane suivait Rydell. Sa petite voix intérieure murmurait doucement : « Oui, il le faut… »

Les branches du saule pleureur constituaient un rideau épais auquel la grosse lune ronde donnait des couleurs de rouille. Rydell ouvrit ce rideau et, d'un geste engageant, invita Jane à entrer dans l'ombre.

— Je suppose que vous êtes souvent venu ici, dit-elle.

Cette idée la contrariait.

— Souvent, oui. Mais pas avec une femme, comme vous semblez le croire. Seul.

— Oh, je vois…

— J'y viens depuis que je suis tout petit. Enfant, je m'asseyais par terre, m'adossais au tronc et je pouvais rester là des heures, à réfléchir à mon existence, à me demander ce que serait ma vie. Ma grande question — à laquelle je n'ai toujours pas répondu, soit dit en passant — était celle-ci : que fais-je sur terre ?

— C'est une question que je me pose souvent aussi, murmura Jane. Mais vous, de quoi vous inquiétez-vous encore ? Vous l'avez, la réponse : vous avez su trouver votre place en ce monde.

— Vous le croyez vraiment ? fit Rydell d'un ton dubitatif, mais tranquille. Il faut que je vous dise encore : je me suis fixé comme règle, quand je séjourne sous mon saule pleureur, de toujours dire la vérité, à moi ou à la personne qui serait ici avec moi. Figurez-vous que ce n'est pas toujours facile.

— Je m'en doute.

Il marcha jusqu'au tronc auquel il s'adossa, et tendit la main à Jane.

— C'est pourquoi je n'ai jamais amené personne ici. Vous êtes la première. Je vous ramènerai, à condition que vous acceptiez de ne pas transgresser la seule et unique règle qui régit la vie sous ce saule pleureur. Est-ce d'accord ?

— Oui, dit-elle sans réfléchir.

Elle se demanda aussitôt si elle n'avait pas donné sa parole un peu trop vite, si elle ne regretterait pas cet accord inconsidéré. Ne s'engageait-elle pas dans un jeu dangereux ?

Certes, il ne lui déplairait pas d'apprendre des vérités sur Rydell Wilder. Il y avait si longtemps qu'il l'intriguait : d'où venait-il ? Comment avait-il réussi à fonder la première banque de Dixonville ? Les questions se pressaient déjà à ses lèvres.

Quant à se montrer pareillement honnête avec elle-même, avec lui… Pourrait-elle parler avec franchise de ses sentiments ? Sans doute pas.

N'est-ce pas parce que tu es bien incapable de les définir, tes sentiments ?

— Non ! dit-elle à haute voix.

— Vous changez d'avis ?

— Non. Oui. En fait, je ne sais pas.

Rydell rit sans méchanceté. Puis il prit les deux mains de Jane et l'attira à lui.

— Vous êtes franche, dit-il. C'est bien.

Jane ferma les yeux et écouta le bruissement mêlé de leurs respirations. Elle avait conscience de vivre un moment décisif de son existence. Ce sentiment lui procurait de l'exaltation, beaucoup d'anxiété aussi.

— Jane, murmura Rydell, à son oreille.

Elle tressaillit, frissonna.

— Oui ?

— Puis-je vous embrasser ?

— Vous n'avez pas demandé la permission, dans la salle de classe ou dans votre bureau. Pourquoi aujourd'hui ?

— Aujourd'hui, c'est différent.

Elle ne sut que répondre.

Désirait-elle ce baiser, oui ou non ?

Il lui semblait que oui…

En fait, non.

Elle désirait ce baiser parce qu'elle avait l'impression d'être projetée dans un monde merveilleux quand les lèvres de Rydell effleuraient les siennes.

Elle ne désirait pas ce baiser parce que… parce que Rydell Wilder était un Yankee ; et parce que dans peu de temps, le plus vite possible, elle s'en retournerait vers le comté de Marion ; et aussi…

Les raisons ne manquaient pas pour dire non.

Jane leva la tête et offrit ses lèvres.

Rydell la regarda avec fixité, pendant un long moment. Puis il se rapprocha, insensiblement. Quand son visage se trouva tout près, tout proche, il murmura :

— Jane ?

— Oui ?

Elle attendit, comprit, reprit :

— Oui.

La bouche de Rydell se posa sur la sienne et tout de suite les effets du baiser se firent sentir, avec beaucoup plus de force que dans les expériences précédentes. Il lui sembla que tout son corps s'amollissait, que ses os même se transformaient en caoutchouc, sans doute sous l'effet de la boule de feu qui avait instantanément explosé dans son ventre et dont la chaleur la submergeait. Et elle…

D'un seul coup, Rydell avais mis fin au baiser pour demander, d'une voix anxieuse :

— Jane, êtes-vous certaine que vous voulez ceci ?

En guise de réponse, elle posa une main sur sa nuque pour l'obliger à se rapprocher d'elle, tandis qu'elle se plaquait contre lui, et elle entrouvrit la bouche pour inviter Rydell à approfondir le baiser.

Il répondit à cette invite en gémissant. Ses mains, tranquilles jusque-là, s'enhardirent, devinrent caressantes.

Soumise à ce baiser et à ces caresses incessantes, Jane se dit qu'elle risquait de fondre pour de bon ; ou de mourir. Prise d'une fièvre extrême qui lui faisait perdre la raison — elle se demanda un moment si elle s'appelait toujours Jane Charlotte ! — elle éprouva soudain le besoin d'ouvrir le haut de sa robe pour rafraîchir son corps. Déjà ses mains agitées de tremblements se portaient sur les boutons de son corsage.

Une main de Rydell se posa sur les siennes. D'une voix oppressée, il lui dit :

— Ne faites pas cela, sinon je ne réponds plus de rien.

Elle ouvrit les yeux.

Que voulait-il dire ?

Gardant ses mains prisonnières, il reprit :

— Vous le regretteriez, plus tard.

Elle ouvrit la bouche, mais aucun son n'en sortit. Le cœur lui battait aux oreilles. Elle ne savait plus où elle en était, se demanda si elle n'était pas en train de rêver.

Une voix bien connue, venue de l'extérieur, la ramena à la réalité.

— Miss Jane, vous êtes là ?

Rydell répondit pour elle.

— Oui, Moïse. Elle est ici, avec moi.

— Odélia la cherche partout, monsieur. Elle commence à faire du raffut.

— Dites-lui de ne pas s'inquiéter, Moïse. Nous arrivons.

Tandis que s'éloignait le maréchal-ferrant, Rydell planta un rude baiser sur les lèvres encore entrouvertes de Jane, et il murmura :

— Il est arrivé à temps, ce brave Moïse. Il faut vraiment que nous y allions, maintenant…

Au moment d'ouvrir le rideau feuillu, il se retourna.

— Une chose encore, Jane ; la dernière pour ce soir.

— Oui ? dit-elle, d'une toute petite voix.

— Je vous aime. Je vous ai aimée dès la première fois que je vous ai vue.

— Mais…

— Je vous le dis, c'est tout. Cela n'a rien à voir avec ce prêt de trois cents dollars.

— Quel prêt ?

Rydell partit d'un rire joyeux. Puis il attira Jane dans ses bras et couvrit de baisers ses joues, tout son visage, ses cheveux, son cou… Et il riait, riait…

16.

A la seconde même où elle rentrait dans la grange bruyante d'Olaf Jensen, Jane prit conscience que plus rien ne serait pareil.

Elle était différente.

Elle était différente parce que, sous les branches d'un saule pleureur planté au sommet d'une colline, elle avait embrassé un homme. Elle avait partagé avec lui un long, très long baiser. Elle s'était abandonnée à des caresses qui lui avaient enflammé le corps et l'esprit. Jamais elle n'avait soupçonné qu'on pût ressentir de tels sentiments, de telles impressions.

Odélia savait ; sa mère aussi. Même tante Carrie avait dû avoir connaissance de ces réalités.

Maintenant, Jane savait. Elle ne voyait plus le monde de la même façon.

Trop aiguë, une voix féminine troubla ses méditations.

— Dell, mon chéri ! Je te cherche partout ! Où te cachais-tu ?

Laetitia Price ! Elle aussi savait, bien sûr.

Elle agrippa Rydell par le bras, l'arracha littéralement à Jane en poursuivant :

— Tu sais qu'on nous attend pour le grand quadrille ? Tu ne l'as pas oublié, au moins ?

Rydell jeta à Jane un regard où se lisaient à la fois l'amusement et la contrariété, tandis que Laetitia Price l'entraînait vers la piste où les danseurs de quadrille s'alignaient.

Luttant contre l'agacement, Jane les suivait du regard depuis quelques secondes quand Gaucher Springer se présenta à elle. Il s'inclina et demanda :

— Daignerez-vous danser avec un vieil homme ?

— Avec grand plaisir, répondit-elle en souriant.

Il lui offrit son bras et, tout en la conduisant vers la piste de danse, repartit :

— La plupart des dames ne savent pas comment danser avec un manchot : ça les déconcerte. Mais vous n'êtes pas comme la plupart des dames, alors je pense que vous n'aurez aucune difficulté.

— Certainement, dit-elle en lui tapotant la main gauche. Vous verrez que je ne manque pas d'idées.

— Je l'ai tout de suite vu. Cette robe bleue que vous avez vendue à miss Laetitia, par exemple, est la plus ravissante que j'aie vue depuis longtemps.

— Je vous remercie. Mais je ne savais pas que vous aviez des compétences dans ce domaine.

— Je n'en ai pas vraiment. Bien sûr, j'admire les dames qui portent de jolies robes, mais celle-ci, elle a quelque chose de spécial ; la robe, je veux dire… Dépêchons-nous, il s'agit de nous mettre en place pour danser.

Ils prirent place au bout de la file alors qu'Olaf Jensen et le guitariste finissaient d'accorder leurs instruments. Tout de suite le quadrille commença, sur une musique étourdissante de virtuosité. Les deux files s'avancèrent l'une vers l'autre, chaque danseur salua sa partenaire, puis tout le monde recula en cadence, sauf le couple de tête qui se dirigeait vers le centre de la piste, pour des évolutions en solo.

Jane s'abstint de les regarder. Elle n'avait pas envie de voir les mains de Rydell sur Laetitia et les regards langoureux dont celle-ci couvait celui-là. Elle préféra se concentrer sur la façon dont elle exécuterait certaines figures avec un partenaire qui n'avait qu'un bras.

Un éclair bleu passa devant elle. De nouveau les deux lignes de danseurs se rejoignirent, les couples se formèrent pour une promenade en pas chassés. Il s'agissait de passer sous l'arche que Rydell et Laetitia formaient avec leurs bras.

Le problème du bras manquant se résolut très bien. Jane n'avait qu'à garder sa main gauche posée sur sa hanche et Gaucher, marchant à côté d'elle, pouvait comme tout un chacun tendre le bras droit derrière elle pour lui prendre la main droite. Ainsi accomplirent-ils plusieurs des mouvements exigés par le quadrille — marche, circonvolutions — avec autant de facilité que les autres couples.

Jane ne tarda pas à découvrir que l'infirmité n'avait pas altéré les autres facultés de Gaucher, ni son plaisir de danser. Sérieux comme un maître d'école, il se permettait par exemple d'exécuter des doubles battements de pieds là où la chorégraphie n'en demandait qu'un. Ses talons, en s'entrechoquant à contretemps, finirent par attirer l'attention de maints jeunes danseurs qui tentèrent ensuite d'exécuter le même mouvement, mais pas avec le même succès.

— C'est un truc que j'ai appris dans la cavalerie, expliqua le vieil homme, pince-sans-rire ; de mon cheval, plus exactement.

Jane éclata de rire et se laissa entraîner dans un tourbillon, son pouce glissé dans la bretelle de Gaucher, le bras gauche de celui-ci autour de sa taille.

Gaucher l'étonna encore en ceci que, contrairement aux autres danseurs, il parlait sans arrêt. Il expliquait les mouvements à venir, donnait des conseils, indiquait à Jane les danseuses qu'elle pouvait prendre comme modèles, celles qu'il fallait surtout ne pas regarder afin de ne pas prendre de mauvaises habitudes.

Jane avait la respiration trop courte pour pouvoir lui répondre. Concentrée sur ses pas, la vision brouillée par la transpiration, elle admirait le vieil homme et se demandait où il puisait une telle énergie.

Vint le moment où les membres de chaque couple placé aux deux extrémités des lignes devaient se disjoindre, chaque cavalière allant rencontrer, au centre de la piste, le cavalier de l'autre couple. Etourdie et essoufflée, Jane s'éloigna de Gaucher en se demandant avec curiosité qui serait son éphémère partenaire.

Deux mains d'homme la saisirent à la taille avec brutalité et l'emprisonnèrent. Son nouveau cavalier portait une chemise noire et un chapeau Stetson au bandeau en peau de serpent, détails qui lui rappelaient vaguement quelque chose. La voix, rocailleuse, la mit sur la voie des souvenirs.

— Cette fois, je te tiens, ma petite !

L'étranger du pique-nique ! L'homme qui avait failli la faire mourir de peur en l'enlevant sur son cheval lancé au galop.

— Est-ce que je t'ai manqué ? souffla-t-il, l'haleine lourdement chargée d'alcool.

Dans ces conditions, il n'était plus question de danser. Jane chercha à lui échapper, mais il était bien trop fort pour elle. Il l'obligea à un tour de piste, puis la fit tourner autour de lui. Il la manipulait comme une marionnette.

Après une marche en pas chassés, il fallut exécuter un demi-tour pour revenir au point de départ, donc changer de mains. Jane sut profiter de l'occasion. D'un violent coup d'épaule elle se débarrassa de l'importun et courut vers Gaucher qui n'avait rien perdu de la scène.

— Est-ce qu'il vous a fait mal ? demanda-t-il en levant son bras unique.

C'était à eux de former le pont. Tandis que les autres danseurs commençaient à passer devant eux en courbant l'échine, Jane répondit :

— Non, je vais bien.

— Mais vous êtes pâle comme un linge.

Jane tâcha de sourire bravement. Au vrai, elle était secouée.

— Je suis plus forte qu'il n'y paraît.

Gaucher lui décocha un sourire protecteur.

Rydell et Laetitia étaient les derniers à devoir passer sous le pont. Avec une fierté qui lui permit d'oublier un peu ses émotions, Jane nota au passage que sa robe bleue accompagnait à la perfection chaque mouvement de Laetitia. *C'est la façon dont j'ai coupé la jupe*, songea-t-elle. La forme du corsage n'était pas mal non plus. Pour un coup d'essai, cette robe était un coup de maître.

A la fin du quadrille, et alors que les danseurs se dispersaient, Jane avait retrouvé l'apaisement. L'étranger n'était nulle part en vue.

Infatigables, Olaf Jensen et son acolyte attaquaient déjà un nouveau morceau : *Ma Bonnie court les océans*, une valse.

Gaucher offrit son bras unique, qu'elle accepta non sans étonnement, mais elle ne tarda pas à découvrir que la valse aussi pouvait se pratiquer avec un manchot. Elle n'avait qu'à poser sa main gauche sur l'épaule droite de son cavalier et à glisser l'autre sous la bretelle. Evidemment, elle n'était pas conduite avec toute la fermeté que nécessite cette danse, mais cette pratique était amusante à défaut d'être impeccable. De toute façon, songea Jane en observant les autres couples, personne ici ne donnait l'impression d'avoir suivi des cours à l'académie de miss Poppy.

Incapable de garder le silence, Gaucher fredonnait les paroles de la complainte et Jane ne tarda pas à l'accompagner :

— *Ramène-moi, ramène-moi,*
Oh ! ramène-moi ma Bonnie...

— C'est ça, ramène-toi ! dit la voix rocailleuse qu'elle ne connaissait que trop.

De nouveau elle se trouva précipitée dans les bras de l'homme, qui l'avait arrachée à Gaucher et prétendait maintenant l'emmener pour un tour de valse. Elle crut le mettre en difficulté en refusant de bouger, mais il la souleva et se mit ainsi à évoluer au rythme de la musique.

— Je vous ordonne de me lâcher !

Il ne daigna pas répondre et continua de tourner, de plus en plus vite, si bien qu'elle ne tarda pas à sentir les effets de la nausée. La tête écrasée contre la poitrine de l'homme, elle découvrit soudain, avec horreur, qu'il l'emmenait vers la sortie. S'il réussissait à sortir avec elle, s'il l'éloignait de la foule, de Gaucher, de Rydell...

D'une voix aussi ferme que possible, elle lança cet avertissement :

— Je vais hurler.

— Ça m'étonnerait, dit l'homme gouailleur. Tu vas crier, oui, mais de plaisir. Ensuite, tu me supplieras de recommencer.

— Je...

Elle n'acheva pas. Déséquilibré par un choc violent, l'étranger ouvrit les bras. Jane se retrouva brutalement sur le sol tandis qu'il partait en arrière. Elle faillit tomber, mais une main virile la saisit au poignet et la maintint debout.

— Je t'avais ordonné de la laisser tranquille, dit Rydell.

L'étranger repoussa en arrière ses longs cheveux noirs qui lui tombaient sur le visage. Avec un regard insolent, il répliqua :

— L'Amérique est un pays libre. J'ai le droit de danser avec qui je veux.

— Nous n'allons pas régler cette querelle ici, Lucas. Inutile de gâcher la soirée de tous ces braves gens. Je te propose donc de sortir.

Sans attendre de réponse, Rydell prit la direction de la porte, mais l'étranger le retint par la manche.

— Pas si vite ! Je suis venu pour voir la demoiselle, pas pour autre chose.

— Tu as vu la demoiselle, répliqua Rydell en se libérant d'un coup sec. Maintenant, nous allons en parler dehors.

Les traits de l'homme se durcirent. Il éructa :

— Je vais te… Et d'abord, qui es-tu pour oser me donner des ordres ?

— J'accompagne miss Davis. Je la protège.

— Elle ne t'appartient pas ! Laisse-la décider de ce qu'elle veut ou ne veut pas.

Les poings fermés, les dents serrées, Rydell avait beaucoup de mal à se contenir. Il se tourna néanmoins vers Jane qui assistait à cette scène en frémissant.

— Jane ?

Elle secoua la tête.

— Tu as compris, Lucas ? Ça te suffit ? Maintenant, allons-y.

Rydell reprit le chemin de la sortie, certain que son interlocuteur le suivrait cette fois. En effet, il ne pouvait se dérober davantage à la confrontation proposée, faute de quoi il passerait pour un lâche, il perdrait la face.

Dehors, à une bonne distance de la grange, Rydell se retourna pour déclarer :

— Je ne suis pas armé. Nous pouvons discuter ou nous battre. C'est comme tu veux.

Lucas s'approcha à pas lourds, lentement, il s'approcha si près que Rydell put voir la sueur qui perlait au-dessus de ses lèvres.

— Tu me connais, dit-il d'une voix sourde. Tu as besoin de moi. Nous avons besoin l'un de l'autre.

— Vraiment ?

— Tu ne gardes pas mon oseille dans ton coffre, peut-être ?

Rydell ne répondit pas. Il s'était attendu à une prompte bagarre, mais il paraissait que l'étranger n'était pas d'humeur combative.

— Je ne suis pas fou, dit ce dernier. Qu'est-ce que tu crois ? Je serais dingue de me rouler dans la boue avec toi.

— Vrai.

— S'il n'y avait pas la mignonne, dans la grange…

— Encore vrai. Mais tu l'as constaté toi-même : elle ne veut pas de toi. Alors, pour la dernière fois, laisse-la tranquille.

— C'est d'accord, mais à une condition.

L'index de l'étranger se planta dans la poitrine de Rydell, qui s'en débarrassa vivement mais attendit avec curiosité ce que l'autre avait à lui proposer.

Il n'avait pas affaire à n'importe qui. Lucas était un homme fier, ombrageux. Cela se voyait à sa façon de marcher, sa façon de toiser les gens, sa façon de parler… Mais Lucas était aussi un homme que Rydell n'avait pas envie de fréquenter, un homme à qui, surtout, il n'avait pas envie de ressembler. S'il ne s'était pas pris en main quand il était jeune homme, il aurait pu devenir comme celui-là.

— Quelle condition ? demanda-t-il, comme le silence s'étirait.

— Je t'apporte encore de l'argent, beaucoup d'argent, et tu le gardes dans ta banque pour moi.

Intéressant. L'idée effleura Rydell que ce client si particulier s'intéressait, au fond, plus à son argent qu'à Jane.

— D'accord.

Il se demanda alors si Lucas ne mentait pas, si cette transaction n'était pas simplement destinée à endormir sa vigilance. Que faire dans ce cas ? Demander à Gaucher et à Moïse Freeman de veiller sur Jane ; à Odélia d'accompagner celle-ci dans ses trajets de la maison à la ville et de la ville à la maison. Devrait-il lui acheter un cheval ? Sans doute, car ainsi elle serait plus en sécurité au cours de ses déplacements…

Sans parler davantage, les deux hommes rentrèrent dans la grange, chacun surveillant l'autre du coin de l'œil.

Rydell avait la conviction de plus en plus affirmée que Lucas était un homme dont il fallait se méfier.

17.

La maison était sombre et silencieuse quand Jane et Odélia gravirent les marches sous le porche. Gaucher et Moïse Freeman les avaient accompagnées jusqu'à la barrière, puis, leur devoir accompli, s'étaient séparés pour rentrer chacun chez soi, Gaucher retournant en ville — il habitait une maisonnette confortable derrière l'écurie de louage —, le maréchal-ferrant poursuivant son chemin vers la cabane qu'il avait construite en dehors de l'agglomération, à la lisière de la forêt.

— Les Yankees aiment les Noirs, murmura Odélia en le regardant s'éloigner dans la nuit. Ils nous ont donné la liberté, c'est très bien. Mais ils devraient y ajouter le droit de propriété. Ce pauvre Moïse est obligé de vivre tout seul, loin de la ville, dans une tanière, comme un animal.

Jane n'avait jamais pensé à cela. Au service de la famille Davis, Odélia vivait depuis toujours dans la grande maison. Elle avait occupé à Montclair une petite chambre attenante dans la cuisine et ici, à Dixonville, elle s'était installée dans la chambre d'amis au rez-de-chaussée. Tout à coup, Jane prit conscience que sa confidente ne possédait rien, à l'exception de quelques vêtements.

Je dormais les yeux ouverts. Je ne voyais rien ou plutôt, je ne voulais rien voir.

Dans l'obscurité du vestibule, c'est à tâtons qu'elle trouva le chemin vers le salon.

— Maman ?

— Je suis ici, Jane Charlotte.

La voix chevrotante semblait venir du sofa, la place favorite de la vieille dame.

— Maman ! Que fais-tu dans le noir ? Odélia, donne-nous de la lumière, veux-tu ?

— Tout de suite.

La servante dut retourner vers la cuisine où elle s'agita bruyamment avant de pouvoir revenir dans le salon avec une lampe qu'elle confia à Jane. Celle-ci s'agenouilla devant sa mère, dont elle scruta le visage.

— Maman ? Est-ce que tout va bien ?

— Bien sûr, ma chérie. Voilà longtemps que je t'attends. Tu te rappelles que nous devons commencer les bagages ?

Elle parlait lentement, d'une voix qui semblait lointaine.

— Faire les bagages ? murmura Jane dont le cœur s'était sans doute arrêté un bref instant.

Elle tourna la tête vers Odélia dont les yeux agrandis trahissaient une anxiété au moins égale à la sienne.

— Tu as promis, Jane. Tu as bien dit que nous retournerions dans le comté de Marion, n'est-ce pas ? J'en ai beaucoup parlé avec ton père. Il est d'accord pour dire lui aussi qu'il est temps de rentrer à la maison.

— Maman…

— Je veux rentrer à la maison, Jane. C'est tout ce que je désire au monde. Nous partirons demain matin et très bientôt je reverrai ma chère Carrie. De nouveau je pourrai respirer le parfum du jasmin. Je crois que c'est ce qui me manque le plus : le jasmin.

Le cœur serré, Jane se força à garder les yeux fixés sur le visage de sa mère, ravagé par les larmes.

— Je t'en prie, Jane, murmura-t-elle. S'il te plaît. Dis que nous pouvons partir.

Odélia tourna les talons et sortit du salon. Mais après quelques secondes elle revint pour essayer de raisonner la vieille dame dont l'esprit s'en allait.

— C'est impossible, vous devriez le savoir. Il n'y a plus rien là-bas, plus rien qu'une grande maison vide, toute branlante, peut-être même déjà par terre. Qui sait ?

Les larmes aux yeux, Jane enlaça les frêles épaules de sa mère.

— Maman, maman… si tu savais ! Je ferais tout ce qui est en mon pouvoir pour te rendre heureuse, mais…

Elle s'arrêta là, ne pouvant se résoudre à tuer l'espoir qui brillait dans les yeux bleu pâle.

— Alors, c'est vrai ? Nous irons ? Tu me remmèneras à la maison ?

Jane posa sa joue sur les cheveux gris et clairsemés.

— J'essaierai, maman. J'essaierai. Mais il va falloir patienter un peu, parce que ce ne sera pas possible dans l'immédiat.

Elle mordit son poing pour ne pas éclater en sanglots.

Ne t'avise pas de pleurer, Jane Charlotte ; surtout pas devant ta mère !

— Allez, viens, reprit-elle quand elle eut recouvré un peu de courage. Il est grand temps d'aller au lit. Je vais te préparer une tasse de lait chaud pour t'aider à trouver le sommeil.

Elle réussit à parler de choses et d'autres, d'une voix qui ne tremblait presque pas, jusqu'à ce que la servante eût emmené la vieille dame pour l'aider à monter l'escalier. Ensuite, dans la cuisine où elle s'occupa à ranimer le feu pour chauffer un peu de lait, elle donna libre cours à ses larmes.

— Si tu continues comme ça, dit Odélia arrivée derrière elle sans qu'elle l'eût entendue, c'est une tasse d'eau salée que tu vas donner à ta mère.

Elle aussi avait la voix cassée par l'émotion. Jane se retourna. Les deux femmes se regardèrent, puis tombèrent dans les bras l'une de l'autre en sanglotant bruyamment.

— Qu'allons-nous faire, ma petite ? demanda ensuite Odélia, en séchant ses yeux avec un coin de son tablier. Ta pauvre maman perd de plus en plus la tête.

C'était une question que Jane ne cessait de se poser depuis quelque temps.

— Je n'en sais rien, soupira-t-elle. Ma seule ressource, pour le moment, est de prier Dieu afin qu'Il m'envoie l'inspiration, et surtout Son aide.

— C'est de nouveau ce M. Lucas, patron, dit Josiah en jetant un coup d'œil curieux aux croquis répandus sur le bureau. Il dit qu'il veut vous voir.

Rydell se leva et se massa la nuque en réfléchissant. Ce visiteur, voilà trois jours qu'il l'attendait. Cette nouvelle confrontation, il la désirait, pour savoir — peut-être — quel tour Lucas avait dans son sac. Cet étrange client devait être surveillé comme un serpent à sonnettes.

— Ouah ! s'exclama le clerc penché sur le bureau. Vous savez que ma femme aimerait une maison comme ça ? Avec une véranda tout autour, s'il vous plaît ! Mais vous avez l'intention de... Excusez-moi, patron.

Josiah s'était empourpré, Rydell éclata de rire.

— Ça ne te vaut rien de te relever la nuit pour veiller sur ton bébé. Ta cervelle ramollit, tu perds le sens des convenances !

— Mais vous avez raison, patron, c'est merveilleux. Je veux dire : être père. Bien sûr, il faut d'abord se mar... je vous demande pardon, encore une fois. Il faut peut-être que je dorme un peu plus.

Passant devant Josiah qui lui tenait la porte pour se rendre dans la banque, Rydell se donna le plaisir de lui assener encore une petite perfidie.

— Quand tu dis que j'ai raison, c'est au sujet du ramollissement de ta cervelle, n'est-ce pas ?

Lucas attendait devant le guichet, sa haute silhouette toute de noir vêtue un peu cassée parce qu'il s'accoudait au comptoir en chêne ciré. Voyant arriver le banquier, il lui accorda, en guise de salutation, un simple hochement de tête. Il ne jugea pas utile de retirer son chapeau Stetson.

— Que puis-je faire pour toi ? demanda Rydell, froidement.

— Tu perds la mémoire ou quoi ? Je te l'ai dit l'autre jour, il me semble : j'ai de l'argent à mettre en sécurité chez toi.

— Encore ?

— Encore.

— Combien, cette fois ?

Lucas avait la même sacoche, qu'il retourna sur le comptoir.

— Dix-huit, peut-être vingt mille. Je n'ai pas vraiment compté.

Rydell scruta le regard de l'homme qui empilait ses billets. Il avait les yeux opaques, sans expression.

— Et d'où nous vient cette petite fortune ?

— Ça ne te regarde pas. Si tu veux le savoir, je te dirai que c'est de l'argent propre.

— Vraiment ? Alors, comment se fait-il que tu n'en connaisses pas le montant exact ?

Lucas se redressa. De l'index il repoussa en arrière son Stetson, puis déclara, la voix de plus en plus rocailleuse :

— Le problème, avec moi, c'est que je ne sais pas lire. Et tenir des comptes, c'est pas mon fort non plus. C'est pour ça que je suis obligé de confier mes gains à quelqu'un comme toi, instruit et tout. Moi je joue au poker, un soir dans une ville, un soir dans l'autre. C'est tout ce que je sais faire.

— Dans quelles villes joues-tu ? Et d'où viens-tu ?

— Du nord.

— Idaho ? Montana ?

— Ça se pourrait.

Ça se pourrait. Il était sans doute plus facile de creuser un trou dans les sables mouvants que d'obliger cet homme à parler. Rydell avait demandé à voir tous les avis de recherches au bureau du shérif : aucun des portraits ne ressemblait de près ou de loin à Lucas. Il fallait donc croire que celui-ci était un homme sans histoires. Mais alors, pourquoi Rydell frémissait-il de tout son être chaque fois qu'il le rencontrait ? Il persistait à penser qu'il était dangereux, pour Jane en particulier.

Comme s'il avait lu dans ses pensées, Lucas reprit, avec un sourire narquois :

— C'est à cause de la petite demoiselle que tu me fais cette tête-là ? Je t'ai dit que je ne l'embêterais plus, mais tu te demandes ce que vaut ma parole. En plus, en bon banquier, tu voudrais bien savoir d'où vient tout mon argent, hein ?

De son poing il écrasa la sacoche vide et reprit, un ton plus haut :

— Tu penses trop, Wilder. Tu te poses trop de questions. Mais tu n'as pas le choix. Tu es obligé de prendre mon argent si tu veux que j'oublie ta chérie.

En son for intérieur, Rydell pensa qu'il n'avait pas le choix, en effet ; du moins pour le moment. Passant les mains sous la grille, il attira à lui les billets de banque, les compta avec soin et rédigea un reçu pour 19 500 dollars.

— Ya pas à dire, murmura Lucas en recevant son papier, je me défends, au poker. C'est pas ton avis, Wilder ?

Rydell le fusilla du regard.

— Possible, à moins que tu ne sois un gros menteur. J'aime autant te prévenir, Lucas, je n'ai pas confiance en toi. Alors, fais bien attention où tu mets les pieds.

— Merci de me prévenir, grommela l'homme en reprenant sa sacoche. A bientôt... La prochaine fois, j'aurai peut-être une surprise pour toi.

Cette confrontation laissa à Rydell un goût amer, si amer qu'il éprouva le besoin de filer à la Chope d'Argent pour se réconforter un peu. Ensuite il sella son cheval et se rendit sur son chantier de construction. Pendant plus d'une heure, assis dans l'herbe, il observa les frères Traft qui assemblaient des éléments de charpente.

Ce serait une belle maison, bien plus belle que tant d'autres dans la région. Mais ce n'était pas ce qui comptait le plus pour lui.

L'important, c'est que je n'ai pas eu la vie misérable qui m'était promise. Normalement, quand on ne sait pas d'où on vient, quand on sait à peine qui on est, quand on n'a pas de famille et encore moins de relations, on ne devient pas banquier.

Désormais il était respecté dans cette ville qui l'avait vu nettoyer les écuries. Il pouvait se permettre de construire la belle maison qui prenait forme sous ses yeux.

Par trois fois il avait embrassé Jane. Dans ces baisers il avait mis toute l'ardeur, toute la violence des sentiments qu'il ressentait pour elle et qui ne se pouvaient exprimer par des mots.

Elle ne l'avait pas repoussé !

Pourtant, rien n'était acquis. Il pouvait encore tout perdre.

Jane ouvrit la porte de sa boutique et respira avec plaisir le parfum des étoffes neuves. La Générale Lee sortit de la corbeille à ouvrage et vint à sa rencontre, entraînant dans son sillage des fils multicolores emmêlés. Elle se pencha pour la caresser, comme chaque fois, avant de se remettre au travail.

Elle avait passé toute la matinée à couper les pièces nécessaires à la confection de deux nouvelles robes. Les chutes de mousseline verte et de satin rose jonchaient le plancher. Ce que voyant, Jane trouva bon de remettre un peu d'ordre dans sa boutique avant de se mettre à la couture, et elle attrapa le balai.

L'activité commerciale était calme depuis trois jours, et même inexistante. Jane avait espéré que, dès le lendemain du bal, les commandes afflueraient. Elle avait même imploré le Ciel qu'il lui envoyât des clientes en troupeaux serrés. Elle n'en avait pas vu une.

Seule Marie Deux-Chapeaux semblait montrer un peu d'intérêt pour son activité. Une fois par jour au moins, elle passait devant la boutique, s'arrêtait, collait son front à la fenêtre pour regarder à l'intérieur, et poursuivait son chemin.

Jane n'avait rien à mettre dans sa vitrine ; pour le moment. Demain, elle pourrait revêtir son mannequin d'une robe tout juste bâtie, à condition de ne pas perdre de temps. Elle se hâta donc de rassembler les chutes de tissu au milieu de la pièce, mais au moment où elle s'apprêtait à les ramasser pour les jeter dans la caisse à bois, la Générale Lee, surgie de nulle part, tomba sur le tas et le dispersa.

Irritée, Jane attrapa le petit animal par la peau du cou, le déposa dans sa corbeille à ouvrage, puis se remit à jouer du balai avec une ardeur renouvelée. Elle se penchait de nouveau sur l'amoncellement des chutes quand il lui sembla, vaguement, qu'une silhouette masculine passait devant la porte ouverte, en ralentissant.

Rydell Wilder, peut-être ; ou M. Lucas, l'étranger si inquiétant… Jane n'osa pas se retourner pour vérifier si l'une ou l'autre des deux hypothèses se vérifiait.

Au demeurant, personne n'entra. Dans l'un comme dans l'autre cas, c'était mieux ainsi. Jane crut devoir s'en expliquer à la Générale Lee.

— Aucun des deux ne m'intéresse. D'abord, ils sont yankees tous les deux. Ensuite, dès que je peux, je retourne dans le comté de Marion, avec maman qui se languit ici encore plus que moi. Et dans le Sud, permets-moi de te le dire, les messieurs sont beaucoup mieux élevés qu'ici.

La petite chatte, qui l'avait écoutée avec attention, pencha la tête de côté et émit un miaulement d'approbation.

— Je peux t'avouer que j'ai apprécié les baisers de ce M. Wilder ; beaucoup plus que je n'aurais dû, d'ailleurs.

Jane sentit qu'elle rougissait. Elle attrapa sa confidente et lui dit :

— Dis donc, est-ce que cela te regarde ?

La Générale Lee se mit à ronronner puissamment tandis que Jane, marchant de long en large, la caressait en se disant — elle préférait garder ces pensées pour soi — qu'elle ne devait plus songer à ces baisers si elle voulait se remettre à son travail avec efficacité.

Elle y réussit puisque, en fin d'après-midi, alors que la lumière commençait à décliner, elle terminait de border la dernière boutonnière de la robe en satin rose.

Se tournant vers la porte pour y voir un peu plus clair, elle sursauta. Evangéline Tanner était là, sur le seuil.

— Puis-je entrer ?

— Je vous en prie.

Jane piqua son aiguille dans le tissu et se leva pour accueillir la visiteuse, qui déclara :

— Il fallait absolument que je passe vous voir. Je voulais vous dire… Oh !

Surgissant de sa corbeille où elle avait sommeillé tout l'après-midi, la Générale Lee avait bondi sur les bottines de Mme Tanner et maintenant, dissimulée sous les jupons, elle était devenue invisible.

— Je ne savais pas que vous aviez un chat, murmura Mme Tanner.

Jane tomba à genoux et, du plat de la main, frappa le plancher.

— Sors de là tout de suite !

— Oh ! dit Mme Tanner en se tortillant.

— Elle adore les fanfreluches, expliqua Jane, embarrassée. Générale Lee, viens ici !

Apercevant la petite queue rousse qui sortait des étoffes, elle plongea en avant, se saisit de l'animal frétillant et, rouge de confusion, le propulsa au plus loin. A son grand soulagement, Evangéline Tanner se mit à rire.

— Comment appelez-vous cette petite bête ? Général Lee ?

— Générale, avec un « e ».

— Un nom peu commun… Mais il est vrai que vous venez du Sud, n'est-ce pas ?

Lentement, Jane se leva. Les joues lui cuisaient.

— Je suis désolée, balbutia-t-elle. Excusez-moi…

— Je vous en prie, il n'y a pas de mal. Mes bas ont peut-être souffert, mais ce n'est pas bien grave.

— Puis-je vous offrir…

Jane se mordit la lèvre. Les mots avaient fusé avant qu'elle se rendît compte qu'elle n'était pas à la maison et qu'ici elle n'avait à offrir à sa visiteuse qu'un peu d'eau tiède.

— Je vous remercie, répondit Evangéline Tanner, mais je passais simplement pour vous dire combien j'ai admiré la charmante robe bleue que vous avez confectionnée pour Letty.

Jane écarquilla les yeux et se demanda si elle ne rêvait pas tout éveillée.

— Letty… Laetitia n'est pas très portée aux compliments. Elle est comme ça. Je pense, moi, que vous avez un réel talent de couturière et qu'il faut que cela se sache. Je ne suis d'ailleurs pas la seule. Les dames présentes chez Olaf Jensen étaient unanimes pour louer la qualité de votre création.

Jane, que ces éloges mettaient de nouveau dans l'embarras, ne put que murmurer :

— Merci… merci beaucoup…

Après avoir jeté un coup d'œil sur les morceaux d'étoffe répandus sur la table, puis sur la robe presque finie que Jane avait jetée sur le tonneau lui servant de siège, Evangéline Tanner demanda :

— Que nous préparez-vous de beau ?

Sur le moment, Jane ne put se le rappeler, et il fallut qu'elle entrevît, sur sa manche, un minuscule morceau de satin rose, pour que la mémoire lui revînt.

— Oh ! Des robes pour le matin ; deux exactement ; une en mousseline verte et l'autre en satin rose. C'est celle que vous voyez là. Il faut encore que j'y couse le petit tablier blanc bordé de dentelle.

— Il faut le reconnaître : vous avez des idées. J'aimerais voir la robe en mousseline, quand elle sera terminée.

— Je ne l'exposerai pas en vitrine. Ainsi, vous en aurez la primeur.

— Je vous en remercie. Il y a fort à parier que Letty se jetterait dessus si elle la voyait la première, encore que… encore que je me demande si elle ne va pas éviter votre boutique pendant un certain temps.

— Pourquoi ? demanda Jane, fort étonnée.

— Cette question ! Comme si vous ne le saviez pas !

— Comme si je ne savais pas quoi ? fit Jane, de plus en plus intriguée.

Evangéline Tanner lui jeta un regard dubitatif, puis, convaincue sans doute que Jane ne jouait pas les ingénues, elle consentit à des révélations.

— Laetitia ne vous aime pas beaucoup, miss Davis. Elle est extrêmement jalouse. Voyez-vous, elle a jeté son dévolu sur Rydell Wilder. Or, il semble que vous ayez la préférence auprès dudit Rydell Wilder. Ceci explique cela.

— Je n'ai pas la préférence ! s'exclama Jane, avec toujours la même sincérité. Il se trouve simplement que…

Elle se creusa la cervelle pour trouver une explication plausible. Dire qu'elle préférait avoir Laetitia Price comme cliente plutôt que Rydell Wilder comme… comme quoi, d'ailleurs ? Elle regagnait le comté de Marion dès que possible ; alors… Et Laetitia Price, en achetant ses robes, devait l'aider à remplir la cagnotte du retour.

— M. Wilder et moi, nous sommes… associés.

Ce qui était vrai. Jane n'aimait pas trop raconter des mensonges.

— Ah, je vois, murmura Mme Tanner, le regard inquisiteur.

Jane chassa de sa manche le petit morceau de satin rose.

— Je vois, reprit Mme Tanner.

Jane releva la tête pour dire, avec un aplomb qu'elle trouva admirable :

— Il faudrait être très mauvaise langue pour prétendre que M. Wilder et moi sommes plus que de simples associés en affaires.

Avec un large sourire, Evangéline répondit :

— C'est donc entendu, je repasserai pour voir cette robe en mousseline… Me permettez-vous un petit conseil, avant de partir ?

— Certainement.

— Ayez l'œil sur votre… associé. Laetitia a envie de se mettre en affaires avec lui.

18.

— Enfin, Dell, tu ne vois pas qu'elle est en train de te glisser entre les doigts ? Bon sang ! C'est la première fois que je te vois aussi emprunté. On dirait un cow-boy qui se prend les pieds dans son lasso. Allez ! Bois encore un coup !

Gaucher retourna la bouteille sur le verre de Rydell, le whisky gicla.

Ils étaient, à cette heure, les seuls clients de la *Chope d'Argent*. Le tenancier, un gros homme au visage en forme de poire, à l'expression perpétuellement mélancolique, somnolait derrière le comptoir.

— Le problème, dit Rydell, c'est que je ne suis pas un cow-boy. Il n'est pas question d'attraper Jane au lasso pour la marquer au fer rouge. Ce que je veux, c'est qu'elle vienne à moi de son plein gré. Vous comprenez ?

Gaucher eut un ricanement bref.

— Tu rêves, mon gars, tu rêves. Mais si tu rêves, c'est que tu dors. Et tu devrais te réveiller, parce qu'un plus malin que toi, un vrai cow-boy celui-là, ne va pas se gêner pour te souffler la belle, sous ton nez ! Tu vois à qui je pense ? Lucas.

— Il n'osera pas, dit Rydell en hochant la tête. Et même s'il essaie, il ne parviendra pas à ses fins.

— Qu'est-ce qui te rend si sûr de toi ? On peut savoir ?

Rydell s'adossa à sa chaise, étendit les jambes.

— Comme je vous l'ai dit, je lui ai fait une faveur, à Lucas.

Nouveau ricanement de Gaucher.

— Tu veilles sur son argent ; la belle affaire ! A propos, est-ce qu'il t'arrive de te demander pourquoi il s'est adressé à toi, précisément ?

— Parce que je suis la seule banque de la région, peut-être ? C'est une bonne raison, non ?

Le vieil homme fit une moue, but une rasade de whisky et objecta :

— Moi, j'aurais plutôt l'impression qu'il a choisi Dixonville à cause de miss Jane. Si j'étais toi, je ne le perdrais pas de vue, ce client-là, parce que tu ne m'ôteras pas de l'idée qu'il a des intentions. Mais le mieux, ce serait encore que tu te places auprès de la petite, parce qu'au train où ça va, elle n'aura bientôt plus besoin de toi. Tu sais qu'elle fabrique ses robes encore plus vite qu'une poule pond des œufs ? Tu auras l'air malin si elle devient plus riche que toi !

— Ça n'empêcherait rien, au contraire. Parfois, je me dis que si elle réussissait dans son métier, elle me regarderait d'un autre œil, que ça faciliterait nos rapports pour ainsi dire.

— Dell, je regrette d'avoir à te le dire : ce n'est pas toi qu'elle aime, mais sa machine à coudre.

— Possible, possible… Mais le temps, et la nature, sont de mon côté.

Gaucher, qui avait son verre en main, le reposa sur la table avec force. Il s'exclama :

— La nature, mon gars, il faut l'aider, sinon elle ne fait rien. Quand tu raccompagnes Jane chez elle, le soir, tu ne détales pas aussitôt qu'elle a mis la main sur la porte de la barrière, j'espère ?

— Non.

— Qu'est-ce que tu fais ?

— Je m'attarde, un peu.

Gaucher leva les yeux au plafond.

— Il s'attarde, un peu ! Tu sais que tu m'inquiètes de plus en plus, mon petit Dell ?

Rydell choisit de ne pas répondre. D'un trait il vida son verre de whisky, se leva et posa la main sur l'épaule de son mentor.

— Vous voulez que je vous ramène à la maison, vieil homme ?

— Pas besoin d'aide, bougonna Gaucher. Et d'abord, je ne suis pas si vieux. Je vais rentrer tout seul comme un grand. Qu'est-ce que tu crois ?

— Au fait, j'oubliais de vous dire… Je travaille à un plan.

Les sourcils de Gaucher se haussèrent, son œil se ralluma.

— Un plan ? Tu veux dire : pour miss Jane ?

— Ça se pourrait. Je pensais vous en parler sur le chemin, mais puisque vous préférez rentrer seul, ce sera pour une autre fois.

Gaucher se leva, s'appuya sur la table, grimaça.

— Voilà que mes rhumatismes me reprennent. Finalement, je vais avoir besoin de ton aide pour rentrer.

En riant, Rydell jeta quelques pièces sur la table et se tourna vers le tenancier.

— Salut, Bill, et merci. On se voit à l'église, dimanche ?

Puis il rattrapa Gaucher qui traînait la jambe avec exagération. Bras dessus, bras dessous, les deux amis sortirent du saloon.

Jane cousit le dernier petit bouton sur la robe en mousseline verte, coupa le fil avec ses dents. Elle avait hâte de placer son œuvre sur le mannequin afin de pouvoir l'admirer. Cette couleur verte lui plaisait de plus en plus ; c'était une couleur fraîche, parfaite pour une robe à porter en été. De plus, elle irait parfaitement à Evangéline Tanner qui avait les cheveux noirs et le teint mat.

Elle se leva, secoua la robe, s'assura que la jupe à volants bouffait de façon convenable, puis, une fois encore, s'arma de son balai pour ramasser les morceaux d'étoffe, de dentelle et de fil qui jonchaient le plancher. En même temps, elle calculait. Au plaisir de la création réussie se mêlait, par avance, celui de la récompense justement gagnée : cette robe vendue, quatre dollars supplémentaires tomberaient dans la cagnotte qu'elle cachait à la maison, dans l'office attenant à la cuisine, sur le buffet, derrière la jarre de farine.

Si, toutefois, quelqu'un achetait la robe. Si Evangéline Tanner tenait parole. Son instinct disait à Jane que celle-ci pourrait être pour elle une cliente assidue. Pas plus tard que la veille, Rafe Mercer ne lui avait-il pas appris que le mari de Mme Tanner était le propriétaire de la grosse scierie qui faisait tant de bruit à la sortie de la ville ?

— Il emploie plus de treize ouvriers, qui viennent tous se fournir chez moi, avait dit le commerçant épanoui.

Puis, accoudé sur son comptoir, il avait ajouté, sur le ton de la confidence :

— Ils passent tous les jours devant votre boutique, miss Jane ; huit d'entre eux sont mariés. Leurs femmes doivent renouveler leur garde-robe de temps en temps, même si ce n'est pas tous les huit jours. Vous êtes bien d'accord avec moi ? Mme Tanner, c'est autre chose. Elle est plus coquette. Il faut dire aussi qu'elle a les moyens. Forcément, avec ce que gagne son mari…

Jane avait beaucoup aimé ce petit discours qui lui donnait des raisons de croire en la future prospérité de son commerce, et elle en avait aussi tiré un enseignement : ces clients potentiels, il fallait les intéresser en leur proposant des confections un peu plus simples mais tout aussi jolies, qu'ils pourraient acheter pour leurs femmes ; oh ! et puis, de jolis dessous… l'imagination de ces messieurs s'enflammerait, ils entreraient pour faire de menues emplettes !

Ravie, Jane avait aussitôt acheté de quoi réaliser son idée : de la fine batiste blanche, des boutons nacrés, deux bobines de fil blanc, une considérable longueur de dentelle. Ses trésors dans les bras, elle s'en était retournée dans sa boutique, dessinant en esprit toutes sortes de modèles, tous plus ravissants les uns que les autres…

L'enthousiasme était un peu retombé. Elle se demandait maintenant si elle aurait le cran d'offrir en montre des pantalons bordés de dentelle, des jupons à froufrous et des chemises de nuit à manches courtes. Les robes étaient peut-être d'un commerce plus convenable.

Justement, à propos des robes…

Jane se livra à ce rapide exercice de calcul mental : « Si j'économise chaque *cent* que je gagne sur la vente de mes robes, à quatre dollars l'unité il faudra que j'en vende… soixante-quinze pour réunir les trois cents dollars que je dois à Rydell Wilder ».

Elle s'arrêta de balayer.

Bien sûr, il était chimérique de croire que chaque dollar gagné serait définitivement acquis. Avec le produit d'une vente, il faudrait acheter les fournitures de la robe suivante, et ainsi de suite…

C'était dire qu'elle n'était pas près d'être remplie, la cagnotte destinée au voyage de retour.

— Je n'y arriverai jamais, soupira Jane.

La besogne ne lui faisait pas peur, mais elle craignait de devoir travailler en vain.

Tous les gens qui avaient un métier — Rafe Mercer, par exemple, ou encore les ouvriers de la scierie — étaient-ils confrontés à la même angoisse ?

Papa disait toujours qu'il était avilissant de travailler avec ses mains. Parce que les mains se salissaient, avait longtemps pensé Jane. Elle se demanda tout à coup s'il ne faisait pas plutôt allusion à la lutte incessante que les populations laborieuses devaient mener pour leur survie, en s'échinant jour après jour à un travail difficile et ingrat, sous la neige glaciale ou le soleil brûlant. Elle comprit soudain qu'il évoquait les millions d'êtres humains qui se levaient tous les jours même s'ils avaient envie de s'attarder au lit, et qui travaillaient même quand ils étaient fatigués ou malades, parce qu'ils ne pouvaient pas faire autrement.

Jane pensa à Rafe Mercer qui ouvrait son magasin tous les matins, qui, deux fois par jour, balayait le trottoir devant sa boutique ; à Moïse Freeman, le maréchal-ferrant ; à Maggie, qui servait les clients au restaurant de l'hôtel Excelsior. Elle pensa même à Rydell Wilder, propriétaire de la banque de Dixonville ; il devait avoir travaillé durement, pendant des années, pour parvenir à la position enviable où elle le voyait maintenant.

Serait-elle capable du même modeste héroïsme ? Aurait-elle le courage de fabriquer soixante-quinze robes et de coudre encore, les yeux fatigués, les doigts gourds, le dos brisé ?

Peu à peu la vie lui apparaissait sous un jour tout nouveau, complètement différent. Elle en découvrait des aspects que jamais elle n'avait soupçonnés jusque-là, des aspects rebutants. La vie n'était pas pour tout le monde un chemin parsemé de roses qu'on parcourait en chantant et en riant ; loin s'en fallait.

Elle songea aux jeunes gens qu'elle avait connus autrefois, à Montclair, si vaillants, si gais, si heureux de vivre. Ayant trouvé la fortune dans leur berceau, ils n'avaient pas besoin de travailler. Ils étaient favorisés par le destin. Elle avait été favorisée par le destin.

Puis une lecture lui revint à la mémoire, à propos d'un officier nordiste : *Voyant nos soldats dépenaillés, il se mit à rire, mais le rire s'étrangla dans sa gorge quand il les vit au combat.*

Sauf pour quelques privilégiés, dont j'ai fait partie, la vie est un incessant combat, songea-t-elle, appuyée sur son balai. Il y a des soldats — sans armes — partout dans le monde ; même dans le Sud, mais je n'en soupçonnais pas l'existence ; ici, dans l'Ouest, bien sûr. Sans se plaindre, des hommes et des femmes accomplissent leur devoir, jour après jour, pour eux, pour leur famille.

Elle était l'une d'entre eux, maintenant.

— Miss Jane ?

Elle sursauta. Moïse Freeman se tenait sur le seuil de la boutique.

— Pardonnez-moi, lui dit-elle. J'étais plongée dans un abîme de réflexions et je ne vous ai même pas vu. Entrez, je vous prie.

— Je ne voulais pas vous effrayer, miss Jane. Je suis venu pour vous commander un cadeau.

— Certainement. Quel genre de cadeau ?

— Eh bien, ce serait un cadeau… pour une dame, voyez-vous ? Pour Odélia, en fait.

— A quoi pensez-vous ?

— Je me disais qu'un nouveau jupon lui ferait plaisir. Vous savez, un qui bruisse quand on marche.

Emue, Jane sentit sa gorge se serrer. Quel homme généreux était Moïse Freeman ! Il était prêt à dépenser une partie de ses économies durement amassées, non pour ses petits plaisirs, mais pour offrir un beau cadeau à Odélia.

— C'est du taffetas qu'il vous faudrait ; du taffetas rouge.

— Oui, dit Moïse, avec un large sourire. Du taffetas ! Vous pensez que vous pourriez me faire ça, avec les bonnes dimensions et tout ?

— Je vous fabriquerai un très beau jupon, Moïse. Vous pouvez compter sur moi.

Le maréchal-ferrant parti, c'est avec le cœur plus léger que Jane se remit à son balayage. Poussant les débris d'étoffe vers le fourneau, elle se surprit même à chantonner, ce qui ne lui était plus arrivé depuis longtemps.

Certains hommes, tel Moïse Freeman par exemple, étaient certes des soldats, mais ils savaient se conduire comme de véritables princes. Oui, il avait les mains sales à cause de son travail, mais son travail ne l'avilissait pas.

— Le plus étonnant, dit-elle à la Générale Lee, c'est qu'il m'a fait oublier mon humeur morose. Grâce à lui, j'ai retrouvé goût à la vie.

Soldat et prince, Moïse Freeman avait, en outre, des talents de magicien.

En début de soirée, Jane avait mal aux yeux, au dos et aux doigts pour avoir passé tout l'après-midi, penchée sur sa table à couper, mais elle pouvait être contente du résultat, puisqu'elle pouvait empiler les pièces nécessaires à la confection de quatre chemises, de cinq jupons — dont un en taffetas rouge — et de trois longues chemises de nuit en batiste. Les mains sur les reins, elle se cambra douloureusement en se disant que si elle trouvait encore en elle quelques ressources de courage, elle pourrait procéder à l'assemblage de tout ce matériel et faufiler avant de rentrer à la maison pour dîner ; ainsi, demain, elle pourrait se mettre à la couture de bon matin.

En se retournant pour prendre une bobine de fil dans la corbeille à ouvrage, elle aperçut une silhouette dans l'encadrement de la porte restée ouverte. Elle sursauta et poussa un cri.

— Monsieur Wilder ! Vous m'avez fait peur !

Depuis peu de temps elle disposait d'une chaise, plus confortable, pour travailler, que le tonnelet de ses débuts. Les mains crispées sur le dossier, elle se plaça derrière cette chaise, modeste rempart.

Rydell Wilder entra. Il demanda :

— Je vous dérange ?

— Non… Bien sûr que non. Enfin, c'est-à-dire que… je travaille et…

Le regard attiré par les pièces de lingerie empilées, Rydell avança d'un pas. Jane recula, tirant la chaise avec elle. Il dit :

— Ma voiture attend dehors. Il y a quelque chose que j'aimerais vous montrer.

— De quoi s'agit-il ?

Rydell sourit.

— Venez avec moi et vous verrez par vous-même.

— Je crains de ne pas pouvoir vous accompagner. Je suis terriblement accaparée par mon travail et, au demeurant, il est presque l'heure de dîner.

— Mais si, vous pouvez. Il suffit de vouloir. Pour ce qui est du repas, j'ai demandé à Maggie de nous préparer quelques sandwichs, ainsi qu'une bouteille de thé froid.

Les mains de Jane se crispèrent davantage sur le dossier de la chaise, au point qu'elle vit blanchir ses jointures. Têtue, elle répondit :

— Non. Je ne peux pas et je ne veux pas.

— Pourquoi ?

— Parce que j'ai tendance à oublier mon devoir quand je suis en votre compagnie.

D'un mouvement vif et imprévu, Rydell contourna la chaise dont Jane, surprise, lâcha le dossier pour reculer vers un coin de la pièce. Il la suivit. Elle était comme prise au piège.

— Je ne tenterai rien que vous puissiez ensuite regretter, lui dit-il. Je vous donne ma parole.

Le regard des yeux gris exprimait la sincérité, dont Jane ne doutait pas. A vrai dire, c'était en elle qu'elle n'avait pas confiance. Mais comment l'expliquer ?

— Vous avez ma parole, répéta Rydell, d'une voix tranquille. Alors, viendrez-vous avec moi ?

« Oui » ou « non » ? Jane hésitait, et quand bien même elle aurait su quoi répondre, elle se fût trouvée dans l'incapacité de prononcer le moindre mot, tant sa gorge serrée était douloureuse, comme si elle avait avalé sa pelote d'épingles.

— Jane ?

Quand il prononçait son nom de cette façon, quand il la regardait de cette façon, le regard franc, la bouche incurvée dans un petit sourire, elle se sentait désarmée et prête à toutes les folies. De quel étrange pouvoir disposait-il ?

Qu'est-ce que c'est que ces sornettes ? Il n'a pas de pouvoir !

Pour le prouver, elle n'avait qu'à l'accompagner et voir ce qu'il tenait à lui montrer ; aussi simple que cela ! En outre, il avait promis qu'il n'aurait aucun geste déplacé, et il avait beau être yankee, il n'était pas homme à se parjurer. De cela, Jane avait la conviction et c'était rassurant.

En silence, elle se pencha pour prendre la Générale Lee qui s'intéressait de trop près aux bottes de Rydell Wilder, elle la déposa dans sa corbeille à ouvrage. Puis elle prit, sur la machine à coudre, son châle et son réticule, et sortit, le corps raide, la démarche mécanique.

Rydell ferma la porte. Elle tourna la clé qu'elle plaça dans la poche de sa robe. Il lui tendit la main pour l'aider à monter dans la voiture. Elle s'installa sur le siège. Il flatta l'encolure de la jument, contourna la voiture et monta pour s'asseoir à côté de Jane. Il agita les rênes. Surprise par le départ un peu brusque, Jane partit en arrière, poussa un petit cri, rétablit son équilibre. Elle se demanda ce qu'elle faisait en cet équipage.

La promenade était agréable. Les yeux mi-clos, Jane inspira avec grand plaisir l'air doux et parfumé du soir, en écoutant les trilles d'un oiseau moqueur qui s'égosillait. Peu à peu son anxiété disparut. Elle se sentit heureuse d'avoir accepté cette expédition qui mettait un peu d'imprévu dans sa vie trop bien réglée.

— Quel genre de sandwichs ? s'enquit-elle tout à trac.

Rydell Wilder se mit à rire. Il riait encore aux limites de la ville.

L'immense armature de la maison en construction apparut alors que la voiture parvenait au sommet de la colline. Du coin de l'œil, Rydell observait Jane qui lui parut perplexe. Mais elle ne prononça pas un mot.

Il ne restait plus qu'à parcourir une courte distance, sur le chemin en pente douce, et à arrêter la jument sous un immense érable.

Avant de descendre, Rydell donna quelques indications d'ensemble.

— Vous voyez cette ligne de sapins, au nord ? Elle protégera la maison des vents vifs de l'hiver. A leur pied jaillit une source. C'est pourquoi cette partie du terrain sera idéale pour aménager un jardin.

Toujours aucune réaction de Jane. Peut-être ses yeux s'étaient-ils mis à briller un peu plus au mot *jardin*, et encore, ce n'était même pas sûr. Rydell commença à s'inquiéter et à transpirer.

Et si elle n'aimait pas cette maison, ce futur domaine qu'il établissait pour elle ? Et si elle se moquait éperdument de l'orientation si bien pensée du bâtiment, qui serait ombragé en été et inondé de soleil en hiver ? Et si elle refusait de voir l'avantage qu'il y aurait à avoir une citerne, encore en cours de creusement, à mi-chemin entre la maison et la source, si bien que la distance à parcourir pour s'approvisionner en eau serait de vingt-cinq pas seulement ? Et si elle préférait continuer à vivre en ville, dans sa maison ?

Tu ne lui as même jamais demandé ce qu'elle pensait de Dixonville.

Il avait pensé que, puisqu'il l'aimait, elle aimerait forcément ce qu'il aimait.

Ce qu'il aimait, c'était la sérénité qu'il sentait toujours descendre en lui quand il quittait la ville pour séjourner à la campagne. Il aimait, d'avance, le spectacle des collines tel qu'il le verrait depuis les fenêtres de sa maison.

Et Jane, qu'aimait-elle ? Mystère. Jane tout entière était un mystère pour Rydell. Il n'avait même pas la moindre idée de ce qu'elle ressentait — et ressentait vraiment — à son égard ; de ce qu'il représentait pour elle.

Rydell noua les rênes au bord du siège et descendit de la voiture, les yeux tournés vers Jane qui examinait tour à tour l'ébauche de maison, les collines alentour, surtout celle que couronnait un bouquet d'érables de l'autre côté de la maison. A voir ses sourcils hauts, il était certain qu'elle se posait des questions, mais elle n'en formulait aucune. Rydell lui tendit la main pour l'aider à descendre. Enfin elle se décida à parler.

— A qui appartient ce territoire ?

— A moi. Vous aimez ?

— Ou-oui.

Le cœur de Rydell eut un soubresaut.

— En fait, non. Ce lieu me semble terriblement…

Jane chercha un mot qui ne vint pas.

— Loin de tout ? proposa Rydell, désespéré.

Elle secoua la tête, s'avança de quelques pas vers la maison, se retourna.

— Non. Je trouve que c'est grand, très grand pour un homme qui, jusqu'à présent, se contente d'une chambre à l'hôtel Excelsior.

Ouf ! songea Rydell, soulagé… pour le moment. Pour cette raison, pour d'autres encore, il eut envie de prendre Jane dans ses bras afin de la serrer dans ses bras. Mais il avait donné sa parole.

— Mes goûts sont très simples, dit-il.

Elle le dévisageait avec attention, la tête un peu penchée. Le soleil vespéral, passant au travers de ses cheveux bruns, leur donnait des reflets roux que Rydell observait pour la première fois.

Jane restait dubitative, étonnée. Quelles questions son esprit formulait-il ? Sa bouche, qui formait un O, était bien tentante. Rydell recula de quelques pas, fourra ses mains dans ses poches.

— Dites-moi tout, murmura-t-elle ; si ce n'est pas indiscret, bien sûr. Comment avez-vous réussi à acquérir tout ceci ?

Une évidence le frappa. Pendant onze ans, onze longues années, il avait aimé Jane, de loin, en la regardant grandir, en pestant contre la réclusion que lui imposaient des parents beaucoup trop rigoristes à son gré, en essayant de savoir ce qu'elle pensait ou ressentait d'après la musique qu'elle jouait le soir, lui cramponné à la barrière. Elle, en revanche, ne savait rien de lui.

Il avala avec difficulté : cette boule, dans sa gorge, ne lui facilitait pas la tâche. Par où commencer ? Il avait conscience d'être un homme très ordinaire, pas un jeune monsieur bien éduqué. A tout savoir de lui, elle risquait de se détacher, définitivement. Ce n'était pas une raison pour lui mentir. Il n'aurait pas pu.

— J'ai commencé au bas de l'échelle, vraiment tout au bas. Quand je suis arrivé dans cette ville, je n'avais pas un dollar en poche. C'est dire que je sautais les repas plus souvent qu'à mon tour et que je n'avais pas de toit. Aaron Legerman me permettait de dormir dans une stalle vide de son écurie de louage.

— Qu'était devenue votre famille ?

Rydell prit une longue inspiration.

— Je n'en avais déjà plus… Ma mère est morte très jeune. Et je… je n'ai pas connu mon père.

Etonnée, peut-être choquée par cette révélation, Jane hocha la tête mais ne chercha pas à détourner son regard. Elle posa une nouvelle question très directe.

— Comment avez-vous fait pour survivre ?

— En travaillant. J'ai nettoyé les écuries d'Aaron Legerman et soigné ses chevaux. J'ai pu commencer à me nourrir un peu plus régulièrement, mais mes repas se composaient surtout de haricots secs. J'ai fréquenté l'école autant que j'ai pu.

— Je sais, murmura Jane. Je vous voyais passer devant la maison, tôt le matin. Votre pantalon était toujours trop court.

— C'est parce que j'ai grandi trop vite, je pense.

— Et comme cela, vous avez réussi ; votre éducation, veux-je dire.

— Disons que je me suis instruit ; pas autant que j'aurais voulu, mais de façon satisfaisante.

— Après ce jour où nos camarades d'école se sont moqués de moi si méchamment, mes parents m'ont gardée à la maison et ont assuré eux-mêmes mon instruction. J'aurais préféré... mais tout cela n'a plus d'importance, maintenant. Dites-moi plutôt comment vous avez procédé pour arriver à la situation enviable où vous êtes aujourd'hui. Ce n'est pas, comprenez-le, de la curiosité mal placée, mais j'ai vraiment besoin d'entendre l'histoire de quelqu'un qui, partant de rien, réussit à gagner sa vie. Cela me permettrait d'espérer, je crois.

Elle était émouvante, la petite Jane, avec ses grands yeux bleus, fixés sur Rydell. Elle ressemblait à une enfant qui attend une belle histoire.

— Gaucher Springer, qui avait une affaire de transports de marchandises et de fonds, m'a engagé comme accompagnateur. Dès lors j'ai mieux gagné ma vie et j'ai économisé le moindre *cent*. Quand Gaucher a voulu se retirer, je lui ai acheté son entreprise.

Jane regardait Rydell avec une telle intensité qu'il se sentait vaguement gêné.

— Et la banque ? demanda-t-elle. Et ce terrain ?

— J'ai pensé que Dixonville avait besoin d'une banque. Alors j'en ai fondé une et l'ai organisée, tout en continuant à diriger mon entreprise de transports. Et la suite des événements a prouvé que j'avais vu juste. Très vite, ma banque a prospéré. C'est ce qui m'a permis d'acheter ce terrain. Pour la maison... eh bien, je racle mes fonds de tiroirs pour en assurer la construction, je dois dire.

— C'est exactement de cette manière que j'ai l'intention d'agir, déclara Jane. Je veux dire : travailler sans ménager ma peine et gagner le plus d'argent possible. Mais je dois vous avouer que le procédé me semble bien long et pas aussi facile que je le croyais quand je me suis lancée.

Rydell sourit.

— J'en sais quelque chose. C'est très décourageant, surtout au début. Mais vous savez, tout homme — ou toute femme — qui travaille éprouve ce genre de sentiments à longueur d'année. Je pense que cela est dû, en partie, au fait que nous vivons dans un territoire de pionniers. La vie n'y est facile pour personne.

Dans la voiture, Rydell prit le panier de pique-nique et la couverture, qu'il étendit sur l'herbe, à l'ombre de l'érable.

— Ce n'est pas que le travail me fasse peur, reprit Jane lorsqu'elle se fut assise. Non, ce que je redoute, c'est de ne pouvoir réussir avant que maman... J'ai peur qu'elle tombe très malade et que nous ne puissions plus rentrer chez nous.

Rydell s'agenouilla pour lui faire face et la regarder dans les yeux.

— Vous n'avez pas besoin de partir, Jane. Vous pourriez rester dans l'Oregon. C'est chez vous, ici.

— Mais c'est impossible ! se récria la jeune fille. J'ai promis à maman. Je lui ai promis que je la ramènerais dans le comté de Marion et chez nous, c'est Montclair. Elle aussi a le mal du pays. Elle est très malheureuse depuis que nous avons été obligés de venir nous établir ici, dans l'Ouest.

— Et vous ?

Jane se raidit. Pendant quelques instants, elle traça, avec ses doigts écartés, des lignes parallèles dans la laine de la couverture, en battant fébrilement des paupières pour essayer de contenir les larmes qui lui montaient aux yeux. Rydell sentit sa gorge se serrer. Jane — sa Jane — souffrait et il ne pouvait rien pour l'aider.

Si. Il avait la possibilité de lui offrir son aide.

— Votre mère a vécu sa vie. Vous avez le droit de penser à vous.

Elle leva le menton.

— Ma mère n'est certainement pas au bout de ses jours ! Elle lit encore M. Tennyson tous les soirs, et ce n'est pas un poète facile. En plus, elle a retrouvé l'appétit depuis qu'Odélia vit de nouveau avec nous.

Rydell se mordit la langue et se maudit. Il avait eu des paroles maladroites.

— Jane, reprit-il, Jane, écoutez-moi. Réfléchissez une minute. Vous pouvez donner à votre mère toute l'attention et tout l'amour qu'elle mérite. Mais cela ne vous interdit pas de vivre votre vie.

— D'une certaine manière, si. Je veux que maman retrouve le sourire. Je veux qu'elle soit heureuse comme... comme autrefois, quand nous habitions à Montclair.

La voix de Jane se brisa.

Pour se préserver d'un geste intempestif, Rydell tira entre eux le panier de pique-nique. Mais comme il s'agaçait de ne pas arriver à se faire comprendre, son ton devint plus vif.

— Mais enfin, Jane ! Vous ne comprenez donc pas ? Ce que j'essaie de vous dire...

Elle l'interrompit.

— Je sais. Et je préfère ne pas entendre des paroles que vous pourriez regretter plus tard. C'est déjà assez contrariant de m'avoir prêté trois cents dollars que je ne pourrai peut-être pas vous rembourser et…

Il s'exclama :

— Oubliez ce prêt sans importance ! Ne vous ai-je pas dit, l'autre soir, derrière la grange d'Olaf Jensen, que je vous aimais ? Vous ne comprenez pas que je souhaite vous épouser ? Pas à cause de ce marché ridicule dont je vous ai parlé quand je vous ai accordé ce prêt, mais parce que c'est une idée que je chéris depuis des années. Je vous aime depuis si longtemps, Jane, que déjà vous faites partie de ma vie, sans vous en rendre compte, bien sûr.

— Mais…, murmura la jeune fille, troublée. Mais… je ne sais pas si je vous aime, moi. Je vous aime bien, certes, mais cela ne suffit pas. Il n'y a pas si longtemps, je vous détestais franchement.

Trompant sa nervosité en fouillant dans le panier, Rydell répondit :

— Si, vous m'aimez. Mais vous ne le savez pas ; pas encore. Tenez, vous allez prendre un sandwich pour vous restaurer. Vous ne pourrez réfléchir sainement à ma demande tant que vous mourrez de faim.

Jane ne prit pas le sandwich qu'il lui tendait, mais elle lui posa la main sur l'avant-bras.

— Monsieur Wilder…

— Rydell, s'il vous plaît ! Rydell ! Regardez-moi, Jane. Je peux bien ne pas savoir qui était mon père, mais je sais qui je suis — oh oui ! — et je sais ce que je veux. Et vous le savez aussi bien que moi.

Il ouvrit la serviette qui enveloppait le sandwich, qu'il tendit à Jane. Enfer et damnation, sa main tremblait !

— Epousez-moi, reprit-il d'un ton plus contenu. Epousez-moi et vous ne le regretterez pas. Je veillerai sur vous, comme il se doit. Je vous promets que je serai aux petits soins pour votre mère et elle sera plus heureuse qu'elle ne l'a jamais été. Cette maison que je construis, elle est pour vous et moi, mais pour votre mère aussi, et pour Odélia. Avec moi, vous aurez une vie agréable.

Sans un mot de réponse, Jane prit le sandwich, en arracha un petit morceau qui resta longtemps dans sa bouche.

Rydell qui la regardait, qui attendait une réponse, crut qu'il allait exploser tant était grande son impatience. Pour se calmer, il prit la bouteille de thé froid, dont il but une grande quantité. Il ne réussit pourtant pas à éteindre le feu qui embrasait ses entrailles. De quoi se nourrissait ce brasier intérieur ? Frustration ? Irritation ? Désir ? Il n'en savait rien. Tout ce qu'il savait, c'est que Jane, sans le vouloir bien sûr, et sans le savoir, lui infligeait une véritable torture.

Il l'aimait depuis toujours. En vérité, il lui avait consacré presque toute sa vie. Il ne pouvait renoncer ; plus maintenant, parce qu'il ne concevait pas sa vie sans elle.

Il ne pouvait se résoudre à la laisser partir loin de lui.

Autant mourir.

Le plus désespérant, c'est qu'il avait cette impression : il aurait beau dire, il aurait beau faire, jamais Jane ne consentirait à se laisser aimer.

19.

Jane le regarda fixement. Avait-elle bien entendu ? Il voulait l'épouser ? C'était bien ce qu'il avait dit ?

Briser la promesse faite à ma mère ?

L'épouser, lui ?

Qui était cet homme ? Un Yankee, ni plus ni moins ; un Yankee, avec tous les défauts que cela impliquait. Pour obtenir ce qu'ils voulaient, ces gens-là ne reculaient devant rien, ils étaient capables de piétiner leur prochain. Des brutes ! On les avait vus à l'œuvre, dans le Sud. Pour réintégrer dans l'Union les Etats les plus civilisés qui prétendaient reprendre leur liberté, ils n'avaient pas hésité à engager une guerre terrible, brûlant les villes, saccageant les plantations, tuant des milliers d'innocents. Des gens dangereux.

Rydell Wilder était d'autant plus dangereux qu'il paraissait… moins dangereux. Autant le reconnaître : il avait l'art d'endormir sa proie avec de belles paroles ; alors forcément, elle se méfiait moins. Il lui parlait de sa maman, de la maison qu'il voulait construire, et au moment où elle s'y attendait le moins, la proie, il lui présentait sa proposition de mariage. Quelle habileté !

Autre habileté : il savait embrasser.

Quand elle pensait aux baisers de Rydell Wilder, Jane sentait monter en elle une chaleur qui n'avait plus rien à voir avec la haine qu'elle portait aux Nordistes. Elle ressentait, rien qu'à s'en souvenir, un bien-être qu'elle n'avait jamais connu auparavant. Cette sensation, qui n'était pas sans rappeler le bonheur qu'elle éprouvait en contemplant ses créations les plus réussies, était aussi plus forte, plus enivrante.

Ma petite Jane Charlotte, il faut t'en rendre compte : tu files un mauvais coton.

— C'est une bonne solution que je vous propose, dit Rydell Wilder ; une solution honorable.

— Certainement, dit Jane, incapable d'émettre la moindre des objections qui pourtant s'imposaient si fortement à son esprit.

Emiettant son sandwich, et en se gardant bien de regarder son interlocuteur, elle dévia le cours de la conversation.

— Plus j'y pense, plus je me dis que vous avez réussi de façon admirable. Je sais que j'ai beaucoup à apprendre avec vous ; beaucoup, vraiment.

Elle aurait toutefois préféré que son mentor en matière de commerce ne fût pas un Yankee. C'était humiliant de devoir prendre un ennemi pour modèle. Non seulement il lui avait avancé l'argent nécessaire pour démarrer mais il était sûr de gagner, qu'elle satisfît ou non au remboursement. Il espérait qu'elle ne rembourserait pas.

Elle ne lui donnerait pas cette joie. Elle ne l'épouserait pas, quelles que fussent les circonstances. Elle refusait de se laisser imposer la vie rude que connaissaient les femmes mariées ici, dans l'Ouest, en Oregon. Ici les femmes n'avaient pas le droit de vote, elles n'avaient pas leur mot à dire sur le choix d'un shérif, et encore moins sur les lois régissant la vie en société. On ne leur reconnaissait même pas la possibilité de posséder des biens en propre. Mariée ici, Jane serait moins libre que ne l'était Odélia à Montclair avant la guerre de Sécession. Rien que d'y penser, elle frémissait d'horreur.

Rydell Wilder lui tendit la bouteille de thé froid. Perdue dans ses pensées, elle la prit et but machinalement, jusqu'à ce qu'il lui reprît la bouteille qu'il remplaça, dans sa main, par un nouveau sandwich.

— Quand je pense, dit-elle en montrant la maison en construction ; quand je pense que vous avez réalisé cela tout seul. J'ai peine à imaginer la somme d'efforts et de persévérance que cela représente.

— C'est vrai que c'est beaucoup de travail, répondit Rydell avec gravité. Un dur travail ; mais cette maison, je la voulais et je me suis donné les moyens de l'avoir.

— Monsieur Wilder… Rydell, je vous admire. Sincèrement, je vous admire. Moi aussi, il y a quelque chose que je désire très fort.

Il sembla à Jane qu'il se redressait, qu'il s'apprêtait à l'écouter avec la plus grande attention. Ses mains, qu'il avait plongées dans le panier à la recherche de quelque autre sandwich, s'immobilisèrent.

— En fait, poursuivit Jane, ce *quelque chose*, je le désire plus que tout au monde.

Elle observa la main de Rydell qui, sortie du panier, rassemblait quelques miettes tombées sur la couverture. Puis il cessa pour lever les yeux sur elle. Il avait l'air très sérieux ; ou plutôt agacé. Et c'est d'une voix assez sèche qu'il déclara :

— Quand nous échangeons des baisers, il me semble que nous avons des choses importantes à nous dire.

Jane cessa de respirer pendant quelques secondes. Allait-il essayer… Non, car il avait donné sa parole. Un homme comme Rydell tenait ses engagements.

— Mais, continua-t-il, quand nous nous échangeons des paroles, c'est comme si nous ne parlions pas le même langage.

— Vous avez sans doute raison, soupira Jane.

Elle se sentait coupable… avec des circonstances atténuantes. Elle ne faisait pas de gros efforts dans la conversation parce qu'elle craignait de se livrer trop. Les mots pouvaient être tellement… exacts. Et puis, les mots prononcés obligeaient parfois à penser ; or parfois, comme en ce moment par exemple, Jane ne voulait pas penser. Du moins, elle ne voulait pas penser à autre chose qu'à l'argent qu'elle devait gagner rapidement pour remmener sa mère et Odélia dans le comté de Marion.

— La vérité, reprit Rydell, avec de la tristesse dans la voix, c'est que je ne vous comprends pas.

Elle ouvrit la bouche pour répondre, se justifier, mais il reprit l'initiative.

— Je crois que si je ne vous comprends pas, c'est que je ne suis pas assez proche de vous.

— Vous êtes assez proche ! protesta Jane. Permettez-moi de vous dire qu'aucun autre homme… n'a jamais obtenu les privilèges que je vous ai accordés, un peu légèrement peut-être. Vous êtes le seul à m'avoir tenue dans vos bras. Vous êtes le seul, bien sûr, à m'avoir embrassée comme vous l'avez fait plusieurs fois, avec cette fougue, cette…

Rydell Wilder éclata de rire.

— Je vous en prie, Jane, cessez !

Etonnée, elle le regarda en cherchant à comprendre où il voulait en venir.

Il se leva brusquement. Les deux mains dans les poches de sa veste, il la fixa et il dit, d'une voix pleine d'émotion mal contenue :

— Si vous dites encore un seul mot à ce sujet, je ne réponds plus de rien. Encore un mot, et je serais capable de faire… toutes ces choses que j'ai promis de ne pas faire. Ici et maintenant, oui, je pourrais…

— Mais non, vous ne le feriez pas, dit Jane, avec désinvolture.

— Non, je ne le ferais pas, soupira-t-il, comme accablé.

— Vous avez dit, promis que vous ne me toucheriez pas. Et s'il y a un point dont je sois sûre, dans ce monde qui va tout de travers, c'est que vous ne manquerez pas à votre parole.

Rydell Wilder pivota, exécuta un tour complet sur lui-même et se retrouva face à Jane pour lui dire :

— Vous savez, un homme sain d'esprit vous prendrait à bras-le-corps, il vous jetterait dans la voiture et vous ramènerait en ville au grand galop.

Il sortit les mains de ses poches, croisa les bras et continua, l'air sombre :

— Un homme simple d'esprit se dirait : « Alléluia, elle a confiance en toi ! Nous sommes en progrès. »

— C'est vrai que j'ai confiance en vous, murmura Jane. Et je... je vous aime bien. Encore un motif de vous réjouir, non ?

Rydell émit une sorte de grognement et dit alors :

— Allez, montez dans la voiture, Jane. Il est temps de rentrer.

Penché pour ramasser le panier et la couverture, il grommela, plus pour lui-même que pour Jane :

— Je vais m'offrir un petit whisky et je m'interrogerai pour savoir si j'ai aujourd'hui remporté une victoire ou une défaite.

Jane avait entendu. Elle pensa : *Pour vous, c'est une victoire, indéniablement*. Rydell, en effet, n'avait pas porté la main sur elle. Cette victoire, il l'avait remportée sur lui.

Malheureusement, il se trouvait qu'une petite part d'elle-même regrettait que Rydell eût trop bien tenu sa promesse.

Rydell reconduisit Jane, remmena la voiture et la monture à l'écurie de louage, puis se rendit, à pied, sous le saule pleureur planté au sommet de la colline, derrière la grange d'Olaf Jensen. Comme chaque fois, il pénétra le rideau de branches comme s'il entrait dans un autre monde. Il s'adossa au tronc.

Il avait besoin de réfléchir.

Il lui revint qu'il avait oublié le whisky. Souvent, par le passé, l'excellente *Réserve spéciale* de la Chope d'Argent lui avait permis d'envisager certains dilemmes avec sérénité, sinon avec plus de détachement. Mais il n'était peut-être pas plus mal qu'il se fût refusé cette facilité pour aujourd'hui, car il avait besoin de réfléchir sérieusement.

Se laissant glisser contre le tronc du saule pleureur, il s'assit et cueillit une longue tige d'herbe qu'il se ficha entre les dents.

Le soleil couchant inondait son domaine secret d'une belle lumière dorée. De la ville lui montait une rumeur assourdie. Il songea que les citoyens de Dixonville, leur journée de travail accomplie, rentraient chez eux pour se restaurer ; qu'à l'hôtel Excelsior, Maggie prenait sans doute les commandes des premiers clients. Il se demanda s'il n'irait pas, tout bonnement, dîner lui aussi.

Mais il n'avait pas faim ; ou plutôt, il n'avait pas envie de bouger. Ce qu'il voulait, c'était suivre le déclin de la lumière en pensant à Jane.

Puisque tu n'es pas capable de la conquérir, apprends à souffrir, mon vieux.

Avec Jane, c'était simple : il avait tout faux.

Il repensa à ce qu'il lui avait révélé de son passé. Elle avait paru impressionnée, non par lui personnellement — trop beau ! — mais par l'idée qu'en ne lésinant pas sur sa peine, on parvient toujours au but qu'on s'est fixé, quel que soit ce but.

Voire.

Pour la première fois de sa vie, Rydell remit en question un précepte auquel, jusque-là, il avait cru dur comme fer.

Et si tout, dans l'existence, ne s'obtenait pas par le seul exercice de la volonté ?

Et si séduire une femme n'était pas aussi simple que fonder une banque, bâtir une belle maison, conquérir une position respectable dans la société ?

Rydell comprit soudain que, devenu riche et puissant, il était, devant Jane, toujours aussi désarmé, toujours aussi démuni qu'aux jours de détresse matérielle.

En cette affaire, rien ne dépendait de lui.

Tout dépendait de Jane.

C'était à elle de le vouloir, lui.

Il se dit que peut-être, sûrement, il ne l'intéressait pas ; qu'il restait pour elle un Nordiste, c'est-à-dire un ennemi, et un homme ayant plus de fortune que d'éducation, ce qui constituait pour Jane un vice rédhibitoire. Il songea qu'elle recherchait un *monsieur*, et qu'il n'en était pas un.

Il n'était pas un parti présentable. Le père de Jane lui avait interdit sa porte et Jane n'oserait jamais le présenter à sa mère.

Il n'était pas assez bien pour elle.

Nerveux, Rydell s'agita. Si elle croyait cela, Jane, elle avait tort.

Mais comment le lui prouver ?

Comment ?

Certain qu'il ne répondrait pas à cette question, du moins pas ce soir, Rydell sortit de son refuge. Le regard fixé sur les nuages de l'horizon, qui passaient très vite de l'orangé au violet puis au gris et enfin au noir, il rentra en ville. Il n'aimait pas ce moment de la journée qui lui rappelait sa difficile jeunesse, quand il devait aller dormir sans avoir pu, faute de moyens, calmer la faim qui le torturait.

Il était dans la même situation ; en tout cas, dans le même état d'esprit.

Toujours mâchonnant son long brin d'herbe, il arrivait en ville quand un cavalier, au bout de la rue, attira son attention.

Très grand, tout de noir vêtu, coiffé d'un chapeau aux bords très incurvés, il était reconnaissable entre mille.

Lucas.

Intrigué, Rydell s'arrêta pour l'observer.

Très droit sur sa selle, l'homme regardait à droite et à gauche, comme s'il cherchait quelque chose ou quelqu'un. Quand il arriva à la hauteur de la boutique tenue par Jane, il s'arrêta, se pencha très bas pour regarder à l'intérieur. Puis il se redressa et continua son chemin, en direction de la banque.

Rydell ne chercha pas à le rejoindre. Si ce client très particulier avait l'intention d'effectuer un nouveau dépôt, il devrait attendre jusqu'au lendemain matin. Maintenant, s'il avait des projets... délictueux... Impossible ! Pourquoi un homme s'aviserait-il de cambrioler une banque qui détenait son propre argent ?

Pendant une grande minute, Rydell suivit le train de ses réflexions, en regardant du regard l'homme étrange dont la silhouette se dissolvait peu à peu dans la pénombre. Il se demanda même s'il ne devait pas agir en bon citoyen et avertir le shérif de la présence, en ville, de cet homme dont le comportement ne lui disait rien de bon. Mais était-ce un délit d'aller au pas, à la nuit tombante ? En était-ce un de regarder de tous côtés ?

Mais voilà que le cavalier noir revenait sur ses pas, au rythme nonchalant de sa monture à laquelle il avait rendu les rênes. Devant l'hôtel Excelsior, il s'arrêta, mit pied à terre. Entrerait-il ? Si c'était le cas, songea Rydell, il renoncerait à prendre son dîner dans cet établissement et se ferait plutôt inviter par Gaucher Springer.

Il n'avait pas envie de rencontrer cet homme... Pas ce soir.

Prenant le chemin qui conduisait chez son vieil ami, Rydell s'avisa soudain que Lucas était peut-être un solitaire qui lui paraissait dangereux parce qu'il ne connaissait personne en ville, et surtout, parce qu'il n'était connu de personne.

Comme moi, il y a quelques années. Tout le monde se méfiait, et pourtant…

Il s'alarmait peut-être un peu vite et de façon injuste.

N'empêche. Il irait faire un tour du côté de chez Jane, après dîner, pour s'assurer que tout allait bien.

Il faisait nuit noire quand Rydell sortit de chez Gaucher pour se diriger vers la colline au sommet de laquelle se dressait une maison qu'il connaissait bien. Passant devant l'hôtel Excelsior, il avait constaté que le cheval de Lucas n'était plus attaché à la barrière, et aussitôt s'était remis aux conjectures. L'homme n'était-il venu en ville que pour boire un coup ou prendre un repas ? Ou se livrait-il, au saloon ou dans quelque maison de la ville, à cette activité qui était à la fois son passe-temps favori et son gagne-pain principal, à savoir le jeu de cartes ?

Lucas pouvait faire ce qu'il voulait ; Rydell s'en moquait éperdument à condition qu'il restât à une distance respectable de la maison où habitait Jane. Car, malgré les réflexions généreuses qu'il s'était faites juste avant le dîner, Rydell persistait à se méfier de cet homme qui avait sûrement quelque chose à cacher.

A mi-pente, la maison à un étage devenait visible, et elle l'était d'autant plus qu'elle était éclairée comme un cirque. Intrigué, Rydell accéléra le pas. Il arrivait devant la barrière quand il vit une fenêtre, à l'étage, s'éteindre brusquement : quelqu'un se mettait au lit. Jane ? Rydell avait assez monté la garde devant la maison pour savoir que la jeune fille avait sa chambre en haut.

Jane ne se préparait pas à dormir puisqu'elle jouait encore du piano. D'ailleurs elle ne tarda pas à s'arrêter et Rydell aperçut sa silhouette qui passait derrière la fenêtre, encore ouverte, dont les rideaux se gonflaient de la brise nocturne. Puis il entendit s'ouvrir la porte de devant. Jane sortait et s'installait dans la balancelle qui se mit aussitôt à grincer, musique moins harmonieuse mais tout aussi douce à ses oreilles.

Mais un mouvement furtif, sur le côté de la maison, attira l'attention de Rydell qui se déplaça sans bruit de ce côté-là. A son approche, un cheval sans cavalier partit au galop et l'absorba en quelques secondes ; celui de Lucas ? Rydell n'aurait pu le jurer, mais il était prêt à parier.

— Qui est là ? demanda Jane, et à sa voix il n'était pas difficile de deviner qu'elle s'inquiétait.

Tendu, Rydell attendit pour savoir si le cavalier — Lucas ou un autre — répondrait.

Silence.

Ses yeux fouillèrent l'obscurité, où il ne décela rien. Agacé, il se demanda s'il devait explorer les alentours.

— Il y a quelqu'un ? murmura Jane.

— C'est moi, dit-il. Rydell Wilder. Je ne voulais pas vous effrayer. Simplement je passais par-là… petite promenade digestive avant de me mettre au lit.

— Je prépare du caramel, reprit Jane. Il fait chaud dans la cuisine, comme dans un four. Alors je suis venue le tourner ici, où il fait plus frais.

Du caramel ?

Une jeune fille aussi bien élevée, ayant reçu une éducation soignée — piano et tout —, pouvait *aussi* se mettre aux fourneaux ?

Très étonné, Rydell n'en laissa rien paraître. Il dit :

— Cela vous ennuierait-il si je m'arrêtais un moment ?

Sans attendre l'autorisation, il entra dans le jardin, circula rapidement autour de la maison pour s'assurer qu'aucun individu indésirable se cachait par-là. Il ne remarqua rien d'anormal, mais l'obscurité intense ne lui permettait pas une vérification sérieuse. Quant à chercher des traces dans l'herbe ou dans la terre, il n'y fallait pas songer.

Si rien ne confirma son inquiétude, il restait avec une appréhension, une crainte diffuse peut-être irraisonnée… Aussi décida-t-il de rester avec Jane jusqu'à ce qu'elle rentrât dans la maison. Et il veillerait encore à ce qu'elle fermât sa porte à clé, et toutes les fenêtres malgré la chaleur.

Il revenait vers le porche quand Odélia surgit de la maison. Elle s'essuyait les mains sur son tablier. Elle s'enquit :

— Tu veux vraiment que je casse toutes ces noix pour…

Une branche craqua. Elle se retourna, aperçut la silhouette de Rydell et reprit alors :

— Excuse-moi, ma chérie. Je ne savais pas que tu avais un visiteur. Bonsoir, monsieur Wilder.

— Bonsoir, Odélia, répondit Rydell qui eut bien du mal à ne pas éclater de rire.

— Bon, alors, je vous laisse.

La servante rentra.

S'approchant de Jane, Rydell constata qu'elle coinçait, entre ses jambes, une grande casserole émaillée dont elle tenait la queue avec une main, tandis que de son autre main, armée d'une longue cuiller de bois, elle remuait la matière noirâtre que contenait la casserole, en exécutant des 8 très réguliers. Pendant un instant le silence ne fut troublé que par les chocs de la cuiller contre les parois de la casserole.

L'ayant bien contemplée dans ses œuvres, Rydell se risqua à une confidence.

— Moi aussi, j'ai fait du caramel, une fois.

Jane leva les yeux sur lui et rit.

— Vous ? Je ne vous crois pas.

— Vous avez tort. C'était il y a à peu près dix ans. J'ai tout préparé comme il fallait, en suivant bien la recette, et quand la mixture m'a paru assez cuite, qu'elle était bien collante, je l'ai versée dans un vieux moule à gâteaux.

— Et ensuite ? demanda Jane dont les mouvements s'étaient ralentis.

— Ensuite, mon caramel est devenu si dur qu'il m'a fallu un marteau pour en casser des morceaux. Mais il était bon… Mais trop dur… pas moyen de croquer. Sucer, c'était possible : un petit morceau durait des heures et des heures.

Jane se remit à rire. Rydell, toujours aux aguets, commençait à se détendre. Y avait-il eu ici un visiteur indiscret ? Il commençait à en douter, se demandait même s'il n'avait pas été le jouet de son imagination trop vive.

Il faisait bon, l'air charriait le parfum un peu lourd des milliers de roses qui fleurissaient le long de la barrière et Jane lui souriait. Que demander de plus ? Pris d'une inspiration subite, il se pencha pour s'emparer de la casserole et de la cuiller de bois. Puis, s'asseyant sur un tabouret, il se mit à tourner le caramel.

Jane ne protesta pas. Après un moment de silence, elle lui dit :

— Vous pourrez arrêter de remuer quand le produit aura perdu sa brillance.

— Il fait trop sombre, répondit-il en se penchant pour examiner le contenu de la casserole. Je n'y vois goutte.

— Dans ce cas, il faut goûter.

Jane plongea un doigt dans le caramel et le lécha. Ce geste innocent émut Rydell à un point tel qu'il préféra regarder ailleurs.

— C'est assez ? demanda-t-il, d'une voix rauque.

Sans répondre, Jane remit son doigt dans le caramel et le lui montra. Elle voulait l'offrir à son regard mais lui, sur une impulsion irrésistible, en approcha ses lèvres.

— Oh ! dit Jane.

D'un geste vif, elle retira son doigt qu'il avait à peine effleuré. Mais il était content. Il dit :

— C'est très bon.

Troublée, Jane reprit possession de sa casserole.

— Ce doit être assez remué, dit-elle. Je n'ai plus qu'à retourner dans la cuisine pour…

Elle s'approcha de la porte qui s'ouvrit devant elle. Et une main noire, qui semblait surgie de nulle part, présenta un moule, tandis qu'une voix d'outre-tombe proclamait :

— J'ai beurré le moule, tu n'as plus qu'à verser le caramel dedans.

Rydell prit le moule. Odélia lui décocha un sourire complice, puis rentra dans la maison.

C'est encore Rydell qui procéda. Il retourna la casserole au-dessus du moule qu'il avait posé sur le tabouret, et, armé de la cuiller de bois, il racla consciencieusement. Il avait l'air concentré, mais il pensait au doigt de Jane qu'il avait effleuré de ses lèvres et qu'il eût pu faire entrer dans sa bouche s'il avait été un peu plus vif. Il toussota pour éprouver la qualité de sa voix avant d'oser reprendre la parole.

— Vous voulez lécher la cuiller ?

— Pardon ? Oh, la cuiller… Je vous remercie, mais il y a bien longtemps que je ne lèche plus les cuillers. Vous pouvez, si vous voulez…

Rydell brandissait la cuiller et l'approchait insensiblement du visage de Jane qui, n'y tenant plus, partit d'un petit rire nerveux avant de se pencher en avant, la bouche entrouverte.

— C'est très bon, dit-elle après avoir recueilli une grande partie du produit.

Rydell lui confia la cuiller afin de pouvoir aller déposer le moule sur le rebord d'une fenêtre, où il resterait jusqu'au matin afin que le caramel pût durcir. De l'intérieur de la maison parvenait la voix chaude d'Odélia qui chantait un cantique, en lavant la vaisselle.

— *D'Egypte mon peuple est parti,*

Pharaon l'a dit, Pharaon l'a dit,
D'Egypte mon peuple est parti,
Pharaon l'a enfin permis.

Ayant toujours la cuiller en main, Jane avait repris place sur la balancelle et Rydell s'était rassis sur le tabouret. Ils écoutèrent le long cantique ponctué par les bruits de la vaisselle qui cognait contre les parois de l'évier. Au bout d'un moment, Rydell s'entendit déclarer :

— Ma mère chantait aussi… pas des cantiques, mais des chansons populaires.

— Maman aussi chantait, répondit Jane ; des hymnes religieuses, et aussi des chants patriotiques… du Sud.

Après un petit moment de silence, elle ajouta avec tristesse :

— Elle ne chante plus beaucoup.

Rydell l'écoutait, mais il était surtout attentif aux petits bruits de succion : la jeune fille continuait de lécher la cuiller de bois.

Pense à autre chose !

Il retira son chapeau et s'éventa. Pour se justifier, il dit :

— Il fait encore chaud.

A l'intérieur, Odélia passait du répertoire sacré au profane.

— Oh, Shenandoah, j'aime ta fille…

Rydell ferma les yeux. Il se sentait plus démuni, plus malheureux que lorsque, gamin, il allait dormir sans avoir pu se rassasier.

Il aurait bientôt une maison. Mais qu'est-ce qu'une maison sans femme et sans enfants ?

Jane, c'est pour toi que je la bâtis, cette maison !

Rydell se leva, marcha vers Jane, lui prit les mains, l'attira à lui, se pencha sur elle, qui lui offrait ses lèvres. Elles avaient goût de caramel, ses lèvres. Il referma les bras sur elle, l'écrasa contre lui. Il voulait plus, il voulait tout. Il la voulait tout entière.

Leur baiser s'approfondit. Quand Jane émit un gémissement d'extase, Rydell sentit s'évanouir ses ultimes scrupules. Tout son corps s'enflamma.

Jane, oh, Jane, si tu savais…

La porte s'ouvrit avec brutalité, claqua contre le mur. Odélia cria :

— Jane, viens vite ! Ta maman est partie.

20.

Jane s'arracha des bras de Rydell.

— Partie ? murmura-t-elle d'une voix blanche ; partie pour où ?

— Je n'en sais rien, mon enfant, répondit Odélia tout aussi bouleversée. La dernière fois que je l'ai vue, elle lisait dans le salon. Mais dans le salon, elle n'y est plus ; ça, c'est sûr.

— Elle est peut-être montée se coucher ?

— Mais non ! Tu penses bien que j'ai vérifié dans toute la maison.

— Avez-vous visité la cave ? demanda Rydell.

— Non…

— Eh bien, allez-y. Jane, jetez un nouveau coup d'œil dans toutes les pièces. N'oubliez pas le grenier. Pendant ce temps, je m'occuperai du jardin et du verger.

Odélia descendit l'escalier sous le porche et se rendit à l'arrière de la maison, où s'ouvrait la cave.

Pâle comme un linge, Jane se tourna vers Rydell :

— Elle portait une robe de chambre, couleur lilas ; et des chaussons bleus.

— Nous la retrouverons, lui dit Rydell en la prenant aux épaules. Elle n'a pas dû aller bien loin.

Jane rentra dans la maison. Quelques secondes plus tard, Rydell l'entendit qui commençait à appeler :

— Maman ? Tu es là ?

Sans perdre de temps, il s'éloigna pour commencer ses propres recherches dans le verger et dans le jardin, mais à peine avait-il descendu les marches sous le porche qu'il se trouva plongé dans l'obscurité. Il trébucha, faillit tomber, constata qu'il voyait à peine sa main s'il l'agitait devant son visage. Regrettant de n'être pas venu à cheval, il s'arrêta, pour donner à ses yeux le temps d'accommoder.

Puis il reprit sa progression, à pas lents, non sans se prendre encore les pieds dans d'invisibles obstacles. Il se rappela que le père de Jane avait parfaitement aligné les arbres fruitiers. Dès qu'il aurait atteint la limite du verger, il pourrait donc circuler avec plus d'assurance et atteindre sans anicroches le fond de la propriété.

Ayant touché le premier tronc, d'un pêcher s'il en jugeait par l'odeur douceâtre qui l'environnait, il regarda autour de lui dans toutes les directions. Il n'y voyait pas plus qu'avant, mais il lui semblait qu'il pouvait discerner un mouvement, si infime fût-il.

— Madame Davis ? Est-ce que vous m'entendez ?

Il poursuivit sa progression, en pestant silencieusement contre les branches qui lui cinglaient le visage. Après quelques pas, il s'arrêta et, les mains en cornet autour de la bouche, il cria :

— Madame Davis ?

Il se demanda si elle n'était pas allée se recueillir sur la tombe de son mari, qu'il savait située par-là, sans plus de précision.

Au bout d'une grande heure de recherche, Rydell avait parcouru le verger dans tous les sens, sans avoir pu trouver Mme Davis. Il avait chaud. La sueur dégoulinait dans son dos et sa chemise lui collait à la peau de façon très désagréable. « Où peut-elle bien être ? » se demanda-t-il pour la millième fois.

C'est alors qu'il crut entendre un faible cri, comme celui d'un enfant. Il s'arrêta net, tendit l'oreille.

Derrière moi…

Il avait dû passer tout près de la vieille dame sans la voir. Il pivota, rebroussa chemin, lança un nouvel appel, à voix contenue.

— Madame Davis ? Où êtes-vous ?

Il attendit, crut entendre un bruissement vers lequel il se dirigea, avec précaution pour ne pas effrayer, et pour ne pas tomber.

Il trouva la fugitive assise au pied d'un arbre, immobile, très droite, les jambes allongées dans l'herbe, les mains croisées. Il s'approcha, lentement, se mit à genoux. Avec lenteur, elle tourna la tête vers lui.

— Que faites-vous là ? demanda-t-il.

— J'attends le train, dit-elle, d'une toute petite voix. C'est que je ne voudrais pas le manquer.

— Quel train ? demanda Rydell en lui prenant la main.

— Eh bien ! celui qui doit me ramener dans le comté de Marion. Etes-vous le chef de gare ?

— Non, madame, je ne suis pas le chef de gare, murmura Rydell qui éprouvait soudain quelque difficulté à parler, à cause de la grosse boule qui s'était formée dans sa gorge. Votre fille, Jane, m'a demandé de vous ramener à la maison.

— Mais non ! Vous savez bien que ma fille doit m'accompagner. D'ailleurs, elle serait bien avisée de se dépêcher un peu, car elle risque de manquer le train.

Rydell ferma brièvement les yeux, puis il proposa :

— Acceptez mon aide, madame. Permettez que je vous aide à vous relever.

— C'est inutile, monsieur. J'attends le train. Jane a promis que nous prendrions le train.

Que répondre à cela ? Et que dire à Jane pour la réconforter ? Comme elle devait souffrir en voyant s'amenuiser les facultés mentales de sa mère. Pas étonnant qu'elle lui eût paru tellement distraite quand il lui avait montré la maison qu'il était si fier de construire.

De sa propre autorité, il se pencha pour prendre la vieille dame dans ses bras, et il lui dit :

— Je vous ramène chez vous. N'ayez pas peur.

Il redoubla de précautions pour revenir vers la maison, tant il craignait, en tombant ou simplement en trébuchant, d'affoler sa protégée qui tremblait déjà comme une feuille. Chemin faisant, il multiplia les paroles d'apaisement, sans savoir s'il était compris.

Il sortait du verger quand il aperçut une silhouette qui tenait une lanterne. Il appela. La silhouette s'agita, vint vers lui. Et il entendit la bonne grosse voix d'Odélia, encore lointaine.

— Monsieur Wilder ? C'est vous ?

— Rydell ?

La voix de Jane ! Et elle l'appelait par son prénom ! Le cœur de Rydell se gonfla d'allégresse.

— Maman ? reprit la jeune fille.

Rydell pressa le pas.

— Elle est saine et sauve, cria-t-il.

Se penchant sur sa protégée qui se recroquevillait dans ses bras, il tâcha de la rassurer :

— Nous y sommes bientôt. Vous allez revoir votre fille.

— Vous êtes bien gentil de me ramener à la maison, murmura-t-elle. Mais j'aurais préféré prendre mon train.

Odélia arrivait en courant, tenant haut sa lanterne.

— C'est vous, madame ? interrogea-t-elle, avec une brusquerie qui trahissait son angoisse passée.

Heureusement, Jane approchait.

— Maman, maman ! s'exclama-t-elle d'une voix tremblante. Nous avons eu si grand peur ! Est-ce que tu vas bien ?

— Oui, elle va bien, répondit Rydell. Simplement, elle est… comment dire ? Elle ne sait plus très bien où elle en est.

Il s'agissait de rentrer maintenant, Jane marchant à côté de Rydell et tenant la main de sa mère, Odélia suivant avec la lanterne. Ils traversèrent le potager et pénétrèrent dans la maison par la petite porte de derrière, Odélia s'était portée en avant-garde pour éclairer les marches.

— Prenez l'escalier au bout du couloir, conseilla-t-elle à Rydell. La chambre de Madame est au premier.

Jane, qui ne voulait pas abandonner sa mère, participa à l'ascension dans l'escalier étroit.

— Ce sera là, dit-elle en montrant une porte.

Odélia suivait toujours, sa lanterne à la main. De plus en plus essoufflée, elle annonça :

— Je préparerai une tasse de chocolat chaud pour Madame, après l'avoir mise dans son lit.

Jane ouvrit la porte de la chambre. Rydell s'arrêta. Indécis, il regarda Jane.

— Ma petite, grommela Odélia derrière eux, nous n'allons pas rester ici cent sept ans. Pousse-toi, que M. Wilder puisse entrer.

— Oui... oui, bien sûr, murmura Jane.

— Et puisque nous n'avons pas besoin de toi pour le moment, reprit la servante, descends donc dans la cuisine et vérifie s'il reste assez de lait pour préparer le chocolat.

Puis, à la jeune fille qui descendait l'escalier, elle ordonna encore :

— Fais aussi chauffer de l'eau pour une bouillotte. Ta mère doit avoir les pieds gelés.

Elle suivit Rydell dans la chambre et lui dit, comme si elle avait besoin de justifier son attitude :

— Il faut bien que je l'occupe, cette petite. Sinon, elle va se ronger les sangs.

*
* *

Dans la cuisine, Jane trompait son angoisse en faisant les cent pas, en surveillant l'eau qui chauffait dans une bouilloire et le lait dans une casserole. Elle prêtait l'oreille aux bruits de la maison, n'entendait rien et s'inquiétait. Que se passait-il en haut ? Pourquoi M. Wilder… Rydell ne descendait-il pas ? Odélia n'avait pas eu l'idée saugrenue de lui demander son aide pour mettre sa mère au lit, au moins ?

Que lui offrir quand il descendrait ? Un peu de chocolat chaud, ou peut-être une part de ce caramel qu'il avait contribué à préparer ? Le caramel avait eu le temps de refroidir… il était possible de le découper en carrés… pourvu qu'il fût bon…

Jane soupira. Ses idées partaient dans tous les sens.

Heureusement, Rydell et Odélia descendaient l'escalier. Ils entrèrent dans la cuisine.

— Tu peux monter, lui dit la servante. Le chocolat et l'eau sont prêts ? Dépêche-toi, car elle est épuisée. Et tu verrais ses pieds : aussi noirs que les miens !

Jane sortie, elle dit à Rydell en lui offrant une chaise :

— Je me demande bien ce que nous allons faire de sa mère. A mon avis, elle a complètement perdu la tête.

Rydell ne trouva rien à répondre. Il comprenait très bien à quel drame Jane se trouvait confrontée et savait quels seraient son angoisse et son désarroi s'il avait à vivre le même drame. Pour la première fois de sa vie, il trouva bien que sa propre mère n'eût pas vécu trop longtemps avec la maladie qui l'avait frappée.

Il y a des situations pires que la mort, songea-t-il. *C'en est une que de perdre peu à peu le contact avec ceux qu'on aime*.

Quand Jane revint dans la cuisine, il se leva et se porta à sa rencontre.

— Voulez-vous m'accompagner un moment dehors ? souffla-t-il.

Elle le suivit en silence jusque sous le porche de devant, et elle attendit qu'il eût refermé la porte derrière eux pour murmurer :

— Je vous remercie de votre aide, qui nous a été si précieuse.

— Comment va-t-elle ?

— Physiquement, bien, soupira la jeune fille au bord des larmes. Mais la tête…

Sur le point d'éclater en sanglots, elle s'arrêta.

— Elle m'a dit qu'elle attendait le train, dit Rydell.

— Pour rentrer dans le comté de Marion. Je m'en doutais. C'est une promesse que je lui ai faite.

Rydell souffrait de voir Jane si malheureuse et souffrait encore plus de ne pas savoir comment agir pour lui venir en aide.

— Il y a quelque chose que je voudrais vous dire, reprit-elle après un moment de silence.

Elle se retourna, et c'est sans le regarder qu'elle lui livra cette confidence :

— Je n'ai jamais eu un seul ami à Dixonville. Peut-être était-ce en grande partie ma faute, tant il est vrai que je n'ai pas consenti d'efforts pour m'investir dans la société de cette ville. Mais je voudrais que vous sachiez ceci…

Jane s'interrompit. Parlerait-elle ? Rydell s'interdit de la presser. Retenant sa respiration, son cœur battant à ses oreilles, il espéra entendre les mots préparés pour lui, espéra plus encore qu'ils ne lui seraient pas cruels.

— Je reconnais que je n'ai pas été très aimable pour vous dans le passé. Pour moi, vous étiez un Nordiste, donc un être méprisable. C'est vrai, je le pensais. Je vous en demande pardon. Et s'il est possible, je voudrais que vous me considériez désormais comme votre amie, si c'est encore possible. J'en serais honorée.

Lui eût-elle offert un royaume qu'il n'aurait pas été plus enchanté. Emu, il lui prit une main, qu'il porta à ses lèvres.

— Jane, chère Jane, murmura-t-il. Ma reine…

Il sentit que la jeune fille tressaillait au rappel du surnom dont on l'avait affublée. Retenant la main qui voulait se soustraire à lui, il s'empressa de se justifier :

— Je ne me moque pas. Vous êtes ma reine. Je vous jure que c'est vrai.

Pressant sur son cœur la main de Jane, il conclut avec exaltation :

— Et moi, je suis votre chevalier servant, jusqu'à la fin des temps.

21.

Jane plaqua les ciseaux sur sa planche à couper et mit son visage dans ses mains. Elle ne savait pas comment procéder. Elle n'avait plus d'idées.

— Fais-moi une chemise pour Moïse, l'avait suppliée Odélia. En tissu fin, quelque chose de rafraîchissant, pas comme ces grosses chemises en flanelle qui le font transpirer encore plus quand il travaille au-dessus de son brasier. Du tissu qui respire, quoi ! Tu vois ce que je veux dire ?

Du tissu qui respire… La veille, elle avait acquis un coupon de lin écru qu'elle avait mis à tremper, puis séché étendu, à plat, toute la nuit. Là-dessus elle avait posé les pièces découpées dans une vieille chemise de Moïse, « bonne pour les chiffons », avait décrété Odélia. Normalement, elle ne devait pas éprouver de difficulté à exécuter ce travail. Pourtant, elle doutait.

Comment une chemise, en effet, même en tissu léger, eût-elle pu être rafraîchissante pour répondre aux exigences d'Odélia ? Pour travailler dans une forge, le lin valait mieux que la laine ; c'était certain. Ensuite, Moïse pouvait remonter ses manches jusqu'au-dessus du coude et ouvrir son col. Il pouvait même ne pas entrer les pans de la chemise dans son pantalon, ce qui lui permettrait de bénéficier d'une aération meilleure… et puis… et puis…

Mais oui ! Comment n'y avait-elle pas pensé plus tôt ?

Jane reprit ses ciseaux. Certes, son idée passerait sans doute pour étrange voire bizarre, mais c'était la solution idéale, et si simple de surcroît ! Prise d'enthousiasme créatif, Jane se mit à couper très vite ses pièces, qu'elle posa sur la machine à coudre, sauf une. Le dos serait double, avec une épaisseur en lin et l'autre… en quoi, au fait ?

Elle fourragea dans le panier de chutes. Il fallait quelque chose de léger, quelque chose… oui ! Jane poussa un cri de joie en s'emparant d'un morceau du tulle qui lui avait servi à confectionner des voilettes pour quelques chapeaux. Exactement ce qu'il lui fallait !

Enjambant la Générale Lee qui, le dos arqué, se faisait les griffes sur le parquet en profitant du soleil entrant à flots par la porte ouverte, Jane se remit à sa table et entreprit de couper un morceau du tulle, aux dimensions exactes de la pièce de dos. En souriant, elle se demanda quel jugement Odélia porterait sur son innovation.

Pour le reste, où en était-on du programme ? Il fallait encore coudre l'ourlet du jupon en taffetas rouge, le cadeau de Moïse destiné à Odélia ; assembler et coudre une demi-douzaine de chemises pour dames ; et terminer la robe du matin en satin rose. Il ne serait peut-être pas plus mal de commencer par celle-ci.

Pensive, concentrée, Jane se tourna vers son mannequin, qui n'avait rien à montrer. Hier matin, Evangéline Tanner s'était arrêtée devant la fenêtre pour admirer la robe en mousseline verte, était aussitôt entrée pour l'acheter, et par la même occasion avait fait l'emplette d'une bonne longueur de tulle vert pâle destiné à orner un chapeau qu'elle avait déjà et qui serait ainsi assorti à la robe ; le tout pour quatre dollars et cinquante *cents*. Le cœur battant de joie et d'orgueil, Jane avait remercié cette excellente cliente. Le soir même, elle avait ajouté trois dollars à sa cagnotte.

Combien de robes Evangéline Tanner pourrait-elle acquérir au cours d'une année ? s'était demandé Jane. Pour le savoir, il lui suffisait de ne jamais laisser la vitrine vide, afin de soumettre l'épouse de l'industriel à des tentations multiples et variées. Voilà pourquoi il convenait de rhabiller le mannequin, le plus vite possible.

Ayant placé une bobine de fil rose sur sa machine à coudre, Jane s'apprêtait à se mettre au travail quand Evangéline Tanner parut sur le seuil. Très animée, elle oublia les salutations d'usage et s'exclama en entrant :

— Vous ne devinerez jamais ce que j'ai à vous dire !

Jane s'alarma.

— La robe ne va pas ?

— Mais non, ce n'est pas cela, dit Mme Tanner en souriant. Elle va bien. Elle va même très bien.

Rassurée, Jane épingla bord à bord deux morceaux de la robe de satin rose.

— Comme vous le voyez, celle-ci est loin d'être terminée et je le regrette. Mais ma mère ne va pas très bien en ce moment, je suis obligée de passer plus de temps avec elle. Forcément, cela me retarde.

— Rien ne presse, et vous allez même devoir laisser ce travail en plan car j'ai une autre commande à vous passer ; une grosse commande.

— Une grosse commande ? murmura Jane. Que voulez-vous dire ?

Les yeux d'Evangéline Tanner brillaient de plaisir.

— Ecoutez-moi bien. Une personne de ma connaissance souhaiterait que vous confectionniez pour elle un trousseau de mariage. Je dis bien : un trousseau complet, avec chemises de nuit, dessous, robes de chambre… Tout, vous dis-je ! Et attendez, ce n'est pas tout : cette personne désire que vous fournissiez aussi la robe de mariage.

— La robe de mariage ? Mais je n'ai jamais…

— Je vous en prie, Jane, ne refusez pas. La personne dont il est question a beaucoup entendu parler de vous, de votre talent. Elle ne veut que vous pour exécuter cette commande.

— Pourquoi votre amie ne vient-elle pas elle-même ? Elle n'a pas envie de choisir les tissus, de discuter du style d'ensemble ?

— Elle ne l'envisage pas et pourquoi ne pas vous l'avouer, elle préfère garder l'anonymat. Sachez qu'elle connaît votre travail, l'admire beaucoup et s'en remet à vous pour prendre toutes les décisions nécessaires. Les robes que vous fabriquez sont admirables, et toujours si originales. Alors, pourquoi ne pas vous faire entièrement confiance ?

— Il faut pourtant bien prendre les mesures ! protesta Jane. Sinon, les vêtements n'iront pas parfaitement. Votre amie ne sera pas satisfaite.

Evangéline montra du doit le mannequin devant la fenêtre.

— Cette taille-là. Construisez toutes les pièces à ces mesures et ce sera parfait. Maintenant, il me reste à vous annoncer le plus beau.

— Le plus beau ? fit Jane. Parce que ce n'est pas tout ?

La tête lui tournait.

— Je ne vous pas encore parlé de la rémunération. La personne que je représente serait disposée à vous payer trois cent cinquante dollars, à condition que la robe de mariée soit prête pour le 1er septembre. Oh ! J'allais oublier : il faudrait aussi un chapeau assorti à la robe de mariée.

— Un chapeau, murmura Jane, qui avait l'esprit vide.

— Oui, parce que la cérémonie du mariage aura lieu en extérieur. C'est pourquoi un grand chapeau s'impose, pour protéger la mariée du soleil, encore très chaud à cette époque. Vous n'êtes pas de cet avis ?

— Un chapeau..., balbutia Jane ; une robe de mariée... trois cent cinquante...

Je pourrais rembourser ma dette d'un seul coup et il me resterait encore assez pour payer le train... Je pourrais enfin tenir la promesse que j'ai faite à maman.

— Madame Tanner...

— Evangéline. Appelez-moi Evangéline, je vous en prie. Ne sommes-nous pas devenues amies ?

Jane avait beaucoup de mal à parler, encore plus à penser.

— Evangéline, soit. Dites à... dites à votre amie que j'accepte sa commande et que je ferai de mon mieux. Dites-lui que je... comprends les raisons qui lui interdisent de venir elle-même. Assurez-la que je lui ferai la plus belle robe de mariée qu'on ait jamais vue à Dixonville.

Evangéline Tanner souriait. Elle était ravie. D'une voix pleine de gravité, elle reprit :

— Je ne puis vous révéler le nom de la personne qui m'a chargée de cette commission. J'ai promis le secret. Vous le comprenez, n'est-ce pas ?

— Certainement, dit Jane, au bord des larmes.

Elle se mordit la langue pour ne pas jeter le nom de la mystérieuse *personne*, pas si mystérieuse que cela, car elle avait très vite compris. Puisque Evangéline voulait garder le secret...

Seule dans sa boutique, elle se demanda avec qui Laetitia Price se marierait le 1er septembre.

Cela aussi, elle craignait de l'avoir compris.

Rydell augmenta l'allure. Après quelques pas, il se retourna et constata que Gaucher se laissait distancer.

— Dépêchez-vous, voyons ! J'entends le cri du gros bifteck saignant qui m'appelle. Je ne veux pas le faire attendre.

— Il ne faut pas me faire courir comme ça, protesta Gaucher. C'est que je ne suis plus tout jeune, moi ! Alors, je cours si c'est nécessaire ou si j'en ai envie. Pour le moment, rien ne presse. Je peux donc savourer la promenade et, par exemple, m'arrêter pour respirer le parfum du buisson de roses que Rafe Mercer entretient avec tant d'amour. Belles roses, tu ne trouves pas ?

— Oui, belles roses, maugréa Rydell. Mais pour le moment, j'ai surtout envie de humer le parfum de mon bifteck. Maggie m'en a promis un gigantesque.

— Attends un peu… Regarde là.

Le vieil homme désignait, dans la cour d'une maison, une bascule constituée d'une longue planche posée en équilibre sur un chevalet. Un garçonnet et une fillette se balançaient.

Bien malgré lui, Rydell revint sur ses pas pour complaire à son ami. Le garçon aux cheveux roux et au visage constellé de taches de rousseur n'était autre que Tommy, qui avait ouvert chez lui un compte avec une pièce de un *cent*, celui qui aussi lui avait apporté la petite chatte confiée par la suite à Jane. Quant à la fillette, qui avait pris soin de confectionner une selle avec une couverture pliée afin d'amortir les chocs, elle avait de grands yeux bleus et de longs cheveux blonds qui frisottaient. Rydell nota que Tommy la dévorait du regard.

— Ne dirait-on pas qu'il y a de l'amour dans l'air ? murmura Gaucher.

— Oui, répondit Rydell, d'un ton désabusé. Mais cette bascule n'est-elle pas à l'image de la vie, de la mienne en particulier ? Le garçon est amoureux, mais sa belle reste hors de sa portée. Quand il monte, elle descend. Quand il descend, c'est elle qui monte. Ils ne se rencontreront jamais.

— Je suis allé au cirque, une fois. Il y avait un numéro de trapèze. La fille se lançait dans les airs, exécutait un saut périlleux, et son partenaire la rattrapait. Précision parfaite.

— Quel rapport ?

— Le rapport, c'est que Jane et toi pratiquez une sorte de jeu de trapèze, mais que vous manquez de précision. Elle se balance, elle se lance dans le vide, et tu n'es pas là pour la cueillir au bon moment. Inversement, quand tu tends les mains pour l'attraper, c'est elle qui n'est pas au rendez-vous. Il peut durer longtemps, ce petit jeu-là.

— Gaucher, grommela Rydell, vous feriez mieux de vous taire. Vous dites des bêtises.

— D'abord, ce ne sont pas des bêtises, et je ne me tairai pas. Si tu veux que j'arrête de te donner des leçons, tu n'as qu'à l'épouser, ta Jane.

— Parce que vous croyez que je n'essaie pas ?

— Je vois que tu essaies ! Mais essayer ne suffit pas. Si le trapéziste *essayait* seulement de rattraper sa partenaire, il y a belle lurette qu'elle se serait écrasée. C'est pareil pour toi et Jane.

Rydell se força à sourire, mais il avait du mal.

— Vous ne pensez pas que vous feriez mieux de vous mêler de vos affaires ?

— J'ai pas mal d'années derrière moi, ce qui me donne le droit de me mêler des affaires des autres, des tiennes en particulier. Tu verras ! Toi aussi tu deviendras vieux et alors, tu éprouveras le besoin de donner des leçons aux jeunes ; pas pour les embêter, mais pour leur transmettre un peu de la sagesse que tu auras acquise. Si toutefois tu es devenu un peu plus sage.

Malgré lui, Rydell éclata de rire.

— Je vais vous faire une proposition, Gaucher. Vous ne dites plus rien et je vous invite à dîner.

— Enfin tu y as pensé ! s'écria le vieillard. Depuis le temps que j'attends… Le mal qu'il faut se donner pour économiser quelques dollars !

*
* *

— Eh bien, tu vois, ma petite, je me demande…

Bras tendus, Odélia tenait devant elle la chemise destinée à Moïse. La pinçant aux épaules, elle la tournait et la retournait, pour examiner tantôt le plastron, tantôt le dos. Elle semblait perplexe. Après un long moment de silence, elle reprit :

— Je n'ai jamais rien vu de pareil. Tu es sûre que c'est décent ?

— Bien sûr que c'est décent, répondit Jane, en riant. Seul celui qui la portera saura qu'il y a un rabat ici.

Elle souleva l'empiècement du dos pour révéler le tulle qui se trouvait en dessous. Continuant l'inventaire de ses innovations, elle poursuivit :

— C'est pareil pour ces fentes que j'ai pratiquées dans les soufflets, sous les aisselles. Elles sont invisibles.

— Ouais…, murmura Odélia, pas vraiment convaincue.

— A chacun de ses mouvements, Moïse fera entrer de l'air dans sa chemise, et cela le rafraîchira. Tu comprends ?

— Je comprends, dit Odélia, sans enthousiasme. Mais pour vérifier que ça marche, il faudra que Moïse accepte de porter cette chemise. Il est comme tous les hommes, Moïse : têtu. Et s'il n'aime pas…

Le reste de la tirade se perdit pour Jane qui s'abîma dans ses pensées. Elle s'avisait soudain qu'elle ne connaissait pas les hommes, qu'elle n'en savait pas grand-chose. Le seul qu'elle eût fréquenté, c'était son père, Garrett Davis, qui aimait les cols de chemise très amidonnés, les œufs durs pas trop durs ; son père, qu'elle n'avait jamais vu vêtu autrement que d'un costume en laine, avec une cravate, même quand il montait sur une échelle pour cueillir les fruits du verger. Son père se serait-il esclaffé en découvrant la chemise qu'elle avait confectionnée pour Moïse Freeman ? Aurait-il consenti à la porter, au moins à l'essayer ? Rien n'était moins sûr.

Ce qui la ramena au maréchal-ferrant. Consentirait-il, lui ?

— Nous allons le savoir tout de suite, déclara-t-elle.

Reprenant la chemise des mains d'Odélia, elle la plia avec soin, l'enveloppa dans une grande feuille de papier fin.

— C'est une belle chemise, ma petite, crut devoir lui dire sa servante sans doute chagrinée d'avoir émis tant d'objections. Je crois que Moïse l'aimera ; surtout les boutons.

Jane sourit. Ces beaux boutons en écaille tachetée, elle les avait prélevés sur une vieille chemise de son père, et il était vrai qu'ils s'assortissaient parfaitement au lin écru.

Voyant le visage chagriné d'Odélia, elle lui dit :

— Ne t'en fais pas. Si Moïse n'aime pas cette chemise, je lui en confectionnerai une autre.

La servante sortit de sa réserve. Lui reprenant la chemise, elle déclara, avec son entrain retrouvé :

— Je vais la lui porter de ce pas. Pourquoi tarder ? Je n'en peux plus de le voir travailler avec ses grosses chemises ! Il cuit, là-dedans.

— Alors va, Odélia. Je reste avec maman. J'attendrai qu'il fasse un peu moins chaud pour retourner à ma boutique.

— Toi aussi, tu travailles trop. Tu es de plus en plus pâle. Si, si ! Tu as une petite mine.

— Je vais très bien, assura Jane. Je dors un petit peu moins, c'est vrai, depuis que…

Les mots suivants ne purent sortir de sa bouche.

— Je sais, ma petite, soupira Odélia. Je sais. C'est depuis l'autre nuit, n'est-ce pas ? Tu t'inquiètes et tu te demandes ce que tu pourrais faire. Mais tu ne peux rien pour ta pauvre maman, sauf l'aimer de tout ton cœur. Allez, j'y vais !

Jane l'accompagna jusqu'au porche et la suivit des yeux tandis qu'elle descendait la colline, d'un pas alerte malgré la chaleur étouffante. L'ample robe grise, qui se soulevait et voletait, lui révélait par intermittences des dessous rouge vif qu'elle ne reconnut pas avant un certain temps d'observation :

c'était le jupon qu'elle avait confectionné, le cadeau de Moïse Freeman à Odélia.

Pensive, Jane rentra dans la fraîcheur relative de la maison.

Odélia prenait la vie comme elle venait. Elle réagissait à chaque situation qui se présentait, sans se lamenter sur le passé, sans réfléchir trop à l'avenir. A chaque jour suffisait sa peine. Elle travaillait dur, elle aimait sans restriction et sans arrière-pensée. Comme elle le disait elle-même, Odélia « faisait ce qu'elle avait à faire ».

Une leçon dont tu devrais t'inspirer, Jane Charlotte.

Chaque chose en son temps. Jane réfléchit à haute voix.

— J'ai troué le pouce de ma dernière paire de gants, mais avec tout le travail que me donne la confection du trousseau pour l'amie d'Evangéline, je ne vais avoir la possibilité d'en réparer aucune. En conséquence, j'irai désormais en ville sans porter de gants.

Evangéline Tanner ne portait pas de gants. Jane l'avait remarqué, s'en était étonnée d'abord. Mais si l'épouse de l'industriel pouvait se le permettre, pourquoi pas elle, Jane ? Ce n'était pas ici le comté de Marion, mais le comté de Douglas, en Oregon. Le lieu n'était pas le même, les temps avaient changé.

Jane s'assit et posa ses mains sur ses genoux pour les examiner. L'index de sa main gauche portait une petite dépression permanente, due au maniement intensif des ciseaux. Elle avait déjà pris l'habitude de garder les ongles très courts afin de ne pas les accrocher dans les fils des fines étoffes qu'elle manipulait. Son poignet gauche s'ankylosait peu à peu pour avoir poussé d'incalculables longueurs de tissu sous l'aiguille de la machine à coudre.

Ces mains étaient-elles toujours celles d'une jeune fille de bonne famille ? Elle travaillait jour après jour, semaine après semaine. Elle ne ménageait pas sa peine. Cela signifiait-il qu'elle n'était plus une jeune fille de bonne famille ?

Question inutile, question sans objet car Jane *devait* travailler. Elle avait un besoin vital de l'argent que lui procurerait son labeur. En septembre, c'est-à-dire dans moins de cinq semaines, elle recevrait le salaire de la peine qu'elle se serait donnée pour confectionner le trousseau de Laetitia Price. Ensuite, elle prendrait le train pour le comté de Marion, avec maman et Odélia.

Jusque-là, elle conformerait son attitude à celle de sa servante. « Elle ferait ce qu'elle aurait à faire. » Sa mère, elle l'aimerait sans restriction et sans arrière-pensée, comme Odélia ; et le plus tôt serait le mieux.

Jane se leva.

— Maman ? Je vais te préparer un verre de limonade fraîche et je resterai près de toi pendant que tu te désaltéreras.

Plus tard, rendue à sa solitude, elle réfléchirait à la robe de mariée, le crayon en main. Elle penserait à Laetitia Price, bien sûr. Elle penserait à Rydell Wilder, forcément.

L'essentiel, c'est que je ne pense pas aux deux en même temps.

22.

A la mi-août, la chaleur intense et le vent desséchant avaient épuisé Jane. Pour ne plus avoir à subir la torture que lui infligeait le soleil, elle avait pris le parti d'aller travailler dans sa boutique très tôt le matin. Elle y retournait en fin d'après-midi, pour remplir l'assiette de la Générale Lee et pour se livrer aux tâches de repassage, les plus éprouvantes. Pantelante, le souffle court, elle s'astreignait à travailler encore après, fort tard dans la nuit, poussant l'aiguille à la lumière de la lampe à pétrole. Il faisait si chaud que, le plus souvent, elle tirait sa chaise à l'extérieur. La brise nocturne restait chaude, mais au moins lui paraissait-elle un tout petit peu plus fraîche.

Le matin, Jane évitait de se regarder dans le miroir. Ses joues étaient pâles, ses traits tirés, ses yeux cernés. Elle savait tout cela et n'avait pas envie de s'apitoyer sur son sort. Elle n'en avait surtout pas les moyens. La livraison du trousseau devrait avoir lieu dans deux semaines et le travail était loin d'être terminé. La robe de mariée n'était même pas encore coupée.

La composition du trousseau avait été arrêtée en concertation avec Evangéline Tanner. En ce qui concernait la robe de mariée, Jane avait suggéré un ensemble de soie brochée, avec une longue traîne et un corsage agrémenté de dentelle. Evangéline avait approuvé avec enthousiasme, pour demander ensuite un long voile en tulle qui serait maintenu sur la tête par une couronne de fleurs en taffetas.

Evangéline passait presque chaque jour à la boutique, non pour surveiller l'avancement des travaux, mais pour bavarder un moment avec Jane, l'encourager dans ses moments de doute. Elle parlait d'elle-même aussi, de son mari. Elle se livrait aux confidences, répondait sans détour aux questions posées par Jane.

Celle-ci savait donc que son amie désirait un bébé et qu'elle désespérait de le concevoir. Un jour, feuilletant un catalogue de modèles, elle s'était longuement arrêtée sur les vêtements pour enfants. Les larmes aux yeux, elle avait fini par refermer l'ouvrage et s'en était allée. Le cœur serré, Jane n'avait su quoi lui dire.

Chaque soir, Rafe Mercer lui apportait une pomme avant de fermer son bazar. Un matin que la chaleur était déjà étouffante, Maggie était sortie de l'hôtel Excelsior pour lui apporter une grande cruche de thé froid.

Si Jane procédait à l'assemblage des pièces sur le mannequin, elle emportait les vêtements finis chez elle, enveloppés dans de grandes feuilles de papier. Elle les rangeait dans son armoire, sur le rayon du haut. La pile en était déjà impressionnante, mais il en restait beaucoup à fabriquer. Aurait-elle le temps de satisfaire à ses obligations ? C'est ce qu'elle se demandait avec une inquiétude grandissante, à mesure que les jours passaient.

Souvent, Marie Deux-Chapeaux passait devant la boutique et regardait longuement le mannequin nu. Un jour, elle avait franchi le seuil et posé cette question :

— Toi travailler beaucoup beaucoup. Pourquoi dame en carton pas encore habillée ?

Jane avait expliqué :

— Je prépare le trousseau d'une jeune fille à marier. Personne ne doit le découvrir avant la cérémonie.

— Avec mon peuple, très différent. Tout le monde regarder habits de la mariée. Mais mariée rester cachée.

Avec un grand sourire, elle avait demandé ensuite :

— Toi te marier ?

— Moi ? s'était exclamée Jane qui venait de se piquer avec son aiguille. Non, ce n'est pas moi. C'est une autre jeune fille de la ville.

L'Indienne avait hoché la tête et murmuré d'un ton péremptoire :

— Gros gâchis.

Pour cesser cette conversation qui l'attristait, Jane avait donné à Marie Deux-Chapeaux le grand morceau de calicot bleu sur lequel elle lorgnait depuis un moment.

Un soir que, revenue à sa boutique comme à son habitude, elle s'était installée sur le seuil pour profiter de la relative fraîcheur vespérale, avec la ferme intention de terminer un lot de chemises en batiste auxquelles il n'y avait plus qu'à coudre la dentelle aux manches et au col. Elle se mit donc au travail avec autant d'ardeur que lui en permettait sa fatigue, mais très vite lui vint l'impression désagréable, de plus en plus nette, qu'on l'épiait.

Au bout d'un moment, n'y tenant plus, elle posa son ouvrage sur ses genoux et regarda autour d'elle. La rue était déserte et l'hôtel Excelsior, où ne brillait aucune lumière, se dressait dans la nuit comme la haute muraille d'un château abandonné. Jane scruta une à une, de bas en haut, toutes les fenêtres noires. Se tenait-il là, celui qui l'observait en cachette ? Elle savait que Rydell occupait une chambre dans cet établissement. Etait-ce lui qui se livrait à ce jeu pervers ?

Quand son regard atteignit les fenêtres les plus élevées du bâtiment, elle découvrit que, derrière, le ciel s'était peint en rouge orangé. Prise d'épouvante, elle se mit aussitôt à courir, dans la rue qui soudain s'animait. De toutes les maisons sortaient les citoyens de Dixonville, tandis que la cloche de l'église se mettait à sonner le tocsin. De plus en plus affolée, Jane ne comprenait pas. Elle songea qu'elle n'avait pas fermé la porte de sa boutique. Toujours courant, elle revint sur ses pas, ne vit pas le lourd attelage qui allait au galop et faillit se jeter sous les sabots des chevaux. Mais deux mains la saisirent aux épaules et, sans ménagement, la tirèrent en arrière. Elle s'écroula dans les bras de Rydell, qui l'apostropha avec sévérité.

— Jane ! Que faites-vous là ? Vous avez failli vous faire écraser.

— Le ciel ! dit-elle en se cramponnant à lui. Regardez donc le ciel !

— C'est un feu de prairie, hurla-t-il pour se faire entendre malgré le vacarme de la rue. Il s'est déclaré au nord, sans doute à cause d'un éclair, mais le vent le pousse par ici.

— Par ici ? Vous voulez dire que la ville est menacée ?

— Oui, mais nous pensons pouvoir l'arrêter avant qu'il ait atteint la ferme d'Olaf Jensen.

Pétrifiée d'horreur, Jane demanda :

— L'arrêter ? Comment ?

— Couvertures, sacs, pelles, répondit sobrement Rydell. Il faut écraser les flammes, aménager un coupe-feu si possible. Si nous n'agissons pas très vite, la ville risque d'être dévorée par l'incendie.

Il tira Jane encore une fois pour l'obliger à monter sur le trottoir, à cause d'un autre attelage qui les frôla en passant à toute vitesse.

— Rentrez chez vous, lui conseilla-t-il. Mais faites attention à vous.

— Où allez-vous ?

— Au bazar. Rafe Mercer dispose d'un stock de couvertures. Nous allons commencer avec ça. Moïse Freeman doit fournir des sacs en toile de jute.

— Je veux aider aussi ! cria Jane.

— Pas question ! Rentrez chez vous. Et encore une fois, soyez prudente.

— Mais ma boutique ? Si la ville brûle…

Le regard de Rydell se fit pénétrant.

— Vous n’auriez pas peur ?

— Si, j’aurais peur ! Je suis pétrifiée. Mais je suis une citoyenne de cette ville. Je dois apporter mon concours.

Jane ne comprit pas pourquoi cette réponse lui valait une longue étreinte.

— C’est d’accord, lui dit Rydell. Mais promettez que vous resterez toujours derrière moi et que vous m’obéirez en tout.

Jane répondit d’un hochement de tête. Rydell lui rendit sa liberté. Puis il lui prit le bras pour traverser la rue, en direction de chez Mercer.

Armée de pelles, de couvertures et de sacs, la population de Dixonville se rendit à la rencontre de l’incendie, qui effectivement menaçait déjà directement la grange où avait eu lieu le bal. C’était là, juste devant le champ de seigle hivernal, qu’il fallait délimiter une ligne que les flammes ne devraient pas franchir si on voulait éviter la catastrophe. Un mouchoir noué sur le visage, les femmes protégeant aussi leurs cheveux avec un grand torchon, les citoyens tâchaient de contenir le monstre, dans la chaleur intense, la fumée épaisse et l’odeur âcre.

En arrivant sur le théâtre des opérations, Jane pensa qu’elle ne tiendrait pas longtemps, qu’elle s’écroulerait vite pour vomir ou pire, qu’elle s’évanouirait. Rydell lui avait donné son mouchoir, dont la bonne odeur de savon ne pouvait rien contre les senteurs caustiques de la fumée. Sa couverture était très lourde. Chaque mouvement, pour la soulever et l’abattre sur les flammes, était pour elle une véritable torture.

A côté d'elle, Maggie, de l'Excelsior, manipulait avec énergie un gigantesque couvre-lit qu'elle avait dû arracher à l'un des lits de l'hôtel. A son exemple, Jane eut honte de ses langueurs. Elle redoubla d'efforts. A elles deux, elles parvinrent à éteindre un carré d'herbe, sur lequel un homme se hâta de jeter plusieurs pelletées de terre afin de parachever le travail.

Jane s'aperçut alors qu'elle avait présumé de ses forces, que la volonté ne lui donnerait pas l'énergie physique dont elle manquait. Elle tomba à genoux et, pliée en deux, se mit à tousser.

— Que se passe-t-il ? demanda Rydell aussitôt venu pour se pencher sur elle.

— Je ne peux plus respirer.

— Votre corset, sans doute. Vous ne devriez pas être ici. Je n'aurais pas dû vous amener avec moi.

— Vous avez probablement raison, répondit-elle, mais je suis là, et je reste. Coupez les lacets.

— Hein ?

— Le laçage de mon corset. Coupez-le.

— Ici, devant tout le monde ? fit Rydell, les yeux écarquillés.

Jane hocha la tête et entreprit de déboutonner son chemisier.

Jane Charlotte, cette fois, tu perds la tête. Tu imagines ce que maman dirait, si elle te voyait ?

Maman ne comprendrait pas. Elle ne *pouvait pas* comprendre. Mais Jane avait une boutique à sauver. Ainsi qu'elle l'avait déclaré à Rydell, elle était — provisoirement — une citoyenne de cette ville et devait donc apporter son concours à l'entreprise de sauvetage.

Rydell avait ouvert son couteau.

— Vous êtes certaine, demanda-t-il avant d'opérer, que vous ne préférez pas retourner chez vous ? Ce serait plus sage.

— Coupez ! ordonna Jane, en ouvrant son chemisier afin de donner voie à la lame libératrice.

— Alors, ne bougez plus.

Avec précaution, Rydell coupa les lacets. Jane tira sur le corset qui tomba à ses pieds. Rydell le considéra et murmura, pensif :

— C'est fou, le nombre de vêtements que les femmes peuvent porter les uns sur les autres.

Il détourna le regard pendant que Jane reboutonnait son chemisier. Elle respirait déjà mieux. C'est avec un entrain renouvelé qu'elle reprit sa couverture pour attaquer l'incendie, dont la progression ne semblait pas ralentie.

La lutte dura pendant des heures et des heures. L'issue semblait fatale, mais la population de Dixonville, unie dans l'effort, n'était pas décidée à désarmer. L'épouse d'Olaf Jensen proposait ses sandwichs aux affamés, et Gaucher Springer se rendait utile à sa manière en circulant avec un seau d'eau pour ceux qui avaient soif.

On ne parlait pas. Pourtant, un homme s'écria soudain :

— Je donnerais la moitié de mes dents pour avoir la pluie !

Marie Deux-Chapeaux entendit cette invocation. Pour y répondre sans doute, elle entonna une étrange mélopée, puis, jetant sa couverture, elle commença à danser, seule, en décrivant un cercle étroit.

— Danse pour la pluie, dit-elle à ceux qui la regardaient avec étonnement.

Ensuite elle reprit sa couverture et se remit à une action plus conventionnelle.

Le vent soufflait de plus en plus fort, la fumée devenait plus épaisse. Jane étouffait. Elle avait la gorge sèche. Chaque inspiration lui donnait la torture. C'est avec plaisir qu'elle vit venir à elle Gaucher, mais en attendant le moment de se désaltérer, elle continua de manier sa couverture. Autour d'elle les étincelles volaient.

Gaucher passa d'abord devant Rydell qui, appuyé sur sa pelle, but goulûment. Puis vint le tour de Maggie et ensuite celui de Jane. Elle se jeta sur la louche qui lui était offerte et but sans aucune distinction, l'eau lui dégoulinant sur le menton et mouillant tout son chemisier. Mais foin des bonnes manières ! Elle s'essuya les lèvres avec le revers de la main. C'est alors qu'elle s'aperçut que sa couverture, qui pendait à son côté, avait pris feu. Elle hurla.

Rydell lui arracha la couverture, qu'il jeta au sol pour la piétiner. Il la lui rendit amoindrie, une bonne partie ayant été dévorée par le feu : elle était devenue inutilisable.

L'incendie progressait toujours. De plus en plus hautes, les flammes dansaient la sarabande. Elles semblaient narguer les humains incapables de les vaincre.

Jane s'énerva. Elle piétina quelques flammèches, chassa avec la main des étincelles qui voletaient autour d'elle comme des insectes importuns. Elle voulait faire quelque chose, n'importe quoi. Elle refusait de rester inactive alors que Maggie se démenait avec son couvre-lit, que Rydell maniait la pelle, que tous les habitants de Dixonville luttaient, chacun selon ses moyens.

Jane n'avait plus d'arme pour lutter contre le feu. Mais une idée la frappa soudain et aussitôt elle la mit en pratique. Cherchant sous sa robe, elle agrippa son jupon de satin, le tira vers le bas et l'enleva. Puis elle le torsada, le noua, et confectionna ainsi l'arme dont elle avait besoin. Ainsi put-elle repartir au combat.

Enfin l'incendie cessa de progresser. Il était temps d'aménager le coupe-feu, large de quelques pas au début, de plus en plus large, et jamais assez large, semblait-il, car les gens de Dixonville l'augmentaient sans cesse. Il convenait de créer un espace réellement infranchissable par les flammes, compte tenu du vent qui restait fort.

Certains hommes délibérèrent pour savoir s'il ne convenait pas d'allumer un contre-feu.

— Le vent ne souffle pas dans le bon sens, dit quelqu'un. Autant mettre le feu directement à nos maisons.

— Tanner a raison, approuva Rydell. Il vaut mieux parfaire le contre-feu. Creusons encore.

Une douzaine d'hommes, dont Moïse Freeman, se joignirent à lui dans cet ultime effort, alors que Maggie et Marie Deux-Chapeaux se mettaient en quête d'un second seau d'eau car les soldats du feu souffraient de la soif. Jane, de son côté, se proposa pour aider Gaucher. Effaré, celui-ci lui dit :

— Eh bien, vous en avez, une allure !

D'un geste automatique, elle porta sa main à ses cheveux et les sentit ébouriffés. Puis elle baissa les yeux sur elle. Quel spectacle, en effet ! Son chemisier était mal boutonné, les étincelles y avaient percé une multitude de trous. Dans la fièvre de l'effort, elle avait remonté sa jupe de façon inconsidérée, découvrant ainsi ses chevilles et une partie de ses mollets. En outre, le bas de sa jupe était brûlé.

Si sa mère la voyait dans cet état, elle risquait de perdre ce qu'il lui restait de raison. Pour ne pas y penser, Jane se concentra sur sa tâche.

— Un peu d'eau, Moïse ?

Le maréchal-ferrant se redressa et lui répondit dans un sourire :

— C'est rudement gentil à vous, miss Jane.

Il but avec avidité et répandit le reste de la louche sur sa tête.

— Oh, Moïse ! Votre belle chemise ! s'écria Jane. Elle est toute noire.

— Ne vous en faites pas pour si peu, miss Jane. Ce n'est que de la suie. Le savon en viendra à bout. Vous savez, c'est la meilleure chemise que j'aie jamais eue. J'ai moins chaud dedans. Alors, j'aime autant vous dire que je ne vais pas m'en débarrasser parce que je l'ai un peu salie.

— Je vous en confectionnerai une autre, Moïse ; et même plusieurs ; une douzaine, puisque vous les trouvez pratiques.

Le maréchal-ferrant promena sa main sur son visage ruisselant de sueur, et dans un bon sourire il répondit :

— Sûr que je la trouve pratique, cette chemise. Idéale pour combattre le feu et creuser des tranchées. C'est moi qui vous le dis !

Ravie, Jane s'avisa qu'elle ne sentait plus sa fatigue, comme si l'air, pourtant chargé de fumée, transportait aussi un élixir aux merveilleux effets.

Moïse lui rendit la louche et ajouta :

— Si vous permettez que je vous donne un conseil, miss Jane, vous feriez bien de vous nettoyer avant que votre maman et Odélia jettent les yeux sur vous. Vous avez le visage tout barbouillé de suie, mais à part ça, vous êtes pâle comme un linge. Et à voir vos vêtements, on pourrait croire que vous vous êtes battue avec cent mille diables. Vraiment, votre maman et Odélia ne seront pas contentes, si elles vous voient dans cet état.

Il cracha dans ses mains et se remit au travail.

Deux avis valent mieux qu'un. Cette fois c'est sûr, Jane Charlotte, tu ne peux pas rentrer ainsi.

Tourmentée par cette idée, elle perdit le fil du temps, distribuant son eau comme un automate, sans voir à qui elle la donnait.

C'est Gaucher qui la ramena à la réalité, quand il lui dit, avec un grand rire :

— Nous avons gagné, miss Jane ! Le feu est en passe d'être éteint. Nous avons sauvé notre ville !

Pour fêter cette victoire, il lui planta un baiser sur les deux joues et ajouta :

— Je savais depuis longtemps que vous n'étiez pas quelqu'un d'ordinaire, mais vous m'avez encore beaucoup étonné cette nuit !

Si je n'étais pas si fatiguée, songea Jane, *je trouverais quelque chose d'intelligent à répondre.*

Elle fondit en larmes.

23.

Rydell accourut.

— Jane, que se passe-t-il ?

— Rien..., répondit-elle en sanglotant ; le contrecoup, sans doute. Je suis soulagée que l'aventure se termine bien, mais je suis si fatiguée aussi. Je suis littéralement moulue.

Elle se moucha dans le mouchoir que Rydell lui offrait et leva les yeux vers lui. Il la regardait avec attention.

— Je pense, dit-il, que vous ne devriez pas rentrer chez vous dans cet état. Vous n'êtes pas présentable.

— Vous croyez ? murmura-t-elle, avec une ironie qu'il ne pouvait comprendre, ne sachant pas que cet avis lui avait déjà été donné par Moïse Freeman, puis par Gaucher.

En outre, elle se moquait, à cette heure tardive, du spectacle qu'elle donnait. Elle n'avait qu'une envie : se coucher et dormir, dormir ! D'ailleurs, elle allait rejoindre son lit sans plus tarder.

La démarche saccadée, elle se mit en mouvement, mais Rydell la retint par le coude.

— Non, je vous l'ai dit, ce ne serait pas raisonnable. Réfléchissez ! Vous n'avez plus de corset, votre jupe et votre chemisier sont troués de partout, vos cheveux tout emmêlés tombent sur vos épaules, votre visage et vos mains sont noirs de suie...

Elle savait tout cela mais n'avait pas les moyens d'y remédier. Elle soupira :

— Avec un peu de chance, maman ne me verra pas. Mais Odélia… elle va se mettre en rogne, c'est sûr.

Rydell se mit à rire et proposa :

— Dans ce cas, ne rentrez pas. Je veux dire : pas dans cet état.

— Et que dois-je faire, selon vous ?

— Venez avec moi, à l'hôtel, pour vous débarbouiller et vous rendre un peu plus présentable.

— Oh ! s'exclama Jane, choquée. Vous n'y pensez pas sérieusement, j'espère ! Ce serait si peu convenable… Sans chaperon ? Vous imaginez le scandale ?

Constatant que Rydell s'amusait de la situation, elle s'énerva.

— Comment pouvez-vous rire ? Contrairement à ce que vous semblez croire, ce sont des préoccupations très compréhensibles.

— Compréhensibles en Caroline du Nord, mais vous n'êtes plus en Caroline du Nord.

— Caroline du Sud.

— Sans importance. Ici, c'est l'Oregon. Vous venez de passer la moitié de la nuit à combattre un incendie avec votre jupon. Vous êtes épuisée, maculée de la tête aux pieds. Et vous savez très bien que je ne porterai pas la main sur vous.

— Je ne suis pas fatiguée ! proclama-t-elle.

Mensonge, bien sûr, mais elle avait envie de contester la vérité, si éclatante fût-elle ; parce que Rydell l'énervait, avec son gros bon sens.

Un ton plus bas, elle reprit :

— Il m'en coûte de l'admettre, mais vous avez raison.

— Alors, nous y allons ?

— Si on nous voit ?

— La moitié des habitants de cette ville m'ont vu couper le laçage de votre corset. Alors, si l'autre moitié nous voit rentrer ensemble, quelle importance, franchement ?

— Vous plaisantez ? Personne ne vous a vu. Les gens étaient bien trop occupés à combattre le feu.

— Admettons. Mais vous voyez que tout le monde s'en va maintenant chez Olaf Jensen pour fêter la victoire. Dans la ville déserte, personne ne nous verra.

— Je ne peux quand même pas.

— Pourquoi ?

— Odélia ! Elle va s'inquiéter. Je suis sûre qu'elle s'inquiète déjà.

Rydell sourit avec assurance.

— J'ai envoyé Moïse chez vous, pour lui dire que vous étiez sous ma protection. J'ajoute que le personnel de l'hôtel me doit une faveur, qu'il se fera donc un devoir de ne pas vous voir passer. Dans dix minutes, vous pouvez mariner dans un bon bain chaud, avec de la mousse jusqu'au menton. Tentée, cette fois ?

Jane ferma les yeux. La perspective du bain était alléchante, inutile de se le cacher. Pourtant, une objection encore, et puissante, se présenta à son esprit.

— Et mes vêtements ? Ils sont ruinés. A quoi servirait de me débarbouiller si c'est pour rentrer chez moi dans cet accoutrement ?

Cette fois encore, Rydell eut une réponse à proposer. Il avait donc tout prévu ?

— Nous nous arrêterons à votre boutique pour prendre ce dont vous avez besoin. Tenez ! cette robe verte que j'ai vue à la fenêtre. Elle m'a tout l'air d'être à votre taille.

— Impossible ! s'exclama Jane. Cette robe est destinée…

— Est destinée ?

— A une demoiselle dont je prépare le trousseau de mariage.

Rydell haussa les sourcils mais n'émit aucun commentaire. Jane en éprouva un vif soulagement. L'identité de sa cliente devait rester secrète, et ce n'était pas parce qu'elle l'avait percée à jour qu'elle avait le droit de la divulguer. Dieu merci, Rydell n'avait pas posé de question. Elle n'était pas certaine de pouvoir lui résister.

Ils rentrèrent donc en ville, s'arrêtèrent dans sa boutique pour prendre ce qu'il lui fallait, et de là ils se rendirent à l'Excelsior.

En gravissant l'escalier, recouvert d'un épais tapis, qui conduisait à la chambre, Jane s'interrogeait. Rydell voudrait-il prendre un bain aussi ? il en avait bien besoin. Dans ce cas, y aurait-il deux baignoires, ou jugerait-il plus simple de…

Elle se sentit rougir, tandis qu'une fièvre étrange l'envahissait. Vite, penser à autre chose… Quel était le programme du lendemain ? quelles pièces couper, lesquelles coudre ?

Je me demande à quoi ressemble Rydell une fois qu'il a retiré sa chemise ; et son pantalon…

Le souffle plus court, le sang battant à ses tempes, Jane monta moins vite. Jamais elle ne s'était posé ce genre de question à propos d'un homme. La fatigue, sans aucun doute, expliquait ces égarements. Mais c'était terminé, elle allait se reprendre. Donc, demain, elle se mettrait à la couture de…

Et lui, est-ce qu'il pense à moi de la même façon ?

Rydell la vit qui hésitait à la porte de la chambre. Il comprenait. Lui-même avait du mal à croire qu'il se trouvait bien là, dans le couloir de cet hôtel, en compagnie de miss Jane Davis, jeune fille du Sud si bien élevée, tellement collet monté.

Au cours de cette nuit agitée, luttant côte à côte avec Jane contre le feu, respirant le même air vicié, il n'avait cessé de l'observer en catimini en se demandant qui elle était vraiment.

Qui y avait-il sous les dentelles et les volants ? Il avait peu à peu acquis la conviction, depuis un certain temps, qu'elle n'était plus celle qu'il avait connue autrefois ; qu'elle avait changé. Ne s'aventurait-elle pas hors de la maison familiale pour aller en ville, elle qui avait consenti pendant si longtemps à l'enfermement ? C'était un signe qui ne trompait pas.

Autre signe : l'abandon du corset. Et c'était à lui que Jane avait demandé de trancher le laçage. Il l'avait délivrée, elle l'avait remercié avec un sourire plein d'innocence qui avait ranimé ses instincts protecteurs.

D'autres instincts aussi, moins désintéressés. Des instincts qu'il aurait du mal à tenir en lisière, se dit-il en regardant Jane qui se décidait enfin à franchir le seuil de sa chambre. Il la suivit, referma la porte.

Elle contourna le grand lit recouvert d'une courtepointe en satin bleu et se dirigea vers la fenêtre.

— D'ici, vous avez une vue imprenable sur ma boutique, lui dit-elle sans se retourner.

Elle ouvrit le rideau, se pencha à droite puis à gauche, rentra et ajouta :

— Vous pouvez même surveiller toute la rue.

— Si la rue n'était pas si sombre, répondit Rydell sans réfléchir, vous vous apercevriez que je puis même vous suivre des yeux tout le long du chemin qui mène à votre maison sur la colline.

Pensive, Jane se mordilla la lèvre. Puis elle demanda :

— Depuis quand habitez-vous à l'Excelsior ?

— Vous voulez savoir, je suppose, depuis quand j'observe votre maison ?

— Exactement.

— C'est simple : depuis que vous habitez à Dixonville.

Rydell s'avança d'un pas vers elle et ajouta :

— Aujourd'hui, j'ai devant les yeux un spectacle que je n'avais jamais vu auparavant ; un spectacle étonnant. Votre visage est tout noir de suie, vos vêtements sont sales et déchirés, et pourtant, vous ne m'avez jamais paru plus belle.

Elle écarquilla ses yeux qui, inexplicablement, s'emplirent de larmes.

— Je… je suis si fatiguée que je comprends tout de travers, balbutia-t-elle. Il m'a semblé que vous disiez…

— Jane…

— Je ne devrais pas être ici, Rydell. Je sais que je ne devrais pas. Si quelqu'un me voyait, ma réputation serait détruite à tout jamais.

Elle s'adossa au mur, prit sa tête dans ses mains et soupira :

— D'une certaine façon, je m'en moque, d'ailleurs. Ces conventions me semblent avoir si peu d'importance, tout à coup…

— C'est l'épuisement qui vous fait parler ainsi, dit Rydell, prudent, et conscient qu'il devait se garder de se réjouir trop vite.

— En partie ; en partie seulement. Pour le reste…

Il s'approcha davantage. A ce moment, on frappa à la porte.

— Qui est là ? demanda-t-il sans se retourner.

— C'est la baignoire que vous avez demandée, *señor*. Rosita et ses aides apportent l'eau chaude.

— Entrez, Juan, reprit-il, le regard accroché à celui de Jane. Rosita, faites déposer les seaux d'eau près de la baignoire. Je remplirai la baignoire moi-même.

— *Bueno, señor.*

Il entendit, mais ne vit pas le cortège des employés qui apportaient les seaux d'eau. Le dernier à sortir referma la porte. Le silence revint dans la chambre.

Jane n'avait pas bougé. D'une toute petite voix, elle murmura :

— Est-ce que…

Elle ne put poser la question qui lui brûlait les lèvres. Rydell se dit qu'il fallait la rassurer.

— Voici ce qu'il va se passer. Je remplirai la baignoire, puis je tournerai le dos afin que vous puissiez prendre votre bain. Puis vous vous habillerez, pendant que je me décrasserai.

— Dans la même eau ?

— La même. L'eau devient plutôt rare à cette saison. Il n'est pas mauvais de l'économiser.

La jeune fille jeta un coup d'œil vers la baignoire entourée de seaux de bois.

— C'est bien, souffla-t-elle en guise d'acquiescement. Mais vous ne le direz à personne, n'est-ce pas ?

Rydell eut du mal à ne pas éclater de rire. Commettre une telle indiscrétion ? Plutôt mourir ! Jane était là, dans sa chambre, seule avec lui : un rêve qu'il poursuivait depuis l'âge de seize ans. Il l'aimait depuis toujours, l'aimait plus que jamais. Tout ce qu'il désirait, c'était la prendre dans ses bras pour la protéger.

Mais s'il la prenait dans ses bras, maintenant, elle se méprendrait sur ses intentions ; alors, pas de mouvement inconsidéré. S'il avait assez d'empire sur lui-même, il ne la toucherait pas, il résisterait à la tentation de se retourner quand elle serait dans la baignoire.

Il s'éloigna et s'affaira à remplir la baignoire d'eau fumante. Puis il en approcha une chaise.

— Vous n'aurez qu'à jeter vos vêtements par terre, dit-il. Le savon et les serviettes se trouvent sur le sol, à côté de la baignoire.

Il s'assit sur le lit, face à la porte. Le silence se fit, qui régna assez longtemps. Jane hésitait, mais Rydell ne dit rien pour ne pas donner l'impression qu'il voulait la brusquer. Enfin il entendit un soulier tomber sur le sol, puis l'autre. Ensuite il perçut des froissements d'étoffe. Il pensa au corset.

— Vous voulez que je vous trouve un nouveau lacet ?

La réponse se fit attendre.

— Non, c'est inutile. Il faudrait que vous le coupiez encore, la prochaine fois que…

— Vous avez l'intention de combattre un autre incendie ? demanda-t-il en riant.

— J'espère que non ! Ce que je voulais dire, c'est qu'on est plus libre de ses mouvements, sans ce carcan. Pour moi qui suis toute la journée penchée sur ma table à couper ou ma machine à coudre, c'est inespéré. Je me demande d'ailleurs pourquoi je n'ai pas pensé plus tôt à m'en débarrasser.

Quand, au bruit, il comprit que la jeune fille était entrée dans la baignoire, il ferma les yeux et s'astreignit à des pensées apaisantes. Peine perdue, car son imagination enflammée lui dépeignait Jane nue, ruisselante, aussi vivement que s'il la voyait de ses yeux.

— Quand…

Il dut toussoter pour s'éclaircir la voix, puis il reprit :

— Quand vous… serez… habillée, je vous reconduirai dehors. Nous sortirons de l'hôtel par la porte de derrière.

Jane ne répondit pas. Elle se lavait les cheveux. L'évocation de cette scène l'enfiévra dangereusement.

Continue de parler, imbécile !

Il inspira une grande goulée d'air.

— La porte de derrière ouvre sur une ruelle. Vous n'aurez que quelques pas à faire pour gagner votre boutique.

Le silence était revenu. Rydell essaya de ne pas imaginer à quelle activité Jane se livrait alors. Chassait-elle les bulles de savon sur ses épaules ? Promenait-elle le linge de toilette sur…

Il s'allongea sur le lit, étendit ses bras, s'absorba dans une étude attentive des fissures du plafond.

Encore cinq minutes tout au plus. Contrôle-toi, mon vieux, tu n'as plus que cinq minutes à souffrir.

— Ou alors, je pourrais vous reconduire chez vous. Ce serait le mieux. Mais il faudra faire vite, si vous voulez mon avis. Le soleil se lèvera dans quelques heures tout au plus, c'est pourquoi je pense que nous devrions nous hâter. Dans cette ville, les gens se mettent très tôt au travail. Inutile d'éveiller une curiosité hors de propos.

Silence.

— Alors, Jane, que décidez-vous ?

Pas de réponse.

— Jane ?

Rydell compta trois minutes, puis se rassit sur le lit.

— Jane ?

Il risqua un œil.

La tête penchée, les cheveux dans les yeux, Jane dormait, les bras pendant de chaque côté de la baignoire. Une de ses mains tenait le savon ; l'autre, le linge de toilette.

Rydell faillit éclater de rire. Mais l'hilarité le quitta quand il s'aperçut que si la mousse épaisse lui cachait tout le corps de la jeune fille, il lui découvrait cependant un sein, dont il apercevait presque le mamelon.

— Jane ! Jane, réveillez-vous !

Sa poitrine se soulevait avec régularité. La bouche entrouverte, elle semblait sourire.

Elle dormait profondément.

Que faire ?

A condition qu'elle ne se réveille pas.

Sur la pointe des pieds, Rydell se dirigea vers la baignoire, effleura les épaules de la jeune fille : elles étaient glacées.

Avec précaution, il lui retira le linge, puis le savon. Elle ne réagit pas.

C'est jouable.

Il se plaça derrière elle, la prit sous les aisselles et lentement la tira hors de l'eau. Elle resta inerte, dodelinant de la tête, les bras ballants.

— On y va, murmura-t-il, pour lui-même plus que pour elle.

Il se pencha pour la prendre sous les genoux, se redressa et l'emporta sans difficulté. Elle ne pesait pas plus de cent livres.

Elle émit un faible gémissement, se pelotonna contre lui qui se hâtait de la porter vers le lit sur lequel il la déposa avec précaution. Puis il revint vers la baignoire pour s'emparer d'une serviette avec quoi il entreprit d'éponger les gouttelettes d'eau sur son corps.

Qu'elle était belle ! si belle, si émouvante dans son abandon qu'il pouvait l'admirer sans arrière-pensées, presque avec détachement.

— Maman ?

Il sursauta.

— C'est Rydell, souffla-t-il.

Il attendit un moment puis se remit à tamponner, doucement, la peau satinée de la jeune fille.

D'une voix ensommeillée, elle murmura :

— Je me sens bien.

Interloqué, il s'arrêta de nouveau. Qu'est-ce que cela signifiait ? Et fallait-il continuer ou tout arrêter ?

Comme pour lui apporter une réponse à ce dilemme, Jane se retourna et, la tête dans l'oreiller, marmonna :

— Le dos.

Il hésita, frotta un peu des épaules au creux des reins, puis s'arrêta.

— Encore.

— Jane ?

— Encore. Mal au dos.

Rydell poursuivit le traitement aussi longtemps que possible et il cessa quand il se trouva incapable de supporter les effets que cela produisait sur lui. L'héroïsme a des limites. En hâte, il couvrit la jeune fille de la courtepointe bleue et éprouva une sorte de soulagement étrange quand il n'eut plus ce corps nu sous les yeux. En titubant, il se dirigea vers la baignoire, s'effondra sur la chaise, déboutonna le col de sa chemise, avec difficulté. Ses doigts tremblaient.

L'heure du bain avait sonné. Il l'avait bien mérité.

Il entra dans l'eau tiède et mousseuse, s'assit, replia les jambes, posa son front sur ses genoux. Il médita, peut-être somnola-t-il un peu. Il trouva en lui assez de ressources pour se savonner. Puis il se rassit dans l'eau pour se rincer. Il tremblait de désir.

Dire que je n'ai que quelques pas à faire…

Mais cette courte distance, il ne la parcourrait pas. Cet acte ignoble, il ne le commettrait pas.

Attendre…

Jane devait venir à lui, se donner à lui de son plein gré. Telle était la condition qu'il s'était fixée et sur laquelle il ne voulait pas revenir ; question d'honneur. Jane devait le désirer autant qu'il la désirait.

Comme un diable surgi de sa boîte, il se leva d'un bond, éclaboussant tout autour de lui. Il se sécha vite et se mit à marcher autour de la baignoire, tête basse, les mains dans le dos. Obstiné, il marcha jusqu'à ce qu'il sentît revenir en lui un semblant de sérénité. Alors il s'habilla. Puis il marcha encore. Enfin, il s'autorisa à s'étendre sur le lit, à côté de Jane.

— Quelle heure est-il ? demanda-t-elle, d'une voix lointaine.

— 4 heures environ.

— Viens près de moi. J'ai froid.
— Jane ?
— Oui ? fit-elle sans ouvrir les yeux.
— Vous savez où vous êtes ? Vous vous rappelez ?
— Dans ta chambre d'hôtel, Rydell. Dans ton lit. Pauvre maman, elle serait scandalisée, si elle savait.
Elle parlait avec lenteur, mais de façon très audible.
— Vous n'êtes pas scandalisée, vous ? demanda Rydell, les yeux tournés vers le plafond.
— J'ai pensé que je le serais, mais en fait, non.
Après un petit moment de silence, Jane reprit :
— Je t'aime bien, Rydell ; plus que je n'ai jamais aimé personne.
Sans voix, il se rapprocha, la prit dans ses bras. Elle se laissa capturer, posa la tête sur sa poitrine et murmura :
— C'est drôle. Odélia avait raison.
— Raison à propos de quoi ? demanda Rydell qui n'osait plus respirer.
— Odélia dit souvent que si on écoute un homme assez longtemps, on finit toujours par l'entendre dire quelque chose de sensé. Mais des fois, il faut attendre longtemps.
— Jane…
— Ne m'embrasse pas. Je me sens si bizarre, quand tu m'embrasses, que je n'ai plus confiance en moi-même.
— Jane, épousez-moi.
La réponse ne vint qu'après un long moment de silence.
— J'y réfléchirai, Rydell. Je te le promets. Mais il faut que je finisse un trousseau pour le début de septembre. Et puis, il y a maman qui veut…
D'un rapide baiser, il lui ferma la bouche.
— Je ne veux pas entendre parler de votre maman ; pas maintenant. Je veux que vous me disiez que vous acceptez de m'épouser.

— Je…

Jane se pelotonna contre le flanc de Rydell, lui passa un bras sur la poitrine. Elle reprit :

— Tu as raison. Il ne faut pas parler de maman. Ce n'est pas le moment.

Elle s'enfonça dans le sommeil.

Tétanisé, tant par le bonheur que par la crainte de réveiller la belle, Rydell regarda blanchir le plafond.

24.

Jane ouvrit les yeux à la lumière qui envahissait la chambre par la fenêtre ouverte. Seigneur, il faisait grand jour ! Et il était plus de midi, à en juger par la position du soleil. Elle avait trop dormi, beaucoup trop.

Elle s'assit, poussa un cri de douleur et se laissa retomber sur les oreillers. Chacun de ses muscles, dans son dos et dans ses épaules, lui était souffrance. Combattre un incendie pendant des heures, à coups de couverture puis de jupons, était une besogne plus éprouvante que repasser une douzaine de robes ou que cueillir un panier de pêches. Elle avait mal partout.

Du regard, elle parcourut la chambre vide. La baignoire n'y figurait plus, les seaux non plus, les serviettes non plus, sa jupe et son chemisier abîmés non plus. Mais ses dessous étaient là, tout propres, qui pendaient sur un fil tendu entre l'espagnolette de la fenêtre et une chaise. Quelqu'un — Rydell ? — les avait lavés et mis à sécher.

Jane se rassit, avec plus de précautions et poursuivit son exploration de la chambre. L'ameublement, rare, se composait juste du nécessaire, c'est-à-dire du lit, de l'armoire, d'une commode, d'un petit bureau sur lequel figuraient trois dossiers, et sur chacun de ces dossiers reposait un presse-papiers qui n'était autre qu'un gros caillou poli, sans doute ramassé dans un torrent. Sur la commode était posée une photographie dans un cadre, qui représentait une dame très belle, mais triste, aux yeux fatigués. Juste à côté se trouvait une Bible reliée en cuir, et deux boutons de manchette en argent.

A gauche du lit, Jane vit encore un grand fauteuil recouvert d'un riche damas, et à droite, la chaise d'où partait le fil supportant ses dessous. La robe qu'elle avait prise dans son magasin en venant se trouvait sur le fauteuil, soigneusement pliée, avec une feuille de papier que Jane attrapa en se penchant, non sans grimacer.

« Passez par l'escalier au bout du couloir, puis la porte de derrière. R. »

Bien sûr. Elle devait s'habiller et regagner sa boutique par la ruelle sans que personne la vît. Plus une seconde à perdre.

Elle se leva, s'empara de ses dessous pas tout à fait secs et s'arrêta net. Cette situation… elle ne parvenait pas à y croire. Elle s'habillait dans la chambre d'un homme, dans une chambre d'hôtel, en plus ! C'était si étrange, si inattendu qu'elle se demanda même, brièvement, si elle n'était pas en train de rêver. Elle ne se pinça pas, mais c'était tout juste.

Elle se sentait dans un état parfaitement normal ; mais plus légère, peut-être, malgré ses courbatures. Une question la visita : pourquoi ne se sentait-elle pas fautive après avoir passé la nuit avec Rydell ? Son sens moral s'était-il évanoui en même temps que sa raison ? Le seul petit point qui l'ennuyait, c'était qu'elle risquait d'être vue, dans le couloir, dans l'escalier ou même dans la ruelle. Pour le reste… elle avait l'esprit serein, tranquille.

Jane Charlotte, il y a peut-être quelque chose qui ne va plus du tout, chez toi.

Mais non !

Et si, au contraire, tout commençait à aller bien, chez moi ?

Sur la chaise, à côté de ses vêtements bien pliés, Jane trouva un peigne et une brosse à cheveux, brosse d'homme en poils de sanglier ; sa résille aussi. Sous la chaise étaient rangés ses souliers bien cirés, luisants.

Rydell avait pensé à tout.

Jane prit la brosse, la porta dans ses cheveux emmêlés en observant son reflet dans la fenêtre. Non seulement elle se voyait différemment, mais une idée nouvelle se frayait son chemin dans son esprit : Rydell Wilder était le seul homme qu'elle eût jamais aimé bien.

Et encore, je me demande si ce bien *n'est pas de trop.*

Sa main s'immobilisa. Un Yankee… Papa ne comprendrait jamais.

Papa était peut-être un peu myope, moralement parlant. Il n'avait pas su reconnaître les qualités de Rydell Wilder. Parce que, yankee ou pas, Rydell Wilder était un homme d'honneur. Il l'avait amplement prouvé.

Le regard de Jane se tourna vers la photographie sur la commode. Sa mère, bien sûr… Une femme admirable, sans aucun doute ; et ce n'était pas parce qu'il ne l'avait pas connu que le père de Rydell n'était pas un homme respectable aussi. Les aléas de la vie… Même Garrett Davis, homme rigoriste s'il en fût, admettait volontiers qu'il fallait connaître les épreuves subies par son prochain avant de le juger. Pourquoi n'avait-il pas appliqué cet excellent principe à Rydell ?

Jane confectionna un chignon approximatif, qu'elle emprisonna dans sa résille. L'odeur âcre de la fumée flottait encore dans l'air, mais la lumière était belle ce matin. C'était, pour Jane, comme si un voile obscur s'était déchiré devant ses yeux. Elle y voyait plus clair autour d'elle, en elle surtout.

— Maintenant, murmura-t-elle en vérifiant une dernière fois sa tenue dans la fenêtre, il ne me reste plus qu'à trouver l'escalier et la petite porte de derrière, sans me faire remarquer.

Elle n'avait plus qu'à mettre ses souliers et à les lacer. Avant de sortir de la chambre, elle éprouva le besoin de tirer les draps et les couvertures, afin de donner au lit un aspect plus présentable. Puis elle entrouvrit la porte, jeta un coup d'œil à droite et à gauche. Personne. Sur la pointe des pieds, elle s'engagea dans le couloir.

Le couloir lui parut démesurément long, mais aucune rencontre intempestive ne troubla ce qu'il fallait bien appeler sa fuite. Elle descendit l'escalier qui grinçait trop à son gré, trouva la fameuse petite porte de derrière dont les gonds couinaient, ouvrit cette porte et se retrouva, en effet, dans une ruelle si peu fréquentée qu'elle était l'empire des herbes folles. Aucun danger n'était à redouter ici, ce qui ne dissuada pas Jane de prendre son élan pour courir vers la rue. Là-bas, après ce tournant, était le salut...

Hélas ! après le tournant, Jane rencontra Laetitia Price qui, tout aussi surprise qu'elle, lui demanda d'un air narquois :

— Eh bien, Jane Davis, on joue à cache-cache ?

Affolée, Jane ne put que balbutier :

— Bonjour, Laetitia... Je... J'étais en train...

Elle chercha une explication plausible, se désespéra de n'en trouver aucune autre que celle-ci, qu'elle jugea elle-même lamentable :

— Je me promène... pour me rafraîchir un peu... Il fait si chaud, dans ma boutique.

— Je vous crois, répondit Laetitia, d'un air qui montrait que, justement, elle n'en croyait rien. Justement j'en viens, de votre boutique. J'ai jeté un coup d'œil par la fenêtre. La robe verte, en cours d'assemblage sur votre mannequin, elle sera bientôt terminée ?

— Oui, bientôt, sans doute...

— Vous voulez la vendre, naturellement ?

— Non.

— Non ?

— C'est-à-dire, si… Mais elle est vendue par avance. C'est une commande… d'une cliente… Je pensais que vous saviez.

Le regard de Laetitia devint très inquisiteur, gênant.

— Je ne comprends rien à ce que vous dites, déclara-t-elle avec un mépris non déguisé.

Elle examina Jane des pieds à la tête et reprit :

— Je me demande parfois à quoi vous pensez et je ne suis pas la seule, permettez-moi de vous le dire. C'est à croire que vous n'avez pas le sens commun. Il fait une chaleur écrasante, mais vous n'avez rien pour vous protéger le visage ; pas d'ombrelle, pas de chapeau, rien !

Jane eut envie de répondre, vertement, qu'elle faisait ce qu'elle voulait. Puis il lui sembla que Laetitia n'abordait ce sujet que pour changer de conversation et elle se demanda pourquoi…

Mais bien sûr ! le secret ! Jane n'était pas censée savoir qu'elle travaillait pour Laetitia…

— Si vous voulez bien m'excuser, Laetitia, je dois retourner travailler à votre…

Elle se mordit la langue, se reprit très vite :

— J'ai beaucoup de travail.

Laetitia hocha la tête, agitant ses boucles blondes sous son petit chapeau, bleu comme son ombrelle.

— Bien sûr, dit-elle, soudain plus aimable. Oh, attendez ! Vous pourriez confectionner un chapeau assorti à cette robe verte ? Avec beaucoup de rubans ? Ce serait charmant.

« Quel jeu joue-t-elle ? » se demanda Jane, médusée. Laetitia ne pouvait pas ne pas savoir que la robe verte faisait partie du trousseau en cours de constitution ; de *son* trousseau… Oh, et puis, tout cela n'avait pas beaucoup d'importance. Si Laetitia voulait jouer au plus fin, c'était son affaire. Elle, Jane, n'avait pas le temps de s'amuser. Elle avait du travail !

Le 1er septembre, tout serait terminé. Elle empocherait ses trois cent cinquante dollars, ferait ses bagages et rentrerait dans le comté de Marion, avec sa mère et Odélia.

Cette perspective, qu'elle devait trouver réjouissante, lui serra la gorge, à un tel point qu'elle se trouva dans l'impossibilité de répondre à Laetitia Price qui attendait, étonnée, qu'elle lui dît ce qu'elle pensait du chapeau à rubans verts. Hochant simplement la tête, elle s'éloigna rapidement, sortit de la ruelle pour passer dans la rue, et se rendit à sa boutique. Des larmes plein les yeux, elle n'y voyait pas grand-chose.

Que se passait-il en elle ? Pourquoi cette tristesse soudaine ? N'avait-elle plus envie de rentrer chez elle, à Montclair ?

Bien sûr que si ! Quelle folie que de penser le contraire !

Jane Charlotte, cette tristesse ne trouverait-elle pas son origine dans le fait que tu répugnes à quitter Rydell ? Franchement ?

— Pas du tout ! s'écria-t-elle pour elle toute seule.

Elle repartirait, sans regret donc. Le plus tôt serait le mieux, pour la bonne et simple raison que, justement, elle entretenait avec Rydell des relations équivoques, beaucoup trop proches. Il lui arrivait même de rêvasser à la maison qu'il construisait, et elle se voyait déjà, assise sous la véranda par un beau soir d'été, devisant avec lui…

Autre argument en faveur du départ : cette nuit passée dans la chambre d'hôtel, dans le lit de Rydell ! A cette pensée, Jane se sentit rougir mais, plus grave, elle perçut en elle les effets d'une fièvre qu'elle jugea inquiétante.

Elle prit la clé qu'elle cachait dans une anfractuosité du bois, l'introduisit dans la serrure, ouvrit la porte de sa boutique, entra. La Générale Lee, qui dormait dans la corbeille à ouvrage, souleva une oreille, entrouvrit un œil et se recroquevilla de nouveau.

Sur sa table à couper, Jane découvrit un pot de café et une corbeille en osier dans laquelle elle découvrit, après avoir soulevé le torchon qui la recouvrait, un assortiment de gâteaux et de biscuits. Rydell avait pensé, aussi, à lui apporter un petit déjeuner, sans imaginer qu'elle se lèverait si tard : à cette heure, le *petit déjeuner* se transformerait en déjeuner tout court.

Jane mourait de faim. Elle mordit à pleines dents dans le premier gâteau qui lui tomba sous la main et but avidement à même le pot de café. La bouche pleine, elle se transporta vers le seuil de sa boutique et porta son regard de l'autre côté de la rue, vers la façade de l'hôtel Excelsior, chercha certaine fenêtre… celle-là, à droite, avec le rideau blanc. Ainsi, Rydell pouvait l'observer tout à loisir pendant qu'elle travaillait et sans doute ne s'en privait-il pas. Elle ne s'en agaça pas. Bien au contraire, elle retira de cette certitude le sentiment d'être protégée.

Ayant dévoré tous les biscuits, une bonne part des gâteaux et bu plus de la moitié du café, elle se lava les mains et s'assit pour se remettre à la confection de la robe de mariée. Elle en était à la couture du corsage. Elle s'était fixée sur un dessin assez simple, très différent du style que Laetitia affectionnait ; mais la magnifique soie moirée qu'elle s'était procurée pour cette réalisation atténuerait l'effet de simplicité et Laetitia serait enchantée. Du moins, il fallait l'espérer.

Pendant un moment, l'aiguille suspendue, Jane se prit à rêver, se demanda quelle allure elle aurait dans cette robe, avec le long voile, la couronne de fleurs, un bouquet de fleurs blanches à la main. Elle imagina sa lente marche dans l'église, vers l'homme qui l'attendrait au pied de l'hôtel, fixant sur elle le regard ému de ses yeux gris… Elle en éprouva une bouffée de bonheur, bonheur immense, irraisonné…

Et injustifié.

Le rêve éteint, Jane reporta son regard sur la robe de soie. Son cœur s'était mis à battre de façon erratique. Elle aurait tant voulu que cette robe lui fût destinée.

Si seulement c'était moi, et non Laetitia, qui…

Les doigts tremblants, elle se remit à coudre, un point, puis deux… Elle n'avait plus le cœur à l'ouvrage.

Impossible.

Quoique, dans le fond, en réfléchissant bien…

Mais non ! C'est encore mon imagination qui déraille.

Malgré un gros effort de volonté, elle continua à imaginer.

Une vie merveilleuse et heureuse enfin.

Une vie avec Rydell.

Rydell consacra toute sa matinée à une lutte qui consistait à chasser Jane de son esprit afin de pouvoir se concentrer sur son travail, et précisément sur ses livres de comptes, lesquels constituaient, en l'occurrence, le moyen en même temps que le but de ce combat perdu d'avance.

Toutes les demi-heures environ, Josiah entrouvrait la porte après avoir frappé discrètement, et passait la tête dans l'entrebâillement. D'un geste, Rydell lui signifiait qu'il n'en avait pas encore terminé. Après plusieurs répétitions de ce manège, le clerc s'inquiéta :

— Vous n'avez jamais mis autant de temps pour vérifier mes comptes, patron. Il y a quelque chose qui ne va pas ?

— Ne t'inquiète pas, Josiah. Tout va bien.

Façon de parler. Il n'avait pas la tête à l'ouvrage.

Comme Josiah répugnait à se retirer, il lui dit avec un peu d'animosité :

— Quand j'aurai fini, je t'appellerai.

— Patron ?

— Quoi encore ?

— J'ai vu ce M. Lucas rôder dans les parages. Je parierais qu'il envisage de nous rentre visite.

A l'évocation de ce nom, Rydell serra les poings. Il y avait, chez Lucas, quelque chose d'indéfinissable qui le mettait mal à l'aise.

Refermant son registre d'un geste sec, il se leva pour gagner la banque.

Lucas s'y trouvait, précisément devant le guichet. Quand il vit, par les barreaux, arriver Rydell, il lui lança :

— Bonjour, Wilder.

Rydell se garda de lui retourner ses amabilités.

— C'est pour un nouveau dépôt ?

— Pas cette fois, répondit l'homme en noir, avec un mince sourire. Il s'agirait plutôt de conclure un accord.

— Quel genre d'accord ? fit Rydell, de plus en plus méfiant.

Lucas posa les coudes sur le comptoir et coinça son visage entre deux barreaux. Même d'un peu loin, il empestait le whisky.

— Jusqu'ici, j'ai déposé… qu'est-ce que tu dirais, Wilder, à vue de nez ? Vingt, vingt-cinq mille dollars ?

— Vingt-trois mille quatre cent quatre-vingts dollars. Je viens justement de vérifier les comptes.

— En fait, je me fiche de savoir exactement combien j'ai mis dans ton coffre. Mais ce qui m'intéresse, c'est la somme que j'aurai sur moi en sortant d'ici.

Rydell dévisagea l'homme dont le sourire, décidément, ne lui disait rien de bon. Il toussota.

— En général, on sort d'une banque l'argent qu'on y a déposé.

— Je sais ; mais cette banque est un peu différente des autres.

— Je ne vois pas en quoi.

— Je l'ai un peu étudiée. C'est bien toi qui en es le propriétaire, n'est-ce pas, Wilder ?

— Exact.

— Alors, laisse-moi t'expliquer. Tu vas me rendre mes vingt et quelque mille dollars, puis tu ajouteras à cette somme tout le reste de l'argent qu'il y a dans ton coffre. A combien ça peut monter, tout ça ? Quarante, peut-être cinquante mille dollars ?

— Pas question.

— A ta place, Wilder, je réfléchirais avant de dire non. J'attendrais de connaître toutes les données du problème. Comme je viens de te le dire, j'ai pas mal réfléchi, ces derniers temps. Il se trouve que j'ai la possibilité de te rendre très heureux… ou très malheureux. A toi de voir. A toi de choisir.

— Ce que tu as à me dire ne m'intéresse pas, Lucas.

— Même si le problème en question concerne une certaine miss Jane Davis ?

Rydell sentit ses entrailles se nouer. Il menaça :

— Un conseil : laisse miss Davis en dehors de tes manigances. Ne t'avise pas de la tourmenter.

Lucas partit d'un long éclat de rire.

— Du calme, Wilder ; du calme ! Pas de méprise, surtout. Ce n'est pas ce que tu crois. Miss Davis ne m'intéresse pas le moins du monde ; mais je suis dépositaire d'un secret qu'elle aimerait bien connaître.

— Ça m'étonnerait.

Lucas ignora l'interruption.

— Voici donc l'accord que je te propose, Wilder. Tu m'ouvres ton coffre tout grand et moi, en échange, je garde la bouche fermée.

Rydell avait épuisé ses réserves de patience.

— Sors d'ici, Lucas ! cria-t-il. Si tu veux ton argent, tu l'auras, mais je ne te donnerai pas un cent de plus. Ne compte pas sur moi pour cambrioler ma propre banque. N'imagine pas que je t'aiderai à commettre ce forfait.

Cette sortie n'éteignit pas le sourire de Lucas.

— Tu feras exactement ce que je te demande. Je veux bien te donner un petit délai pour rassembler la monnaie, mais quelques heures, pas plus. Demain matin…

— Demain, c'est dimanche. La banque sera fermée.

— Pas pour moi, Wilder, pas pour moi. Demain matin, j'entrerai ici et tu m'aideras à remplir mes sacoches avec les beaux billets verts qui sont dans ton coffre ; tous. Nous sommes bien d'accord, n'est-ce pas ?

Rydell dévisagea son interlocuteur. Il n'en croyait pas ses oreilles.

— Qu'est-ce qui te fait croire que je vais accepter ? demanda-t-il.

Lucas l'enveloppa d'un long regard ironique, avant de répondre par une autre question :

— Etta Wilder. Ce nom te dit-il quelque chose ?

Rydell eut l'impression de recevoir un coup de poing dans le ventre.

— C'est le nom de ma mère, dit-il d'une voix blanche. Pourquoi ?

— Je l'ai connue, Etta. J'ose même dire que je l'ai *bien* connue, si tu vois ce que je veux dire. C'était dans le Missouri et…

— Tu mens ! Espèce de…

— C'était la belle vie, là-bas, hein ? Grande maison, épouse jolie et respectable… Tu dois regretter. Je comprends pourquoi tu as jeté ton dévolu sur la petite Davis.

— Je t'ai déjà dit de ne pas la mêler à ça.

— Impossible, Wilder ; impossible. Tu sais que, dans la vie d'un homme, vient toujours le temps où il doit jouer cartes sur table. Je crois que ce moment est venu.

— Dans ce cas, montre-les, tes cartes ! Qu'on en finisse.

Lucas ménagea un long moment de silence avant de reprendre la parole.

— Comme je te l'ai dit, je sais des choses ; comme qui dirait un secret qui épouvanterait miss Davis et l'éloignerait de toi pour toujours, si j'avais la mauvaise idée de le lui révéler. Mais tu n'as qu'un mot à dire, et je garde le secret pour moi.

— Fiche le camp d'ici, fit Rydell, les dents serrées, en regrettant de ne pas avoir de revolver dans le tiroir-caisse.

— Oh, non ! Certainement pas. D'abord, tu dois entendre tout ce que j'ai à te dire. Il y a si longtemps que j'attends le moment des grandes révélations. Tu ne veux pas me gâcher mon plaisir ? Tu ne serais pas sans cœur à ce point-là ?

— Fais-les donc, tes révélations, soupira Rydell, excédé. De quoi s'agit-il ?

— Eh bien, voici : ta mère ne s'est jamais mariée, ce qui veut dire, mon petit Wilder, que tu es un enfant illégitime ; un bâtard ! Tu imagines la réaction de ta chère Jane, si elle venait à apprendre la vérité sur tes origines douteuses ?

D'une voix mate, Rydell répondit, en veillant à ne pas manifester son émotion :

— Lucas, tu es un type méprisable.

L'autre s'esclaffa.

— Méprisable, moi ? Qu'est-ce qui te permet de dire ça ? Tu ne sais rien de moi ; rien de rien !

— J'en sais assez pour te juger. Tu es un menteur et un voleur.

— Tu accuses sans preuves, mon garçon ! Tu ne me connais pas. Tiens ! Tu ne sais même pas comment je m'appelle.

— Parce que ce n'est pas Lucas, peut-être ?

L'homme en noir se rengorgea.

— Lucas, c'est mon nom d'artiste.

Avec un sourire provocateur, il fixa sur Rydell son regard brillant du plaisir que lui donnait cette situation. Ce regard, Rydell le soutint autant qu'il put puis, n'y tenant plus, il soupira :

— Alors, ton véritable nom, quel est-il ?

L'homme redevint brusquement sérieux.

— Je m'appelle Rydell ; Lucas Rydell.

Bouche bée, Rydell entendit ensuite, d'une voix qui résonna étrangement à ses oreilles :

— Je suis ton père.

Rydell crut qu'il allait se trouver mal. Cet homme, son père ? Son estomac se tordit. Pour résister à la nausée, il fit quelques pas en rond, puis revint au guichet où cet homme… son père, attendait avec impatience de pouvoir lui révéler le détail de son histoire.

— Comme je te l'ai dit, je n'ai pas épousé Etta parce que je n'avais pas le temps. J'étais très occupé, puisque j'appartenais à une bande qui a eu son heure de célébrité et qui consacrait l'essentiel de son activité au pillage des banques. Voilà… Tu comprends bien que si je raconte tout ça à ta dulcinée, elle prendra ses jambes à son cou et ne voudra plus jamais entendre parler de toi. Maintenant, si tu veux savoir pourquoi j'ai jeté mon dévolu sur cette banque, je te répondrai que c'est parce que tu en es le propriétaire. Je me suis dit que mon grand garçon ne me refuserait pas une petite faveur, en échange de laquelle je m'engagerais à ne pas raconter à miss Davis, jeune fille de bonne famille, que son prétendant est un bâtard et, par-dessus le marché, le fils d'un hors-la-loi. C'est un marché honnête, non ? Donc, je reviendrai demain matin, dimanche ou pas dimanche.

Inutile d'en dire plus, le chantage était clair : si Rydell voulait garder quelques chances de se faire accepter par Jane, il devait aider son père à piller sa propre banque.

25.

Le samedi matin, Jane accepta avec héroïsme toutes les crêpes et tout le lard frit que sa servante déversa dans son assiette, elle ne demanda grâce que lorsqu'elle se sentit sur le point d'éclater. Puis elle endura les reproches au sujet de son teint gâché par le soleil et se laissa tamponner le visage au moyen de compresses imbibées d'une mixture dont Odélia avait le secret. Quand, enfin, à bout de patience, elle décida que c'en était assez, elle monta chez sa mère pour l'embrasser, s'enfonça un chapeau de paille sur la tête et redescendit à toute vitesse pour courir vers sa boutique où l'attendait son travail.

Sur le seuil, elle dut encore affronter le regard d'Odélia qui l'attendait, les bras croisés, avec un sourire entendu, pour lui lancer une sorte de défi :

— Tu vas dire à cet homme ce que tu ressens pour lui, ma petite ? C'est aujourd'hui que tu le lui dis ?

— Je ne pourrai pas, soupira Jane. Je ne pourrai jamais. Tu ne comprends pas.

La servante grimaça le déplaisir que lui inspirait cette attitude.

— Je ne suis pas bête à ce point.

— Je n'ai pas voulu dire ça.

— Je sais de quoi tu es capable. La première fois que je t'ai prise dans mes bras, tu as serré ta petite main sur mon doigt, tu as serré très fort et depuis, c'est comme si tu ne m'avais plus jamais lâchée. Alors, ne me dis pas que tu ne sais pas comment il faut s'y prendre pour embobiner quelqu'un.

— Ce n'est pas du tout la même chose ! protesta Jane.

— C'est la même chose, rétorqua Odélia. Aimer, c'est toujours aimer. Tu réfléchiras à cela en chemin.

Jane se laissa étreindre et sauta d'un bond les quelques marches du perron, consciente que son départ s'apparentait à une fuite, mais elle éprouvait toujours beaucoup de difficulté à contredire Odélia.

Le soleil matinal, déjà très chaud, entra en même temps qu'elle dans sa boutique. Elle veilla à l'approvisionnement en nourriture et en eau de la Générale Lee, puis s'assit pour se remettre aux boutonnières de la robe nuptiale. Or, elle ne travaillait pas depuis plus de dix minutes qu'Evangéline Tanner venait la visiter, vêtue d'une robe éblouissante, en percale jaune.

— Jane, je suis venue pour... Oh ! comme c'est beau ! C'est admirable, vraiment.

Elle s'approcha pour admirer de plus près l'ouvrage en cours et reprit, avec la même ferveur :

— Vous savez que cette robe me donnerait presque envie de me remarier ? Vous devriez l'essayer.

— Je n'oserai jamais, répondit Jane, avec tristesse. Mais c'est étrange que vous me fassiez cette proposition.

— Ah, oui ? Pourquoi ?

— Plus j'approche de la fin de mon travail, plus je m'attache à cette robe et j'en viens à regretter qu'elle ne me soit pas destinée. Mais c'est bête, comme réaction, vous ne trouvez pas ?

Evangéline accueillit avec une mine bizarre cette confidence, ce qui conforta Jane dans son idée que sa réaction était bête.

— D'ailleurs, reprit très vite la visiteuse, ce n'était pas pour un essayage que j'étais venue vous voir.

Elle ouvrit son réticule, en sortit une enveloppe qu'elle plaça entre les mains de Jane, étonnée.

— Qu'est-ce que c'est ?

— Votre salaire.

— Je n'ai même pas terminé ! Il me reste encore beaucoup de boutonnières à broder, tous les boutons à coudre, le corsage à attacher à la jupe… Et je ne vous parle là que de la robe de mariage. Je…

— Quoi qu'il en soit, répondit Evangéline, la personne que je représente a jugé bon de vous payer dès aujourd'hui. Pourquoi refuser ?

Jane entrouvrit l'enveloppe. Elle y dénombra quatre billets verts, trois de cent dollars et un de cinquante. Le compte y était.

— Oh…, murmura-t-elle, tout émue de voir entre ses mains une somme si importante.

Evangéline lui prit le bras.

— Vous les avez bien gagnés. Et maintenant, ma mission étant accomplie, je file. Mon mari m'attend à la scierie.

Jane balbutia :

— Je vous prie de remercier L… ma cliente pour moi. Et j'y pense brusquement : n'a-t-elle vraiment pas envie de procéder à un essayage ?

— Je suis sûre que non, répondit Evangéline, avec un sourire radieux.

Une cliente qui payait d'avance sans même essayer ses vêtements ? Laetitia, songea Jane, avait en ses talents de couturière une confiance illimitée ; et cela malgré leur léger… différend. Evangéline l'avait bien prévenue : Laetitia se montrait volontiers imprévisible.

Pensive, Jane faisait courir son doigt sur l'enveloppe qui contenait sa fortune. « Trois cent cinquante dollars », se répétait-elle, étourdie. « Trois cent cinquante dollars… »

Après un long moment d'hébétude heureuse, elle prit une décision : terminer le travail en cours puis aller à la banque.

Le jeune clerc, qui avait les cheveux flamboyants, l'accueillit avec un sourire.

— M. Wilder est dans son bureau, miss.

— Je vous remercie, Josiah.

Jane emprunta le couloir étroit qu'elle connaissait déjà, donna un petit coup à la porte. N'obtenant pas de réponse, elle frappa un peu plus fort et, comme le silence persistait dans le bureau, elle tourna le bouton de cuivre, non sans hésitation.

Assis à sa table de travail, Rydell se tenait la tête à deux mains.

— Fiche le camp, Josiah, marmonna-t-il d'une voix lasse.

Jane s'avança.

— Ce n'est pas Josiah.

— Jane ? répondit Rydell, sans bouger.

Très vite elle eut l'impression d'un malaise et elle s'en enquit.

— Des ennuis ?

Pas de réponse. Elle insista.

— Rydell, que se passe-t-il ? Etes-vous malade ?

Avec une infinie lenteur, il leva la tête. L'expression de ses yeux, au-dessus de ses mains, causa un choc à Jane, qui eut la conviction que ses craintes n'étaient pas injustifiées.

— Non, murmura-t-il, je ne suis pas malade. Mais j'aimerais bien.

— Pourquoi ? s'étonna-t-elle. Pouvez-vous m'expliquer cela ?

— Non.

Le ton était devenu dur, coupant. Jane se sentit blessée. Indécise, ne sachant si elle devait rester ou s'en aller, elle montra sa précieuse enveloppe.

— Je suis venue vous rembourser le prêt.

Rydell sembla ne pas comprendre de quoi il s'agissait. Elle poursuivit :

— J'ai les trois cents dollars. Je ne vous remercierai jamais assez pour...

Un ricanement amer salua sa déclaration.

— Eh bien, vous voilà libre, maintenant. Vous n'êtes plus obligée de m'épouser. Contente ?

— C'est-à-dire...

— Rentrez chez vous, Jane. Rentrez en Caroline du Nord.

— Du Sud, corrigea-t-elle, automatiquement.

Sa préoccupation résidait ailleurs. Pourquoi Rydell était-il, tout à coup, si différent de l'homme qu'elle avait connu ? Si différent de celui qui l'avait tenue dans ses bras ? L'avait embrassée ? Lui avait donné l'impression de devenir, enfin, vivante ?

— Caroline du Sud, si vous voulez, fit-il d'un ton détaché.

Un long moment de silence s'ensuivit, puis Rydell reprit :

— Je suis désolé, Jane.

Il fallait répondre ; mais comment répondre sans trahir la douleur qui la torturait ? D'une voix tremblante, elle murmura :

— Oui... Eh bien... J'ai un travail à terminer... Je pense que je ferais bien de retourner à ma boutique.

Elle recula d'un pas, s'arrêta.

Rydell ne prononça pas une parole, n'esquissa pas un geste pour la retenir.

Rydell s'efforçait de ne pas la regarder. Il ne savait plus où il en était. Ses pensées s'embrouillaient. Son corps était comme paralysé.

Il l'avait perdue.

Il avait perdu la seule personne qui comptait pour lui au monde.

Mieux valait qu'elle partît : il ne supportait pas la douleur qu'il lisait dans le regard fixe qu'elle portait sur lui.

Lui aussi avait mal.

Il ne pouvait pas s'expliquer. Il ne le devait pas. Pris dans un piège abominable, tout ce qu'il pouvait faire pour protéger Jane, c'était se taire, et la laisser s'en aller. Ainsi ne saurait-elle pas qu'il était un bâtard, de surcroît le fils d'un bandit de grand chemin.

Il ne pouvait pas épouser Jane. Il n'en avait pas le droit parce qu'un jour, fatalement, tout le monde saurait qui il était et d'où il venait, et alors, le nom de Jane serait déshonoré tout autant que le sien.

La tentation était forte de marcher dans la combine de Lucas, de céder au chantage ignoble de celui-ci et de le laisser partir avec tout l'argent de la banque… mais c'était impossible. Rydell savait qu'ensuite il ne pourrait plus se regarder dans une glace.

Le choix était simple : ou il devenait un bandit lui-même, ou il laissait Lucas — son père ! — raconter partout qu'il était le fils d'un bandit. Dans un cas comme dans l'autre, Jane se détournerait de lui.

Rydell ferma les yeux, appliqua ses paumes sur ses paupières et appuya très fort pour tenter d'effacer l'image qui restait imprimée dans son cerveau. Accablé, il murmura :

— Partez, Jane. Ne restez pas à Dixonville. Rentrez chez vous, dans le comté de Marion, et oubliez toutes les sottises que j'ai pu vous raconter.

Dans le bureau surchauffé régnait un silence à couper au couteau. Les fenêtres vibrèrent au passage d'un lourd convoi. Un bébé pleurait. Un garçonnet poussa un cri. Rydell pensa aux deux enfants qu'il avait vus sur la bascule, l'un montant quand l'autre descendait. A ce jeu, il n'était jamais possible de se rapprocher.

Jane…

Il entendit un bruissement d'étoffes, le grincement de la porte qui s'ouvrait et se refermait.

Il n'ouvrit pas les yeux.

Le cœur serré dans un étau, la respiration difficile, Jane sortit du bureau, gagna la salle qu'elle traversa sans rien voir autour d'elle. Elle avait l'impression de vivre un cauchemar.

Que s'était-il passé ? En une nuit, Rydell était devenu un étranger. L'homme qu'elle s'était prise à apprécier… à aimer… ne voulait plus d'elle. Elle ne comprenait pas. Sûrement, elle allait se réveiller.

Elle se retrouva devant la porte de sa boutique sans avoir pris conscience du chemin parcouru. Là, elle s'arrêta parce que, brusquement, elle ne pouvait plus marcher. Ses jambes refusaient de la porter parce qu'une idée avait traversé son esprit.

Rydell avait-il donné sa parole à une autre ?

Laetitia Price ?

Le trousseau en fabrication était pour elle. A ce sujet, Jane n'avait aucun doute. L'identité du fiancé ne l'avait pas trop préoccupée, jusque-là…

Se pouvait-il que…

Comme un automate, Jane se rendit vers le logis de Gaucher Springer, la modeste cabane en rondins qui se trouvait à la sortie de la ville.

Elle aimait mieux savoir.

Elle frappa. La porte s'ouvrit aussitôt.

— Miss Jane ? Qu'est-ce que vous faites ici ?

Elle ouvrit la bouche pour répondre, mais aucun son n'en sortit. Elle avait la gorge trop serrée. La tête lui tournait, elle se sentit mal. Vacillante, elle se rattrapa au bras du vieillard.

— Vous avez les yeux pleins de larmes, lui dit-il. Que se passe-t-il, ma pauvre petite ?

— Oh, Gaucher, je…

Sa réponse s'éteignit dans un sanglot. Le vieillard lui prit le coude, la reconduisit dehors et l'aida à s'asseoir sur le banc qui courait le long de la paroi. Après avoir beaucoup soupiré, elle put reprendre :

— Je ne sais pas ce qu'il se passe. C'est Rydell. Il… Quelque chose s'est passé, mais je ne sais pas quoi.

D'un geste brusque, elle écrasa une larme qui roulait sur sa joue.

Gaucher s'assit à côté d'elle. La regardant avec amitié, il proposa :

— Vous allez tout me raconter, depuis le début.

Elle raconta, tout, d'une seule haleine, en regardant droit devant elle. Quand elle en eut terminé, le vieil homme avait l'air soucieux.

— Vous avez raison, dit-il après quelques instants de réflexion. Tout cela n'a aucun sens. J'étais au courant de ce prêt bancaire. Je sais aussi que Rydell a demandé à Mme Tanner de lui servir d'intermédiaire pour vous commander un trousseau de mariage, pour un montant de…

Jane sursauta.

— Que dites-vous ? C'est Rydell qui a commandé ce trousseau ? Dans quel but ?

— C'était pour vous donner la liberté, ma petite.

— La liberté ?

— La liberté de l'épouser au lieu de vous y sentir forcée à cause de cette somme que vous n'auriez pas pu lui rembourser ; la liberté de rentrer avec votre maman en Caroline, si vraiment c'était ce que vous vouliez. Oui, Dell voulait vous rendre votre liberté.

— Je… Je pensais que Mme Tanner représentait Laetitia Price.

— Pas du tout. Vous vous trompez complètement. Dell ne s'intéresse pas à cette jeune fille. Il ne s'y est jamais intéressé. Depuis que je le connais, c'est de vous qu'il est amoureux.

— Vous voulez dire… que ce trousseau… que cette belle robe de mariée… étaient pour moi ?

Après avoir recueilli d'autres larmes sur le dos de ses deux mains, Jane posa une nouvelle question, celle qui la tourmentait, celle qui avait motivé sa visite à Gaucher :

— Pourquoi vient-il de me renvoyer ? Pourquoi m'a-t-il dit qu'il ne voulait plus me voir ?

— Je ne sais pas, miss Jane. Je n'y comprends rien non plus.

La tête appuyée sur l'épaule du vieillard, elle donna libre cours à ses larmes : ce n'était plus du chagrin, mais pas encore du bonheur. Puis, quand elle eut bien pleuré, elle se leva et retourna à sa boutique. Pour travailler, elle s'installa dans la lumière que lui donnait sa porte ouverte, mais le dos à la rue. Ainsi les passants ne verraient-ils pas son visage défait.

Pendant une heure, elle réussit à travailler, elle cousit plusieurs boutons malgré son désarroi qui se transmuait peu à peu en irritation. Ainsi ne suffisait-il pas qu'elle fût tombée amoureuse d'un Yankee, au risque de scandaliser sa famille, au risque de se condamner à une vie impensable pour une demoiselle du Sud… Elle piquait l'aiguille de plus en plus vite, de plus en plus brutalement… Il fallait qu'en plus Rydell l'éconduisît, pour des raisons qu'il n'avait même pas daigné lui indiquer !

Seigneur, comment peut-il… après que… après que nous…

Une ombre se dessina dans le long rectangle de lumière. Jane baissa la tête et ferma les yeux. Elle n'avait envie de voir personne.

Mais une voix familière retentit à ses oreilles.

— Toi travailler dur aujourd'hui.

Jane leva la tête. Marie Deux-Chapeaux la regardait sans sourire, mais elle avait le regard bienveillant.

— J'ai… Il faut que je finisse…

Elle avait cru devoir s'expliquer, mais la tâche lui paraissait soudain insurmontable. Comment expliquer toute l'histoire du trousseau ?

— Moi aider, dit l'Indienne.

Sur les genoux de Jane, elle posa une longue plume verte, iridescente.

— Faisan, annonça-t-elle. Pour chapeau, là.

Elle montrait le chapeau exposé derrière la fenêtre. Comme Jane la regardait, sans doute avec un air stupide, elle expliqua :

— Chapeau très beau avec plume. Couleur comme robe à toi.

— La robe à moi ? Qu'est-ce qui vous fait penser qu'elle est pour moi ?

Une lueur étrange passa dans les yeux noirs de Marie Deux-Chapeaux.

— Moi pas penser. Moi être sûre. Robe pour vous. Et ça aussi…

Du bout des doigts, elle caressa la robe de mariée sur les genoux de Jane et prononça :

— Robe pour mariage. Beaucoup années heureuses. Beaucoup enfants.

Une lame de douleur s'enfonça dans le cœur de Jane.

— Je ne le pense pas, soupira-t-elle. C'est impossible, puisque… Pardonnez-moi, Marie, mais je suis certaine que vous vous trompez, hélas.

La vieille femme sourit avec assurance.

— Toi être jeune. Pas comprendre. Beaucoup enfants, je dis. Mettre plume sur chapeau, pour voir. Beaucoup enfants.

Jane détourna la tête pour échapper au regard pénétrant des yeux noirs. Etait-ce une prédiction qu'elle venait d'entendre ? Impensable ! Une existence avec Rydell, le mariage, des enfants, beaucoup d'enfants… Tout cela n'était pas pour la pauvre Jane. Et dire que moins d'un mois plus tôt, c'était le dernier vœu qu'elle eût formulé ! Maintenant, elle en rêvait et ce n'était plus possible. La vie était mal faite, cruelle.

Quand Jane se disposa à regarder, de nouveau, Marie Deux-Chapeaux, celle-ci avait disparu. Silencieuse sur ses mocassins, elle était sortie sans bruit.

De son passage, il ne restait comme souvenir que la plume verte, iridescente.

Jane ferma sa boutique très tard dans la soirée. Elle était moulue de fatigue. A pas lents, elle prit le chemin de la maison sur la colline, où l'attendaient sa mère et Odélia. Sa maison… Papa était parti ; maman aussi, d'une certaine façon. Celle-ci ne se levait plus que très rarement, elle avait l'esprit de plus en plus confus.

Jane n'avait pris aucune nourriture de toute la journée, mais elle n'avait pas faim. L'idée même d'un repas lui donnait la nausée. Comme une somnambule, elle entra dans la maison silencieuse. Avec difficulté, elle gravit l'escalier pour aller embrasser sa mère, lui prendre la main, essayer d'échanger quelques mots avec elle, avoir un semblant de conversation pendant qu'Odélia passerait un linge humide sur le visage de la vieille dame pour la rafraîchir et la disposer au sommeil.

— Tu es complètement défaite, lui dit la servante. Hélas, je sais que tu as le cœur brisé, mais contre ce genre de douleur, je n'ai aucun remède.

Jane s'efforça de mettre ses idées en ordre et de les exprimer de façon intelligible.

— Je ne sais pas ce qui s'est passé. Je ne comprends pas. J'étais avec Rydell, je voulais lui parler parce que j'avais pris conscience que je l'aimais... Mais lui, il m'a regardée comme une étrangère. D'ailleurs, il m'a à peine regardée. Et il m'a conseillé de partir. Il m'a même dit de rentrer dans le comté de Marion. C'est comme si la terre s'était brusquement ouverte sous mes pas, me révélant l'abîme insondable dans lequel j'allais tomber.

— Il y a deux façons de discuter avec un homme, répondit la sentencieuse Odélia ; mais ni l'une ni l'autre ne fonctionne. Tu es au fond d'un gouffre, ma petite. C'est vrai. Alors, il faut essayer de remonter la pente.

— Comment ? s'écria Jane. Odélia, je ne sais plus quoi faire. Je pourrais rentrer dans le comté de Marion, en effet, mais avec maman...

Elle étouffa un sanglot.

— Tu as raison, ma chérie. Ta pauvre maman n'a même plus la force de se tenir debout. Elle ne peut pas voyager, c'est certain. En plus, ce n'est même pas la peine de la remmener là-bas, puisqu'elle se croit déjà revenue à Montclair.

Jane hocha la tête avec tristesse.

— Je ne crois plus que ce serait une bonne chose que de retourner à Montclair. Je n'en ai plus envie. Ce n'est plus mon pays, ce n'est plus chez moi. J'ai changé, Odélia. Papa me désapprouverait s'il m'entendait parler ainsi et maman serait horrifiée, mais c'est vrai : j'ai l'impression que c'est là-bas que je me sentirais une étrangère, maintenant. J'ai changé, et même s'il m'en coûte encore un peu de le dire, je ne suis plus une citoyenne de Caroline. J'ai abandonné le rêve de retourner dans le Sud, un rêve que j'ai entretenu alors que je savais fort bien, au fond de moi-même, qu'il était déjà mort. L'ennui, c'est que je crains fort de ne plus avoir de patrie, plus de *chez-moi*.

Elle faillit fondre en larmes.

— Tu devrais te reposer, proposa Odélia avec une douceur qui ne lui était pas coutumière. Moïse doit venir pour m'aider à lever ta maman afin que je puisse changer ses draps. Alors, voici ce que tu vas faire : tu vas t'étendre un moment et, quand j'aurai fini ici, je te préparerai une bonne tasse de thé.

Jane prit la main de la fidèle servante, la serra, la pressa sur son cœur.

— Odélia, souffla-t-elle, que dois-je faire ? Que vais-je devenir ? Si tu savais comme je souffre. Je ne rentrerai pas dans le comté de Marion, mais si je reste à Dixonville, je ne supporterai pas de voir Rydell Wilder presque chaque jour, et bientôt avec une femme. Je ne veux pas savoir qu'il…

Sa voix se brisa en sanglots. Elle soupira :

— Il me semble que je ne m'arrêterai plus jamais de pleurer.

A l'aube, Jane avait pris sa décision. Elle se rendrait ce matin à sa boutique, même si c'était dimanche. Elle avait besoin de garder ses mains occupées pour ne pas penser. En outre, la Générale Lee avait besoin de nourriture et d'eau. Et, en cas de besoin, elle pourrait toujours prendre la petite chatte sur ses genoux, pour la caresser, tout en essayant de mettre un semblant d'ordre dans le capharnaüm de ses pensées.

Dans un état proche de l'hébétude, elle se vêtit d'une jupe bleu marine et un chemisier orné de dentelle blanche. Ayant refusé l'œuf poché qu'Odélia voulait lui voir prendre en guise de petit déjeuner, elle sortit de la maison, descendit la colline.

En approchant du bazar de Rafe Mercer, elle baissa les yeux et continua à marcher en regardant ses pieds. Il n'était pas question de jeter ne fût-ce qu'un seul regard en direction du deuxième étage de l'hôtel Excelsior. Encore dix pas et elle serait dans sa boutique, en sécurité.

Elle passa devant le tonneau où poussaient les roses amoureusement cultivées par Rafe Mercer, et là, elle commit une erreur parce qu'elle ne put résister au plaisir de s'arrêter un instant pour humer le doux parfum des fleurs épanouies. En se penchant, elle aperçut, bien malgré elle, la fenêtre de la chambre où résidait Rydell Wilder. Les rideaux étaient fermés.

Jane ne voulait pas penser à cette chambre et encore moins à celui qui l'occupait. Elle s'absorba dans la contemplation des roses… Que faisait-il, en ce dimanche matin ? Dormait-il encore ou s'était-il installé à son bureau pour écrire ? Il était peut-être descendu dans la salle à manger et il prenait son petit déjeuner avec son ami Gaucher Springer… Et s'il s'était rendu sur son chantier, pour voir où en était la belle maison qu'il faisait construire ?

Un frisson prit Jane. « Beaucoup d'enfants », avait dit Marie Deux-Chapeaux. Elle avait parlé de mariage. Elle avait évoqué une vie heureuse…

Une vie avec Rydell Wilder.

Il ne fallait pas y penser, parce que le rêve était sans espoir, la souffrance trop vive.

Si la Générale Lee but toute l'eau déversée dans sa soucoupe, elle ignora, en revanche, le petit morceau de poulet que Jane lui avait apporté, enveloppé dans son mouchoir. Sa soif étanchée, elle se réinstalla dans la corbeille à ouvrage et se mit à ronronner comme une locomotive.

En la regardant, Jane sentit monter en elle une nouvelle vague de chagrin. Que n'était-elle heureuse, simplement heureuse comme ce petit animal ? Elle ne demandait rien d'extraordinaire, elle rêvait d'un bonheur modeste. Or elle n'avait rien ; pas même quelques roses comme Rafe Mercer. Sa vie était vide, triste, sans intérêt.

Elle ne rentrerait pas dans le Sud, comme elle avait trop longtemps feint de le croire.

Elle n'épouserait pas Rydell.

Accablée, elle s'assit devant sa table à couper et feuilleta son carnet de croquis.

Elle allait confectionner une nouvelle robe.

Elle n'aurait pas le courage, ce matin, de se mettre à repasser la robe de mariage qui lui rappelait trop l'inanité de ses espérances, la vacuité de sa vie.

Une idée lui traversa l'esprit. Elle se leva, alla chercher le chapeau de paille, accroché au mannequin et, dans le ruban de taffetas vert, planta la belle plume verte offerte par Marie Deux-Chapeaux. Malgré sa tristesse, elle sourit en constatant le résultat. Ce chapeau, qu'elle avait fabriqué, était vraiment parfait avec cet accessoire. Elle pouvait croire à son talent.

Le pas d'un homme retentit sur le trottoir. Jane prêta l'oreille et aussitôt son cœur se mit à battre plus vite.

Rydell.

Venait-il lui rendre visite ?

Il n'y fallait pas compter. Tout était fini.

Résignée, Jane se dit qu'il ne jetterait même pas un coup d'œil à l'intérieur pour voir si elle y était.

Elle avait tort. Leurs regards se croisèrent. Elle lui vit un visage hagard et dans ses yeux elle lut…

Le désespoir ; la résignation aussi.

Résigné, Rydell Wilder ? Un homme qui, parti de rien, avait su faire son chemin dans la vie, à force d'intelligence et de ténacité ? Cela n'avait pas de sens.

Toute à ses pensées, Jane se porta sur le seuil pour se distraire un moment au spectacle de la rue. Elle vit passer un petit garçon aux cheveux couleur de paille, qui tenait par la main une petite fille vêtue d'un joli tablier blanc. Tout à coup, celle-ci lâcha la main de celui-là et s'élança en criant :

— Je parie que tu ne me rattrapes pas !

Jane sourit et médita. Tomberaient-ils amoureux, plus tard ? Se marieraient-ils ? Auraient-ils des enfants ?

Elle aperçut ensuite un homme, tout de noir vêtu, qui descendait la rue en tirant son cheval par la bride. Même de loin, elle le reconnut tout de suite : Lucas. L'ignoble individu. Rien qu'à penser à l'horrible course du 4 Juillet, Jane avait encore des frissons d'angoisse. Rydell lui avait recommandé de se tenir à l'écart de cet homme, et il avait bien raison.

Que vient-il encore faire en ville, celui-là ?

Deux grosses sacoches de cuir attachées à la selle tressautaient à chaque pas du cheval.

Lucas se dirigeait…

Jane s'avança plus avant dans la rue, pour mieux voir.

Mais oui ! Lucas se rendait à la banque.

A la banque, un dimanche ?

Sans réfléchir, Jane ferma sa boutique et prit la direction de la banque.

26.

Jane passa près du cheval attaché à la barrière devant la banque. Les sacoches ne pendaient plus à la selle.

C'était vraiment une idée saugrenue que de prétendre traiter ses affaires le dimanche…

Elle se porta à la porte et risqua, malgré ses scrupules, à coller son oreille à la porte pour essayer d'entendre ce qu'il se passait à l'intérieur. Elle distingua un murmure de conversation, sans pouvoir en saisir la teneur. Alors, se faisant violence, elle posa la main sur le bouton de cuivre, tourna lentement.

La porte s'ouvrit.

En retenant sa respiration, Jane se glissa à l'intérieur, referma sans bruit et se tint là, dans la pénombre du vestibule. Elle ne pouvait rien voir dans la grande salle, mais les voix étaient très audibles maintenant.

— Alors, marché conclu ? dit Lucas.

— Pas question, répondit Rydell.

— Réfléchis, fiston. Tu risques de perdre plus qu'un peu d'argent.

— J'en suis conscient et pourtant, je ne marche pas. Maintenant, si tu veux retirer tes fonds propres, c'est d'accord.

— Jamais je n'aurais pensé que j'avais engendré un rejeton aussi buté, marmonna Lucas. Je vais être obligé de tout lui dire. Si tu me connaissais mieux, tu saurais que je fais toujours ce que j'ai dit. Alors, c'est ton dernier mot ? Pas envie de m'arrêter, vraiment ?

— Non, je n'essaierai pas de t'arrêter. Je ne te laisserai pas piller ma banque non plus, quels que soient les risques. Je refuse de me laisser acheter.

— Tu veux dire que tu préfères la perdre ? Mais quel genre d'homme es-tu, Rydell Wilder ?

— Un homme qui a eu la chance de ne pas avoir été élevé par un hors-la-loi à la petite semaine. Et sans les braves gens de cette ville — je pense en particulier au loueur de chevaux et au vieil homme manchot qui m'ont apporté leur aide — je serais peut-être comme toi aujourd'hui.

— Eh bien, tu penseras à eux chaque fois que tu te regarderas dans un miroir pour te raser, mon garçon. Tu as la bouche de ta mère, mais tes yeux, tes cheveux, ta constitution, c'est de moi que tu les tiens. Quand tu te regarderas, c'est moi que tu verras. Pour ainsi dire, tu me verras derrière toi jusqu'à la fin de tes jours, et je crois que cela ne rendra pas ton existence plus facile à supporter.

Après un long moment de silence, Rydell reprit la parole.

— Je suppose que c'est le prix à payer. Mais, au moins, je pourrai me regarder dans une glace sans rougir.

— Tu n'es qu'un imbécile, fils. Ton sens de l'honneur va te coûter la femme que tu aimes. Et pourtant — parole d'expert — une femme comme miss Jane n'a pas de prix. Ce n'est pas demain la veille que tu en rencontreras une aussi valable. Ta mère aussi était valable.

— Ne t'approche pas de Jane, Lucas. C'est la dernière fois que je te donne cet avertissement.

— C'est elle ou moi. Choisis.

De nouveau le silence s'imposa dans la banque.

— Mon choix est fait, répondit Rydell, d'une voix mate. Maintenant, fiche le camp d'ici. Prends ton argent et ne reparais plus jamais devant mes yeux.

— D'accord, d'accord ! Je file, puisque tu ne veux rien entendre. Mais avant de quitter cette ville, j'aurai une petite conversation avec une certaine demoiselle. Allez, vas-y, remplis mes sacoches.

Jane marchait dans la rue quand elle entendit claquer la porte de la banque. Elle se retourna.

Lucas sortait, ses sacoches sous le bras. Il les jeta sur la selle, les attacha au moyen d'une lanière de cuir. Puis il dételа, avec tant de brutalité que le cheval, blessé par le mors, poussa un hennissement stride@nt et se cabra. Lucas s'emporta et, pour imposer sa loi, il tira plus fort sur les rênes, affolant ainsi le cheval qui essaya de lui échapper. Il le retint, mit un pied à l'étrier, mais glissa et faillit tomber. Il se rattrapa de justesse et vociféra une bordée d'injures que sa voix rocailleuse rendait plus affreuses encore.

Le rouge au front, Jane s'éloigna en se reprochant sa curiosité. Elle rentra dans sa boutique, ferma la porte à clé et s'y adossa. Elle avait le souffle court. Ses mains tremblaient. La nausée montait en elle.

Lucas était le père de Rydell ? Comment était-ce possible ?

Cet homme odieux exigeait tout l'argent de la banque pour ne pas divulguer le méchant secret qu'il détenait : voilà qui s'appelait du chantage.

Or, Jane connaissait assez Rydell pour savoir qu'il ne céderait pas.

Même pour elle.

Son cœur se brisa à cette pensée et pourtant, elle était fière de Rydell parce qu'il choisissait l'honneur, avec le malheur qui l'accompagnait.

Une silhouette se découpa dans l'encadrement de la fenêtre. Une ombre se projeta sur le plancher. Un coup violent retentit à la porte. Jane sursauta mais ne bougea pas, ne répondit pas.

— Ouvrez ! cria Lucas en frappant de plus belle. J'ai quelque chose à vous dire.

Elle le laissa tambouriner encore pendant un instant puis, rassemblant son courage, elle cria, le dos à la porte :

— Je sais déjà. Partez !

— Vous savez ? grommela l'homme, après un instant de silence qui traduisait son désappointement.

Il répéta, plus haut :

— Vous savez, à propos de Rydell ? Vous savez que je suis…

— Je sais tout ! Alors, partez ! Laissez-nous en paix !

Jane l'entendit qui marmonnait :

— Ma parole, elle est aussi folle que lui ! Ha ! Ils vont bien ensemble, ces deux-là !

Mais il avait compris qu'il ne servirait à rien d'insister. D'ailleurs, quelques secondes plus tard, Jane entendit le bruit d'une galopade qui décrut rapidement. Lucas s'en allait, il quittait Dixonville, où il fallait espérer qu'on ne le reverrait jamais.

Dans le silence de sa boutique, Jane établissait le bilan de sa jeune vie. Elle avait rêvé de retourner dans le comté de Marion, à Montclair, pour recommencer la vie d'avant, mais ce n'était qu'un rêve et le rêve s'était éteint.

Sa vie était ici, en Oregon, à Dixonville.

Elle pensa à sa boutique, qui non seulement lui procurait l'argent dont elle avait besoin, mais qui lui donnait aussi le sentiment d'accomplir une œuvre utile, tout en lui révélant des talents qu'elle ne se soupçonnait pas.

Elle récapitula les changements qui l'avaient affectée depuis quelques mois. Elle avait beaucoup appris ; sur son père qui s'était entêté à vivre comme si rien n'avait changé, et qui peut-être était mort pour ne pas affronter la cruelle vérité ; sur sa mère qui, à trop vouloir vivre dans le passé, avait perdu la raison ; sur elle-même, Jane Charlotte Davis, qui avait cru autrefois qu'il était plus important d'être une dame qu'une femme, mais qui avait enfin compris l'inanité de ces préjugés d'un autre âge.

Elle vivrait. Elle devait vivre. Sa mère avait besoin d'amour et de soins. Pour elle aussi, il fallait refaire le toit de la maison.

Et moi ?

— Moi, je dois… je dois…

Elle ne savait plus.

Elle songea à Rydell.

Alors, elle sut ce qu'elle avait à faire.

Rydell quitta la ville. Il éprouvait le besoin de rentrer en lui-même.

En arrivant au sommet de la colline que couronnait le saule propice à ses méditations, il entendit sonner la cloche de l'école. Il se retourna et, d'un seul regard, embrassa toute l'agglomération.

Les enfants sortaient de l'école en courant et s'égaillaient dans les rues en criaillant.

Rafe Mercer, qui balayait le trottoir devant son bazar, s'arrêta pour admirer les roses qui poussaient dans son tonneau. Il se pencha pour en respirer le parfum, puis rentra dans son magasin et reparut bientôt, un arrosoir à la main.

Un lourd chariot à quatre chevaux remontait lentement la rue principale, dans un grondement sourd qui parvenait aux oreilles de Rydell.

C'était l'heure où les habitués de l'hôtel Excelsior prenaient le chemin du restaurant parce que c'était l'heure du déjeuner.

D'ailleurs, Gaucher Springer apparaissait au bout de la rue. Il prendrait son repas seul, cette fois. Rydell n'avait pas d'appétit. Et Gaucher…

Gaucher s'arrêta, comme frappé de stupeur. A son appel, les clients du restaurant tournèrent les yeux vers le spectacle qu'il leur indiquait.

Rydell regarda aussi.

Tout de blanc vêtue, une jeune fille sortait de la boutique de Jane. Elle passa devant Rafe Mercer qui s'était immobilisé et ne se rendait pas compte qu'il était en train d'arroser ses bottes.

L'ombrelle blanche dissimulait le visage de la jeune fille.

Elle parcourut toute la rue, sortit de la ville, prit la direction de la ferme Jensen.

Rydell regardait.

A l'embranchement des chemins, elle prit à droite pour gravir la colline que couronnait le saule pleureur.

Rydell n'en croyait pas ses yeux.

Il n'osait pas croire.

Il pensait à son père, à sa mère, à toutes les raisons qui lui interdisaient d'espérer.

Ce n'était pas possible.

Pourtant, c'était bien Jane qui venait à lui.

Elle lui souriait.

Quand elle lui tendit la main, il oublia ses peurs et s'élança vers elle.

Épilogue

La cérémonie eut lieu le lendemain matin, dans la petite église blanche. A Gaucher Springer revint l'honneur de conduire la mariée à l'autel, dans un silence recueilli que troublaient seuls les bruissements de la magnifique robe de soie.

Au premier rang se tenait la mère de Jane, souriante. Elle semblait heureuse. Derrière elle, Odélia pleurait dans son mouchoir qu'elle tenait d'une main, ayant abandonné l'autre à Moïse Freeman qui la tapotait avec obstination, pour essayer de la consoler.

Au troisième rang, Laetitia Price, en robe bleu foncé, s'efforçait d'attirer sur elle le regard du pasteur nouvellement arrivé à Dixonville, qui était jeune, célibataire et très beau.

A l'autel, Gaucher confia Jane à Rydell. Juste au moment où leurs mains se joignaient, les rayons du soleil pénétrèrent par les vitraux de la fenêtre juste au-dessus et les nimba d'une lumière dorée, surnaturelle.

Au milieu de la cérémonie, Evangéline Tanner crispa sa main sur son ventre où nichait une nouvelle vie.

Dans le fond de l'église, Marie Deux-Chapeaux récapitulait. Elle comptait sur ses doigts en se disant qu'elle ne manquerait pas de travail au cours des prochains mois.

PROCHAINS RENDEZ-VOUS LE

1er avril 2005

LA DAME DE COUR, ***de Ruth Langan • n°302***

Saga des O'Neil, 2e partie.

L'incroyable destin de trois rebelles irlandais — deux frères et leur sœur cadette — déchirés entre leur volonté de libérer leur terre natale du joug anglais, et leur passion fatale pour des sujets de Sa très Gracieuse Majesté…

Irlande, 1563. Depuis toujours, Conor O' Neil n'a qu'une ambition : bouter les Anglais hors d'Irlande. Mais plutôt que d'affronter directement l'ennemi, il préfère intriguer pour s'immiscer à la Cour d'Angleterre et gagner la confiance de la reine Elizabeth…

LE DÉMON DE MINUIT, ***de Julia Justiss • n°303***

Angleterre, 1808. Soucieux de marier ses deux filles durant la Saison, le baron Sudley charge leur respectable voisin et ami, lord Branson, de les chaperonner à Londres. Mais, prenant en défaut la vigilance de leur tuteur, Ailys s'entiche d'un peintre dévoyé tandis que Sarah a la fâcheuse idée de jeter son dévolu sur lord Branson lui-même…

L'ENFANT DES MOISSONS, ***de Jillian Hart • n°304***

Amérique, 1880. Secrètement amoureuse de Nicolas Gray depuis longtemps, Mariah Scott est toute bouleversée quand, devenu veuf, ce dernier lui propose un mariage de convenance. Oh, bien sûr, elle n'est pas dupe : Nicolas ne l'aime toujours pas et ne conclut ce singulier contrat que dans l'intérêt de ses enfants. Mais, avec le temps, peut-être ses sentiments évolueront-ils ?

LA FIANCÉE CAPTIVE, ***de Joanne Rock • n°305***

France et Angleterre, 1250. Peu avant de prononcer ses vœux définitifs, Mélissande, une novice, est enlevée au sein même de son couvent par un audacieux ravisseur — qui se révèle être un ami d'enfance, Lucian, devenu un séduisant chevalier. Eludant les questions de la jeune fille, il lui révèle seulement vouloir s'acquitter, par ce rapt, d'une mystérieuse dette envers son frère aîné…

SCANDALE ET TRAHISON, ***de Jackie Manning • n°306***

Angleterre, 1821. Déshonorée à la suite d'un scandale orchestré par la duchesse de Havencrest, Alicia a renoncé à toute vie mondaine afin de se consacrer à sa passion pour les chevaux. Mais le passé se rappelle à elle quand, un beau jour, le propre fils de la duchesse l'adjure de venir soigner son étalon blessé…

L'ENLÈVEMENT,
de Merline Lovelace • n°20

Amérique, 1806

D'ascendance mi-viking, mi-indienne, Louise a hérité de ses ancêtres des yeux très bleus et une chevelure de jais. Un séduisant contraste qui fait d'elle la coqueluche de La Nouvelle-Orléans où les caprices du destin l'ont conduite. Mais le rêve tourne au cauchemar quand, un soir, elle est enlevée par des inconnus. Bâillonnée, ligotée, elle se retrouve seule face à son destin. Qui lui en veut à ce point ? Et surtout, pourquoi ? Autant d'angoissantes questions dont la réponse dépassera de loin ses plus folles hypothèses…

BEST SELLERS

Les Best-Sellers Harlequin, c'est la promesse d'une lecture intense : romans policiers, thrillers médicaux, drames psychologiques, sagas, ce programme est riche d'émotions.

Ne manquez pas, le 1er mars :

L'alliance du mal, de Alex Kava • N° 219

Un meurtrier échappe à la peine de mort avec l'aide de son avocat et, aussitôt libéré, entraîne sa sœur et son neveu — seuls au monde et vulnérables — dans un braquage de banque commandité par un mystérieux inconnu. Mais les choses tournent mal, et l'alliance du trio est fortement compromise… *Un thriller captivant, mené de main de maître par l'auteur de* Sang Froid…

L'empreinte du passé, de Ginna Gray • N° 220

Une immense demeure ancienne à restaurer sur une île privée… Dans ses plus beaux rêves, Olivia Jones n'aurait jamais rêvé de décrocher contrat plus juteux. Mais arrivée sur les lieux, elle tombe nez à nez avec son ex-mari, Joe Connally, qui n'est autre que l'architecte responsable du projet. Une délicate collaboration s'annonce, que la passion et les souvenirs douloureux transforment en véritable défi…

Mortelle filature, de Taylor Smith • N° 221

Soupçonné d'avoir trahi la CIA, Drummond MacNeil est placé sous surveillance… et disparaît. Pour les services secrets, la preuve est faite de sa culpabilité. Et pour sa femme, Carrie, le cauchemar commence : interrogatoires sans fin, fouille systématique de sa maison, intrusion incessante d'agents... Avec, en toile de fond, une question obsédante : et si son mari n'était pas le vrai coupable ? Alors… qui ?

Le sang du crépuscule, de Maggie Shayne • N°222
Son esprit est hanté par une femme — une belle gitane du nom de Sarafina. Mais il ignore si elle existe vraiment… Jusqu'au jour où, chargé d'une mission secrète, il croise son chemin. Pour la conquérir et, surtout, ne pas la perdre, il devra franchir des obstacles devant lesquels tout autre homme renoncerait… « Nul n'explore mieux que Maggie Shayne les frontières obscures entre réalité et fantastique…»

Fatale destination, de Laurie Breton • N° 223
Profiler au FBI, Carolyn Monahan a choisi ce métier depuis le meurtre sauvage — et jamais élucidé — dont sa sœur avait été victime dix ans plus tôt. Et soudain, alors qu'elle enquête sur un serial killer qui terrorise la ville de Boston, elle reçoit des photos de sa sœur, prises après sa mort. Le criminel de Boston et le monstre qui a tué sa sœur ne sont-ils qu'un seul et même individu ? La rage au cœur, Carolyn se lance dans une impitoyable chasse à l'homme…

L'héritage meurtrier, de Jasmine Cresswell • N° 132
(réédition)
A la mort de son père, Isabella Joubert espère échapper enfin aux menaces que ses trafics illicites faisaient peser sur sa famille. Mais à peine a-t-elle hérité d'un mystérieux CD-rom, qu'elle voit sa maison mise à sac, sa voisine assassinée, et Sandro Marchese, un ancien amant, resurgir dans sa vie. Pour Isabella, c'est un combat de plus qui commence. Et il peut lui être aussi fatal que les autres…

COMMANDE... COMMANDE... COMMANDE...

COMPLÉTEZ VOTRE COLLECTION !

Pour prolonger le tourbillon de l'Histoire et le souffle de la passion...
...découvrez les romans de votre collection
Les Historiques
que vous n'avez pas encore lus !

5,23 € par roman.

- ❒ *N°163 L'ÉTÉ DES SORTILÈGES, de Sally Chaney*
- ❒ *N°167 LES CŒURS MASQUÉS, de Ana Seymour*
- ❒ *N°172 UNE QUESTION D'AMOUR, de Ruth Langan*
- ❒ *N°173 LA VALLÉE DE L'ESPOIR, de Carolyn Davidson*
- ❒ *N°175 LA CITADELLE DES PASSIONS, de Catherine Archer*
- ❒ *N°178 LE GLAIVE ET LA SOIE, de Ruth Langan*
- ❒ *N°179 TERRE PROMISE, de Maura Seger*
- ❒ *N°193 L'ANGE DE MINUIT, de Diana Hall*
- ❒ *N°195 UN PARFUM DE SCANDALE, de Judith McWilliams*
- ❒ *N°214 L'EDEN SAUVAGE, de Judith Stacy*
- ❒ *N°226 LA MAÎTRESSE DU CAPITAINE, de Merline Lovelace*
- ❒ *N°228 LE DONJON DES SORTILÈGES, de Tori Philipps*
- ❒ *N°229 LE MAÎTRE DES PASSIONS, de Laurel Ames*
- ❒ *N°230 UNE NUIT D'ÉGAREMENT, de Judith Stacy*
- ❒ *N°231 LE PRIX DE L'ESPÉRANCE, de Linda Castle*
- ❒ *N° 238 PASSION ET DÉSHONNEUR, de Julia Justiss*

COMMANDE... COMMANDE... COMMANDE...

Ces volumes sont disponibles auprès du Service Lectrices dans la limite des stocks. Si vous souhaitez commander certains titres, cochez les livres choisis et indiquez vos coordonnées dans le bon de commande ci-joint.

Chaque volume est vendu au prix de 5,23 €, auquel s'ajoutent 2,30 € par colis pour la participation aux frais de port et d'emballage.

N'envoyez pas d'argent aujourd'hui, une facture accompagnera votre colis.

Renvoyez ce bon à : Service Lectrices HARLEQUIN
BP 20008 - 59718 LILLE CEDEX 9.

Mme ❐ Mlle ❐ Si abonnée, n° : ___________

NOM ___________

Prénom ___________

Adresse ___________

Code Postal ______ Ville ___________

___________ Tél. : ___________

Adresse e-mail ___________

Date d'anniversaire ___________

Signature indispensable

Le **Service Lectrices** est à votre écoute au **01.45.82.47.47**
du lundi au jeudi de 9h à 17h et le vendredi de 9h à 15h.

Conformément à la loi Informatique et Libertés du 6 janvier 1978, vous disposez d'un droit d'accès et de rectification aux données personnelles vous concernant. Vos réponses sont indispensables pour mieux vous servir. Par notre intermédiaire, vous pouvez être amené à recevoir des propositions d'autres entreprises. Si vous ne le souhaitez pas, il vous suffit de nous écrire en nous indiquant vos nom, prénom, adresse et si possible votre référence client. Vous recevrez votre commande environ 20 jours après réception de ce bon.

Offre réservée à la France métropolitaine et soumise à acceptation.

Composé et édité par les
éditions Harlequin
Achevé d'imprimer en janvier 2005

BUSSIÈRE
GROUPE CPI

à Saint-Amand-Montrond (Cher)
Dépôt légal : février 2005
N° d'imprimeur : 45504 — N° d'éditeur : 11045

Imprimé en France